DER
GEBURTSTAG

WEITERE TITEL VON CAROL WYER

Detective-Natalie-Ward-Serie

Der Geburtstag

Das letzte Wiegenlied

Die Mutprobe

Die Verabredung

Die Blütenzwillinge

Die Bewunderten

Jemandes Tochter

Detective-Robyn-Carter-Serie

Das verschwundene Mädchen

Die Geheimnisse der Toten

Ich kann dich sehen

Die stummen Kinder

Die Auserwählten

In Englischer Sprache

Detective-Natalie-Ward-Serie

The Birthday

Last Lullaby

The Dare

The Sleepover

The Blossom Twins

The Secret Admirer

Somebody's Daughter

CAROL WYER

DER GEBURTSTAG

Übersetzt von Angelika Lauriel

bookouture

Das Kreischen der Kinder schraubte sich in die Luft und durchbohrte Elsas Trommelfelle. Es fühlte sich an, als würde ihr ein Messer durch das Gehirn schneiden. Der Wunsch, jedem einzelnen von ihnen den kleinen Hals umzudrehen, wurde übermächtig. Diese verfluchten Kopfschmerzen! Sie verwandelten Elsa in eine durchgeknallte Hexe. Sie widerstand dem Drang, den Kindern etwas anzutun. Immer wenn sie diese schlimmen Kopfschmerzen bekam, konnte sie nicht mehr klar denken. Sie legten ihr den Verstand lahm, und sie wollte sich nur noch einsperren und unter ihrer Bettdecke verkriechen, bis sie wieder klar denken konnte. In den letzten sechs Monaten hatten die Schmerzen sie immer öfter gequält, und die Medikamente hatten nicht mehr den gewünschten Effekt. Sie würde nach einer höheren Dosis fragen müssen.

Der Arzt hatte Spannungskopfschmerz diagnostiziert, der durch Stress ausgelöst wurde. Das war keine große Überraschung, wenn man bedachte, was sie im letzten Jahr durchgemacht hatte.

In der Scheune stritten sich zwei Jungs um einen Spielzeugdino. Beide zogen mit aller Kraft daran und waren fest entschlossen, das Plastikding zu besitzen. *So viel Krach nur wegen eines Gegenstands, der im Museumsladen gerade mal drei Pfund kostete.* Elsa aktivierte ihre letzten Reserven und klatschte in die Hände, um die Aufmerksamkeit auf sich zu ziehen. Die Verantwortung für eine Geburtstagsparty hatte ihr heute gerade noch gefehlt: zwanzig überdrehte fünf- und sechsjährige Kinder, die wie im Fieberwahn durcheinander wuselten und Elsas Anweisungen gar nicht wahrnahmen.

Das Geburtstagskind trug ein Kleid in Babyrosa, an dem ein großer, fuchsienfarbener Button mit der Zahl Sechs festgesteckt war. Das dichte, schwarze Haar des Mädchens war mit glitzernden, pinkfarbenen Klammern gebändigt. Dieses Mädchen war die Ursache für all das Gekreische und Gequietsche. Heute war Harriet Downings Ehrentag, und das nutzte die Kleine voll aus. Elsa setzte ein gekünsteltes Lächeln auf und verkündete, dass es nun Zeit wäre, den Streichelzoo zu besuchen. Sie erntete noch mehr schrilles Gejohle von Harriets Freundinnen und Freunden. Vom übermäßigen Zuckergenuss und den Indoorspielen aufgekratzt, wollten sich die Kinder auf die Tiere stürzen, die in Gehegen in der Nähe der umgebauten Scheune, dem Hauptveranstaltungsraum des Uptown Craft Centre and Farm, untergebracht waren.

Elsa Townsend war je zur Hälfte sowohl Eignerin als auch Managerin dieser Werkstatt mit Laden für Kunsthandwerk und des Bauernhofs drum herum. Diese Funktion hatte ihr die Ehe und anschließende Scheidung von Barney Townsend beschert, der das Zentrum vor fünf Jahren, im Mai 2010, als Gartencenter gegründet hatte. Barney liebte Pflanzen und Gärtnerei, aber Elsa hatte das Entwicklungspotenzial und die Möglichkeit, neue Kunden anzulocken, gesehen – Kunden, die für Quengelware empfänglich waren: Kinder. Gartencenter lockten nur eine Sorte Menschen an, nämlich solche, die gern gärtnerten. Also hatte Elsa einige der Gebäude zu Tiergehegen umbauen lassen und bot nun neben Kunsthandwerkstagen auch Geburtstagsfeiern an. Damit hatte sie das Zentrum in eine Goldgrube verwandelt. Je größer und erfolgreicher es wurde, desto höher wurde der Druck, der fortan auf der Ehe der Townsends lastete, und als Barney sich immer häufiger in die Gewächshäuser und die Bereiche mit den Pflanzen zurückzog, litt ihre Ehe darunter.

Anfang des Jahres hatten die Townsends schließlich ihre missglückte Ehe aufgegeben und sich scheiden lassen. Die Hälfte des Betriebs gehörte Elsa, während Barney seinen Anteil an Alistair Fulcher veräußert hatte, einen selbstherrlichen, großkotzigen Besserwisser, sodass Elsa nun mit einem Mann zusammenarbeiten musste, den sie kaum ertrug. Es war Alistairs Schuld, dass sie sich an ihrem freien Tag um diese Geburtstagsfeier kümmern musste. Er hatte die Arbeitspläne durcheinandergebracht, und die fünfundzwanzigjährige Donna, die heute eigentlich Dienst gehabt hätte, hatte sich freigenommen, um ihre kranke Großmutter zu besuchen. Elsa schnaubte. *Kranke Großmutter.* Sie war nicht von gestern. Donna, die Single war, und der streng verheiratete Alistair Fulcher pflegten ganz offensichtlich eine Affäre. Elsa hatte die heimlichen Blicke der beiden im Büro bemerkt. Weshalb hatte Alistair sonst plötzlich angekündigt, dass er nach Nottingham musste, und die Geburtstagsparty an diesem Tag Elsa aufs Auge gedrückt? Sie hatte nur zwei Personen zur Unterstützung an der Seite, und eine von ihnen, Janet, hatte gerade woanders zu tun. Elsa sah sich suchend nach dem vierundzwanzigjährigen Guy Noble um, der verschwunden war, um die Tiere für den Besuch der Kinder vorzubereiten. Er war noch nicht zurückgekommen, um ihr zu helfen. Um eine große Gruppe von Kindern und Tierbabys zu managen, waren mindestens vier Erwachsene nötig, aber heute waren sie nur zu dritt, und in diesem Moment hatte Elsa keine Ahnung, wo die beiden anderen sich gerade aufhielten.

Die Kinder stoben auseinander. Einige gruppierten sich um das Tauziehen am anderen Ende der Scheune, schauten zu und feuerten die anderen an. Zwei Mädchen machten an der Wand Handstand, und eine weitere Gruppe ... nun, Elsa verstand nicht genau, was die Kinder vorhatten, aber sie kauerten sich zusammen und sprangen von Zeit zu Zeit kreischend umher. Harriet Downing hatte sich von der größten Gruppe gelöst und sah Elsa mit einem Blick an, der zu sagen schien: *Wenn du das hier nicht auf die Reihe kriegst, sage ich meiner Mutter, wie doof und langweilig meine Party war.* Elsa konnte es sich nicht leisten, Mrs Downing das Geld zurückzuzahlen oder zu erklären, warum Harriet nicht die erwartete Geburtstagsfeier bekommen hatte. Die Mutter hatte sehr genaue Anforderungen gehabt, und sie hatte angedeutet, dass sie, wenn alles gut verliefe, das Center ihrem riesigen Netzwerk von Müttern und Freundinnen weiterempfehlen werde. Normalerweise nahm Elsa keine Buchungen für zwanzig Kinder an, wenn nicht wenigstens ein oder zwei Elternteile dabei waren, um zu helfen. Es war schwierig, ein Auge auf die sich kabbelnden und hibbeligen Kinder zu haben, vor allem, wenn sie erst einmal gegessen hatten. Aber Mrs Downing hatte gewollt, dass alle Kinder aus Harriets Klasse daran teilnahmen, und außerdem darauf bestanden, dass es eine Party wurde, zu der die Eltern ihre Kinder nur ablieferten. Also hatte Elsa widerstrebend zugestimmt. Sie zählte die Kinder im Kopf rasch durch. Zwanzig. Wie durch Magie tauchte Guy auf, und sie seufzte erleichtert.

»Seht mal, hier ist Guy. Er bringt euch zu unserem neuesten Lämmchen. Billy ist erst drei Tage alt. Wer will ihn zuerst streicheln?« Sie verzog das Gesicht beim Klang ihrer aufgesetzt fröhlichen Stimme. Ihr Kopf dröhnte. Sie würde ein paar Tabletten einwerfen und dann Guy helfen.

»Ich!«, gellte es aus zwanzig Kehlen, und sie zuckte zusammen.

»Okay, okay!« Guy lachte. Im Umgang mit Kindern war er ein Naturtalent. Sie schienen sein großes, ehrliches Gesicht, die struppigen Haare und die klobigen Boots zu mögen. Vermutlich kam er ihnen wie ein freundlicher Riese vor. Er ging langsam voraus, und die nun schlagartig ruhigen Kinder versammelten sich um ihn. Elsa atmete aus und gab Guy mit Zeichen zu verstehen, dass sie ins Büro ginge. Die Kinder marschierten hinter Guy her aus der Scheune. *Wie der Rattenfänger, der die Kinder aus dem Dorf entführt*, dachte sie, bevor das letzte Kind aus ihrem Blickfeld verschwand.

Elsa eilte hinter die Boxen, in denen drei Ponys angebunden waren. Sie waren mit Schleifen geschmückt, trugen jeweils ein falsches Horn auf der Stirn und harrten darauf, dass die Kinder auf ihnen ritten, wenn sie aus dem Streichelzoo kämen. Jeder Geburtstag begann mit Essen und Spielen in der Scheune: Topfschlagen, Blindekuh und andere beliebte Spiele; dann folgte der Rundgang durch die Gehege, wo die Kinder ermutigt wurden, die Tiere auf den Arm zu nehmen, sie zu streicheln oder auch zu füttern, und der Höhepunkt war das kurze Ponyreiten über das Gelände. Besonders schön war es, wenn sie ein Sommerlämmchen hatten, und dieses Jahr war die Geburt von Billy ein echter Bonus.

Elsa huschte in das Büro, das sie sich mit Alistair teilte, durchwühlte ihre Handtasche nach ihren Tabletten und warf sich zwei davon in den Mund. Ihr Kopf pochte jetzt so heftig, dass sie sich kaum noch darauf konzentrieren konnte, was sie tat. Sie nahm einen großen Schluck aus der Wasserflasche von ihrem Schreibtisch, schluckte mühsam und musste sich dann für einen Moment setzen und den Kopf mit beiden Händen abstützen. Das Pochen in ihrem Kopf musste aufhören, bevor sie sich den Kindern und dem Ponyreiten stellen konnte. Guy bekam es auch ein paar Minuten ohne sie hin. Janet half ihm ja und sorgte schon dafür, dass die Tiere nicht bissen oder durchgingen. Die beiden kriegten das schon hin. Elsa war urlaubsreif. Vielleicht sollte sie eine Reise buchen und Alistair so lange den Betrieb überlassen. Das würde ihm eine Lehre sein. Er musste seine Pflichten ernster nehmen und nicht alles ihr überlassen. *Verfluchter Alistair.*

Der Schmerz wurde langsam dumpfer, aber sie hatte wenig Energie, aufzustehen und zurück zur Party zu gehen. Guy würde sie schon rufen, wenn es irgendwelche Probleme gab. Geburtstagspartys! Die Idee war ein Geniestreich gewesen. Jedes Mal erzielten sie einen beträchtlichen Gewinn, besonders, wenn die Kinder ihre Eltern baten, ihnen die hölzernen Bauernhof- oder Kuscheltiere zu kaufen oder irgendeinen der anderen kunsthandwerklichen Gegenstände, die im Shop angeboten wurden, durch den man auf dem Weg zum Ausgang zwangsläufig hindurch musste. Sie schloss die Augen und versuchte, die Schultern zu lockern. Sie wünschte, Barney hätte sowohl ihre Ehe als auch den Job durchgezogen. Sie hatten gut zusammengearbeitet.

Ihre Gedanken schweiften weiter ab, und als sie auf ihre Uhr sah, erkannte sie mit Schrecken, dass sie sich seit fast fünfundzwanzig Minuten im Büro aufhielt. Es war Zeit fürs Ponyreiten, und dann würden die Eltern ihren Nachwuchs auch schon abholen kommen. Danach würde sie für heute Schluss machen und nach Hause fahren. Der Gedanke munterte sie auf, und sie spazierte zurück zum Hof. Dort sah sie die Kinder, die gerade herbeiströmten. Die erste Gruppe kam mit Guy, die zweite mit Janet. Beim Anblick der Pferde erklangen wieder laute Freudenschreie.

»Einhörner!«, rief Harriet aus. Das Geschnatter, das an einen lärmenden Schwarm Stare erinnerte, wurde intensiver, als die Kinder eilig zu den Pferdeboxen strömten. Zwanzig Kinder. Nein. Neunzehn. Elsa zählte nach. In Janets Gruppe waren es nur neun. Sie eilte zu ihnen und zog Janet zur Seite.

»Janet, es fehlt ein Kind.«

Janet schüttelte den Kopf. »Nein. Guy und ich haben sie aufgeteilt, als sie in das Gehege gekommen sind, damit sie ruhiger werden. Sie waren ganz schön hibbelig. Er hat zehn genommen, ich neun.«

»Es waren zwanzig Kinder.« Elsas Herz setzte einen Schlag aus. Janets Gesichtsausdruck ließ ihr das Blut in den Adern gefrieren.

Janet rief laut: »Stellt euch bitte mal alle in Reihen auf! Und nicht die Ponys anfassen. Denkt dran, was ich vorhin über das Erschrecken der Tiere gesagt habe. Wir wollen doch nicht, dass jemand gebissen wird, oder?«

Ihre Stimme war ruhig, aber als die Kinder sich in zwei Reihen aufstellten, beschleunigte sich Elsas Puls.

»Darf ich es auch nicht streicheln?«, fragte Harriet, löste sich von den anderen und näherte sich dem ersten Pony. »Es ist doch *mein* Geburtstag!«

»Gleich, Harriet«, antwortete Elsa eine Spur zu streng. Harriet schob die Unterlippe vor, und Tränen stiegen ihr in die Augen. Mrs Downing würde sicher nicht begeistert sein, dass ihr wertvolles Mädchen gemaßregelt worden war, aber das war Elsa gerade völlig egal.

Janet sprach ruhig. »Könnt ihr mir sagen, wer fehlt?«

Die Kinder sahen sich überrascht um. Eines von ihnen – ein Mädchen mit geflochtenen Zöpfen und einem Zahnlückenlächeln – hob schließlich die Hand. Es hieß Audrey, wie Elsa einfiel, genau wie ihre eigene Mutter. »Ava Sawyer fehlt«, sagte sie. »Sie ist aufs Klo gegangen, aber das ist schon ewig her.« Einige Kinder begannen zu murmeln.

Harriet, die mürrisch wirkte, weil sie nicht mehr im Mittelpunkt stand, sagte laut: »Die zieht ständig alleine los.«

Elsa ging über die Bemerkung hinweg und wandte sich an Audrey. »Warum ist sie nicht zu mir gekommen? Ich hatte euch allen gesagt, dass ihr mich fragen müsst, wenn ihr zur Toilette wollt.«

»Sie hat gesagt, dass sie weiß, wo das Klo ist. Und du hast

gerade mit Freddie und Thomas zu tun gehabt. Ava konnte nicht warten.«

Elsas Herz raste, und sie atmete hektischer. Sie hatte bei der Feier einen Streit zwischen den beiden Jungs um einen Dinosaurier geschlichtet. Einer hatte dem anderen vorgeworfen, er hätte beim Topfschlagen geschummelt. Elsa hatte nicht mitbekommen, wie das Mädchen aus der Scheune verschwunden war. Sie hatte die Verantwortung und nicht gesehen, wie Ava Sawyer hinausgegangen war. Sie musste sich vorhin verzählt haben. Elsa schluckte schwer. Es war ihre Schuld. Ein Kind war unbegleitet auf das Außengelände gegangen und nicht mehr zurückgekehrt. Vielleicht hatte es sich in dem großen Center verirrt und steckte noch irgendwo. Elsa hoffte es inständig. An die Alternative wollte sie gar nicht erst denken.

Janet ging zu den Toiletten, um nachzusehen, ob das Kind sich in eine Kabine eingesperrt hatte oder ihm schlecht geworden war. Die übrigen Kinder verloren das Interesse an Avas Verschwinden und wurden immer unruhiger. Sie kickten Steine weg und murrten, weil sie nicht zu den Ponys durften. Elsa spürte, wie die Anspannung wieder stieg. Es blieb ihr keine andere Wahl. Sie erlaubte, dass Guy die ersten beiden Kinder – Harriet und ihre beste Freundin Rainey Kilburn – zum Ponyreiten führte, während sie auf die anderen aufpasste. Janet kam zurückgerannt. Die Sorge stand ihr ins Gesicht geschrieben. Sie schüttelte den Kopf. Zwei Angestellte des Centers begleiteten sie.

»Keine Spur von ihr. Ted und Kristin haben sie auch nicht gesehen.«

»Wie sieht Ava aus?«, fragte Elsa Audrey.

»Sie hat ein gelbes Kleid an. Und eine Brille auf.«

Elsa erinnerte sich an das Mädchen: Sie sah aus wie eine Puppe mit einer Haut, die schimmerte wie aus Porzellan. Sie hatte langes, blondes Haar, und ein zitronengelbes Kleid hatte ihren schmalen Körper umspielt. Sie hatte sich bei den anderen anscheinend nicht wohlgefühlt und sich bei den Spielen zurückgehalten, als ob sie sich nicht zugehörig fühlte.

Elsa redete leise mit Janet. »Alarmiere die Belegschaft. Sperrt das Center ab und mach eine Durchsage.« Schon als sie die Worte aussprach, bestürmte sie das Gefühl, dass es sinnlos wäre. Ava war seit vollen vierzig Minuten verschwunden, und wenn jemand auf sie gestoßen wäre, hätte derjenige sie zu den Kassen oder zur Belegschaft des Centers gebracht. Elsa betrachtete die ihr zugewandten Gesichter und wünschte sich mit jeder Faser ihres Körpers, dass das Mädchen gefunden würde.

»Ist sie nach Hause gegangen?«, fragte Audrey.

»Das glaube ich nicht«, antwortete Elsa. »Ich glaube, sie ist noch hier.« Während sie sprach, trafen die ersten Eltern ein, alle mit einem Lächeln auf dem Gesicht. Elsas Herz setzte erneut kurz aus. Sie erkannte die Frau, die die gleichen feinen Züge wie ihre Tochter hatte. Avas Mutter war da.

EINS

DIENSTAG, 25. APRIL 2017

Tony Mellows bahnte sich seinen Weg an den Rändern des riesigen Sumpfes entlang, der sich als Baustelle ausgab. Das Mistwetter machte ihnen schon einen Strich durch die Rechnung, seit sie mit der Drecksarbeit angefangen hatten. Die Meteorologen waren nichts als Stümper. Sie hatten für heute trockenes Wetter angekündigt, und jetzt stand er hier bis zu den Knöcheln im Matsch, und es goss schon wieder in Strömen, und das schon den ganzen Tag. Mit einer heftigen Kopfbewegung schüttelte Tony das Wasser aus seinen dichten Haaren.

Es war kein Ende des Regenwetters in Sicht, aber Terminzusagen waren Terminzusagen, und sie mussten die Baugrube ausheben. Die neuen Besitzer wollten riesige Gewächshäuser und moderne Bauten, die rechtzeitig für die große Eröffnung im Juli fertig sein sollten. Also mussten sie weitermachen und das Gestrüpp roden, auch wenn die Natur ihre Pläne boykottierte.

Er winkte dem Fahrer des großen Baggers zu, der über das Gelände holperte. Die Schaufel wackelte und klapperte, als das Gefährt zum anderen Ende rollte. Bob, der Fahrer, grinste und formte mit den Lippen das Wort »Wichser«.

Der, dem die Beleidigung galt, stand neben Tony. Er trug

unpassenderweise einen stahlgrauen Anzug zu weißem Hemd mit Manschettenknöpfen und roter Krawatte und sagte zu Tony: »Wann, glauben Sie, können Sie mit dem Bau der neuen Gebäude anfangen?«

Neil Linton hielt sich einen Schirm mit dem Logo des Poppyfield Gartencenters über den akkurat frisierten Kopf. Als oberster Boss dieses Projekts wirkte er, als würde er einen Schlaganfall oder einen Herzinfarkt erleiden, wenn sie nicht rechtzeitig fertig würden. Mit seiner verkniffenen Visage glich er einem Wiesel und sah aus, als säße ihm permanent die Angst im Nacken. Er zog kräftig an seiner Zigarette – der dritten, seit er am Nachmittag hier angekommen war – und warf sie anschließend auf den durchtränkten Boden. Ein dünner Faden blassen, silbrigen Rauchs stieg von der Kippe auf, aber Neil sah nicht hin. Sein Blick haftete an den Baggern, die die Erde aushoben. Poppyfields, ein großer Gartencenterkonzern, hatte kürzlich das Uptown Craft Centre erworben und plante, die Anlage zu vergrößern, wofür sie die Ränder des Geländes nutzen wollten. Neils Aufgabe war es, den zügigen Fortschritt der Arbeiten sicherzustellen.

Tony murmelte eine Antwort, die im Lärm der scheppernden Baggerschaufeln und des auf den Schirm prasselnden Regens unterging. Er war daran gewöhnt, dass Leute ihn anbrüllten und ihn antrieben, damit er rechtzeitig fertig wurde. Trotzdem war es schlicht ein nasser und schmutziger Tag, und nicht einmal mit seinen extrem guten Gerätschaften und seinen erfahrenen Arbeitern konnte er Wunder wirken. Sie hatten Brombeeren und altes Gestrüpp entfernt und das Land roden können, aber wenn das Wetter so blieb, würde es den Zeitplan um mehrere Wochen verzögern. Es wäre unmöglich, in dem durchweichten Boden die Fundamente zu gießen.

Neil versuchte, mit Tony zu diskutieren, dessen Blick durchaus einschüchternd war. »Ich will ehrlich sein. Es gibt ein kleines bisschen Spielraum mit dem Datum, aber viel länger können wir die Fertigstellung nicht hinauszögern. Wir müssen das alles schnellstmöglich fertig und zum Laufen kriegen. Und ich muss Sie nicht erinnern, dass im Vertrag klipp und klar steht ...«

»Ich weiß, was im Vertrag steht.« Tonys Stimme klang wie ein tiefes Knurren. Dieser Scheißvertrag. Er verfluchte seine Entscheidung, der eng gesetzten Frist zuzustimmen. Wenn sie sie nicht einhalten konnten, müsste er einen Teil der Kosten selbst tragen – einen ordentlichen Batzen, und das konnte er sich nicht leisten. »Wir arbeiten doch, oder? Es ist schon vier Uhr an einem Misttag, und wir arbeiten immer noch alle. Wir schaffen es rechtzeitig.«

Neil nickte, doch seine Miene blieb ausdruckslos. Da klingelte sein Handy. Mit einer Entschuldigung nahm er den Anruf an und überließ es Tony, den Fortgang zu überwachen. Das gesamte Areal umfasste acht Hektar, wovon mehr als die Hälfte bereits bebaut war. Der restliche Grund musste noch erschlossen werden. Es war keine leichte Aufgabe, aber bei besserem Wetter hätten sie mit dem Projekt schon viel weiter sein können.

Plötzlich entstand Aufruhr. Tony sah fuchtelnde Arme und hörte Schreie und Rufe von einem der Männer, die die Baggerarbeiten beaufsichtigten.

»Hey! Stopp!«

Bob, einer von Tonys erfahrensten Mitarbeitern, stellte den Motor seines Baggers ab und brüllte dem Mann, der unten auf der Erde stand, etwas zu. Etwas Schlimmes war passiert.

»Mist!«, entfuhr es Tony. Wenn sie ein unterirdisches Stromkabel durchtrennt hatten, würde das teuer werden. Er stapfte vorwärts, wobei seine Arbeitsschuhe immer wieder im Matsch versanken.

Der Motorenlärm war verstummt, Bob war aus der Kabine geklettert und auf den Boden zu den anderen Männern gesprungen. Er sah Tony und schrie: »Hierher, Boss!«

Die Unruhe weckte Neils Aufmerksamkeit, sodass er sein Telefonat beendete und beobachtete, wie Tony zu seinen Arbeitern ging und sich hinkniete. Der Regen trommelte auf seinen Schirm, während er das Szenario betrachtete. Tony stand wieder auf, schüttelte den Kopf und raufte sich das Haar. Dann klopfte er Bob auf die Schulter. Er hob sein Handy ans Ohr. Die Männer traten von der Stelle zurück und blieben einfach stehen, wie Wächter, mit gesenkten Köpfen, als wollten sie nicht mehr anschauen, was sie da freigelegt hatten.

Tony joggte zu Neil zurück, und im Näherkommen war seine Stimme immer deutlicher zu verstehen. »Ja. Sofort. Ja. Zum ehemaligen Craft Centre and Farm in Uptown.«

Neil runzelte die Stirn, als der Vorarbeiter langsamer wurde und stehen blieb. »Was ist denn jetzt los, zum Teufel? Das war mein Chef am Telefon. Er wollte wissen, wie weit Sie sind, und er ist über den Aufschub nicht gerade erfreut. Sie verstehen doch, wie wichtig das ist. Wenn Sie die Frist nicht einhalten können, müssen wir uns auf die Klausel im Vertrag berufen.«

Tony warf dem Mann einen angeekelten Blick zu. »Das liegt nicht mehr in meiner Hand. Berufen Sie sich, worauf Sie wollen, aber wir können nicht mehr weiter buddeln. Wir haben eine Leiche ausgegraben. Heute finden hier keine Arbeiten mehr statt.«

»Es ist mir egal, ob Ben Lincoln ein Paar hat, wir können sie uns nicht leisten«, sagte Detective Inspector Natalie Ward und ignorierte den Blick ihres fünfzehnjährigen Sohnes. »Du hast erst in drei Monaten Geburtstag, und du besitzt schon ein Paar hervorragender Sportschuhe.«

»Da-ad«, quengelte Josh.

»Mich musst du da nicht mit reinziehen«, sagte David. »Ich bin hier nicht mehr der Hauptverdiener.«

Seine Worte und der bittere Klang, in dem er sie geäußert hatte, taten Natalie weh. Wenn sie jetzt nicht richtig reagierte, würden sie sich wieder zoffen – ein weiterer sinnloser Streit über Geld und Karriere – und das hielt sie nicht schon wieder aus.

»Okay, wenn du sie zu deinem Geburtstag immer noch haben willst, denke ich noch mal darüber nach. Aber du kennst dich doch, Josh. Nike Air Force oder nicht, in ein paar Wochen findest du sie öde und willst wieder andere. Warten wir ab, wie du in ein oder zwei Monaten darüber denkst«, fuhr sie fort, bemühte sich um einen lockeren Tonfall und darum, nicht zu ihrem Mann zu blicken. Er wäre keine Unterstützung, so wie er seit zehn Minuten dasaß: mit verschränkten Armen, die Brauen heruntergezogen und die Unterlippe vorgeschoben. *Großer Gott!* Manchmal war es, als lebte sie mit drei pubertierenden Teenagern zusammen. Jetzt fehlte nur noch, dass die dreizehnjährige Leigh aufkreuzte und sich über die Schule, Freundinnen oder die nicht vegetarische Kasserole beschwerte, die Natalie gerade fürs Abendessen vorbereitete, und sie wäre reif für die Klapse.

Sie hob die Hand zum Zeichen, dass die Diskussion beendet war, und ließ Joshs tödliche Blicke über sich ergehen. Es funktionierte. Er stapfte die Treppe hinauf und knallte die Tür zu seinem Zimmer hinter sich zu.

»Wir könnten uns die Sportschuhe leisten«, fing David an.

Sie drehte sich zu ihm um. »Nicht zu fassen, David. Du weißt doch, wie tief wir in den Miesen sind. Wir müssen noch die Kreditkartenrechnung für diesen Monat und die verdammte Hypothek abbezahlen.«

Er schob die Unterlippe noch weiter vor. Sie tunkte den Löffel in die Kasserole und probierte das Essen. Sie konnte David nicht ständig die Schuld an ihrer Lage in die Schuhe schieben; außerdem musste einer von ihnen für die Kinder da sein, wie er sie oft erinnerte. Sie stand nicht immer zur Verfügung, wenn sie sie brauchten. Wenigstens verbrachte er die meiste Zeit zu Hause.

Josh war der Ältere und das ordentlichere ihrer beiden Kinder. Außerdem war er derjenige, auf den man sich normalerweise verlassen konnte, wenn es darum ging, die Spannungen zu entschärfen, die immer häufiger auftraten, seit Leigh dreizehn war. Er war kein schlechter Junge, und sie würde ihm allzu gern ein neues Paar Sportschuhe schenken, aber Tatsache war, dass Davids Arbeit als freiberuflicher Übersetzer kaum genug einbrachte, um die wöchentlichen Lebensmittelrechnungen zu bezahlen. Ohne ihre Arbeit als Detective Inspector bei der Samford Police Force wären sie aufgeschmissen.

Sie setzte den Deckel wieder auf die Auflaufform und schob sie zurück in den Ofen. Das Essen war ganz passabel. Natalie war alles andere als eine gute Hausfrau und Köchin. »Ich könnte noch ein paar zusätzliche Überstunden machen«, schlug sie vor.

»Ach, verdammt noch mal, Natalie. Tu mir das nicht an.« David sprang auf.

»Was antun?«, fragte sie, obwohl sie wusste, was er meinte. Dass David seinen Job als Übersetzer eines Rechtsanwaltsbüros verloren hatte, für das er zwanzig Jahre gearbeitet hatte, war ungefähr das Schlimmste, was ihnen hatte zustoßen können. Er hatte keine vergleichbare Anstellung mehr finden können, und so war ihm nichts anderes übrig geblieben, als freiberuflich zu arbeiten. Das Problem war, dass seine Fähigkeiten im neuen digitalen Zeitalter kaum gesucht wurden. Er gefiel ihm gar nicht, dass sie das Dach über ihrem Kopf nur dank Natalies Arbeit finanzieren konnten. Sein Stolz war heftig angekratzt, und sosehr sie auch versuchte, ihn vom Gegenteil zu überzeugen – dass es nicht schlimm wäre und dass er als Hausmann und Vater genauso zur Familie beitrug –, kannten sie doch beide die Wahrheit: Es nagte an ihm. David stand nicht gerne in der zweiten Reihe.

»Lust auf ein Gläschen?«, sagte sie als Friedensangebot.

»Es ist nicht mal sechs Uhr.«

»Komm schon. Im Kühlschrank ist noch Wein. Das Essen kann warten. Josh wird jetzt eh noch nicht essen wollen, er muss sich erst mal abreagieren. Wir schenken ihm die verfluchten Sportschuhe als vorgezogenes Geburtstagsgeschenk, wenn du meinst, dass er sie wirklich will.«

»Es geht darum, auf der Straße akzeptiert zu werden, Nat. Er braucht das. Es ist für ihn nicht leicht, sich einzufügen.«

»Ja. Ich weiß.« Ihr Gesicht wurde weich. Josh war ein großartiger Junge, aber er hatte so seine Probleme. Er trug eine Zahnspange und hatte seit einiger Zeit Stress mit seinen Klassenkameraden, die ihn ständig damit aufzogen. Um den Respekt ihrer Freunde zu bekommen, brauchten Kids Hilfsmittel. Und für Josh waren das angesagte Klamotten, noch vor irgendwelchen Gadgets oder dem neuesten Smartphone. Sie verliehen ihm ein Gefühl der Selbstachtung. Natalie fand es schade, dass er keinen Respekt dafür bekam, wie klug er war.

David schien mit ihrer Antwort zufrieden zu sein.

»Möchtest du ein Glas Wein?«, fragte sie wieder.

»Okay. Aber nur eins. Ich muss noch einen Text für einen Kunden übersetzen, der ihn eigentlich bis gestern wollte.« Er streckte sich und gähnte. Es war das Zeichen dafür, dass sich die Spannung zwischen ihnen wieder gelegt hatte.

Sie schenkte ihm ein Lächeln. Die Übersetzung war wahrscheinlich kein so großes Ding, wie er tat, aber sie ließ David seinen besonderen Moment. Er brauchte das Gefühl der Wertschätzung.

Sie drehte sich zum Kühlschrank und holte die gekühlte Flasche Chardonnay heraus. Da vibrierte ihr Handy auf der Arbeitsplatte. Die Polizeidienststelle.

David verkniff den Mund zu einem dünnen Strich, und sein Gesichtsausdruck veränderte sich. »Da gehst du besser ran«, sagte er und verließ die Küche.

»David«, rief sie ihm hinterher, aber es war zu spät. Er hatte sich in sein Büro zurückgezogen. In Joshs Zimmer setzte schwerer Beat ein, der im Treppenhaus vibrierte. Er hörte seine Musik bei voller Lautstärke. Sie steckte sich den Finger ins Ohr, um den Lärm auszuschließen, und ging ans Telefon.

»Natalie, hier ist Aileen.«

Es war eine melodische Stimme mit einem weichen, irischen Singsang, und man konnte sich kaum vorstellen, dass sie zu Superintendent Aileen Melody gehörte. Aileen mochte eine sanfte Stimme haben, aber sie war eine der toughsten Polizistinnen, die Natalie kannte: eine Ermittlerin, die meteoritenschnell die Dienstgrade der Polizei durchlaufen hatte und dank ihrer Laufbahn bei der London Metropolitan Police, wo sie anfangs bei der Sitte und dann im Anti-Terror-Dezernat gearbeitet hatte, oben angekommen war. Wenn Aileen sie anrief, bedeutete das nichts Gutes.

»Was ist los, Aileen?«

»Ich rufe an, weil Sie bei den Ermittlungen im Fall Olivia Chester dabei waren.«

Natalie gefror das Blut in den Adern bei der Erwähnung des Falles, mit dem sie 2015 betraut gewesen war. Damals hatte es ein böses Ende genommen.

»Ich brauche Ihre Expertise.«

»Wurde eine Leiche gefunden?«

Aileens Schweigen verriet Natalie alles, was sie wissen musste.

»Wann?«, fragte sie.

»Vor einer Stunde. Es ist keine frische Leiche. Laut Rechtsmedizin hat sie mehrere Jahre dort gelegen. Es handelt sich um ein Kind.«

»Wie alt?«

»Im Moment noch schwer zu sagen.«

Natalie blinzelte die Erinnerungen an das letzte Mal

zurück, als sie die Leiche eines Kindes gesehen hatte, und antwortete: »Bin gleich da. Ich fahre sofort los.«

Als sie im Flur ihre Mordtasche – das forensische Kit, das sie für die Untersuchung des Tatortes brauchen würde – holte, kam David aus seinem Büro. Er runzelte stumm fragend die Stirn und beobachtete kommentarlos, wie sie nach ihrem Mantel und dem Autoschlüssel griff.

»Der Auflauf ist in fünf Minuten fertig.«

Er nickte zur Antwort, und als sie die Tür aufzog, öffnete er den Mund, als wollte er etwas sagen. Sie glitt hinaus, auf das konzentriert, was ihr bevorstand. Dann erst bemerkte sie, was er vorhatte, und drehte sich rasch wieder um, aber David klappte den Mund gerade zu und schloss die Tür hinter ihr. Was er auch hatte sagen wollen, nun war es zu spät.

Natalie öffnete die Autotür mit der Fernbedienung und glitt auf den Fahrersitz. Sie legte die Hände an das kalte Leder des Lenkrads. *Ein Kind.* Dieses Mal musste sie es hinbekommen. Es war lebenswichtig, nicht noch einmal den gleichen Fehler zu machen.

ZWEI

DIENSTAG, 25. APRIL, ABEND

Das ehemalige Uptown Craft Centre and Farm lag hinter einem riesigen Parkplatz. Der Parkplatz war viel größer als der des billigen Supermarktes, in dem Natalie ihren Wocheneinkauf tätigte. Der Schriftzug war längst verschwunden, aber die Fassade sah so ähnlich aus wie bei allen Gartencentern, die sie kannte: ein braunes Backsteingebäude, dessen Eingangsbereich von einem Bogen überspannt wurde.

Das Center lag an einer viel befahrenen Hauptstraße, die von Samford, wo Natalie arbeitete, nach Uptown führte, das für seine Parks und das jährliche Musikfestival bekannt war. Sie fuhr zum ersten Mal nach Uptown, und als sie näher kam, machte sich ihr immer schneller werdender, holpernder Herzschlag bemerkbar.

Sie parkte in der Nähe des Eingangs, zog ihre Gummistiefel an und ging zu den Polizisten vor dem Gebäude, denen sie ihren Ausweis präsentierte. Sie notierten ihren Namen im Tatortprotokoll und führten sie zum Seiteneingang, der über leere Flächen zum hinteren Teil des Centers führte. Aus dem dunklen Abendhimmel fiel immer noch der Regen und bildete auf dem Betonboden tintenschwarze Pfützen, die Natalie platschend durchwatete. Früher war das Center eine Kombination aus Gartencenter, Kunsthandwerkstatt, Tearoom und kleinem Bauernhof gewesen. Außerdem waren in einem Hofladen lokale Produkte und ein großes Sortiment an Spielwaren verkauft worden. Die neuen Eigentümer, eine Unternehmensgruppe, wollten es vergrößern und um mehrere Hofläden und Attraktionen erweitern, darunter eine Schmiede und eine Dampfeisenbahn, die über das Gelände fahren und die Passagiere zu den verschiedenen Punkten bringen sollte. Es würde eher ein Themenpark als ein Gartencenter werden. Natalie verließ die betonierte Fläche und betrat platschend die durchweichte Erde hinter zwei Gewächshäusern. Neben dem ersten stand ein hagerer Mann etwa Mitte fünfzig, die Hände tief in die Taschen seiner Warnweste geschoben. Sein graues Haar lag platt am Kopf an, und seine Augen waren eingesunken.

»Ich bin Neil Linton«, stellte er sich vor und streckte ihr seine schmale Hand entgegen. »Projektmanager. Wir haben die Leiche gefunden.«

Sie schüttelte ihm die Hand, die sich weich anfühlte. »Haben Sie schon ausgesagt?«

Er nickte betrübt. »Ja, aber ich kann nicht weg, bevor ich es weiß. Die Polizisten sagten, es wäre in Ordnung, wenn ich warte.«

»Bis Sie was wissen?«

»Ob es sich um menschliche Überreste handelt.«

»Es bringt nichts, hierzubleiben, und wir werden auch keine Informationen herausgeben, bevor wir es dürfen. Unabhängig davon, was die Polizisten Ihnen gesagt haben.«

Er ließ die Schultern sinken. »So genau haben sie sich nicht ausgedrückt. Ich habe gehofft ...«

Sie lächelte entschlossen. »Ich fürchte, nein.«

»Darf ich noch ein bisschen warten?«

»Es wäre mir lieber, Sie ...« Seine Augen ließen sie innehalten. Sie waren schmerzerfüllt. Es war der gleiche Schmerz, den sie in den Augen von Eltern gesehen hatte, deren Kinder sie nicht rechtzeitig hatte finden können. »Bleiben Sie, wenn Sie unbedingt müssen. Aber heute Abend werden Sie nichts mehr erfahren«, sagte sie sanft. »Sie sollten wirklich lieber nach Hause fahren. Wir melden uns zeitnah bei Ihnen.«

»Nur noch zehn Minuten. Ich habe das Gefühl, dass ich es dem da draußen schuldig bin, wer oder was es auch sein mag«, erwiderte Neil.

Natalie nickte verständnisvoll und verließ das beleuchtete Gelände. Sie überquerte das Feld, wobei sie die Taschenlampe auf die Erde richtete. Die ganze Zeit schlug ihr der Regen ins Gesicht, und ihre Füße versanken im morastigen Boden. Sie machte sich nichts daraus. Sie wollte nur die nächsten paar Minuten hinter sich bringen. Mehrere Polizisten standen in der Nähe eines behelfsmäßigen Zeltes. Erneut zeigte sie einem blassen Polizisten ihren Ausweis, woraufhin er die Zeltplane zurückschlug. Beim Überqueren des Feldes hatte sie versucht, ihre Gedanken zu beruhigen. Sie hatte erprobte Visualisierungstechniken angewandt und sich einen ruhigen See, einen Sonnenuntergang und wiederkäuende Kühe vorgestellt. Das waren alles Ratschläge aus ihrer Therapie nach dem Fall Olivia Chester. Sie hatte viele Entspannungs- und Bewältigungsstrategien gelernt, doch heute versagten sie alle. Gleich würde sie etwas sehen, wovon sie gehofft hatte, dass sie es nie wieder im Leben sehen müsste: ein totes Kind.

Die Scheinwerfer im Zelt verbreiteten grelles Licht und ließen sie einen Moment die Augen zusammenkneifen. Sie blinzelte und erkannte Mike Sullivan, den Forensiker. Er sprach mit jemandem, den sie für den Rechtsmediziner hielt. Natalie kannte Mike schon fast ihr gesamtes Berufsleben, ungefähr zwanzig Jahre; er war ein enger Freund ihres Mannes, mit dem er an der Uni eine Bude geteilt hatte. Nichts tat Mike lieber, als in den alten Zeiten zu schwelgen – durchgefeierte Nächte und Spaß ohne Ende. Seit damals war die Welt für ihn komplett außer Kontrolle geraten, und diese unbeschwerten Tage gehörten der Vergangenheit an. Seine Frau Nicole hatte sich kürzlich von ihm getrennt und ihre kleine Tochter Thea mitgenommen. Oberflächlich betrachtet schien er von ihrem Weggehen nicht beeinträchtigt zu sein, aber Natalie hatte kleine Veränderungen an ihm wahrgenommen, die etwas anderes verrieten: Er hatte Gewicht verloren, und unter seinen Augen lagen tiefe Schatten. Natalie ging zu den Männern und unterdrückte den gequälten Laut, der sich unwillkürlich in ihrer Kehle bildete.

Der Leichnam war so klein, gerade mal einen Meter vom Scheitel bis zur Sohle. Er war in irgendeinen Stoff eingewickelt gewesen – Sackleinen oder etwas Ähnliches – und lag nun entblößt da. Eine ausgetrocknete, kleine Leiche, deren Haut über den erkennbaren Knochen gespannt war. Der Schädel war winzig – er würde in Natalies gewölbte Hände passen. Der geöffnete Kiefer enthüllte eine Reihe gleichmäßiger, weißer Zähne. Keiner davon würde jemals unter ein Kissen gelegt werden, damit die Zahnfee ihn finden konnte. Der Anblick traf Natalie wie ein unerwarteter Hieb in den Solarplexus. Ihr Atem ging stoßweise, und sie gab sich alle Mühe, ihren Schrecken vor den Kollegen zu verbergen. Sie wusste, dass Mike genauso empfand. Er musste an seine eigene Tochter denken, und der Anblick dieses Kindes brachte den Papa Bär in ihm hervor. Er ballte die Fäuste, als wollte er denjenigen, der das getan hatte, schlimm verletzen. Er schaute auf und lächelte sie kurz an. Es war wie ein Anker auf stürmischer See, und sie griff danach, erwiderte sein Lächeln und gewann ihre Fassung zurück.

»Das ist Ben Hargreaves«, sagte Mike, deutete auf den Rechtsmediziner und trat zur Seite, damit sie sich neben ihn stellen konnte. Sie nahm das Angebot dankbar an und spürte die Wärme, die von seinem kräftigen Körper ausging. »Er ist aus Birmingham her versetzt worden. Ben, das ist DI Natalie Ward.«

»Hi«, sagte Natalie, die froh darüber war, dass sie sich auf jemand anderen als das Kind auf dem Boden konzentrieren konnte. Ben sah nur kurz in ihre Richtung und gab ein zustimmendes Geräusch von sich, bevor er seine Aufmerksamkeit wieder der Leiche vor sich zuwandte. Schweigen. Mike warf ihr einen Blick zu und zuckte die Schultern. Vielleicht war der Rechtsmediziner ebenso erschüttert wie sie beide.

»Ben meint, die Leiche liegt seit zwei oder drei Jahren hier. Vielleicht auch kürzer. Der Boden hier ist lehmig, weshalb der Körper besser konserviert sein könnte als in normaler Erde. Der Lehm ist wie eine Barriere für Insekten. Dadurch, und weil die Leiche hierin eingewickelt war«, er deute auf den Stoff unter dem Körper, »kann der Verwesungsgrad beeinflusst worden sein.«

Ben stand auf und rückte seine Brille zurecht. Er war gut zehn Zentimeter größer als Natalie mit ihren eins achtzig. Sie sah einen Ehering an seinem Finger. »Das ist richtig. Ich sehe keine offensichtlichen Spuren an der Leiche, keine Knochenbrüche, keine Schnitt- oder Stichwunden, und nichts Erkennbares, das mir hilft, die Todesursache zu bestimmen. Wenn ich die Abnutzung der Zähne und die Größe des Skeletts berücksichtige, würde ich lediglich die Schätzung wagen, dass das Kind zwischen vier und sieben Jahren alt war. Das scheinen Milchzähne zu sein. Mehr kann ich Ihnen sagen, wenn wir die Knochen analysiert haben.«

»Können Sie uns das Geschlecht verraten?«

Ben schüttelte den Kopf. Sein langes, dunkles Haar glänzte regennass. »Noch nicht. Das ist vor der Pubertät schwer zu sagen, weil der Geschlechtsdimorphismus – der Unterschied zwischen männlich und weiblich – bei Kindern noch minimal ist. Euer forensischer Anthropologe muss die Knochengröße und das Becken untersuchen, um das Geschlecht dieses Kindes zu bestimmen. Ich kann Ihnen keine endgültige Antwort geben, wobei, wie Sie sehen, an der restlichen Kopfhaut mehrere lange, blonde Haarsträhnen zu erkennen sind. Das könnte darauf hindeuten, dass wir hier die Leiche eines Mädchens vor uns haben.«

»Mike, hast du noch Fragen, bevor wir die Leiche bewegen?«

Mike schüttelte den Kopf. »Nein, macht euch am besten an die Arbeit. Ich setze Naomi darauf an.«

Naomi Singh war eine hervorragende forensische Anthropologin mit pragmatischer Arbeitshaltung, die ihr Labor mit ihrem Ehemann Darshan teilte, einem Spezialisten in forensischer Zahnheilkunde. Mike war für sie beide voll des Lobes. Erneut verlagerte er das Gewicht. Natalie spürte sein Unbehagen.

Ben nickte knapp. »Okay. Dann veranlassen Sie bitte den Abtransport.«

Natalie ging hinaus und schaltete ihre Taschenlampe ein. Der Lichtstrahl streckte sich über das Feld aus und fing die herabtrudelnden Regentropfen ein. Mike gesellte sich zu ihr und schlug den Kragen hoch.

»Geht's dir gut?«, fragte er.

»Was denkst du wohl?«

»Ja. Dumme Frage. Zu viele schlimme Erinnerungen, hm?«

Natalie konnte nicht antworten. Nach den Ermittlungen im Fall Olivia Chester hatte sie so viele Stunden damit verbracht, im Kopf die Uhr zurückzudrehen und jeden einzelnen Moment erneut zu durchleben, jedes Mal in dem Versuch, durch ihren schieren Willen ein anderes Ergebnis zu erzielen, bis sie nicht mehr konnte. In dem Fall war *alles* falschgelaufen. Sie war Teil eines Ermittlerteams gewesen, das das Verschwinden des dreizehnjährigen Mädchens in Manchester untersucht hatte. Am Ende hatten sie in einem leerstehenden Lager ihre Leiche gefunden. Natalie war der festen Überzeugung, dass sie viel zu spät auf Hinweise reagiert hatten, und das nicht zum ersten Mal. Vor Olivia hatte es schon einmal einen Fall gegeben – einen Fall, der sie so sehr in Mitleidenschaft gezogen hatte, dass sie es nicht fertigbrachte, daran zu denken. Sie kämpfte gegen diese Erinnerung an und konzentrierte sich stattdessen auf Olivia, die hätte gerettet werden können, wenn der Fall anders gehandhabt worden wäre. Olivias Eltern konnte sie keine Antworten mehr bieten, aber sie würde versuchen, den Eltern dieses Kindes welche zu liefern.

Mike begleitete sie zu den Gebäuden. Neil Linton stand an eine Wand gelehnt da und hatte die aktuell stattfindenden Aktivitäten im Auge: Die Leute von der Spurensicherung eilten an ihnen vorbei, einer von ihnen hatte eine Klappliege unter dem Arm. Neil richtete den Blick auf Natalies Gesicht, und sie schloss zu ihm auf. »Sie brauchen's mir nicht zu sagen«, sagte er. »Sie wären nicht hier, wenn das da draußen ein Tier wäre. Es sah mir wie ein kleiner Körper aus ...« Er ließ den Rest des Satzes in der Luft hängen.

»Am besten gehen Sie nach Hause und ruhen sich aus«, sagte Mike.

Als sie zum Parkplatz zurückgingen, fragte Natalie: »Was für eine Geschichte steckt dahinter? Weshalb ist er noch da?«

»Keine große Sache. Er steht unter Druck, weil die Arbeiten hier fertig werden müssen. Die werden jetzt verzögert. Wir werden das Areal untersuchen müssen, falls noch mehr Leichen vergraben sind. Das sprengt seinen Zeitplan.«

Natalie überlief unwillkürlich ein Schaudern. »Du rechnest damit, dass es hier noch mehr Leichen gibt?«

»Wer weiß? Da draußen könnte eine ganze Familie liegen.«

Keiner von ihnen sagte etwas. Der Gedanke war ernüchternd. Sie standen am Eingang zum Center und beobachteten die Ankunft weiterer Polizeikräfte. Das würde eine lange

Nacht werden, und wenn der Regen nicht aufhörte, wäre die Suche nach weiteren Leichen zum Scheitern verurteilt. Mike schlug gegen die Taschen seines Mantels, zog ein Zigarettenpäckchen heraus, klopfte eine Kippe heraus und bot sie Natalie an.

Sie schüttelte den Kopf. »Hab aufgehört.«

»Echt? Wann?«

Vor ihren Augen formte sich ein Bild von ihnen beiden, nackt und schweißnass. Ein weißes Federbett auf dem Boden, ihre Beine über seinen muskulösen Oberschenkeln, eine Zigarette zwischen ihren Lippen, und der Rauch kräuselte sich zur Decke hoch. Sie hatte noch an dem Nachmittag aufgehört zu rauchen – am selben Nachmittag hatte sie sich innerlich sortiert und sich geschworen, nie wieder so bescheuert zu sein und ihren Mann zu betrügen. »Ist schon 'ne Weile her.«

Er verzog das Gesicht. »Das freut mich für dich. Ich wünschte, ich könnte es auch. Es kostet mich ein Vermögen, und da Nicole nach Blut schreit, werde ich demnächst all meine Kollegen anschnorren oder einen kalten Entzug machen müssen.«

»Ist sie endgültig weg?«

Er zuckte die Achseln. »Sie hat den Volvo genommen, all ihre und Theas Sachen und den Hund. Also reim's dir selbst zusammen.«

»Kommst du klar?« Ihre Sorge war echt. Mike betete seine Tochter an.

Er zog an der Zigarette. »Ich werd's überleben. Du kennst mich ja.«

Ja. Sie kannte Mike sehr gut. Er war charmant und selbstbewusst, und an seinen Augenwinkeln bildeten sich attraktive Fältchen, wenn er lächelte. Er war gefährlich und ritterlich und absolut beziehungsunfähig. Es war sowohl für sie als auch für David eine Überraschung gewesen, als er angekündigt hatte, dass er Nicole heiraten würde. Mike hatte nie wie der Typ

Mann gewirkt, der heiratete. Sie öffnete den Mund, um etwas zu sagen, doch er unterbrach sie mit hochgehobenem Finger.

»Bevor du fragst – nein, sie hat mich nicht verlassen, weil sie herausgefunden hat, was zwischen dir und mir passiert ist. Davon hat sie nie was erfahren. Sie hat mich verlassen, weil ich ›die Arbeit nicht vom echten Leben trennen kann‹.« Er steckte sich die Zigarette zwischen die Lippen und schnaubte. »Arbeit *ist* das verfickte echte Leben.«

Natalie war froh darüber, dass sie nicht der Grund für Nicoles Trennung von Mike war. Ihr One-Night-Stand war ein verrückter Moment gewesen, ausgelöst durch Verzweiflung und zu viel Alkohol. David hatte mal wieder online gespielt, trotz all seiner Versprechungen, und damit Schulden angehäuft, die auch sie in den Ruin getrieben hatten. Sie hatte ihm zur Seite gestanden, als er wegrationalisiert und entlassen worden war, und ihn bestärkt, sich auf viele Stellen zu bewerben. Dann hatte sie ihn ermutigt, sich als Übersetzer selbstständig zu machen, und die ganze Zeit hatte sie dafür gesorgt, dass Essen auf dem Tisch stand, dass Josh die Klassenfahrt nach Österreich mitmachen konnte, dass Leigh Schlagzeugunterricht nehmen konnte. Und dass Davids Ego gestreichelt wurde. Sie verstand, dass er sich wie ein Versager fühlte, doch er war keiner. Als sie dann aber herausgefunden hatte, dass ihr gemeinsames Konto in den roten Zahlen war und damit die Wahrheit über seine Online-Aktivitäten ans Licht kam, war sie explodiert.

Sie hätte sich nie an Mike wenden dürfen, aber er war im Büro gewesen, als sie das über Davids Spielerei herausgefunden hatte. Er hatte sie gefragt, was nicht stimmte, und sie war zusammengebrochen. Später waren sie etwas trinken gegangen. Noch später war sie mit ihm im Hotel ins Bett geschlüpft. Seitdem waren vier Monate vergangen, und sie hatte nicht die Absicht, den gleichen Fehler noch einmal zu machen.

Sie standen Schulter an Schulter und ließen den Regen die

Stille füllen, die zwischen ihnen hing, während immer mehr weiße Vans heranfuhren.

»Meine Leute«, sagte Mike und ging zu seinem Team, um mit lauter Stimme Anweisungen zu geben, während Natalie zu ihrem Auto marschierte. Sie würde ihr eigenes Team zu einer Einsatzbesprechung zusammentrommeln, wenn sie in der Dienststelle wäre. Es würde eine lange Nacht werden.

DREI

DIENSTAG, 25. APRIL, NACHT

Die Polizeizentrale in Samford fungierte nicht nur als Revier für die örtlichen Polizeikräfte, sondern zugleich als eines von vier Ermittlungszentren, die über die Region verteilt waren. Kriminalpolizei, das Dezernat für den Schutz der Öffentlichkeit und die rechtsmedizinische Abteilung von Nord-Staffordshire waren unter dem Dach des neuen, hochmodernen Gebäudes versammelt. Nach zwei Jahren Bauzeit war das Polizeirevier Anfang 2016 fertiggestellt worden. Diese Zentrale war einer der Gründe, weshalb Natalie sich von Kingsville, einer traditionelleren Wache am Stadtrand von Manchester, hatte versetzten lassen. Zumindest redete sie sich das gern ein.

Um die Wahrheit zu sagen, hatte sie es nach dem Fiasko im Olivia-Chester-Fall nicht mehr ausgehalten, jeden Morgen ihren Vorgesetzten oder Kolleginnen und Kollegen in Kingsville gegenüberzutreten. Sie konnte ihnen nicht mehr in die Augen schauen und sich auch nicht mehr als Teil des Teams fühlen. Deshalb hatte sie sich beworben, als sie von der neuen Zentrale gehört und erfahren hatte, dass neue Ermittlerteams zusammengestellt wurden. Von Castergate aus, wo sie mit ihrer

Familie wohnte, konnte sie genauso leicht nach Samford wie nach Kingsville pendeln.

Ihr Bammel davor, mit Leuten zusammenzuarbeiten, die sie bis dahin nicht gekannt hatte, erwies sich als unbegründet. Sie war in die Rolle der Mentorin und Teamchefin geschlüpft, als wäre sie eigens für sie geschaffen worden, und sie war mit den Personen, mit denen sie zusammenarbeitete, mehr als zufrieden. Eine von ihnen stand bereits in der Nähe des Empfangstresens. Natalie hätte sich denken können, dass Sergeant Lucy Carmichael sich als eine der Ersten zum Dienst melden würde. Die Achtundzwanzigjährige sah immer etwas wütend aus. Dieser Eindruck wurde noch verstärkt durch eine tiefe Narbe, die quer über ihren Nasenrücken verlief und ihr umwerfendes Aussehen durchbrach. Mit pechschwarzem, kurz geschorenem Haar, dichten, markanten Augenbrauen und einer hageren Statur, die Natalie als ektomorph bezeichnen würde, strahlte Lucy großes Selbstvertrauen aus. Wenn man sie ohne Uniform traf und sie ihre übliche Aufmachung aus einem gerippten T-Shirt und Lederhosen trug, hätte man sie für einen Rockstar halten können. Lucy strahlte Selbstbewusstsein aus und war zugleich zäh und couragiert. Natalie hatte diese Eigenschaften an ihr sowie ihre Loyalität schon kurz nach der Zusammenstellung des Teams bemerkt. Sie hatten sich schnell gut verstanden, und als Natalie nun zu ihrer jüngeren Kollegin ging, war sie nicht überrascht über den traurigen Ausdruck in ihren Augen.

»Scheiße.« Mehr brachte Lucy nicht heraus.

»Ich weiß.«

»Ich hasse es, wenn's bei den Verbrechen um Kinder geht.«

»So geht es uns allen, Lucy. Es ist eine traurige Wahrheit, dass jeden Tag Männer, Frauen und Kinder sterben. Unser Job ist es, unsere Gefühle beiseitezuschieben und Antworten zu finden.« Dieser Kommentar kam von Sergeant Murray Anderson. Er war drei Jahre älter als Lucy, hatte ein rundes Gesicht und sandfarbenes Haar.

»Ja. Ich brauche keine Belehrungen, sondern nur die Möglichkeit, im Kopf damit klarzukommen«, antwortete Lucy.

Murray ignorierte die schnippische Antwort. Er und Lucy kannten sich seit einer ganzen Reihe von Jahren. Sie waren aus derselben Polizeidienststelle in Stoke-on-Trent gekommen, um in Samford Teil des neuen Teams zu werden. Natalie hatte eine Weile gebraucht, um hinter die Natur ihrer turbulenten Beziehung zu kommen, aber dann hatte sich herausgestellt, dass sie einfach gute Freunde waren. Murray war mit einer engen Freundin von Lucy verheiratet – Yolande –, die er durch Lucy kennengelernt hatte und vergötterte.

»Was haben wir?«, fragte Murray an Natalie gewandt.

»Nicht viel. Die Leiche ist auf dem Weg zur Rechtsmedizin, und die Kriminaltechniker durchsuchen noch die unmittelbare Umgebung nach weiteren Leichen, wobei das Wetter und die Dunkelheit die Ermittlungen momentan behindern. Ich gehe davon aus, dass sie bald aufgeben und im Morgengrauen weitermachen. Das Feld ist zu sehr aufgeweicht.«

Das Trio eilte zum Besprechungsraum am Ende des Flurs, und Natalie schaltete das Licht ein, als sie hineingingen. Die Reinigungskräfte waren schon da gewesen. Das Whiteboard war streifenfrei, der ovale Tisch, an dem zehn Polizisten sitzen konnten, abgewischt worden, und der ganze Raum roch nach frisch gepressten Zitronen.

Natalie öffnete ihren Laptop und klickte die Fotos der Leiche an, die ihr geschickt worden waren. Mike hatte dafür gesorgt, dass sie sie schnell bekam. Es waren mehrere, alle aus unterschiedlichen Winkeln aufgenommen: Man sah den Stoff, in dessen Falten man Matsch erkennen konnte, den enthüllten Leichnam mit ausgestreckten Beinen und vor der Brust gekreuzten Armen, den Schädel mit der pergamentartigen, gedehnten Haut und die kleinen, weißen Zähne. Als Joshs erster Milchzahn sich gelockert hatte, hatte er im Bett so lange daran gezogen, bis er ihn in der Hand hielt, ohne Natalie etwas davon zu sagen. Stattdessen hatte er ihn unter seinem Kopfkissen versteckt. Als er am nächsten Morgen immer noch dort lag, war er tieftraurig gewesen. Natalie hatte ihm erklärt, dass er für die Zahnfee ein Lied hätte singen müssen, und erfand sofort einen schlichten Reim für ihn:

Zahnfee, Zahnfee, bitte komm zu mir.
Für 'nen blanken Penny gehört mein Zähnchen dir.

An dem Abend hatten sie das Lied zusammen gesungen und den Zahn wieder unter das Kissen gelegt. Am nächsten Morgen war Josh ganz aufgeregt, weil er fünfzig Pence unter dem Kopfkissen fand. Danach hatte das Lied jedes Mal herhalten müssen, wenn er einen Zahn verlor, und dann hatte sie das Gleiche für Leigh getan, als *sie* ihre ersten Milchzähnchen verlor.

Natalie sah wieder auf das Foto und wollte gerade etwas sagen, als die Tür klappernd aufging das letzte Mitglied ihres Teams mit einen Coffee to go in der Hand hereinhastete.

»Echt jetzt?!«, rief Murray. »Wir sitzen hier blöd rum und warten auf dich, und du hältst auf dem Weg an, um dir einen Scheißkaffee zu holen?«

»Ich war schon im Café, als ich den Anruf bekam«, verteidigte sich Police Constable Ian Jarvis. »Es wäre die reinste Verschwendung gewesen, ihn stehen zu lassen.« Er trank demonstrativ einen Schluck. Mit dreiundzwanzig Jahren war er der Jüngste im Team, und auch wenn er ein guter Kerl war, regte er Murray ständig mit seiner etwas unverschämten Art auf. Von Anfang an hatte es zwischen den beiden Konkurrenz gegeben, nachdem sie festgestellt hatten, dass sie rivalisierende Fußballmannschaften unterstützten: Murray war eingefleischter Fan von Stoke City, während Ian auf West Bromwich Albion abfuhr. Daraus waren einige erhitzte Diskussionen entstanden. Natalie erkannte in dem jüngeren Polizisten etwas, einen Funken, der ihn in seiner Laufbahn voranbringen würde: Er war klug, engagiert und unerschütterlich, und er beruhigte sich immer rechtzeitig. Was Murray anging, so musste er über etwas hinwegkommen, das an ihm nagte. Was auch immer es war.

»Okay, alle mal zuhören. Danke, dass Sie so schnell hergekommen sind. Um siebzehn Uhr wurde heute eine Leiche in Poppyfields, dem neuen Gartencenter, das in Uptown eröffnet werden soll, gefunden.« Sie drehte den Laptop um, damit sie ihrem Team die Fotos zeigen konnte. Murray zuckte zusammen. Lucy sah trotzig auf den Bildschirm, als könnte sie so die Bilder niederstarren.

»In den letzten paar Tagen haben die Bauarbeiter Land, das zum Gartencenter gehört, für Erweiterungsarbeiten umgegraben. Der Projektleiter heißt Neil Linton, und sein Vorarbeiter Tony Mellows hat die Polizei gerufen, als die Leiche gefunden wurde. Beide Männer waren vor Ort, als der Leichnam entdeckt wurde. Es besteht kein Zweifel daran, dass die Überreste menschlichen Ursprungs sind. Das Geschlecht ist noch unbekannt, es handelt sich um ein Kind zwischen vier und sieben Jahren. Der Leichnam ist in fortgeschrittenem Verwesungszustand, war aber in ein Tuch eingewickelt, das zu einer gewissen Konservierung beigetragen hat. Deshalb sind an der Kopfhaut noch lange, blonde Haarsträhnen zu erkennen, die darauf hinweisen könnten, dass es sich um ein Mädchen handelt, es könnte aber auch ein kleiner Junge sein. Wir warten auf die Erkenntnisse aus der Rechtsmedizin und der Forensik. Mike leitet das kriminaltechnische Team und Naomi arbeitet in dieser Ermittlung als forensische Anthropologin. Inzwischen sollten wir die Dinge vorantreiben und alle Fälle vermisst gemeldeter Kinder der letzten Jahre durchgehen. Nehmen Sie sich alle Akten mit Vermisstmeldungen vor.«

Murray kritzelte mit zusammengepressten Lippen auf

seinem Notizblock herum, wobei er mit dem linken Knie wippte – eine nervöse Angewohnheit.

Natalie fuhr fort: »Ben Hargreaves ist der zuständige
Rechtsmediziner in diesem Fall. Kennt ihn jemand?«

Lucy schüttelte den Kopf. »Er ist neu. Erst vor ein paar
Wochen gekommen. Ich habe ihn in der Kantine getroffen.
Wirkte leicht abweisend.«

»Er ist in Ordnung«, sagte Ian. »Er braucht ein bisschen
Zeit, sich einzuleben und alle kennenzulernen.«

»Haben Sie mit ihm gesprochen?«

»Ja. Wir haben gequatscht. Er ist auch ein Fan von West
Bromwich Albion.«

Natalie nickte. Es war immer gut, eine Beziehung zu den
Leuten aus der Forensik und der Pathologie herzustellen. Es
half, die Ermittlungen zu beschleunigen.

»Wir wissen noch nichts darüber, wie das Kind gestorben
ist. Es könnte eine natürliche Ursache gewesen sein. Es ist noch
zu früh, sich festzulegen. Ben hat nichts Verdächtiges feststellen können. Trotzdem würde ich Neil Linton gern überprüfen.« Natalie ignorierte Ians hochgezogene Brauen. Sie hatte
schmerzvoll erfahren müssen, dass diejenigen, die die Ermittlungen am bereitwilligsten zu unterstützen schienen,
manchmal die Urheber der Verbrechen waren. »Neils Männer
haben zwar die Leiche gefunden, aber trotzdem war er derjenige, der noch im Dunkeln dort herumhing und auf mehr Infos
wartete, bis wir darauf bestanden, dass er nach Hause geht.«

»Aber wenn er etwas über den Tod dieses Kindes wüsste,
hätte er sich doch sicher nicht als Projektleiter für den Ausbau
des Gartencenters einteilen lassen. Er hätte sich so weit wie
möglich davon ferngehalten«, warf Ian ein.

»Eigentlich ist das sogar ein ziemlich guter Grund, eben
doch dabei zu sein«, meinte Murray und verschränkte die
Arme. »Vor Ort würde er ja sofort erfahren, wenn die Leiche
gefunden würde. Vielleicht dachte er sogar, dass er sich durch

seine Anwesenheit aus dem Kreis der Verdächtigen ausschließen würde.«

»So sehe ich das auch«, sagte Natalie. »Aber Priorität hat jetzt erst mal die Identität des Kindes. Wenn wir die kennen, fordern wir den Bericht aus der Rechtsmedizin an und finden heraus, was passiert ist. Und wir sprechen mit den Eltern. Gibt es Fragen?« Da es keine gab, entließ sie die anderen und lief selbst ins nächste Stockwerk hinauf, um zu sehen, ob Mike schon mit der Arbeit begonnen hatte.

Mike war nicht im Labor, aber Naomi Singh war da. Sie stand über einen makellosen weißen Schreibtisch gebeugt und betrachtete die gleichen Fotos des Kindes, die auch Natalie erhalten hatte. Sie richtete sich zu ihrer vollen Größe von eins sechzig auf und seufzte leise. Ihre glänzenden kastanienbraunen Augen blickten traurig.

»Im Körper eines Erwachsenen gibt es zweihundertsechs Knochen. Ein Kind hat mehr: bis zu dreihundert – abhängig vom Alter, bevor die Knochen zusammenwachsen.«

»Ben meint, das Kind ist zwischen vier und sieben Jahren alt.«

»Dann müssten es ungefähr zweihundertdreizehn Knochen sein.« Naomi schüttelte langsam den Kopf. »Ich muss warten, bis der Rechtsmediziner seine Untersuchung beendet hat. In der Zwischenzeit schaue ich mir mal die Decke an, oder was immer das ist, worin die Leiche eingewickelt war.«

»Ich bin nicht gekommen, um Sie unter Druck zu setzen, sondern wollte nur Ihre ersten Gedanken hören.«

»Das, worin die Leiche eingewickelt war, hat geholfen, sie vor Insekten und Aasfressern zu bewahren«, sagte Naomi mit Blick auf die Fotos. »Die Haarsträhnen, die noch an der Kopfhaut haften, und die Zähne sollten uns helfen, das Kind zu identifizieren.«

»Sicher. Ist Mike da?«, fragte Natalie betont beiläufig.

»Er bleibt eine Zeit lang vor Ort, falls noch etwas gefunden wird. Kann ich Ihnen sonst mit irgendetwas helfen?«

Natalie lächelte. »Geben Sie mir nur Bescheid, sobald Sie was haben.«

»Das wissen Sie doch.« Sie widmete sich wieder den Fotos und kniff hoch konzentriert die Augen zusammen. Natalie hatte sie schon wieder vergessen.

Natalie ging zu den anderen in ihrem Büro mit der Glasfront, das vom Flur im zweiten Stock aus abging. Davor stand eine mehrfarbige, sichelförmige Couch für sechs Personen. Warum das Ding dorthin gestellt worden war, wusste niemand.

»Wer soll sich denn da draufsetzen? Sie steht blöd mitten in einem Flur herum, in dem dauernd Hochbetrieb herrscht«, hatte Murray gegrummelt, als sie geliefert worden war. Seither gehörte die Couch zum Interieur, auf das sie jeden Tag blickten, aber sie sprachen nicht mehr darüber und benutzten sie auch kein einziges Mal.

Die wandhohen, doppelt verglasten Fenster an der Außenseite des Büros gaben den Blick auf die Hauptstraße frei, schützten die Menschen im Rauminneren aber gleichzeitig vor Blicken von außen. In diesem modernen Gebäude brauchte man keine Rollos oder Jalousien. Natalie fand es immer noch merkwürdig, dass sie den vorbeirollenden Verkehr beobachten konnte, aber keiner der Autoinsassen sehen konnte, was hinter den Fenstern vor sich ging. Das Gebäude war so futuristisch entworfen, dass die Autofahrer oft die Hälse verrenkten, um es zu betrachten, wenn sie in einem Stau steckten. Dabei ahnten sie nicht, dass die Polizisten sie beobachten konnten. Die Wände waren in fahlem Grau gestrichen, wobei hinter den hohen Metallschränken und den Regalen voller Aktenordner nur wenig von der Farbe zu sehen war. Zwei silbergraue Tische standen einander gegenüber, an jedem vier ergonomisch geformte Stühle, und ein dritter, kleinerer Schreibtisch mit zwei Stühlen stand im schrägen Winkel dazu. Natalie legte ihren Laptop auf den kleineren Schreibtisch, an dem sie gewöhnlich arbeitete, obwohl niemand von ihnen einen festen Platz im Büro hatte. Das war moderne Arbeitspolitik – sie sollten flexibel sein und kein persönliches Territorium markieren.

Ian saß neben Lucy, und beide arbeiteten an Laptops, während Murray beim Durchgang der Fälle einen der Desktop-PCs am gegenüberliegenden Tisch benutzte. Natalie hatte kaum ihren Laptop aufgeklappt, da redete Murray los.

»Ich habe Angaben zu hundertachtundzwanzig vermissten Kindern unter zehn, die seit 2021 in der Gegend gemeldet wurden. Aber nur fünf von ihnen sind im richtigen Alter, um unser Opfer sein zu können: Noah Lawson, Michaela Brown, Dee Horton, Poppy Islington und Ava Sawyer.«

»Gut, dann konzentrieren wir uns erst mal auf diese fünf.«

»Ich hab hier was, Natalie. Eine Pressemeldung vom Juli 2015«, sagte Ian.

Natalie hastete um den Tisch herum und las vor, was er gefunden hatte:

Die Sommerferien haben mit der Teilnahme von dreihundert Bürgern an der Suche nach der fünfjährigen Ava Sawyer begonnen, die am Freitag, dem vierundzwanzigsten Juli, bei einer Geburtstagsfeier aus dem Uptown Craft Centre and Farm verschwunden ist.

Ava wurde zum letzten Mal gegen 16:30 Uhr in der Spielscheune des Centers gesehen. Sie trug ein gelbes Kleid und cremefarbene Schuhe. Die Polizei sorgt sich um das Wohlergehen des Kindes und bittet dringend um Hinweise von jedem, der Ava gesehen haben könnte oder etwas über ihren Aufenthalt weiß.

»Das ist das Center. Es hieß Uptown Craft Centre and Farm, bevor es zum Poppyfield Gartencenter wurde. Das könnte unser Mädchen sein«, sagte Ian. »Gibt es ein Bild von ihr?«

Natalie scrollte im Artikel nach unten. »Ja.«

Sie drehte den Bildschirm und zeigte das Foto eines Mädchens in Schuluniform mit weißer Bluse und blauer Strickjacke. Das lange, blonde Haar war zu einem Zopf geflochten, und das Mädchen trug eine dickrandige Brille, die für das feine Gesicht zu mächtig wirkte. Sie hielt die verschränkten Finger vor dem Körper hoch, fast wie in einem Gebet, aber es war ihr Lächeln, das Natalie ins Herz schnitt. Das Mädchen sah so glücklich und lebhaft aus.

Lucy hatte die ganze Zeit, während Natalie las, die Finger über die Tastatur fliegen lassen. »Ich hab sie. Sie wurde 2015 vermisst gemeldet und ist nie gefunden worden. Man ist von Entführung ausgegangen.«

»Okay. Wir sollten nichts überstürzen. Es könnte ein Zufall sein. Wir brauchen die Bestätigung. Ich schicke diese Info an die Rechtsmedizin, und dann warten wir auf die Bestätigung ihrer Identität.«

Das Haus lag komplett im Dunkeln, als Natalie in die Auffahrt einbog und hinter Davids altem Nissan parkte. Am nächsten Tag würde sie wieder auf und davon sein, bevor er sein Auto brauchte, um die Kinder zur Schule zu fahren. Sie blieb noch eine Weile hinter dem Steuer sitzen und dachte über die letzten Entwicklungen nach. Ihr Team hatte sie nach Hause geschickt und allein auf die Bestätigung gewartet, die nach Mitternacht gekommen war. Bei der Leiche handelte es sich in der Tat um Ava Sawyer, das fünfjährige Mädchen, das 2015 eine Geburtstagsfeier im Uptown Craft Centre and Farm besucht hatte. Das Wissen, dass ein Kind von einer so fröhlichen Veranstaltung entführt worden sein und tot in einem Feld hatte wieder auftauchen können, ließ ihr das Blut stocken. Dieser Fall würde sie auf die Probe stellen. Durch die Windschutzscheibe starrte sie ihr Haus an, ihren sicheren Zufluchtsort, und war froh, wieder daheim zu sein, wenn auch nur für ein paar Stunden. Sie stieg aus, schaltete an ihrem Smartphone die Taschenlampe ein, um den Weg zu beleuchten, und ging ins Haus. Joshs Schultasche stand fertig gepackt neben der Tür. Ihn hatte man noch nie morgens aus dem Bett holen und ermahnen müssen, seine Hausaufgaben zu erledigen. Zuverlässig wie immer würde er um halb acht aufstehen und rechtzeitig fertig sein, hellwach und aufnahmebereit. Leigh war das genaue Gegenteil. Sie verschlief jeden Weckruf ihres Handys, und man musste sie mehrmals rufen, bis sie endlich aufwachte. Dann musste man sie förmlich aus ihrem Bett herausziehen. Ihre Augen waren dann immer noch dick und verschlafen. Während Josh schon im Auto saß und seinen Freunden textete, stolperte Leigh noch im Schlafzimmer herum und suchte nach den verschwundenen Hausaufgaben oder einer Socke oder einem Haargummi, bis entweder Natalie oder David ihr zu Hilfe kam, für sie fand, was sie brauchte, und sie aus dem Haus scheuchte. Es war fast an jedem Schultag das Gleiche. David nannte es den Gähn-Chor. Der Gedanke brachte sie zum Lächeln.

Sie war Josh gegenüber streng gewesen, als sie gesagt hatte, dass er die Sportschuhe nicht bekommen könne. Er war ein guter Junge, und sie sollte etwas nachsichtiger mit ihm umgehen. Die Zahnspange hatte seinem Selbstbewusstsein heftig zugesetzt. Er war in diesem besonderen Alter, nicht Fisch, nicht Fleisch. Mädchen interessierten ihn plötzlich – da traf es ihn hart, dass er das andere Geschlecht ausgerechnet jetzt kaum beeindrucken konnte. Noch dazu hatten sie ihm in der Schule Spottnamen verpasst: »Metallfresse« und »Gosch« statt Josh. Diese Sticheleien waren ihm unter die Haut gegangen, und Natalie wusste, dass sie ihm wehtaten. Sie würde ihm die Schuhe doch erlauben und sich über das Lächeln freuen, das sich daraufhin auf seinen ebenmäßigen Zügen ausbreitete. Er würde zuletzt lachen. Wenn er die Spange erst los war, würde jedes Mädchen in seiner Klasse ihm schöne Augen machen.

Sie zog ihre Stiefel aus, ließ sie auf der Fußmatte bei der Tür stehen und schlich strumpfsockig die mit Teppich belegte Treppe hinauf. Als sie an Joshs Zimmer vorbeikam, dachte sie, das *Pling* einer Textnachricht zu hören. Sie wartete, bereit, ihn dafür zu tadeln, dass er so spät noch Nachrichten schrieb, aber dann hörte sie nichts mehr und vermutete, sie hätte sich geirrt. Leighs Tür stand einen Spaltbreit offen. Sie schlief immer bei offener Tür und mit einem Nachtlicht in der Steckdose. Leigh hatte schon immer Angst vorm Dunkeln gehabt. Natalie schob die Tür ein Stück auf und luchste ins Zimmer. Leigh lag auf dem Bauch, ein Arm und ein Bein in Schlafanzughose hingen auf der einen Seite des Bettes herunter. Natalie schlüpfte hinein und schob den Arm unter die Decke zurück. Leigh machte keinen Mucks. Natalie beugte sich hinunter und küsste ihre Tochter auf die Stirn.

David schlief tief und fest und erzeugte dabei leichte, ploppende Töne, die sich bald zu erschütternden Schnarchgeräuschen auswachsen würden. Sie zog sich im Badezimmer aus und betrachtete sich in dem runden Spiegel, den sie bei IKEA gekauft hatten. Was hatte Mike in ihr gesehen? Sie war eine dreiundvierzigjährige Frau mit einer großen Nase und einem breiten Mund. Sie hatte nichts Besonderes zu bieten. Mike passte viel besser zu den Nicoles dieser Welt: kesse, sexy junge Frauen, die Spaß brachten. Natalie hatte fast vergessen, was Spaß war. Im Schlafzimmer hatte das Schnarchen eingesetzt. Seufzend schloss Natalie die Augen.

VIER

Der nächste Tag begann mit einem Schrei. Natalie saß aufrecht in ihrem Bett und fragte sich, ob sie ihn nur geträumt hatte, da hörte sie erneut ein Brüllen. Es klang nicht menschlich. Darauf erklang ein greller Schrei, zweifellos von der großen gescheckten Katze von nebenan. Es war fünf nach fünf. Sie verfluchte die dämmerungsaktiven Viecher und schloss die Augen wieder in dem Versuch, noch eine Stunde zu schlafen. Das Gejaule wurde lauter. Wie mit einem Vorschlaghammer trieben sich die dramatischen Schreie in ihr Hirn. David bewegte sich neben ihr, stöhnte und zog sich das Kissen über den Kopf, um den Lärm zu dämmen.

Als die Schreie endlich aufhörten, war Natalie viel zu aufgedreht, um schlafen zu können. Sie schlug ihre Seite der Bettdecke zurück und stand auf.

Unten schaltete sie den Wasserkocher ein, und während sie darauf wartete, dass das Wasser heiß wurde, dachte sie darüber nach, wie sie die Ermittlungen im Fall Ava Sawyer am besten führen sollte. Sie hatte einige der Zeitungsartikel gelesen, in denen es um das Verschwinden des Kindes gegangen war, während sie auf die Identifizierung ihrer Leiche gewartet hatte.

Avas Eltern, Beatrice und Carl Sawyer, hatten den Albtraum aller Eltern durchlitten und lebten seit 2015 jeden Tag mit der Frage, ob und wann ihre Tochter lebend gefunden werden würde. Heute würden sie erfahren, dass das Einzige, woran sie sich die beiden letzten Jahre noch geklammert hatten – Hoffnung – vergeblich gewesen war.

»Hey!«

Erschrocken riss sie den Kopf hoch. David stand barfuß in der Tür. Sein Pyjama saß locker an seinem schlanken Körper. *Mike würde die Türöffnung ausfüllen,* dachte sie. Er schenkte ihr ein Lächeln, wodurch sein Gesicht schlagartig von miesepetrig zu gut aussehend wechselte, und fuhr sich mit der Hand durch das wirre Haar. Dann tappte er zum Wasserkocher und holte eine Dose aus dem Küchenschrank darüber.

»Diese nervigen Katzen«, grummelte er und öffnete den Deckel der braunen Keramikteekanne neben dem Wasserkocher.

»Ich musste eh aufstehen«, sagte sie.

Er stieg auf ihren Tonfall ein. »Willst du drüber reden?«

Natalie verzog entschuldigend das Gesicht. »Es gibt nicht viel zu sagen. Wir haben die Leiche eines kleinen Mädchens gefunden, das vor ein paar Jahren verschwunden ist. Wir müssen die Eltern benachrichtigen und dann herausfinden, wer der Mistkerl ist, der sie getötet hat.« Sie blieb regungslos stehen. Die Worte hatten sie ausgelaugt und ihr bewusst gemacht, was ihr unmittelbar bevorstand. Er trat zu ihr und legte ihr die warmen Hände auf die Schultern, womit er sie zwang, zu ihm aufzublicken.

»Du schaffst das schon. Es ist ein Fall, der schon länger zurückliegt. Vor zwei Jahren hättest du nichts machen können. Da hast du noch gar nicht in Samford gearbeitet. Du warst noch in Kingsville.«

Sie nickte stumm. Er hatte verstanden, was ihr zusetzte – eine Art stille Telepathie, die sie miteinander teilten. Der

Wasserkocher schaltete sich mit einem lauten Klicken ab. David drückte ihre Schultern und ließ sie wieder los. Sie ließ sich auf einen Stuhl fallen und stützte die Ellbogen auf dem leicht schäbigen Holztisch auf, den sie zum halben Preis gekauft hatten. Es war ein stabiler Tisch, der den Anforderungen, die die Zeit ihm abverlangte, getrotzt hatte: Löffel, mit denen hungrige Kleinkinder darauf eingehauen hatten, Spielzeugautos, die darüber gerast waren und deren kleine Räder sich in die Oberfläche gegraben hatten, und die Spuren von Buntstiften, die beim Malen über die Blattränder hinausgeschossen waren.

»Du hattest recht mit Josh. Ich habe zu schnell Nein gesagt. Wir kaufen ihm die Sportschuhe als vorgezogenes Geburtstagsgeschenk.«

»Ich bin froh, dass du es dir überlegt hast. Er wird überglücklich sein.«

Er brachte zwei volle Teetassen und stellte sie ab. »Diese verfluchten Katzen. Wenigstens kann ich noch ein paar Stunden an der Übersetzung arbeiten, bevor die Kinder aufstehen.«

Natalie lächelte ihm zu und hob ihren Becher an die Lippen. Der Tee war genau richtig.

»Wer ist denn FLO in unserem Fall?«, fragte Murray. Die Abkürzung stand für *Family Liaison Officer*, eine psychologische Betreuung für die Familie des Opfers. Er oder sie würde die Polizisten begleiten, die Avas Familie die schlimme Nachricht überbringen mussten.

»Tanya Granger. Ich habe ihr gesagt, dass wir später zu ihnen fahren. Ich will ihnen die Chance geben, die Nachricht erst mal sacken zu lassen.«

Natalie öffnete einen Zeitungsartikel, den sie im Internet gefunden hatten, und sprach weiter: »DI Howard Franks hat damals die Ermittlungen geleitet. Er musste kurz danach seinen Dienst quittieren, weil seine Frau krank wurde. Leider ist sie inzwischen verstorben. Er wird jeden Moment hier sein, um uns ins Bild zu setzen. Zuerst muss er noch seine Töchter an der Schule absetzen.«

Wie aufs Stichwort tauchte der Ex-Polizist auf. Er trug Jeans, Sweatshirt und eine helle Bomberjacke.

»Sehr modern«, sagte er, ließ den Blick durch das Büro schweifen und die Gestaltung auf sich einwirken.

»Und hier sehen Sie die Zukunft der Polizeiarbeit«, sagte Murray mit hochgezogenen Augenbrauen. Er gestikulierte wie ein Zauberer, der gerade einen Trick vorführte, und lächelte gewinnend.

Howard erwiderte das Lächeln. Tiefe Falten gruben sich in seinen Schläfen ein. »Jedenfalls ganz anders als die alte Wache mit der winzigen Pforte und der blauen Lampe draußen, so viel ist sicher.« Er streckte die Hand aus, und Natalie schüttelte sie.

»Danke fürs Kommen.«

Howard musterte ihre Züge aus olivenfarbenen Augen und hielt ihre Hand etwas länger als nötig. »Ich musste einfach herausfinden, ob es stimmt«, sagte er leise.

»Ich fürchte, sie haben Ava identifiziert.«

Howard rieb sich mit der Hand über die Stirn. »Scheiße, oder? Man tut alles in seiner Macht Stehende, um den Dreckskerl zu finden, aber dann ist es zu spät.«

Natalie verstand seine Gefühle vollkommen. Sie beide hatten ähnliche Erfahrungen gemacht. Sie hatten alles gegeben und versagt. »Wir freuen uns über alles, was Sie uns zu Ava erzählen können. Wir sind alle neu hier und mit dem Fall noch nicht vertraut.«

Er rieb sich mit einer blassen Hand über das Kinn und hielt sie dann dort. »Wie Sie wissen, war ich im Fall Ava Sawyer der Ermittlungsleiter. Am Freitag, dem vierundzwanzigsten Juli 2015, war Ava Sawyer als eines von zwanzig Kindern auf einer

Geburtstagsparty im Uptown Craft Centre and Farm. Von dort ist sie verschwunden. Wir haben jedes Kind, das auf der Party war, befragt, alle Mitglieder der Belegschaft, alle Elternteile und alle Kundinnen und Kunden, die sich nach dem Fernsehaufruf gemeldet haben. Außerdem alle, die wir anhand der Überwachungskameras identifizieren konnten. Von den Kameras waren sechs in Betrieb: eine am Haupteingang, zwei im Bereich der Kassen am Hauptausgang, zwei deckten den Innenbereich des Centers ab und eine den Außenbereich, die vor allem auf die Gänge mit den wertvolleren Pflanzen gerichtet war. Im Indoor-Spielplatz in der Scheue gab es keine Kameras, auch nicht bei den Tiergehegen, den Ställen oder an der Seite des Gebäudes, wo in einem abgeschlossenen Areal Gegenstände gelagert wurden. Wir haben angenommen, dass Ava aufgegriffen und entführt wurde, als sie zur Toilette gehen wollte, aber es gab keine Zeugen dafür. Niemand hat gesehen, dass ein kleines Mädchen aus dem Zentrum geführt worden wäre, weder gewaltsam noch freiwillig. Niemand hat ein kleines Mädchen gesehen, das das Gelände verließ, weder in Begleitung noch allein.«

Howard runzelte konzentriert die Stirn. Er hatte diesen Fall noch frisch in Erinnerung. Mit zusammengekniffenen Augen war er in der Lage, sich alle Personen, die er befragt hatte, ins Gedächtnis zu rufen, außerdem die Anordnung des Centers, von der Scheune, in der die Kinder gespielt hatten, über die Strecke, die Ava zur Toilette zurückgelegt haben könnte, bis zu den Gängen im Center. Er hatte überall nach dem Kind gesucht, und die Ergebnislosigkeit hatte ihn mit gebrochenem Herzen zurückgelassen. Natalie wusste, wie sich das anfühlte. Ohne Zweifel war er tausend Mal den Fall durchgegangen und hatte sich genauso oft gefragt, ob er richtig vorgegangen war oder etwas Entscheidendes übersehen hatte.

»An dem Tag war im Center überraschend wenig los. Wir mussten nur dreiunddreißig Menschen befragen. Tagelang waren Teams dort und haben nach irgendeinem Beweis gesucht, aber sie fanden rein gar nichts. Ava Sawyer war wie vom Erdboden verschluckt.«

Er lief einen Moment auf und ab, um seine Gedanken zu sammeln, und sprach dann langsam weiter. »Wir haben ihre Eltern eine ganze Zeit lang befragt, und wir waren besorgt. Carl Sawyer war zur Zeit der Entführung fünfzig Kilometer weit weg bei der Arbeit, und Beatrice Sawyer hatte sich mit einer der anderen Mütter in der Stadt getroffen, weshalb wir keinen Anlass zur Vermutung hatten, dass sie etwas mit dem Verschwinden zu tun haben könnten.«

»Warum waren Sie dann besorgt?«, fragte Natalie.

»Beatrice Sawyer wurde wegen Depressionen medikamentös behandelt, und wir waren nicht sicher, ob ihr Gesundheitszustand etwas mit Avas Verschwinden zu tun hatte. Zeugenaussagen ihres Mannes, ihrer Mutter und ihrer Freundinnen bestätigten, dass sie eine schwere Zeit durchlebte – Stimmungsschwankungen und so. In den Akten finden Sie Einzelheiten darüber.«

Er nickte und fuhr fort: »Wir haben die ganze Belegschaft befragt und alle überprüft, auch diejenigen, die an dem Tag nicht da waren. Wieder nichts. Janet Wild, die für einen Teil der Kinder verantwortlich war, ist etwa zur Zeit von Avas Verschwinden in der Nähe der Toiletten beobachtet worden, aber sie hat das Kind nicht gesehen, und nach weiteren Befragungen hatten wir keinen Grund anzunehmen, dass sie Ava entführt oder etwas mit ihrem Verschwinden zu tun gehabt hätte.«

Er fuhr fort: »Avas Eltern sind mit einem Aufruf an die Öffentlichkeit gegangen. Es kam nichts dabei heraus, obwohl wir jedem Hinweis auf Sichtung des Mädchens gefolgt sind. Wir sind von überall im Land angerufen worden, und sogar aus Griechenland, wo angeblich ein Mädchen gesehen worden war, auf das ihre Beschreibung passte. Nach drei intensiven

Monaten sind die Spuren versandet, und es kamen keine neuen Informationen mehr. Wir haben mit jedem Familienmitglied, mit Nachbarn und Freunden von Ava gesprochen. Wir haben jeden Fetzen Information zusammengetragen, den wir über ihre Eltern und deren Freunde bekommen konnten, haben sie aber nicht gefunden. Dann, vier Monate nach ihrer Entführung, bekamen wir eine Nachricht: Ava wäre zu ihrer eigenen Sicherheit von den Eltern weggenommen worden, weil ihre Mutter verantwortungslos gehandelt und das Kind sogar bedroht hätte. Ein Foto war dabei. Auch das ist in den Akten. Es zeigt ein blondes Mädchen, das an einem Strand spielt, und ist aus ziemlich großer Entfernung aufgenommen. Leider ist es nicht scharf genug, um zu beweisen, dass es wirklich Ava ist. Also haben wir unsere Experten darauf angesetzt. Den Strand haben wir identifiziert, er liegt in Devon. Das Team hat das Foto durch Gesichtserkennungsprogramme gejagt und festgestellt, dass es sich wahrscheinlich nicht um Ava handelte. Wir haben vermutet, dass irgendein Spinner es geschickt hatte.«

Er verzog die Lippen. »Danach mussten die Sawyers mehrere Wochen eine Hasskampagne über sich ergehen lassen, die sich vor allem gegen Beatrice richtete. Sie nahm an, dass eine der anderen Mütter sie losgetreten hat, was möglich sein kann. Ein oder zwei Eltern, genauer gesagt Paula Kilburn und Caroline Briggs, hatten während ihrer Vernehmungen erwähnt, dass Beatrice es eilig gehabt hätte, Ava abzusetzen, und weggefahren wäre, ohne zu kontrollieren, ob die Kleine hineingegangen ist, und ohne die anderen Eltern zu begrüßen.«

»Aber es war doch eine Party, bei der die Kinder abgeliefert werden sollten. Ich dachte, bei solchen Partys ist es normal, dass die Eltern ihre Kinder nur absetzen«, sagte Natalie.

»Ja, stimmt. Beatrice hat auch alle Vorwürfe zurückgewiesen. Sie hatte vorgehabt, Ava in das Center zu begleiten, aber die Kleine hat darauf bestanden, rausgelassen zu werden, damit sie zu Rainey Kilburn und Audrey Briggs gehen konnte. Ihre

Mutter wollte keine Diskussion, und da sie sehen konnte, dass die Mädchen beim Eingang waren, hat sie Ava ihren Willen gelassen.«

»Haben Sie es für möglich gehalten, dass sie etwas mit dem Verschwinden ihrer Tochter zu tun hatte?«

»Natürlich haben wir diese Möglichkeit in Betracht gezogen. Wir haben Beatrice und ihre Mutter ausführlich befragt, sind aber auf keinerlei Hinweise gestoßen, die auf sie verwiesen hätten.«

Er hob in einer resignierenden Geste die Hände. »Wir sind in einer Sackgasse nach der anderen gelandet. Die Suche nach Ava wurde zurückgestuft, und mir blieb nur noch ein kleines Team übrig. Ich habe Monate damit verbracht, nach Ava Sawyer zu suchen, kam aber nicht weiter. Dann musste ich aus privaten Gründen kündigen, und da es keinerlei neue Beweise gab, blieb der Fall ungelöst.« Er schüttelte erneut den Kopf.

»Würde es Ihnen etwas ausmachen hierzubleiben, während wir die Akten durchgehen?«, fragte Natalie.

»Das passt, ich habe die nächsten ein oder zwei Stunden nichts Dringendes vor.«

Notizen stapelten sich auf den Schreibtischen und Finger flogen über Tastaturen, als sie die relevanten Informationen durchgingen und die Geschehnisse vom vierundzwanzigsten Juli 2015 zusammentrugen – dem Tag, an dem Ava verschwunden war. Sie arbeiteten zielstrebig, und mit dem Nachlesen der Befragungen und dem Überprüfen der Aufzeichnungen zum Fall wurde immer klarer, dass sie die Wahrheit über Avas Verschwinden und ihren Tod niemals herausfinden könnten, wenn es ihnen nicht gelänge, denjenigen ausfindig zu machen, der sie vergraben hatte. Das war eine echte Herausforderung. Es waren fast zwei Jahre vergangen, die Erinnerungen waren verblasst, aber es hatte schon andere Fälle wie diesen gegeben – ungelöste Fälle –, bei denen die Polizei den Täter nach langer Zeit noch gefunden hatte. Natalie würde nicht aufgeben, bevor sie Antworten hatte.

»Wir haben am Tatort Textilfragmente gefunden. Naomi hat sie untersucht, und wir glauben, sie gehören zu einem gelben Kleid. Außerdem haben wir ein Plastikarmband gefunden«, berichtete Mike Sullivan. Seine Stimme klang weit weg und wurde vom lauten Wind verzerrt.

Natalie sah zu Howard hinüber, der mit Lucy Aufzeichnungen durchging. »Howard, hat Ava ein Armband getragen?«

Howard nickte. »Einen orange-gelben Armreif, der ihrer Mutter gehörte. Sie hatte ihn sich für die Party ausgeliehen.«

Natalie sprach ins Telefon: »Wir glauben, es gehört ihr. Sonst noch etwas?«

»Wir haben das Material identifiziert, das ihren Körper geschützt hat. Sie war in Sackleinen gewickelt. Inzwischen hat es aufgehört zu regnen, also untersuchen wir jetzt das Areal genauer und schauen, was wir noch finden. Bisher gibt es keine weiteren Leichen in der Nähe. Ich halte dich auf dem Laufenden. Wollte dich nur schon mal auf den neuesten Stand bringen.«

»Danke. Wir reden später weiter.«

Natalie beendete das Telefonat und sah auf ihre Uhr. Es war schon elf. Als sie sprach, wandten sich die anderen ihr zu. »Ava war in Sackleinen eingewickelt. Könnten Sie herausfinden, wo Sackleinen heutzutage benutzt wird?«

Lucy sah auf den nächststehenden Laptop, während Natalie fortfuhr: »Wie es aussieht, hat Ava ein gelbes Kleid getragen.«

»Sie trug für die Party ein gelbes Kleid«, sagte Howard. Er ging seine Notizen durch. »Ja. Ihre Mutter hat es als zitronengelbes Baumwollkleid mit einem weiten Rock und Puffärmeln beschrieben.«

»Sackleinen wird benutzt, um Tierkörper abzudecken«, merkte Lucy an.

»Und im Center gab es Tiere«, sagte Ian.

»Ohne Witz, Einstein«, sagte Murray.

»Ich stelle nur Fakten fest«, sagte Ian. »Wahrscheinlich war es also vom Center. Es ist nicht gerade ein Stoff, den man normalerweise im Haus herumliegen hat, oder?«

Lucy sah hoch. »Laut Google benutzen Maurer es, um zu verhindern, dass das Mauerwerk gefriert, und Gärtner verwenden Sackleinen oder Jute, um Pflanzen vor dem Frost zu schützen.«

»Und im Center gab es Pflanzen. Seht ihr, der Stoff kann sehr wohl von dort gewesen sein«, sagte Ian.

Murray grunzte.

Natalie fuhr fort: »Wir dürfen keine voreiligen Schlüsse ziehen, aber es ist möglich, dass der Stoff aus dem Center stammte. Howard, sind Sie bei Ihre Sucher irgendwo auf dieses Material gestoßen?«

»Wenn mich mein Gedächtnis nicht trügt, lag in einem der Ställe ein Stapel zusammengelegter Decken. Sie könnten aus diesem Material gewesen sein.«

»Wir sprechen mit der Belegschaft und finden es heraus.«

»Ist es okay, wenn ich Ihnen das überlasse? Ich muss noch einiges erledigen, bevor die Mädchen nach Hause kommen.«

»Klar. Danke für Ihre Hilfe.«

Sein Gesicht war ernst. »Danke, dass Sie mich gefragt haben. Ich hoffe, Sie sind erfolgreicher als ich damals. Rufen Sie mich an, wenn Sie noch mehr Infos brauchen. Jederzeit.«

»Mach ich«, versprach sie. Howard musste diesen Fall bis zum bitteren Ende verfolgen, das konnte sie ihm vom besorgten Gesicht ablesen. Genau so empfand sie, wenn es um den Fall Olivia Chester ging. Nicht zu wissen, wer das Mädchen umgebracht hatte, würde sie für immer verfolgen.

FÜNF

FRÜHER

Die babyblauen Augen, umsäumt von langen, braunen Wimpern, schauen ihn voller Liebe und Vertrauen an. Ihre perfekt geschwungenen Lippen sind gespitzt, als wartete sie auf einen Kuss, und ihre makellosen Arme sind ausgestreckt.

»Heb mich hoch.«

Er hebt sie vom Boden auf. Sie wiegt fast nichts. Ihr helles Haar glänzt, und er streichelt darüber, zieht seine Hand dann jedoch angeekelt zurück. Er hat es sich so vorgestellt, wie wenn man einen Welpen oder ein flauschiges Kaninchen streichelt, aber das Haar fühlt sich kratzig an. Kratzig mag er nicht, also wirft er sie zurück auf den Boden, wo sie auf dem Rücken liegen bleibt, die Beine in die Luft gestreckt. Cremefarbene Unterwäsche ist zu sehen. Er kniet sich hin und untersucht sie noch mal. Sie ist so hübsch in ihrem gelben Kleid und den schwarzen Lackschuhen. Wie Sherry Hunt, die in seine Klasse geht, aber nie mit ihm spricht. Stattdessen lacht sie über seine dicken Arme und die plumpen Beine und macht sich über ihn lustig, wenn er atemlos vom Rennen ist. Er macht beruhigende Geräusche, wie seine Mutter, wenn er wütend ist, hebt sie wieder hoch, vermeidet es dieses Mal, ihr Haar zu berühren, und wiegt sie in den Armen. Sie öffnet die Augen und schaut ihn ernst an. Sie sieht Sherry wirklich sehr ähnlich: das gleiche blonde Haar, die gleichen rosafarbenen Lippen. In einem plötzlichen Gedanken erschauert er vor Wonne: Sie gehört jetzt ihm. Er hat sie gefunden, also darf er sie behalten.

Er schiebt die Puppe in seinen Schulranzen und läuft auf seinem Heimweg weiter. Er wird sie in seinem Zimmer verstecken, damit seine Mutter sie nicht findet. Und er wird sich einen Namen für sie überlegen müssen: nicht Sindy oder Barbie oder so etwas. Einen geheimen Namen, den nur er kennt. Sherry. Er beginnt zu pfeifen. Ein Geheimnis zu haben gefällt ihm.

SECHS

MITTWOCH, 26. APRIL, NACHMITTAG

»Sie hat kaum ein Wort gesprochen«, berichtete Tanya Granger, die psychologische Betreuerin. »Ich bin seit drei Stunden hier, und sie hat die meiste Zeit dagesessen und ins Leere gestarrt. Ich habe sie gefragt, ob ich jemanden anrufen soll, eine Freundin oder jemanden aus der Verwandtschaft, aber sie hat abgelehnt.«

»Was ist mit ihrem Mann?«, fragte Natalie.

»Er hat sie vor ein paar Wochen verlassen.«

»Das wussten wir nicht.«

»Ich auch nicht, bis Beatrice es mir vor einer halben Stunde erzählt hat. Im Moment ist er auf seiner Arbeitsstelle.«

»Hat ihn schon jemand informiert?«

»Ich glaube nicht. Ich habe mich nicht getraut, sie allein zu lassen. Sie scheint mir sehr fragil.«

»Wir kümmern uns drum. Meinen Sie, es geht ihr gut genug, um mit uns zu sprechen?«

»Sie können es versuchen.«

Beatrice Sawyer sah der Frau auf den Fotos, die Natalie sich angesehen hatte, nicht mehr ähnlich. Seit Avas

Verschwinden war sie um mindestens zehn Jahre gealtert und nur noch ein Schatten ihrer selbst. Ihr Gesicht ähnelte einem Schädel, über dem die Haut straff gespannt war, und die dunklen, gehetzt wirkenden Augen waren darin eingesunken. Der Verlust ihrer Tochter hatte sie im wörtlichen Sinne ausgezehrt. Sie zog ihren cremefarbenen Cardigan fester um ihre schmale Gestalt und betrachtete Natalie und Murray abwesend. Tanya stellte eine Tasse Tee auf dem fleckigen Kaffeetisch vor ihr ab, doch sie registrierte die freundliche Geste kaum. Natalie und Murray setzten sich ihr gegenüber. Das Wohnzimmer war streng funktional eingerichtet, es gab keine Farbe, keinen besonderen Stil, stattdessen zusammengewürfelte Möbelstücke, und alles war staubig. Ein großes Foto von Ava, das auch in dem Zeitungsartikel über ihr Verschwinden benutzt worden war, hing an der Wand. Natalie bemerkte auf einem Regal andere, kleinere, gerahmte Bilder des Mädchens und seiner Eltern.

Die Trauer der Mutter war greifbar. Sie schien ihr aus jeder Pore zu strömen und sich in der Luft auszudehnen, doch Beatrice gab keinen Laut von sich: Weder weinte sie noch stellte sie Fragen.

»Mein tief empfundenes Beileid«, sagte Natalie.

Beatrice nickte dumpf.

»Können wir irgendjemanden für Sie anrufen?«

»Nein.« Beatrice fixierte die Teetasse und sprach zu niemand Bestimmtem. »Hat sie Ihnen gesagt, dass Carl auch weg ist?«

Natalie verstand, dass mit ›sie‹ Tanya gemeint war. »Ja, es tut mir leid, das zu hören.«

»Manche Paare rücken in so einer Lage zusammen, und das sind wir anfangs auch, aber mit allem, was dann passiert ist – die Hassbriefe, die Blicke, die Schmierereien an der Tür und die Vorwürfe –, ist es zu viel geworden. Irgendwann hat steckte es selbst Carl im Kopf, ich wäre schuld an Avas Entführung.«

»Das stimmt aber nicht. Es war ein Kindergeburtstag, bei

dem die Eltern ihre Kinder absetzten. An dem Tag sind auch sonst keine Eltern geblieben.« Natalies Stimme war ruhig und beschwichtigend. Sie hatte von ihrer eigenen Psychiaterin Ähnliches gehört.

Es war nicht Ihre Schuld, dass Olivia tot ist, Natalie. Sie haben getan, was Sie tun konnten.

Beatrice schüttelte den Kopf. »Das habe ich mir so oft selbst vorgesagt, dass ich es nicht mehr hören kann. Aber ich hätte sie gar nicht erst zur Party bringen sollen. Sie wollte nicht hin.«

»Warum nicht?«

»Sie hat mir an dem Morgen gesagt, dass Harriet Downing sie nicht leiden konnte und dass sie nicht zur Party wollte. Ich habe nicht allzu genau hingehört. Kinder befreunden und entfreunden sich doch in einer Tour. Das war bei Ava nicht anders. An dem einen Tag war Audrey ihre beste Freundin, dann Harriet, und dann wieder eine andere. Sie waren erst fünf, meine Güte. Ich habe angenommen, dass Harriet irgendetwas Harmloses gesagt oder getan hat, worüber Ava sich aufgeregt hat, und dass sie deshalb geschmollt hat. Das war ganz mein Mädchen – sie hat sich fürchterlich über Kleinigkeiten aufgeregt. Ich habe ihr gesagt, dass sie nicht albern sein soll und Harriet sie ja wohl mögen muss, wenn sie sie zum Geburtstag einlädt. Wir hatten extra ein Kleid für den Anlass gekauft und ein Geschenk für Harriet. Sie hat den ganzen Vormittag in ihrem Zimmer gespielt – es waren Sommerferien –, und gegen halb drei habe ich ihr geholfen, sich fertigzumachen, und sie zur Party gefahren.«

»Ava hat den ganzen Vormittag nicht mehr mit Ihnen über die Party gesprochen?«, fragte Murray.

»Ich habe sie beim Mittagessen noch ein paar Mal erwähnt. Ihr gesagt, dass es ihr Spaß machen würde, die Tiere zu sehen. Sie liebte Tiere. Und wir haben über das Ponyreiten geredet. Sie brauchte nur ein bisschen Zuspruch, das war alles. Ava musste man oft ermutigen, Dinge zu tun. Es fiel ihr schwer, sich unter die anderen Kinder zu mischen.«

Die sechsjährige Harriet Downing hatte bei der Befragung gesagt, dass Ava immer wieder allein auf Tour ging und nicht gern mit den anderen spielte. Ihre Klassenlehrerin Margaret Goffrey hatte ausgesagt, dass Ava sich oft mit Freundinnen zankte und dann wütend davongelaufen ist und ziemlich zickig sein konnte. Aufgrund dieser Information hatten Natalie und ihr Team übereinstimmend die Möglichkeit in Betracht gezogen, dass Ava vielleicht gezielt von den anderen weggegangen sein konnte.

»Gab es dafür einen Grund?«, fragte Natalie.

»Ava war halt so. Sie konnte in dem einen Moment liebenswert sein und im nächsten schwierig. Wenn sie ihren Willen nicht bekam, hat sie einen Trotzanfall gekriegt. Wenn sie glücklich war, war sie das perfekte Kind. Ich war an dem Tag nicht in der Stimmung für ihre Sperenzchen und habe ihr keine große Wahl gelassen. Deshalb hat sie sich in ihr Zimmer zurückgezogen und geschmollt. Jetzt wünschte ich natürlich, ich hätte ihr ihren Willen gelassen. Ich quäle mich ständig mit der Frage, ob sie wegen Harriet die Scheune verlassen hat. Ich hätte eine bessere Mutter sein und ihr zuhören müssen.«

Natalie lächelte ihr verständnisvoll zu. »Ich glaube nicht, dass Sie sich deshalb bestrafen sollten. Ava ist von den Spielen weggegangen, weil sie zur Toilette musste. Keines der Kinder hat bemerkt, dass zwischen ihr und Harriet oder mit einem der anderen Kinder etwas vorgefallen wäre.«

»Sie waren erst fünf und sechs Jahre alt. Vielleicht haben sie es nicht bemerkt.« Beatrices Stimme klang gepresst.

»Nach ihren Aussagen war Ava an dem Tag lediglich ruhiger als sonst. Es gab keinen Streit, keine Trotzanfälle oder Streitereien«, sagte Natalie.

»Aber als Mutter macht man sich trotzdem Sorgen. Das kann man nicht einfach abstellen. Man denkt immer und immer wieder darüber nach, was man hätte anders machen müssen, und was passiert wäre, wenn man nur zugehört hätte.« Schweigen breitete sich aus, und Beatrice blickte ins Leere, unfähig, weiterzusprechen. Tanya warf Natalie einen Blick zu und schob den Tee in Beatrices Richtung, doch sie ignorierte ihn. Stattdessen blickte sie Natalie in die Augen und fragte: »Haben Sie Kinder?«

»Einen Jungen und ein Mädchen, fünfzehn und dreizehn Jahre alt.«

»Dann verstehen Sie, was ich sage. Sie haben die Verantwortung für sie, und wenn etwas falsch läuft – sie einen Unfall haben, wütend sind oder verschwinden –, fühlen Sie sich auf gewisse Weise schuldig. Man kann das nicht abschütteln. Ich habe mich deswegen schon schlecht genug gefühlt, aber Carl hat es noch schlimmer gemacht. Damals hat er nichts gesagt. Wir haben auf eine Lösegeldforderung gewartet, die aber nie kam, und wir wurden von den sich überschlagenden Ereignissen fortgerissen – der Suche, dem Fernsehaufruf. Und alles, woran wir denken konnten, war der verzweifelte Wunsch, dass sie in Sicherheit war und wieder heimkommen würde. Das hat alles andere überlagert. Und dann kam der Hass der Menschen hinzu, die uns das Leben noch mehr zur Hölle gemacht haben. Warum haben die das gemacht? Haben sie nicht gesehen, dass wir schon genug leiden mussten?«

Natalie hatte keine Antworten. Menschen konnten furchtbar grausam sein.

»Sie haben mir vorgeworfen, ich hätte sie vernachlässigt, ich hätte geplant, mein Kind zu verkaufen, und nur vorgegeben, sie wäre entführt worden, und sogar, dass wir beide unser eigenes Kind loswerden wollten. Als würden wir so etwas tun. Wir haben sie von ganzem Herzen geliebt. Das wurde alles zu viel. Carl hat sich dann auch gegen mich gewandt. Er hat angefangen, alles … auseinanderzupflücken. Er ging die Geschehnisse des Tages durch, als wäre er ein Staatsanwalt vor Gericht: Er hat mich daran erinnert, dass er mir gesagt hätte, ich sollte die Einladung zum Geburtstag absagen, schon als Ava sie bekommen hat, ich das aber nicht gemacht hätte. *Ich* hätte darauf bestanden, dass sie hingeht. Ich musste ihm immer und immer wieder erklären, dass ich nicht wollte, dass sie als das einzige Kind der ganzen Klasse nicht hinging. Carl hat mir damals widersprochen. Er hielt das für einen dummen Grund. Er mochte die Downings nicht. Er hielt sie für Snobs - Carl hält die meisten Menschen, die sich gut ausdrücken können, für Snobs –, und hat immer wieder gesagt, dass ich sie nicht dort hätte absetzen sollen. Ich hätte reingehen und warten sollen, ob sie nach Hause wollte. Und er hat einfach nicht mehr damit aufgehört, alles immer wieder auszugraben, als ob er so ändern könnte, was passiert ist. Aber das konnte er nicht. Nichts von dem, was passiert ist, lässt sich ändern.«

»Wann hat Carl Sie verlassen?«, fragte Murray ruhig.

»Erst vor ein paar Wochen. Ich war erleichtert, als er gegangen ist. Ich habe die ewigen Vorwürfe nicht mehr ertragen.« Sie hob die Teetasse und trank einen Schluck, dann sah sie Natalie in die Augen. »Was ist mit Ava passiert?«

»Das versuchen wir herauszufinden. Wir tun alles, was wir können.«

»Wann kann sie ...?« Ihre Stimme versagte. »Ich will mich richtig von ihr verabschieden.«

»Wir lassen es Sie wissen, damit Sie die Vorkehrungen treffen können.«

Tanya legte Beatrice bestärkend die Hand auf die Schulter.

Diese blinzelte mehrmals, als versuchte sie zu verstehen, was gerade geschah. »Ich möchte, dass meine Mutter kommt. Sie lebt in Sheffield.«

Tanya griff nach ihrem Handy. »Soll ich sie für Sie anrufen?«

Sie nickte.

Natalie und Murray standen auf, um zu gehen. »Wir

melden uns wieder. In der Zwischenzeit überlasse ich Sie Constable Granger. Sie wird so lange bleiben, wie Sie möchten. Noch mal mein aufrichtiges Beileid.« Die Worte klangen leer, obwohl Natalie sie vollkommen ehrlich meinte.

»Danke.« Beatrices Blick glitt zu einem der Bilder eines lächelnden Mädchens auf einer Schaukel, das die Seile fest umgriff und die Beine nach vorne gestreckt hatte, um in den Himmel zu fliegen. Es war ein schlichtes Bild eines glücklichen Kindes – eines Kindes, das nie wieder den Wind im Gesicht spüren würde.

Carl Sawyer hob den Reifen an, als wöge er nichts, und rollte ihn über den Boden zu dem aufgebockten Truck. Seine großen Hände waren fleckig vom schwarzen Gummi der Reifen. Seine beiden Arbeitskollegen waren unterwegs, ein Fahrzeug ausliefern. Natalie und Murray warteten auf eine Reaktion auf die Info, dass sie seine Tochter gefunden hatten.

Bis auf einen Lkw war die Werkstatt leer, und an diesem Fahrzeug arbeitete Carl. Er ächzte, als er den Reifen an die richtige Stelle schob und anfing, die Muttern festzudrehen. Das grelle Geräusch des automatischen Schraubers hörte sich an wie die Bohrmaschine eines Zahnarztes und ließ Natalie zusammenfahren.

»Carl, vielleicht können Sie ein paar Minuten erübrigen«, rief sie über den Lärm hinweg.

Er erstarrte beim Klang ihrer Stimme. »Wozu? Sie haben sie gefunden, und sie ist tot.«

Sie würde ihn für gefühllos halten, hätte sie nicht sein gequältes Gesicht gesehen. Er war kurz davor, zusammenzubrechen. Der Lärm hörte auf. »Carl«, sagte sie sachte. »Lassen Sie uns kurz in Ihr Büro gehen.«

Er starrte sie an und legte den Automatikschrauber auf eine Werkbank. Dann ließ er die Hände sinken und tappte zu einer

Tür mit der Aufschrift *Privat*. Natalie und Murray folgten ihm. Er ließ sich auf einen der Plastikstühle im Raum fallen und stützte die Ellbogen auf einem Resopaltisch auf, auf dem ungespülte Becher und leere Essensverpackungen herumstanden.

»Ich wusste es«, sagte er. »Ich wusste, dass sie tot ist. Ich habe es *gespürt*. Beatrice dachte immer, sie lebt noch. Immer wieder war sie überzeugt, sie hätte sie in Läden gesehen oder beim Spielen im Park oder im Fernsehen oder einfach jedes verdammte Mal, wenn wir das Haus verlassen haben. An manchen Tagen hat sie mich damit wahnsinnig gemacht.«

»Das kommt in solchen Fällen oft vor.«

»Ich weiß. Ich konnte nur nicht mehr damit umgehen. Beatrice haben Sie es schon gesagt, oder?«

»Ja. Von ihr wissen wir, dass Sie hier sind. Eine psychologische Betreuerin ist bei ihr und ihre Mutter ist auf dem Weg zu ihr. Was ist mit Ihnen? Können wir jemanden für Sie anrufen?«

»Für mich?« Er lachte auf. »Nein. Ich bin jenseits der Trauer. Die letzten beiden Jahre habe ich in die Hölle durchlebt. Jetzt kenne ich wenigstens die Wahrheit. Sie ist tot. Mein kleines Mädchen ist tot. Wie ... ich meine ... was ... ist passiert?«

Natalie wusste, worauf seine Frage abzielte. »Die Todesursache haben wir noch nicht herausgefunden. Sie wird noch rechtsmedizinisch untersucht.«

»Sie ist aber umgebracht worden?«

»Das wissen wir nicht, wir haben ihren Tod jedoch als verdächtig eingestuft.«

Er schüttelte den Kopf. Seine dunklen Augen funkelten. »Nein. Sie wurde umgebracht. Das sehen Sie schon richtig. Mein kleines Mädchen ist umgebracht worden, und Sie müssen den Dreckskerl finden, der das getan hat. Ich will, dass er für immer weggesperrt wird.«

Natalie sprach ruhig auf den verzweifelten Carl ein. »Wir führen vollständige Ermittlungen zur Ursache ihres Todes durch. Ich habe Ihre Aussage aus dem Jahr 2015. Sie waren damals um die geistige Gesundheit Ihrer Frau besorgt. Ist das richtig?«

»Beatrice hatte Depressionen, und das schon seit Jahren. Das habe ich damals der Polizei auch gesagt. Es ging mir einfach nicht in den Kopf, warum sie Ava zu diesem Scheißgeburtstag gebracht hat. Noch am Morgen hat Ava ganz klar gesagt, dass sie da nicht hin will. Und dann musste ich erfahren, dass Beatrice sie nicht nur dorthin gebracht hatte, sondern dass meine Tochter verschwunden war. Sie hat zwar behauptet, dass Ava ihre Meinung geändert hätte, aber das habe ich ihr nicht geglaubt. Ich glaube, dass Beatrice sie gezwungen hat, hinzugehen. Wenn sie etwas wollte, konnte sie ganz schön manipulativ sein. Aber irgendwie hatte ich damals schon den Verdacht, dass sie andere Gründe hatte, Ava zu der Party zu schicken.«

»Welche Gründe?«, fragte Murray.

Er zuckte die Achseln. »Ich bin mir nicht sicher, aber ich hatte den Verdacht, dass sie eine Affäre hatte. Sie wissen schon: Ava abliefern, ein Stündchen mit ihrem Kerl verbringen, dann Ava wieder abholen. Ich war damals völlig durch den Wind und hab mir im Kopf die wildesten Sachen ausgemalt. Ich wusste nicht mehr, was ich denken sollte. Als das mit den Hassmails losging, wurde es noch schlimmer. Ich konnte nicht mehr geradeaus denken. Ich habe ihr sogar vorgeworfen, dass sie Ava aus dem Weg hatte haben wollen. Damals habe ich viel getrunken und wollte einfach nur verstehen, wissen, was passiert ist. Beatrice ist zusammengebrochen, und danach hab ich mich erst so richtig scheiße gefühlt. Ich hatte kein Recht, ihr solche Vorwürfe zu machen. Sie ist daran zerbrochen. Sie haben sie ja gesehen. Seit dem Tag, an dem Ava verschwunden ist, hat sie nicht mehr richtig gegessen. Es ist, als ob sie sich selbst bestraft.«

Natalie hakte nach. »In Ihrem Gefühl ist Ihre Frau also irgendwie für das Verschwinden Ihrer Tochter verantwortlich?«

»Das Gefühl hatte ich, aber jetzt nicht mehr. Wissen Sie,

ich bin nicht stolz auf mich. Seit dem Tag damals habe ich echt fiese Sachen zu Beatrice gesagt. Ich hätte sie mehr unterstützen müssen. Sie war am Boden zerstört, und statt ihr die Schuldgefühle zu nehmen, habe ich ihr noch mehr davon eingeredet. Aber sosehr ich es auch versucht habe, konnte ich das Gefühl, dass sie schuld war, nicht abstreifen. Das war das Problem. Wenn sie Ava zu Hause behalten hätte, wäre das alles nicht passiert. Ava wäre noch bei uns.« Er ballte unwillkürlich die Fäuste, hob eine an die Stirn, drückte mit dem Kopf dagegen und kniff die Augen zu. Seine Worte waren kaum mehr als ein Flüstern. »Mein süßes kleines Mädchen.«

»Carl, soll der Sergeant Sie nach Hause bringen?«

Er löste die Finger und sah auf. »Nein. Ich muss arbeiten. Das ändert nichts. Meine Beziehung zu Beatrice ist vorbei. Ava ist tot. Sagen Sie Bescheid, wenn Sie ihren Mörder gefasst haben. Ich will wissen, wer der Dreckskerl ist, der sie umgebracht hat.« Er erhob sich und ging ihnen voraus durch die Tür zur Werkstatt.

Natalie drehte sich um und verließ die Werkstatt mit Murray an ihrer Seite. In ihrem Rücken setzte der Lärm des Automatikschraubers wieder ein.

»Wohin jetzt?«, fragte Murray.

»Können wir zur früheren Besitzerin des Uptown Craft Centre and Farm, Elsa Townsend?«

Murray schüttelte den Kopf. »Die wohnt jetzt in Spanien. Wir können sie nur telefonisch erreichen oder skypen.«

»Wer hat damals noch im Center gearbeitet?«

Murray sah sein Notizbuch durch. »Guy Noble, Janet Wild, Kristin Jónsson und Ted Marshall.«

»Fangen wir mit Guy an.«

»Er ist jetzt im Sudbury Wildlife Centre angestellt, ein kleiner Tierpark etwa eine halbe Stunde von hier.«

»Gut, lass und hinfahren und mit ihm sprechen.«

Als sie von der Werkstatt wegfuhren, erhaschte Natalie im

Seitenspiegel einen Blick auf Carl. Er hatte aufgehört zu arbeiten und saß auf einem Reifen, den Kopf in die Hände gestützt, mit bebenden Schultern. Sie ließ ihn nicht aus den Augen, bis er nur noch ein kleiner Fleck war und sie abbogen, um sich in den dichten Verkehr einzufädeln.

SIEBEN

MITTWOCH, 26. APRIL, SPÄTER NACHMITTAG

Dem grünen Schild nach, das vor dem Gebäude stand, war das Sudbury Wildlife Centre ein kleiner Tierpark, in dem vor allem exotische Tiere und Raubvögel untergebracht waren. Guy Noble stand hinter dem Eingangsschalter und empfing die eintreffenden Besucher. Er schenkte ihnen ein breites Lächeln, das etwas schwächer wurde, als Natalie ihre Ausweiskarte hochhielt.

»Sind Sie Guy Noble?«

»Ja. Worum geht es?« Guy verzog fragend das Gesicht.

»Ava Sawyer.«

Er kniff leicht die Augen zusammen. »Ich erinnere mich an Ava. Sie war das kleine Mädchen, das bei der Geburtstagsparty in dem Gartencenter verloren ging, in dem ich gearbeitet habe. Sie ist direkt unter unseren Augen verschwunden. Warum? Was ist passiert?«

»Wir haben ihre Leiche gefunden.«

Seine Augen wurden dunkel vor Sorge. »Oh, Mist! Warten Sie. Ich such kurz jemanden, der hier übernehmen kann.«

Er ging durch eine Tür, nur um im nächsten Moment wieder zurückzukommen. »Sorry, wir müssen immer jemanden am Schalter haben. Nach Schulschluss wird es voller, wenn schönes Wetter ist, so wie heute, und um vier Uhr kommt eine Geburtstagsgruppe her. Sie haben Ava Sawyer gefunden?«

»Ja.«

»Wo?«

»Hinter dem Gartencenter.«

»Wirklich? O nein, wie schrecklich. Sie war die ganze Zeit, die wir nach ihr gesucht haben, im Center?«

»Das wissen wir noch nicht mit Sicherheit. Ich möchte Ihnen ein paar Fragen zur Feier stellen, in der Hoffnung, dass Sie sich an etwas erinnern, das uns bei den Ermittlungen helfen könnte. Haben Sie an den Tagen vor Avas Verschwinden irgendwelche ungewöhnlichen Aktivitäten im Craft Centre and Farm beobachtet?«

»Mir fällt nichts ein. Ich habe damals doch schon eine Aussage gemacht«, sagte er und zog die dichten Augenbrauen tief herunter.

»Ich weiß, aber es geht nun nicht mehr um eine vermisste Person, und wir müssen alles nochmals mit frischem Blick durchgehen.«

»Natürlich.«

»Was können Sie mir über Elsa Townsend und Alistair Fulcher sagen, die Besitzer des Centers? Ist Ihnen damals irgendetwas Ungewöhnliches an ihrem Verhalten aufgefallen?«

»Er runzelte konzentriert die Stirn. »Eigentlich nicht. Sie sind nicht so gut miteinander ausgekommen, also gab es immer irgendwelche Meinungsverschiedenheiten. Ähm ... lassen Sie mich nachdenken. Ich glaube, ich habe sie mehrmals streiten hören. Elsa hat dann herumgeschrien. Sie hat schon damals oft herumgeschrien, aber nachdem ihr Mann Barney sie und den Betrieb verlassen hat, wurde sie noch schreiwütiger, falls es so ein Wort gibt.«

»Aber das Center gehörte Elsa und Alistair?«

»Richtig. Barney und Elsa haben das Unternehmen

ursprünglich geleitet, sich aber getrennt, und er hat seine Hälfte des Centers an seinen Freund Alistair verkauft. Elsa musste damit klarkommen, weil sie, glaube ich, das Center ohne Geschäftspartner nicht hätte betreiben können. Die meiste Zeit sind sie einander aus dem Weg gegangen. Alistair hat sich um den Kunstmarkt und die Gartenabteilung gekümmert, Elsa um die Partys und die Tiere.«

»Also hatte Alistair mit den Kindergeburtstagen nichts zu tun?«

»Nein. Das war mehr Elsas Ding, obwohl sie sich, als Barney weg war, ein bisschen zurückgezogen und die Feiern Donna, Janet und mir überlassen hat. Ich glaube, die Kinder wurden ihr manchmal zu viel. Sie konnten schon eine Rasselbande sein.«

»Wie ging es Elsa an dem Tag?«, fragte Natalie und überlegte, ob die Entführung ein gezielter Akt gegen Elsa war, um ihrem Geschäft zu schädigen.

»Sie war wahnsinnig gestresst. Alistair war auf den letzten Drücker verschwunden und hatte ihr sowohl das Gartencenter als auch die Party aufs Auge gedrückt. An dem Tag waren nur vier Angestellte da, also waren wir alle bis zum Anschlag eingespannt. Ted Marshall und Kristin Jónsson haben im Kunstmarkt gearbeitet, und Janet Wild und ich haben Elsa bei der Party geholfen. Elsa ist herumgestampft, hat Anweisungen gebrüllt und rumgemeckert: Die Spiele in der Scheune wären nicht ordentlich vorbereitet worden, die Pferde sähen nicht wie Einhörner aus – solche Sachen.«

»War dieses Verhalten für sie normal?«

»Wenn sie gestresst war, konnte sie richtig fies werden.«

»Und wie haben Sie sich dabei gefühlt?«

Guy lachte auf. »Ich hab einfach zu allem gelächelt, was sie von sich gegeben hat. Da hatte ich schon vor zu kündigen und mich bereits hier um einen Job beworben. Ich wollte in einer Falknerei und mit Wildtieren arbeiten. Pflanzen sind okay, und ich habe gern dort in der Hofabteilung gearbeitet, aber manchmal war mir die Arbeit zu anstrengend.«

»Anstrengend?«

»Ja, wenn sie so drauf war, hat das echt keinen Spaß gemacht. Sie hat die Leute verärgert und damit die Atmosphäre verdorben. Es ist schwer, fröhlich mit einer Horde Kindern herumzutoben, wenn man vom Boss mit Blicken erdolcht wird.«

»Sie haben damals ausgesagt, dass Sie Ava Sawyer auf der Party zu keinem Zeitpunkt gesehen haben.«

»Das stimmt. Donna Swanson hätte die Geburtstagsparty betreuen sollen, aber irgendwas war verwechselt worden. Donna hat sich den Tag freigenommen und in der letzten Minute alles Elsa überlassen. Normalerweise hat immer derjenige, der die Party betreut, alle kurz gebrieft, damit wir wussten, wie viele Kinder kommen und wessen Geburtstag es war, aber an dem Tag eben nicht. Elsa hat das Begrüßungstreffen durchgeführt, was wir sonst immer alle zusammen gemacht haben, und sich dann allein um die Partyspiele gekümmert. Ich hätte aushelfen sollen, aber ich hab in der Zeit auch nach den Tieren geschaut. Eins der Kaninchen hatte den Draht durchgeknabbert und war abgehauen, also musste ich es finden und den Zaun reparieren. Als ich zur Scheune kam, waren die Spiele schon vorbei, und Elsa war ziemlich angespannt. Sie hat gesagt, dass ich die Kinder zum Streichelzoo führen sollte. Dann ist sie davongelaufen und hat mich mit den Kindern allein gelassen. Ich bin dann zu Janet, die schon bei den Tiergehegen gewartet hat, und wir haben die Kinder zusammen aufgeteilt. Erst viel später, als Elsa wieder zu uns zu den Pferdeboxen kam, haben wir erfahren, dass ein Kind fehlte.«

»Keins der Kinder hat gesagt, dass Ava fehlte?«

»Wir hatten ja so viel zu tun. Ich habe ihnen alles über die Tiere erzählt und ihnen erlaubt, sie zu streicheln und zu füttern. Wir sind über das ganze Gelände gegangen und an den verschiedenen Stationen stehen geblieben. Es wäre gar keine Zeit gewesen zu bemerken, dass eines der Mädchen fehlte. Vermutlich haben alle Kinder gedacht, Ava wäre in der anderen Gruppe.«

»Können wir noch mal zurück? Sie sagten, Sie hätten nach den Tieren gesehen. Was haben Sie genau gemacht?«

»Ich habe dafür gesorgt, dass sie Futter und Wasser hatten, dass im Stall des Lämmchens frisches Stroh war und Milch bereitstand, damit die Kinder es füttern konnten. Solche Dinge.«

»Die Tiergehege waren neben der Spielscheune, oder?«

»Richtig.«

»Haben Sie irgendjemanden, Besucher oder Mitarbeiter, in der Nähe bemerkt?«

»Nein.«

»Sie haben auch nach den Ponys geschaut, oder?«

»Darum hat sich hauptsächlich Janet gekümmert. Ich habe nach den anderen Tieren gesehen.«

»Haben Sie Decken aus Sackleinen benutzt, um die Tiere warm zu halten?«

»Nicht dass ich wüsste. Sie waren ja drinnen. Da waren keine Decken nötig.«

»Und die Ponys?«

»Die hatten Decken. Da müssten Sie Janet fragen, ob die aus Sackleinen waren.«

»Und die Pflanzen? Mussten Sie sie je vor Frost schützen?«

»Die waren größtenteils unterm Dach. Empfindliche Exemplare haben wir über den Winter in die Gewächshäuser gestellt.«

»Haben Sie Sackleinen als Material zum Schutz gegen Frost verkauft?«

»Weiß ich nicht. Im Verkauf habe ich nie gearbeitet. Danach müssten Sie die Kollegen fragen.«

»Gut. Danke, dass Sie sich die Zeit genommen haben.«

Als sie zurück zum Wagen gingen, sah Natalie Murray an. »Keine große Hilfe in Bezug auf die Decke also. Wir fragen Janet Wild. Übrigens, hast du Donna Swansons Aussage gelesen?«

»Ja. Sie war zur Zeit des Verschwindens mit Alistair Fulcher in einem Hotel.«

»Ich frage mich, ob Elsa etwas von ihrer Affäre wusste.«

»Selbst wenn, welche Rolle spielt es für den Fall?«

»Ich weiß nicht, ob es eine Rolle spielt. Ich meine nur: Irgendwie passend, dass am Tag, als Ava Sawyer verschwunden ist, die Frau, die die Party hätte beaufsichtigen sollen, sich plötzlich freigenommen hat, um ihren Boss zu vögeln, der seinerseits eigentlich auch bei der Arbeit hätte sein sollen. Wir müssen mit Elsa darüber sprechen. Kannst du für mich, sobald wir wieder im Präsidium sind, ihre Telefonnummer herausfinden? Ich will vorher noch rasch mit Janet Wild sprechen. Sie wohnt etwa fünfzehn Kilometer von Uptown entfernt, in Axmouth. Ich rufe sie an, um ihr zu sagen, dass wir auf dem Weg zu ihr sind.«

Axmouth war ein kleines Dorf, das aus zwei alten Läden, einem Pub, einer Grundschule, einer Kirche und einem Gemeindehaus bestand. Den Dorfanger säumte eine Ansammlung von Häusern, ein wilder Mix aus schwarz-weißen Fachwerkhäusern, reetgedeckten Cottages, dreistöckigen Familienhäusern und renovierten viktorianischen Anwesen.

Das Haus, nach dem sie suchten, lag am Ende einer langen Straße mit Reihenhäuschen, die zur Kirche hin ausgerichtet waren. Murray parkte den Wagen auf dem Parkplatz der Kirche, und sie schlenderten zur Elm Tree Road Nummer vier. Natalie klingelte, woraufhin Hundegekläff einsetzte. Die Tür wurde geöffnet, und eine eifrige Schnauze schoss hervor, bevor eine Hand nach dem Hundehalsband griff und das Tier wieder hineinzog. »Kommen Sie rein. Bart, aus. Sitz!«

Janet Wild war in den Dreißigern, hatte kastanienbraunes

Haar und rosige Wangen. Der Hund, ein fröhlicher Mischling, machte gehorsam Sitz und wedelte die ganze Zeit mit dem Schwanz.

»Er beißt nicht, aber ich will nicht, dass er an den Leuten hochspringt.« Sie zog ein Leckerchen in der Form eines Knochens aus ihrer Jeanstasche, das der Hund sich sofort schnappte und zum Vernaschen in ein anderes Zimmer trug. »Okay, kommen Sie mit in die Küche?«

Sie folgten ihr und drängten sich in die winzige, zweckmäßig eingerichtete Küche.

»Wie ich Ihnen am Telefon schon sagte, wollen wir die Geschehnisse rund um das Verschwinden von Ava Sawyer noch einmal durchgehen.«

Natalie hatte beim Hereinkommen im Flur ein Foto von zwei kleinen Kindern entdeckt.

»Sie haben Kinder?«

»Oh, Sie haben das Foto gesehen, nicht? Das sind meine Nichten, die Kinder meiner Schwester. Ich liebe sie innig. Eigene Kinder habe ich nicht. Ich bin nicht in einer festen Beziehung, also werde ich vorerst auch keine bekommen. Im Moment ist Bart mein Kind.«

»Ich würde gern Ihre Aussage zu Avas Verschwinden noch einmal durchgehen. Sie haben DI Frank gesagt, dass Sie bei den Tiergehegen waren, als Guy mit einer Gruppe Kinder dorthin kam. Sie haben neun Kinder übernommen.«

»Das stimmt. Wir mussten die Gruppe aufteilen. Es waren nicht die ruhigsten Kinder, mit denen wir je gearbeitet haben, und manche von ihnen haben arg hibbelig reagiert, als sie die Tiere gesehen haben. Es gab viel Gekreische und so, deshalb haben wir schnell mit den Tiererfahrungen angefangen.«

»Was gehört denn alles dazu?«

»Hauptsächlich haben wir die Kinder zu den einzelnen Gehegen geführt und ihnen etwas über die Tiere erzählt. Dann haben wir sie die Tiere streicheln und füttern lassen. Neben

Hängebauchschweinen und ein paar Schafen hatten wir Renn-
mäuse und Kaninchen mit Schlappohren. Wir hatten auch ein
Lamm. Das war der Knaller, die Kinder fanden es ganz besonders toll. Das Geburtstagskind durfte es immer füttern. Harriet,
das Geburtstagskind, war in meiner Gruppe, also durfte sie es
mit einer Milchflasche füttern.«

»Hat irgendeins der Kinder Ava erwähnt?«

»Ich glaube nicht. Wie ich dem Ermittler damals schon
sagte, war es schwierig mitzubekommen, was sie gesagt haben,
weil sie immer alle gleichzeitig geredet haben, und Harriet war
besonders anstrengend und laut. Wenn eins der Kinder etwas
über Ava gesagt hat, dann habe ich es nicht mitbekommen.« Sie
kaute kurz auf ihrer Unterlippe herum. »Als ich zum ersten
Mal vernommen wurde, habe ich mich echt angestrengt, mir
alles ins Gedächtnis zu rufen, was gesagt wurde, aber ich
konnte mich wirklich nicht erinnern. Der Verstand spielt einem
halt manchmal Streiche. Seitdem rede ich mir ein, einer der
Männer hätte gesagt, dass sie draußen wäre, aber das muss ich
mir wohl eingebildet haben. Daran hätte ich mich damals doch
erinnert, oder nicht?«

»In solchen Fällen ist es unwahrscheinlich, dass Ihre Erinnerung heute noch genauso exakt ist wie damals, als es passiert
ist.«

»Das dachte ich mir auch. Ich wünschte, ich könnte mehr
helfen. Suchen Sie immer noch nach ihr?«

»Leider nicht. Gestern Nachmittag wurde ihre Leiche
gefunden.«

»O nein. Das ist eine furchtbare Nachricht. Die armen
Eltern!« Janet schüttelte traurig den Kopf.

»Janet, wie ich gehört habe, hatte Elsa an dem Tag die
Aufsicht über die Party. Hat sie normal auf Sie gewirkt?«

»So normal wie immer. Manchmal war sie ziemlich
herrisch, vor allem, wenn sie unter Stress stand. Ich hatte aber
schon fünf Jahre mit ihr zusammengearbeitet, also kannte ich

ihre Launen. Ich weiß noch, dass sie nicht gerade glücklich darüber war, dass Donna sie hatte hängenlassen. Ich habe sie eine Stunde vor der Party im Büro gesehen. Sie war nicht gut drauf. Ich habe sie gefragt, ob es ihr gut geht, und sie sagte, sie hätte ›ziemliches Kopfweh‹. Ich habe ihr angeboten, den Job für sie zu übernehmen, aber sie hat bekräftigt, dass es ihr gut geht und sie das schon schaffen würde. Anscheinend war Harriets Mutter gut vernetzt, und Elsa wollte Eindruck bei ihr schinden. Sie hat Avas Verschwinden wirklich nicht gut verkraftet.«

»Hat sie sich Ihnen je anvertraut?«

Janet schüttelte den Kopf. »Sie hat sich auf der Arbeit niemandem anvertraut, soweit ich weiß. Sie hat ihr Privatleben privat gehalten, erst recht, nachdem Barney und sie sich getrennt hatten.«

»Sie haben kurz nach Avas Verschwinden aufgehört, beim Center zu arbeiten.«

»Über Nacht wurden sämtliche Geburtstagsfeiern storniert, und es war nicht mehr derselbe Ort. Wir haben uns alle selbst die Schuld gegeben, Elsa ganz besonders. Sie kam nicht mehr zur Arbeit, und dann hat Alistair die Farm und die Tiere verkauft. Insofern war es für mich am besten, weiterzuziehen. Es war keine große Überraschung, als Elsa und Alistair an Poppyfields verkauft haben. Ich glaube, am Ende haben sie und Alistair es nicht mehr ertragen, einander zu sehen.«

»Warum glauben Sie das?«

»Streit, Seitenhiebe, wütende Äußerungen. Sie hat ziemlich deutlich gemacht, was sie über Alistair dachte. Es war kein Geheimnis, dass sie nicht miteinander auskamen.«

»Sie haben sich um die Ponys gekümmert, stimmt das?«

»Ja, das hat zu meinen Aufgaben gehört. Ich habe die Ställe ausgemistet und die Tiere für die Partys geschmückt.«

»Haben Sie Decken aus Sackleinen benutzt?«

»Ja, früher, aber dann haben wir sie gegen Fleecedecken eingetauscht, die waren wärmer.«

»Haben Sie die Leinendecken aufbewahrt?«

»Ja. Elsa wollte nie etwas verschwenden. Ich glaube, sie wurden in einem der Ställe gelagert. Darf ich fragen, warum?«

»Tut mir leid, aber dazu kann ich keinen Kommentar abgeben«, antwortete Natalie. »Das ist alles für den Moment. Vielen Dank, dass Sie sich die Zeit genommen haben.«

Janet kaute wieder auf der Unterlippe. »Mir tut es wirklich leid wegen Ava. Der schlimmste Albtraum aller Eltern.«

»Das stimmt.« Natalie gab ihr eine Visitenkarte. »Wenn Ihnen noch etwas einfällt, wie unwichtig es auch scheint, rufen Sie mich an.«

Sie und Murray gingen über die Straße zurück zur Kirche. Natalie zögerte neben dem Wagen und dachte über das nach, was sie erfahren hatte. Murray wartete darauf, dass sie ihre Gedanken in Worte fasste.

»Wir haben nicht viel, oder? Alles, was wir bis jetzt sicher herausgefunden haben, ist, dass es in einem der Ställe vielleicht Decken aus Sackleinen gab, und dass Elsa und Alistair Probleme hatten und nicht gut miteinander ausgekommen sind.«

»Glauben Sie, dass Elsa etwas mit Avas Verschwinden zu tun hatte?«, fragte Murray.

»Nach dem, was ich in den Fallakten bisher gelesen habe, nein. DI Franks hat jeden Aspekt der Ermittlungen untersucht, bis ins kleinste Detail, und er ist jeder Spur gefolgt. Er hat Elsa gründlich durchleuchtet und kein Motiv gefunden, weshalb sie das Kind hätte entführen sollen oder wie sie das überhaupt hätte anstellen können, ohne bemerkt zu werden. Ja, es gibt noch Fragezeichen bezüglich ihres Aufenthaltes am Nachmittag. Wir haben nur ihre Aussage, dass sie im Büro war und versucht hat, ihre Kopfschmerzen loszuwerden.«

»Elsa wusste auch von den Leinendecken«, sagte Murray.

Natalie nickte. »Da stimme ich Ihnen zu. Wir müssen mit ihr sprechen. Der Fund von Avas Leiche wirft neues Licht auf den Fall. Wieso dort? Wieso im Center? Und irgendjemand muss an dem Tag doch etwas Verdächtiges bemerkt haben.« Perplex kratzte sie sich am Kopf.

Ihre Gedanken wurden vom Läuten ihres Handys unterbrochen. Es war Lucy.

»Natalie, es gibt Neues zu einem weiteren Kind. Es ist eine von Avas Freundinnen von der damaligen Geburtstagsparty – Audrey Briggs. Ihre Leiche ist in Queen's Park gefunden worden.«

ACHT

MITTWOCH, 26. APRIL, ABEND

Mike, der ebenfalls zum Queen's Park gerufen worden war, stand mit Natalie auf dem Bürgersteig vor dem Haus Nummer 75 in der Queen's Avenue, wo die Familie Briggs wohnte. Sie waren in eine ruhige Unterhaltung vertieft. Polizisten hielten eine kleine Gruppe aus Journalisten, Fotografen und Nachbarn auf Abstand. Mike hatte ihnen bereits gesagt, sie sollten sich zurückziehen, aber sie warteten immer noch hinter der Polizeiabsperrung, die sich um den Vorgarten der Briggs' zog. Die Polizei hatte die Straße auf beiden Seiten blockiert, sodass nur Notfallwagen durchkamen. Blaulicht erleuchtete den dunkler werdenden Himmel, während Natalie mit ihrem Kollegen sprach.

»Was wissen wir?«, fragte sie.

»Audreys Mutter hat sie um zwanzig nach drei von der Schule abgeholt und sofort zur Little Stars Dance Academy in Uptown zu einer Tanzstunde gebracht. Die ging bis halb fünf, und sie sind gegen Viertel vor sechs nach Hause gekommen. Kurz danach ist das Mädchen zum örtlichen Lädchen am Ende der Queen's Avenue geradelt, um sich eine Flasche Cola zu kaufen. Es scheint eine sehr sichere Wohngegend zu sein, und

Audrey ist auch früher schon einige Male mit dem Rad zum Laden gefahren«, berichtete er, als er die Überraschung in Natalies Gesicht sah. »Als sie um halb sechs noch nicht zurück war, ist ihre Mutter Caroline Briggs sie suchen gegangen. Der Ladenbetreiber, Rod Bunting, hat das Mädchen nicht gesehen. Als sie hörte, dass ihre Tochter nicht einmal im Laden angekommen war, hat Caroline Briggs uns alarmiert.«

Natalie blickte in die Ferne. Am Eingang des Queen's Parks verfrachtete die K9-Einheit wuselige Deutsche Schäferhunde in ihren Einsatzwagen. Sie wandte sich wieder dem Gespräch zu. »Was ist mit ihren Freunden und Freundinnen?«

»Niemand hat sie nach der Schule gesehen. Ihre Mutter hat sie als Letzte gesehen.«

»Audrey war also etwa dreieinhalb Stunden vermisst«, sagte Natalie mit einem Blick auf die Uhr.

»Richtig. Zuerst haben die Polizisten mit Caroline Briggs gesprochen und das Mädchen dann sofort vermisst gemeldet. Wegen des plötzlichen, unerklärlichen Verschwindens des Kindes und wegen der offensichtlichen Verzweiflung ihrer Mutter haben wir beschlossen, sofort zu handeln und nach dem Mädchen zu suchen.«

»Wo war der Vater während der Suche?«

»Stephen Briggs arbeitet bei einer Werbeagentur und ist derzeit geschäftlich in Glasgow. Er ist über Audreys Verschwinden informiert worden und hat sich sofort auf den Weg zurück nach Samford gemacht. Wir wollten ihm nicht am Telefon sagen, dass wir ihre Leiche gefunden haben, zumal er gerade am Steuer saß. Verständlicherweise ist Mrs Briggs völlig aufgelöst. Die psychologische Betreuerin ist bei ihr, bis ihr Mann da ist. Tanya Granger.«

»Die habe ich heute schon getroffen«, sagte Natalie. »Sie war bei Beatrice Sawyer, Avas Mutter.«

»Ja, sie wollte nicht von Beatrice weg, aber es war sonst niemand frei und Beatrices Mutter schon auf dem Weg zu ihrer

Tochter. Die Polizisten sind um zwanzig Uhr fünfundzwanzig auf Avas Leiche gestoßen, und ich bin vom Labor hergerufen worden. Wie ich hörte, leitest du die Mordermittlungen in ihrem Fall.«

»Richtig. Wir glauben, dass die beiden Fälle zusammenhängen.«

»Das ist kein leichter Job.« Sein Blick ruhte einen Moment auf ihr, und er lächelte aufmunternd. »Ich führe dich zu ihr, wenn du so weit bist.«

Natalie konnte nicht antworten. Sie wollte nicht hinsehen, aber welche Wahl hatte sie? Um morbide Gedanken gar nicht erst aufkommen zu lassen, sprach sie die ganze Zeit, während sie zuerst die Straße überquerten und dann den Fußweg neben dem hohen Zaun des Parks nahmen. Ein ziviles Polizeiauto hielt vor ihnen an, und Lucy und Ian stiegen aus.

»Ich weiß, dass sie erst acht Jahre alt war, aber hatte Audrey schon ein eigenes Handy?«

»Ja, aber sie hat es nicht zum Laden mitgenommen. Wir haben es bereits gecheckt, aber nichts Wichtiges darauf gefunden. Sie hat es hauptsächlich zum Spielen benutzt und um mit ihrer Mutter in Kontakt zu bleiben. Ich wollte es zur Kontrolle ins Labor schicken, aber wenn du es dir mal ansehen möchtest ...«

»Nein, schon gut. Schick es hin.«

Sie kamen an einem Krankenwagen vorbei, dessen Hintertür offenstand, danach an einem weißen Van der Forensiker. Sie überquerten den Grünstreifen und erreichten den Eingang zum Park, zu dessen beiden Seiten ein Polizist stand.

»Wie viele Eingänge zum Park gibt es?«

»Den Haupteingang vom Stadtzentrum aus und diesen.«

Ein Infobrett neben dem offenen Tor zeigte einen Lageplan des Parks. Die stärker frequentierten Pfade, der Spielplatz und die Bowlingfläche lagen näher zum Haupteingang. Der Weg gabelte sich etwa fünfzig Meter vor ihnen. Die eine Abzweigung führte zum Fluss, die andere zum Musikpavillon und den klassischen Gärten. Ein Hüsteln hinter Natalie machte ihr die Anwesenheit ihres Teams bewusst. Sie betraten den Park gemeinsam.

Queen's Park war eher ein klassischer Garten als ein Park, mit Spazierwegen um gepflegte Beete, Blumenausstellungen und Denkmälern für gefallene Helden sowie zierlichen Statuen von Menschen, von denen Natalie noch nie gehört hatte. Es handelte sich um ein beliebtes Ausflugsziel. Grasbewachsene Ufer flankierten den Fluss Blithe, auf dem oft ganze Entenschwärme unterwegs waren. Die Einheimischen beobachteten sie gern, wenn sie in den Sommermonaten dort picknickten. Der Park bot die üblichen Freizeitaktivitäten für Familien und einen Spielplatz für Kleinkinder. Der Weg führte das Team an mächtigen dunklen Bäumen vorbei, alle mit einem Holzschild versehen, das ihren Namen und ihre Herkunft erklärte. Die Vegetation war dicht. An der Gabelung bogen sie nach rechts in einen schmaleren Pfad ein. Auf dem Hinweisschild stand »Gärten und Spielplatz«.

Vor ihnen war einiges los, also hatten sie die Stelle fast erreicht. Natalie wappnete sich innerlich. Sie erkannte sofort ein Mitglied von Mikes Team. Er kauerte über etwas und verdeckte das, was vor ihm lag. Als sie näher kamen, erhob er sich und trat zur Seite. Natalie stieß den Atem aus, den sie unbewusst angehalten hatte. Im Gras lag ein rosafarbenes Fahrrad

An seinen Augen erkannte Natalie, dass er sie bemerkt hatte. Er sagte: »Das Fahrrad ist ein Bridgford Rainbow Girls Classic Heritage in Hellrosa mit einem Korb vorne. Ich glaube, die sind sehr beliebt. Thea hat genau das gleiche.«

»Gehört es Audrey?«, fragte sie.

»Davon gehen wir aus. Es liegt etwa hundert Meter von ihrer Leiche entfernt. Wir untersuchen es gerade auf Fingerabdrücke. Nach den Reifenspuren im Grass zu urteilen, würde ich sagen, dass sie stark gebremst und das Rad hingeworfen hat. Es ist nicht sorgfältig hingelegt worden, sondern eher hingeschmissen. Am rechten Griff kann man Dreck erkennen. Der hat wohl zuerst das weiche Gras und den Matsch berührt.« Er richtete den Strahl einer Taschenlampe auf den entsprechenden Bereich.

Natalie wischte ihre schwitzenden Handflächen an ihren Hosenbeinen ab. Inzwischen war es dunkel geworden, und nur die Wege im Gelände waren beleuchtet. Hinter ihnen befanden sich dunkle Sträucher, schattige und düstere Formen, in denen man sich verstecken konnte. Murray, der ihr am nächsten stand, sprach ihre Gedanken aus.

»Audrey hatte vielleicht Angst vor etwas oder jemandem im Unterholz, hat ihr Fahrrad hingeworfen und ist weggerannt«, mutmaßte er.

Natalie nickte.

Ian ergänzte seine eigenen Gedanken: »Ich verstehe noch nicht, warum sie hier war. Sie sollte doch zum Laden fahren, der in der entgegengesetzten Richtung liegt.«

»Vielleicht ist sie abgelenkt worden?«, schlug Lucy vor. »Vielleicht hat sie eine Freundin oder einen Freund getroffen, als sie aus dem Haus kam, und sich zum Park locken lassen.«

»Warum war sie dann allein? Was ist mit dem anderen Kind passiert?«

Lucy zuckte die Schultern. »Tja, keine Ahnung. Vielleicht irre ich mich ja. Trotzdem sollten wir das in Betracht ziehen.«

»Gibt es im Park Überwachungskameras?« Natalie richtete ihre Frage an Mike.

»Nur am Haupteingang, beim Treibhaus und zur Überwachung des Kinderspielplatzes. Hier sind keine, und an der Straße, in der sie wohnt, auch nicht.«

Natalie schnalzte mit der Zunge. »Das ist übel. Wir brauchen trotzdem die Überwachungsvideos. Wir müssen schauen, ob wir ihre Bewegungen nachvollziehen oder sogar jemanden identifizieren können, der zum Zeitpunkt ihres Verschwindens im Park war. Ian, können Sie das veranlassen?«

»Mach ich.«

In Mikes Gefolge entfernten sie sich von dem Fahrrad und überquerten die feuchten Wiesen bis zu dem künstlichen Licht. Natalie wurde langsamer. In ihren Ohren dröhnte es. Fünfzig Meter vor ihnen befanden sich Polizisten in weißen Schutzoveralls bei der Arbeit, in der Nähe einer Kastanie, deren ausladende Äste sich wie schützende Arme über eine immergrüne Hecke erstreckten, die vielleicht zwei Meter hoch und fünfzig Meter breit war.

»Was für ein Albtraum für ihre Eltern«, flüsterte Lucy. Natalie konnte ihr nur zustimmen. Sie ballte die Hände, damit sie aufhörten zu zittern.

Natalie hob eine Hand. »Bleiben Sie hier«, sagte sie zu Lucy und Ian. »Ich will nicht, dass wir alle über den Tatort trampeln.« Sie winkte Murray heran, zog sich Plastikhandschuhe und Schuhschoner über und atmete tief durch.

Der Anblick der kleinen Gestalt, die flach auf dem Rücken lag, brach ihr das Herz. Es war kein Versuch unternommen worden, das Kind zu begraben. Ihre Beine in einer blassrosa Strumpfhose waren ausgestreckt, die Füße steckten in flachen, rosafarbenen Tanzschläppchen, und die Arme lagen schlaff und mit nach oben gedrehten Handflächen an ihren Seiten. Ihr Haar, das im Pagenschnitt frisiert war, war ihr aus dem süßen Gesicht mit der Himmelfahrtsnase gefallen. Ihre hellvioletten Augenlider waren geschlossen und der Kopf zur Seite geneigt, als würde sie schlafen.

»Wir haben sie nicht bewegt, aber an ihrem Hals ist ein Abdruck zu sehen«, sagte Mike.

Natalie betrachtete den roten Streifen, der quer über den Hals des Mädchens verlief. Es war schwer zu erkennen, wovon er verursacht worden war, und so wollte sie keine Vermutungen anstellen. Möglicherweise war er erst nach dem Eintritt des

Todes entstanden oder hatte gar nichts mit ihrem Tod zu tun. In all ihren Jahren bei der Polizei hatte sie gelernt, keine voreiligen Schlüsse zu ziehen.

»Sagtest du nicht, sie ist von der Tanzschule nach Hause gekommen und dann gleich zum Laden gefahren?«, fragte Natalie.

»Richtig.«

»Ich bezweifle, dass sie zum Tanzunterricht so angezogen war.« Audrey trug ein zitronengelbes Chiffonkleid, das säuberlich drapiert worden war, sodass man die Falten und die große gelbe Schleife an ihrer Taille gut erkennen konnte.

Natalie betrachtete das Kind von Kopf bis Fuß und wünschte sich die ganze Zeit, sie könnte sie hochheben und wieder Leben in ihren schlaffen Körper hauchen. Sie schob den Gedanken beiseite. »Auf ihren Knien und den Handflächen sind Schmutzflecken. Die könnten vom Gras sein. Vielleicht ist sie vom Rad gestürzt und hat sich beschmutzt, oder sie ist auf allen vieren vor ihrem Verfolger weggekrochen. Ihre Strumpfhose ist schmutzig, und ich glaube, an ihren Schuhsohlen ist Matsch oder Dreck. Aber das Kleid sieht aus wie neu.«

Murrays Stimme war kaum zu hören. »Ava Sawyer hat ein gelbes Kleid getragen, als sie verschwunden ist.«

Natalie drehte sich der Magen um. Sie presste die Worte zwischen den Lippen hervor: »Ich weiß. Das macht mir die größten Sorgen. Jemand hat Audrey für eine Party fein gemacht. Ihr Kleid ist arrangiert. Und sie trägt nicht nur ein Partykleid, sondern ihre Lippen sind auch ungewöhnlich rot. Ich glaube, sie trägt Lippenstift – roten Lippenstift.« Natalie beugte sich tiefer, um das Gesicht des Kindes zu betrachten. Dabei versuchte sie angestrengt, sich nicht auf den deutlich erkennbaren Streifen am Hals des Kindes zu konzentrieren.

»Ist es normal, dass eine Achtjährige Lippenstift trägt?«, fragte Murray.

»Ich bin sicher, dass Mädchen in jedem Alter Make-up

ausprobieren. Das war bei Leigh in dem Alter nicht anders. Vielleicht hat sie den Lippenstift in der Tanzschule aufgetragen. Wir reden mit ihrer Mutter und besprechen das in der Dienststelle weiter«, sagte Natalie, die plötzlich von dem kleinen Mädchen wegwollte. »Könnten Sie bitte den Tatort filmen? Und wenn der Rechtsmediziner kommt, fragen Sie ihn bitte nach seiner vorläufigen Ansicht zur Todesursache. Ich will auch wissen, ob jemand sexuelle Handlungen an ihr vollzogen hat.« Bei diesen Worten musste sie ein Schaudern unterdrücken und ging zurück zum Team.

»Ian, machen Sie bitte mit den Befragungen an den Haustüren weiter. Und natürlich müssen wir den Park auch sichern.«

Ian nickte. »Natürlich. Ich kümmere mich darum.«

»Ich möchte wissen, ob die Kleidung, die sie getragen hat, verschwunden sind. Ich hoffe, sie liegen irgendwo in der Nähe, damit wir sie auf DNA-Spuren überprüfen können. Mike, gibst du uns Bescheid, wenn ihr sie findet?«

»Klar. Ich sag meinem Team Bescheid.« Er verschwand in der Dunkelheit.

»Wir haben die schwierigere Aufgabe: Wir müssen mit Caroline Briggs, Audreys Mum, sprechen. Okay?«, fragte sie Lucy, die zustimmend nickte.

Sie stapften denselben Weg zurück, den sie gekommen waren. Draußen auf der Straße war jetzt noch mehr los. Polizeiautos fuhren weg und das Team von der Spurensicherung traf ein. Als sie näher zum Haus kamen, sah Natalie, dass sich an einem Fenster im Erdgeschoss eines Nachbarn ein Vorhang bewegte. Sie seufzte. Die Nachricht verbreitete sich schnell. Es waren noch mehr Menschen zusammengekommen, und die ersten Blumen – ein Strauß Narzissen – waren in der Nähe der Polizeiabsperrung abgelegt worden. Bald würde sich das Medienkarussell drehen, und Caroline und Stephen würden noch mehr als den Albtraum vom Tod ihrer Tochter ertragen müssen. Ian ging auf die nächststehende Gruppe zu und wedelte mit den Armen, um sie zum Fortgehen zu bewegen. Es war natürlich, dass jeder wissen wollte, was passiert war, aber Natalie konnte nur an die trauernde Mutter denken. Sie klopfte an der Tür und wurde von Tanya begrüßt, die sie ins Haus ließ und die Tür hinter ihnen sofort wieder schloss.

Das Haus, eine schlichte Doppelhaushälfte, deren Eingangsbereich mit einem einfachen Teppich ausgelegt war, wirkte irgendwie heimisch. Eine pinkfarbene *Eiskönigin*-Schultasche hing am Geländer, neben der Tür lagen achtlos abgestreifte Schuhe, und Jacken baumelten an bunten Haken, die alle mit einem Namen versehen waren: Caroline, Audrey, Libby und Stephen. Es war grauenhaft, dass eine solche Tragödie in das Leben dieser Menschen eingedrungen war.

Caroline Briggs war eine zierliche Frau mit elfenhaften Zügen. Auf dem Sofa, auf dem sie saß, wirkte sie winzig. Sie hatte die Knie an den Bauch gezogen und die Arme darum geschlungen. Ihre Wangen waren tränennass. Tanya setzte sich neben sie. Natalie stellte sich und Lucy vor und drückte ihr aufrichtiges Beileid aus. Caroline konnte sie nicht ansehen.

»Ich hab ihnen gesagt, dass sie entführt worden ist«, sagte Caroline und umfasste ihre Knie fester. »Ich wusste es in dem Moment, als sie nicht vom Laden zurückgekommen ist. Das passte nicht zu ihr.«

»Fühlen Sie sich in der Lage, mit uns zu sprechen?«

Caroline sah sie an, die Augen glasig von Tränen, und nickte.

»Wenn Sie nochmals alles durchgehen, was passiert ist, nachdem Sie nach Hause gekommen sind, wäre das sehr hilfreich«, sagte Natalie ruhig.

Caroline schniefte und wischte sich die Tränen ab. »Ich habe Audrey wie immer um zwanzig nach drei von der Schule abgeholt. Mittwochs ist sie immer beim Ballettunterricht in der Tanzschule im Ort, da habe ich sie hingebracht und um halb fünf wieder abgeholt. Der einfache Weg dauert ungefähr fünfzehn Minuten. Kaum waren wir zu Hause, ist Audrey zum Kühlschrank gegangen, weil sie Durst hatte vom Tanzen. Wir hatten aber keine Cola mehr. Das ist ihr Lieblingsgetränk.« Sie stutzte, sah mit Tränen in den Augen hoch und korrigierte sich flüsternd: »*War* ihr Lieblingsgetränk.«

Sie fixierte eine Stelle an der Wand, dann nahm sie den Faden wieder auf. »Das Baby hat gerade geweint, ich musste es wickeln. Also habe ich Audrey gesagt, dass sie kurz warten soll, dann würden wir Cola kaufen gehen, oder sie solle Saft trinken. Aber sie wollte unbedingt Cola und hat gefragt, ob sie selbst welche kaufen fahren darf. Die Straße runter ist ein Lebensmittelladen, in dem wir regelmäßig einkaufen, nicht weit weg von hier. Also habe ich es ihr erlaubt, das war keine große Sache. Ich werde zwar nervös, wenn sie außer Sichtweite ist, besonders nach dem, was mit Ava Sawyer passiert ist, aber das ist wirklich nicht weit, und ich habe es ihr auch vorher schon ein- oder zweimal erlaubt. Also habe ich ihr das Geld für die Cola gegeben – zwei Pfundmünzen – und bin hochgegangen, um Libbys Windeln zu wechseln und sie für ein Schläfchen hinzulegen. Aber sie war sehr quengelig – sie zahnt gerade –, deshalb hat es lange gedauert, sie zur Ruhe zu bringen. Als ich wieder heruntergekommen bin, war es schon zwanzig nach fünf, und Audrey war noch nicht da. Zuerst dachte ich, dass sie im Laden vielleicht in einer Schlange stehen musste. Es gibt nur eine Kasse, und manchmal hält Rod lange Schwätzchen mit der Kundschaft. Dann sind noch mal zehn Minuten vergangen, und ich habe mich gefragt, wo sie bleibt. Also hab ich Libby mitgenommen und bin zum Laden gegangen. Es sind nur zehn Minuten zu Fuß. Dort war keine Spur von ihr zu sehen, also habe ich Rod gefragt, ob sie da gewesen wäre, aber er hatte sie nicht gesehen. Ich wusste sofort, dass ihr was passiert ist.« Sie begann, sich in einem langsamen, gleichmäßigen Rhythmus hin und her zu wiegen.

»Haben Sie nicht gedacht, dass sie vielleicht angehalten hat, um mit Freundinnen zu reden, und dann mit ihnen gegangen ist?«

Carolines Antwort kam zwischen unterdrückten Schluchzern. »Nein. Das würde sie nie machen. Nicht nach dem, was Ava passiert ist. Ich habe ihr gesagt, dass sie nie mit Fremden sprechen darf und immer dafür sorgen soll, dass ich weiß, wo sie gerade ist. Ava hat niemandem gesagt, wohin sie gegangen ist, und weg war sie. Audrey war nach der Party damals schrecklich durcheinander und hatte Riesenangst. Sie wäre nie weggegangen, ohne mir zu sagen, wohin. Nie.« Das letzte Wort war kaum zu hören. Sie presste die Lippen fest zusammen, bis sie weiß wurden, und wiegte sich wieder hin und her.

»Ist sie oft in den Park gegangen?«

Wieder rollten Tränen über ihre Wangen. »Ab und zu, aber sie wäre nie gegangen, ohne es mir zu sagen.«

»Aber wenn eine Freundin sie von der anderen Straßenseite her gerufen hätte, vielleicht doch?«

»Auf dieser Straße ist immer relativ viel Verkehr, und sie darf sie nicht allein überqueren.« Caroline schüttelte wieder den Kopf und zeigte auf ein Foto, auf dem Audrey einen wuscheligen schwarzen Welpen im Arm hielt, der ihr das Kinn ableckte. »Das war Muffin. Er war Audreys Welpe. Sie hat ihn angebetet. Sie ist ... war ... völlig verrückt nach Hunden. Sie hat sich unbedingt einen Hund gewünscht, und dann haben wir irgendwann nachgegeben und Muffin für sie gekauft. Er ist vor sechs Monaten aus dem Vorgarten abgehauen, über die Straße gerannt und wurde von einem Auto überfahren. Es war schrecklich. Wir haben beide gesehen, wie es passiert ist, konnten ihn aber nicht retten. Audrey war darüber völlig verzweifelt, aber sie wusste, dass sie diese Straße nie überqueren durfte, außer an der Ampel beim Laden oder mit mir.«

Oben begann ein Baby zu weinen, und Caroline zuckte zusammen. Sie wischte mit dem Handrücken über ihre nassen

Wangen und stand umständlich vom Sofa auf. »Das ist Libby. Ich muss sie holen.«

Kaum hatte sie das Zimmer verlassen, wandte sich Natalie an Tanya. »Gibt es etwas Neues von ihrem Mann?«

»Er müsste bald hier sein. Er hat nicht angerufen. Das Letzte, was er gehört hat, war, dass seine Tochter vermisst wird.«

»Mist«, flüsterte Lucy. »Er weiß es noch nicht?«

Tanya schüttelte den Kopf.

Caroline kam mit einem Baby mit rotem Köpfchen zurück. Es hörte auf zu weinen, als es sah, dass Besucher da waren. Caroline setzte sich wieder hin und hielt das Kind auf ihrem Schoß. Libby stopfte ein Fäustchen in den Mund und blickte Natalie mit großen Augen an.

»Caroline, was hatte Audrey an, als sie weggegangen ist?«, fragte Natalie.

»Ihr Ballettoutfit: ein schwarzes Trikot, blassrosa Strumpfhose und rosa Tanzschläppchen, dazu ihre rosa Lieblingsstrickjacke. Die hier.« Sie deutete auf ein Foto von Audrey, auf dem sie lächelnd ihre Zahnlücken zeigte. Die Strickjacke war leuchtend pink und hing an ihrem dünnen Körper fast bis zu den Knien hinunter. Audreys Hände waren in die Taschen der Jacke geschoben, die sie halb offen hielt, sodass man das T-Shirt sehen konnte, auf dem in Glitzerfarbe ihr Name prangte.

»Hatte sie die Lippen geschminkt?«

Caroline schüttelte den Kopf. »Sie hat im Auto auf dem Beifahrersitz gesessen, und wir haben über ihre Tanzstunde geredet. Ich hätte es gesehen, wenn sie Lippenstift benutzt hätte.«

»Könnte sie sich Ihren ausgeborgt haben, als Sie hochgegangen sind, um dem Baby die Windeln zu wechseln?«

»Ich wüsste nicht, wieso und wie. Sie ist doch sofort mit dem Geld gegangen. Warum fragen Sie?«

»Wir glauben, dass sie vielleicht Lippenstift getragen hat«, sagte Natalie.

Caroline zog die Stirn in Falten. »Als ich sie zum letzten Mal gesehen habe, jedenfalls nicht. Woher sollte sie den denn haben? Ich schaue eben nach, um sicherzugehen, dass sie nicht meinen genommen hat.«

»Soll ich sie so lange halten?« Tanya streckte die Arme nach dem Baby aus.

Caroline reichte ihr das Kind und stand auf. Ihre Handtasche lag auf einem Tisch in der Nähe. Sie wühlte darin herum und zog eine silberne Hülse heraus. »Da ist er.«

»Haben Sie noch andere?«

»Nein. Ich trage nur diese eine Farbe. Wenn einer aufgebraucht ist, kaufe ich einen neuen.« Sie zog die Kappe ab, um einen blassrosa Lippenstift zu zeigen.

Die Haustür wurde geöffnet und mit einem Knall zugeschlagen. Dann rief eine Stimme: »Caroline!«

Ihr stiegen noch mehr Tränen in die Augen.

Ein Mann erschien in der Tür. Sein Anzug war zerknittert und die Krawatte gelöst.

»Oh, Stephen!«, sagte sie und schüttelte den Kopf.

Er hastete zu ihr und zog sie in die Arme. Ihm brach die Stimme weg. »Ich weiß. Ich weiß. Als ich die Polizeiautos gesehen habe, wusste ich es sofort.«

Natalie stand auf, um zu gehen. Vorerst würde sie nicht mehr mit Caroline sprechen können.

Stephen drehte den Oberkörper in ihre Richtung und sagte mit zitternder Stimme: »Ich brauche etwas Zeit mit meiner Frau. Allein.«

»Natürlich. PC Granger wird draußen warten, und ich komme morgen wieder. Nochmals mein aufrichtiges Beileid.«

Seine Lippen zitterten, und er wandte seine Aufmerksamkeit wieder Caroline zu. Er schlang die Arme fester um sie und legte die Stirn an ihren Oberkopf.

NEUN

FRÜHER

Seine Mutter putzt sich mit einem der Taschentücher, die seine Oma als Weihnachtsgeschenk mit einem Monogramm bestickt hat, die Nase. An einer Ecke ist es mit kleinen, lila Blumen bestickt: Veilchen, oder auch Violets, hat seine Mutter ihm erklärt, wegen ihres Namens. Ihm gefällt die Vorstellung, dass seine Mutter nach einer Blume benannt ist, auch wenn sie kein bisschen wie eine aussieht. Er hatte sich gefragt, wie ein Veilchen wohl roch. Nachdem sie die Taschentücher in ihrer Schublade verstaut hatte, holte er sich eines und betrachtete die Stickerei. Mit seinen plumpen Fingern zeichnete er die Stiche nach. Dann hielt er es an die Nase, aber es roch nach nichts.

Das Geräusch des Schnäuzens hört auf, und er kommt wieder im Jetzt an. Er ist im Büro des Direktors. Seine Mutter sitzt in einem der ausladenden Stühle vor dem Mann, der aufrecht mit den Händen hinter dem Rücken daneben steht. Er hat etwas angestellt.

»Ich kann mir nicht erklären, was in ihn gefahren ist«, sagt seine Mutter, als wäre er gar nicht anwesend. »Er ist normalerweise sehr freundlich. Ein freundlicher Riese«, hängt sie an und versucht, Mr Gordon anzulächeln. Mr Gordon lächelt jedoch nie, und er fängt auch jetzt nicht damit an.

»Wenn Miss Tideswell den Aufruhr nicht gehört hätte – der Himmel weiß, was noch passiert wäre.«

Seine Mutter schüttelt den Kopf. »Das ist lächerlich. Er ist erst zehn. Wie viel Schaden hätte er schon anrichten können? Das Mädchen bauscht die ganze Geschichte komplett auf. Er hat nicht einen einzigen bösen Zug an sich.«

»Das sagt auch niemand. Ich weise lediglich darauf hin, dass der Junge seine körperliche Kraft nicht kennt und sich am besten von den Mädchen in seiner Klasse fernhält. Es ist besser, wenn er vorläufig mindestens für ein paar Wochen während der Pausen im Klassenraum bleibt, und dann bewerten wir die Situation neu.«

»Das ist ungeheuerlich. Sie können ihn nicht wie einen Gefangenen wegsperren! Er ist ein kleiner Junge. Er muss an die frische Luft dürfen. Außerdem sondern Sie ihn nur noch mehr von seinen Klassenkameraden ab, wenn Sie ihn isolieren und jeden Tag drinnen behalten.«

Der Direktor denkt über die Logik dessen nach, was die Mutter des Jungen sagt, und auch wenn der Junge nicht versteht, was »absondern« bedeutet, weiß er, dass sie auf seiner Seite ist. Er wollte Sherry nicht wehtun. Er wollte nur herausfinden, ob ihr Haar sich so anfühlt wie das der Puppe, und als er sie allein auf einer Bank im Flur sitzen sah, wo die ganzen Jacken in einer Reihe hängen, da wollte er ihr keine Angst einjagen. Er stellte sich hinter sie, wollte nur kurz die goldene, hüftlange Pracht streicheln, aber dann spürte sie seine Anwesenheit, sprang auf und fing an zu schreien. Miss Tideswell eilte herbei, gefolgt von der halben Klasse und Sherrys Freundinnen, die ihn aus aufgerissenen Augen anglotzten. Eine versteckte sich hinter der anderen, und Sherry weinte die ganze Zeit.

Er wäre vielleicht damit davongekommen, wenn ihre Freundinnen, Gail Shore und Kitty Francis, Miss Tideswell nicht verpetzt hätten, dass er den Mädchen von hinter der Mauer aus dabei zugeschaut hatte, wie sie Handstand machten. Sie sagten, er würde Sherry immerzu anschauen, besonders auf der Heimfahrt im Schulbus, und das mache ihr Angst.

Sie befragten ihn, aber er weigerte sich zu antworten. Was konnte er auch sagen? Er würde Sherry nicht wehtun. Er wollte nur, dass sie ihn mochte. Er konnte ihnen nicht erzählen, dass er eine Puppe hatte, die genau wie Sherry aussah, und dass er nur hatte wissen wollen, ob ihre Haare sich so anfühlten wie die der Puppe. Sie hätten ihn alle ausgelacht. Es war besser, er ließ sie denken, dass er unheimlich war. Dann würden sie sich gar nicht erst über ihn lustig machen.

»Warum?«, fragt ihn seine Mutter.

»Ich wollte nur freundlich sein«, antwortet er und verdrückt ein paar Krokodilstränen. Seine Mutter seufzt tief auf. »Sehen Sie. Er ist ein einsamer Junge, und ihn während der Pausen drinnen zu behalten, wird nicht helfen.«

Der Direktor scheint von den Tränen und dem Geständnis überrascht zu sein und stimmt schließlich widerwillig zu, dass er in den Pausen raus darf, wenn er verspricht, dass er nie wieder um die Mädchen herumschleicht oder einem Mädchen auflauert.

Er nickt und lässt die Tränen weiter über seine Wangen laufen. Seine Mutter reicht ihm ein Taschentuch mit Veilchen darauf, und er putzt sich geräuschvoll die Nase. Die ganze Zeit denkt er an Sherrys Gesicht. Sie hatte solche Angst vor ihm. Er hat sich dadurch mächtig gefühlt.

ZEHN

MITTWOCH, 26. APRIL, NACHT

Müde streckte sich Lucy und versuchte, ein Gähnen zu unterdrücken. Natalie, die über Papierkram gebeugt da saß, bemerkte es und warf einen Blick auf ihre Uhr: kurz vor elf. Es war ein grauenvoller Abend gewesen. Sie hatten die Videoaufnahmen durchgesehen, die Murray am Tatort gemacht hatte. Der Anblick von Audreys Leiche im Partykleid hatte sie alle für längere Zeit verstummen lassen.

Im Moment konzentrierte sich Lucy auf die Überwachungsvideos aus dem Park und der Umgebung. Dabei achtete sie auf einzelne Personen, die zur fraglichen Zeit dort gewesen waren, und versuchte, Identitäten zu bestimmen. Währenddessen checkte Murray die Aufnahmen der Kameras zur automatischen Nummernschilderkennung und notierte Kennzeichen sowie Details über die Fahrzeughalter für jeden Wagen, der etwa zur Zeit des Verschwindens von Audrey am Parkeingang vorbeigefahren war. Natalie und Ian gingen den Stapel Zeugenaussagen durch, die sie gesammelt hatten, und versuchten, die Strecke nachzuvollziehen, die Audrey genommen hatte, nachdem sie um zehn vor fünf das Haus verlassen hatte. Mithilfe einer Karte der Queen's Avenue auf ihrem Laptop gingen sie die Möglichkeiten durch.

»In der Queen's Avenue gibt es neunzig Häuser, und vierundsiebzig davon liegen zwischen Nummer 75, wo die Briggs wohnen, und dem örtlichen Laden. Wie viele der Anwohner dieser Häuser waren zu Hause, als sie verschwunden ist?«, fragte Natalie.

Ian ging die Liste durch. »Nur in fünfzehn Häusern war jemand zu Hause, und niemand hat Audrey in Richtung des Geschäfts vorbeifahren sehen.« Er zeigte auf den Lebensmittelladen, der an der Ecke von Queen's Avenue und Jackson's Road lag. »Die einzige Zeugin, die irgendeine Bewegung bezeugen kann, ist eine arbeitslose Frau, Denise Roberts aus Nummer 73. Sie wohnt von den Briggs aus zwei Häuser weiter. Sie erinnert sich, dass sie gesehen hat, wie Carolines Auto gegen Viertel oder zehn vor fünf in die Einfahrt gefahren ist, dann hörte sie das Zuschlagen der Autotüren. Sie sagte, das Baby hätte sich die Seele aus dem Leib gebrüllt. Sie war zu der Zeit in der Küche an der Spüle. Kurz danach bekam sie einen Telefonanruf, den sie im Wohnzimmer angenommen hat, weshalb sie Audrey nicht auf dem Rad hat vorbeifahren sehen.«

»Wenn Audrey in diese Richtung gefahren wäre, hätte sie jemand sehen müssen. Was, wenn sie vor dem Haus nicht nach rechts, sondern nach links gefahren ist?«

»Sie hätte an fünfzehn Häusern vorbeigemusst und wäre an einer Kreuzung gelandet, die zu einer Schnellstraße führt. Aber auch dafür haben wir keine Augenzeugen.«

»Wie viele Häuser haben Blick auf den Eingang zum Park?«

»An der Stelle führt die Straße um eine Kurve, also haben nur die Nummern 91, 92 und 93 Sicht auf den Teil des Parks. In diesen Häusern war zur fraglichen Zeit nur Ned Coleman, Hausnummer 91, zu Hause. Ich habe mit ihm gesprochen. Er ist achtundsechzig und schwerhörig. Er kennt die Familie

Briggs, und es hat ihn sehr erschüttert, als er das von Audrey gehört hat. Er sagte, sie wäre ein einnehmendes Mädchen gewesen, das manchmal mit ihm geplaudert hat und ganz vernarrt um seinen Hund herumgewuselt ist, wenn sie ihm bei der Hunderunde begegnet ist.«

»Sie war verrückt nach Hunden. Ihr eigener ist überfahren worden. Wie gut kennt Ned Coleman die Familie?«

»Schwer zu sagen, aber ich glaube, nicht allzu gut.«

»Okay. Überprüfen Sie ihn trotzdem. Sonst noch irgendwas Nützliches in den Zeugenaussagen, die Sie aufgenommen haben?«

Er verzog das Gesicht und rieb sich mit der Hand über den Bartschatten. »Sie sagen alle mehr oder weniger das Gleiche. Keiner hat Audrey gesehen. Viele kennen die Familie Briggs auch nicht.« Er richtete die Handflächen nach oben. »Meine Güte, in dieser Straße wohnen so viele Menschen! Wie kann keiner etwas gesehen haben? Das ist so typisch für unsere Zeit! Die Leute wissen nicht einmal mehr, wer ihre Nachbarn sind, und es ist ihnen auch egal. Dadurch wird unser Job nicht gerade einfacher.«

»Wir haben aber Technologien zur Verfügung«, entgegnete Natalie mit einem sanften Lächeln. »Wir ermitteln die Fahrer aller Autos, die um diese Zeit den Park passiert haben, und befragen sie, was sie gesehen haben. Es gibt auch einen Aufruf im Fernsehen, und die Presse wird uns ebenfalls unterstützen. Sie haben ja gesehen, dass immer mehr Blumen am Haus der Briggs abgelegt werden. Die Öffentlichkeit wird hinter ihnen stehen und dabei helfen wollen, den Täter zu fassen.«

Das Vibrieren ihres Smartphones durchbrach die Sille im Büro. Es war Ben Hargreaves, der Rechtsmediziner. Er klang erschöpft.

»Ich dachte, Sie sollten wissen, dass ich heute Ava Sawyer für weitere Untersuchungen an Naomi hab überstellen lassen. Das Gewebe ist zu stark zerstört und abgebaut, als dass ich noch die Todesursache feststellen könnte. Naomi könnte da eher zu einem Ergebnis kommen.«

»Dann konnten Sie nicht feststellen, ob es sich um eine natürliche Todesursache handelt?«

»Leider nicht.«

Er hielt kurz inne, und sie hörte ein Rascheln, bevor er weitersprach. »Wir haben gerade die Autopsie von Audrey Briggs beendet. Zuerst einmal: Es wurden wohl keine sexuellen Handlungen vorgenommen. Fürs Protokoll: Sie trug ein schwarzes Turntrikot und eine rosafarbene Strumpfhose unter dem Kleid. Offenbar wurde nichts von beiden angerührt. In oder an ihrem Körper gibt es keine DNA-Spuren und auch keine Körperflüssigkeiten. Keine Abwehrverletzungen an den Händen, aber ihre Knie und Hände sind leicht zerkratzt, und an der Innenseite ihrer Arme habe ich oberflächliche Scheuermale gefunden. Außerdem weist sie Verfärbungen und deutliche Spuren einer Strangulation am Hals auf. Aber vor allem gibt es Anzeichen für physische Gewalteinwirkung: Gewebequetschungen und eine Fraktur des Kehlkopfes. Es gibt keine Hinweise auf einen Kampf: keine Anzeichen an den Fingernägeln, die darauf hindeuten können, dass sie versucht hat, etwas von sich zu drücken, und auch keine anderen Anzeichen von Abwehr oder Fluchtversuchen. Das legt die Vermutung nahe, dass sie sehr schnell bewusstlos gemacht wurde. Ich nehme deshalb an, dass sie entweder überrascht oder mit solcher Gewalt angegriffen wurde, dass sie nicht wusste, was geschah, und sich gar nicht wehren konnte. Zusammenfassend gesagt: Audrey Briggs ist an Ersticken infolge von Strangulation gestorben. Wir mussten andere Erstickungsursachen ausschließen, bevor wir sicher sein konnten, aber es besteht kein Zweifel, dass sie erdrosselt wurde.«

»Gibt es Erkenntnisse, womit sie erdrosselt wurde?«

»Das liegt außerhalb meiner Fachkenntnis, insofern würde ich auch diese Einschätzung Naomi überlassen. Ich stelle die

Leiche zu ihr über. Es tut mir leid, dass ich nicht mehr helfen kann.«

»Sie sind eine große Hilfe. Danke, Ben.«

Ben schien von dem Lob überrascht zu sein. »Gern geschehen«, stieß er aus, bevor er auflegte.

Natalie wandte sich an ihr Team. »So, wir wissen jetzt sicher, dass Audrey ermordet wurde, und Avas Tod behandeln wir weiterhin als verdächtig. Behalten wir das im Hinterkopf und lasst uns nach Verbindungen zwischen Audrey und Ava suchen. Wir sehen uns deren Leben genauer an. Etwas oder jemand bildet einen Zusammenhang zwischen den beiden, und wir müssen herausfinden, wer oder was das ist. Ich schlage vor, wir beginnen am offensichtlichsten Punkt – der Geburtstagsfeier im Uptown Craft Centre im Juli 2015. Beide Mädchen waren dort, und Audrey wusste, dass Ava von den Spielen weggegangen war, um die Toilette aufzusuchen. Es ist allerdings vieles zu berücksichtigen, weshalb ich glaube, wir sollten uns nicht nur auf die Party konzentrieren. Ich will sicher sein, dass wir sämtliche Spuren verfolgen. Aber für heute sage ich Feierabend und schlage vor, dass wir uns morgen früh um acht wiedersehen.«

Sie stapelte ihre Unterlagen ordentlich und lächelte jedem aus ihrem Team dankbar zu, als sie zur Tür gingen.

David lag noch wach im Bett, als Natalie ins Schlafzimmer kam. Er setzte die Brille ab und legte das Buch, in dem er gelesen hatte, zur Seite.

»Es ist schon spät«, sagte sie, schälte sich aus ihrer Kleidung, ging ins Bad und nahm die Kontaktlinsen heraus. »Du solltest schlafen.«

»Ich war nicht müde. Außerdem wollte ich sehen, ob es dir gut geht. In den Spätnachrichten haben sie von einem vermissten Mädchen berichtet.«

Sie kam aus dem Bad und ließ sich auf ihre Seite des Bettes fallen. »Audrey Briggs. Ihre Leiche wurde gefunden. Sie war eine Freundin von Ava Sawyer und ebenfalls auf der Feier im Jahr 2015, von der Ava damals verschwunden ist.«

»Oh, das tut mir wirklich leid. Gibt es einen Zusammenhang?«

»Ich halte es für möglich ... ich weiß nicht. Es ist alles ... ziemlicher Mist.«

»Komm her.«

»Ich habe mir die Zähne noch nicht geputzt.«

»Komm her«, wiederholte er und schlug die Bettdecke zurück.

Sie schlüpfte zwischen die kühlen Laken. Er zog sie an die Brust und legte die Arme um sie. Sein Körper war warm, und er roch nach Zitrusfrüchten. Sie ließ zu, dass er sie festhielt, und wusste, dass sie aus seiner Sorge Trost ziehen sollte. Sie sollte sich bei seiner zärtlichen Geste zu ihm hingezogen, ja sogar Liebe fühlen, aber sie konnte nur an Mike und sein Team denken, die immer noch alles um die Leiche eines kleinen Mädchens in einem Partykleid herum absuchten.

Für Natalie konnte es nicht schnell genug Morgen werden. Das bisschen Schlaf, das sie bekam, war von Visionen eines kleinen Mädchens durchbrochen, das allein in einem leer stehenden Lager an einen Stuhl gefesselt war. Die Albträume, die mit Olivia Chesters Ermordung zusammenhingen, hatten sie monatelang jede Nacht heimgesucht. Nur dank der intensiven Therapie, die Natalie durchlaufen hatte, hatten sie sich in ihrem Kopf in den Hintergrund zurückgezogen. Jetzt waren sie wieder da. Sie musste das ungute Gefühl, das damit einherging, abstreifen. Wenn sie sich mit den Fehlern der Vergangenheit beschäftigte, konnte sie nicht richtig funktionieren.

Beim ersten Schimmer Tageslicht hatte sie sich auf einen Ellbogen gestützt und ihren schlafenden Mann beobachtet, der mit leicht geöffnetem Mund auf dem Rücken lag. Er war wegen ihrer Unruhe mehrmals aufgewacht, hatte sich aber nicht beklagt. Es war nicht leicht, mit einer Polizistin verheiratet zu sein. Sie beschloss, dass sie sich nach diesem Fall eine Weile freinehmen würde, um an ihrer Ehe zu arbeiten. Sie würde mehr dafür tun müssen, wenn sie überleben sollte.

Der Drang, vor ihren Gedanken zu flüchten, wurde übermächtig. An manchen Tagen plagten sie sie so sehr, dass sie sich am liebsten vor der ganzen Welt versteckt hätte ...

»Was macht Ihnen an diesen Albträumen am meisten Angst?«

»Die Stille. Olivia sieht mich anklagend an, sagt aber nichts. Ich bitte sie, mir zu vergeben, aber sie schaut mich weiter so an, als wäre ich allein schuld an ihrem Tod.«

»Wir wissen beide, dass Ihre Vorgesetzten die Entscheidungen getroffen haben, die zum Tod von Olivia Chester geführt haben. Sie tragen keine Schuld.«

»Ich war Teil der Ermittlungen und des Teams. Ich war damals der Ansicht, dass sie die Sache falsch angegangen sind, und das hätte ich deutlicher sagen müssen. Vielleicht hätte ich sie von ihren Entscheidungen abbringen können.«

»Sie können sich nicht Ihr Leben lang die Schuld geben, Natalie.«

»Aber das mache ich. Können Sie mir eine Frage beantworten? Wie kann ich aufhören, mich so schuldig zu fühlen? An manchen Tagen ist es unerträglich. Ich wache nach einem dieser Träume auf und kann nicht atmen. Letzte Nacht habe ich ein Bad genommen. Ich war so müde, dass ich im Wasser eingenickt bin, und dann sah ich ihr Gesicht vor meinem inneren Auge. Ich bin erschrocken aufgewacht und lag komplett unter Wasser. Überraschenderweise fühlte es sich genau richtig an. Ich wollte nicht auftauchen. Ich wollte liegen bleiben und zulassen, dass die echte Welt wegdriftet. Ich bin also unter Wasser geblieben, habe die Ruhe genossen und wurde angenehm empfindungslos. Es war eine Erholung, die der Himmel geschickt hatte. Ich blieb so, bis ich keine Luft mehr hatte und irgendein Urinstinkt mich dazu brachte, aufzutauchen und nach Luft zu schnappen.«

»Wie haben Sie sich gefühlt, als Sie aufgetaucht sind?«

»Besser. Ruhiger. Allerdings nur kurze Zeit.«

»Vielleicht könnten Ihnen bestimmte Atemtechniken bei der

Stressbewältigung helfen. Wir vereinbaren einen Termin und probieren verschiedene aus.«

Sie verließ das Schlafzimmer und überquerte den Flur zum Bad. Dort drehte sie das Wasser auf und blickte ihr Spiegelbild an, während sie darauf wartete, dass die Wanne volllief. Sie sah jedoch nicht die Frau im Spiegel, sondern zwei kleine Mädchen in gelben Kleidchen. Zwischen Audrey und Ava musste es einen entscheidenden Zusammenhang geben. Es war ein viel zu großer Zufall, dass am Tag nach der Entdeckung von Avas Leiche ein anderes Mädchen tot aufgefunden worden war, das auf der Feier im Uptown Craft Centre gewesen war. Das Kleid war eine wichtige Spur. Sie wollte dieser Richtung folgen und die Akten zum Fall Ava Sawyer noch mal durchgehen.

Sie stieg in die Wanne. Die Hitze ließ ihre Muskeln weicher werden. Sie war nicht der Duschtyp, im Gegensatz zu David. Er duschte lieber in dem kleinen Bad, das vom Schlafzimmer abging, als in die Wanne zu steigen. Sie teilte das größere Badezimmer mit den Kindern, und überall lagen Dinge, die sie an die Kinder erinnerten: Zahnbürsten in Bechern, Leighs Shampoo- und Duschgelsammlung in bunten Flaschen, die den Tisch beim Waschbecken komplett füllten, und Joshs Manchester-United-Handtuch, das inzwischen eher blassrosa als rot aussah. Es hing an einem Haken an der Tür. Erneut schossen ihr die Haken mit Namensschildern im Haus der Briggs' durch den Kopf. Später musste sie wieder mit den Eltern sprechen. Sie seufzte bei dieser unangenehmen Aussicht und ließ sich tiefer ins Wasser gleiten, bis sie komplett untergetaucht war und solche Gedanken sie nicht mehr plagten. Sie versuchte, so lange wie möglich den Atem anzuhalten, und lauschte nur noch auf ihren Herzschlag.

———

Als sie schließlich das Badezimmer verließ, fühlte sie sich besser auf den Tag vorbereitet. David war nicht mehr im Bett. Sie trocknete rasch ihr Haar und band es zu einem praktischen, kurzen Pferdeschwanz zusammen. Sie zog eine Hose vom Vortag an und dazu ein sauberes, weißes Oberteil, dann trug sie gerade so viel Make-up auf, dass sie hübsch aussah. Ihre Mutter hatte ihr das Prinzip »weniger ist mehr« nahegebracht, das sie sich zu Herzen genommen hatte. In ihrer Familie war sie immer die Natürliche gewesen, und während sich ihre Schwester falsche Wimpern angeklebt, Stunden mit dem Lackieren ihrer Zehennägel verbracht und anschließend in den Club gegangen war, hatte Natalie sich in ihre Bücher vergraben. Sie schüttelte die Gedanken an ihre Schwester Frances ab, die ihr entfremdet war. Sie gehörte der Vergangenheit an.

Unten war Josh, noch im Pyjama, dabei, sich Frühstücksflocken in den Mund zu schaufeln. Dabei hatte er den Blick auf sein Handy gerichtet und reagierte auf ihre Anwesenheit nur mit einem Grunzen. David hatte Tee gekocht und strich sich Marmelade aufs Toastbrot.

»Möchtest du auch eins?«, fragte er.

»Ich hab keinen Hunger«, antwortete sie, goss sich den letzten Rest Tee aus der Kanne in den Becher und gab Milch hinzu.

»Wie läuft's in der Schule, Josh?«, fragte sie.

Er verdrehte die Augen. »Wie immer«, murmelte er.

»Dad und Ich haben noch mal über die Sportschuhe gesprochen, die du dir wünschst. Wenn deine Noten bis zum Halbjahresende wieder in Ordnung sind, kaufen wir sie dir.«

»Echt?« Er blickte vom Display und den lilafarbigen Kugeln, die er jagte, auf.

»Ja, warum nicht?«, antwortete sie.

»Cool. Danke.« Er stand auf, stellte seine Schale in die Spüle und trollte sich.

»Ein glücklicher Sohn«, sagte sie über den Rand ihres Bechers hinweg.

»Glücklicher, als ich ihn in den letzten paar Tagen gesehen habe. Hast du schon was von Leigh gesehen?«

»Nichts, seit ich die Treppe runtergekommen bin. Soll ich sie wecken?«

»Ich mache das. Wann musst du in der Dienststelle sein?«

»Um acht.«

»Und du bist noch hier?«

»Ich dachte, ich bin euch wenigstens fünf Minuten schuldig, bevor ich verschwinde. Keine Ahnung, wann ich wieder da bin.«

Zur Antwort zuckte er mit den Schultern und aß schweigend sein Toastbrot. Er kannte das Prozedere nur zu gut. »Ich komme schon klar«, sagte er schließlich.

»Ich wecke Leigh und fahre dann los.«

»Lass sie. Ich mache das«, sagte er wieder, und ein scharfer Ton schlich sich in seine Stimme. Sie nahm es als Zeichen zu verschwinden, stellte den leeren Becher neben Joshs Müslischale, küsste David auf die Wange und eilte hinaus.

Die Türen am Gebäude des Polizeireviers öffneten sich mit einem Zischen und intensiver Pinienduft begrüßte sie. Sie ging um das Schild herum, das vor dem frisch gewischten Boden warnte, und eilte zu ihrem Büro. Auf dem runden Sofa im Flur fläzte sich Mike.

»Du bist wahrscheinlich der Erste, der sich je auf dieser Couch niedergelassen hat«, sagte sie gut gelaunt. Sie war in letzter Zeit ihm gegenüber zu kurz angebunden gewesen. Was zwischen ihnen gelaufen war, war vorbei. Es hatte nur eine Nacht gedauert. Sie waren nichts weiter als Arbeitskollegen, die ganz gut miteinander auskamen.

»Die würde sich in meiner neuen Wohnung gut machen«, sagte er mit einem angedeuteten Lächeln.

»Klar. Hast du mehrfarbige Wände oder nur neongelbe?«

Er lachte leise und klopfte auf den Sitz. »Sie ist vielleicht ein bisschen auffällig, oder?«

Sie zog die Brauen hoch. »Hast du eigentlich auf mich gewartet?«

»Ja. Ich dachte, ich gebe dir ein schnelles persönliches Update. Ich habe ein paar Neuigkeiten für dich.«

Sie wischte mit ihrem Ausweis über das Schloss und öffnete die Tür für ihn. Er blieb auf der Couch sitzen. Also ließ die Tür offen und stellte sich vor ihn.

»Also los, worum geht es?«

»Das muss warten, bis dein Team da ist. Ich kann jede Pause brauchen, bevor ich wieder loslege.« Mike gähnte und schüttelte den Kopf, wie um sich aufzuwecken.

»Wann bist du nach Hause gegangen?«

»Nach Hause? Interessanter Ausdruck. Ein Ort, an dem man fest mit der Familie wohnt; ein Ort, an dem das Herz wohnt.« Er schwieg kurz und zuckte dann nonchalant die Achseln. »Nicole will das Haus, also bin ich für ein paar Tage in ein Motel gezogen, bis das Apartment, das ich angemietet habe, frei wird. Und wenn ich sage, *ich bin in ein Motel gezogen*, meine ich: Ich *werde in eines ziehen*. Die letzte Nacht habe ich auf dem Autorücksitz verbracht. Als ich hier endlich fertig war, hat es sich nicht mehr gelohnt, irgendwohin zu fahren.«

»Ist sie zurückgekommen?«

»Gestern Nachmittag. Nur um mich rauszuwerfen.«

»Du ziehst also wirklich in eine Wohnung um. Ich dachte, du machst nur Spaß, als du das mit dem Sofa gesagt hast. War Thea bei ihr?«

Sein Gesicht wurde weich. »Ja. Ich konnte sie sogar kurz auf einen schnellen Burger und Pommes mitnehmen, bevor ich zum Tatort im Park gerufen wurde. Nicole hasst es, wenn sie Junk Food isst, aber Thea liebt es, also was soll's?«

»Wie kommt Thea mit der Trennung klar?«

»Ich bin mir nicht sicher, ob sie es schon begriffen hat. Ich habe ihr gesagt, dass ich sie an den meisten Wochenenden sehe. Sie ist meine völlig bekloppten Arbeitszeiten ja gewöhnt. Ich nehme an, sie wird mich nicht allzu sehr vermissen, wenn ich nicht da bin.«

»Trotzdem ist es hart«, sagte sie.

»Und was ist mit dir?«

»Mit mir?«

»Mit dir und David.«

»Alles gut. Er berappelt sich.« Die Ankunft von Lucy und Murray ersparte ihr ein ausgedehnteres Gespräch über ihre Ehe.

»Möchtest du einen Kaffee, bevor wir loslegen? Ich könnte rasch welchen holen«, bot Natalie an.

»Nein, danke. Ich könnte allerdings eine hilfreiche Hand brauchen, um von dieser Couch wieder hochzukommen. Offenbar habe ich keine Energie mehr.«

»Komm schon, sobald du stehst, geht's dir wieder gut.«

Kaum waren sie im Büro, da erschien auch Ian. Natalie begann sofort mit der Einsatzbesprechung.

»Okay, wir haben einen vollen Tag. Ich möchte, dass alle Insassen aller Fahrzeuge befragt werden, die zwischen sechzehn Uhr fünfzig und siebzehn Uhr dreißig am Parkeingang vorbei oder in den Park gefahren sind, und dazu jede Person, die anhand der Überwachungskameras des Parks identifiziert werden kann. Ian, Sie sorgen dafür, dass an den Eingängen Hinweistafeln mit Zeugenaufrufen aufgestellt werden. Murray, Sie sprechen bitte mit Ned Coleman, der gegenüber vom Eingang des Parks wohnt. Ich weiß, dass er angegeben hat, nichts gesehen zu haben, aber vielleicht können Sie seiner Erinnerung doch noch auf die Sprünge helfen oder seine Aussage bestätigen. Er könnte etwas auf der Straße beobachtet haben, das ihm bisher unbedeutend erschienen ist. Und wenn Sie schon in der Nähe sind, überprüfen Sie bitte auch noch mal, ob der Ladenbesitzer Rod Bunting Audrey wirklich nicht einmal kurz gesehen hat, vielleicht vor dem Laden. Finden Sie heraus, wer zur fraglichen Zeit im Laden war, und befragen Sie auch diese Leute. Vielleicht haben sie Audrey bemerkt. Haben wir Rod schon überprüft?«

»Habe ich«, sagte Ian. »Er scheint sauber zu sein. Wohnt über dem Laden. Das Geschäft hat früher seinen Eltern gehört. Nach deren Tod hat er die Leitung übernommen. Er ist zweiundfünfzig Jahre alt, unverheiratet und Mitglied des örtlichen Ornitologenvereins. Keine Vorstrafen.«

»Meinen Sie, sie ist zum Park gefahren und nicht zum Laden?«, fragte Lucy.

»Vorerst halte ich alle Optionen für möglich, bis wir jemanden finden, der eine Zeugenaussage machen kann. Es liegt nahe, davon auszugehen, dass sie nicht in Richtung des Ladens gefahren ist, da niemand sie die Straße hinunter hat radeln sehen. Aber ihre Mutter sagte, dass sie die Straße niemals allein überqueren würde, ohne die Fußgängerampel zu benutzen, und die ist in der Nähe des Ladens.«

Murray sprach als Nächster. »Und was ist mit den Eltern?«

»Wir werden nochmals mit Mr und Mrs Briggs und mit Mr und Mrs Sawyer sprechen. Wir müssen wirklich so viel Info über die beiden Mädchen sammeln, wie wir kriegen können. Ich glaube, die beiden Fälle hängen miteinander zusammen. Haben Sie schon Elsa Townsend gefunden, die Frau, die bei Harriet Downings Geburtstagsfeier für die Aufsicht zuständig war?«

Murray schüttelte den Kopf. »Sie hat in der Gegend von Marbella gewohnt, aber von ihrer letzten bekannten Adresse ist sie weggezogen und von der Bildfläche verschwunden.«

»Irgendjemand muss wissen, wo sie ist. Was ist mit ihrem Ex-Mann?«

»Barney Townsend. Soll ich ihn ausfindig machen?«

»Können Sie das gleich mit machen, wenn Sie nach Zeugen suchen, die Audrey gesehen haben könnten?«

»Ja.«

Sie schwieg. Es gab keine Fragen mehr. Sie nickte Mike zu. »Jetzt bist du dran.«

Mike, der sich an die Glaswand gelehnt hatte, räusperte sich. »Wie Sie wissen, suchen wir noch nach der Strickjacke, die Audrey getragen hat. Derzeit durchkämmt die Polizei das gesamte Areal, aber der Park umfasst gut zwölf Hektar, insofern kann das ein bisschen dauern. Da die Suchhunde gestern keine Spur aufgenommen haben, gehen wir davon aus, dass die Strickjacke nicht vor Ort ist. In dem Kleid, das sie getragen hat, haben wir weder ein Markenetikett noch eine Waschanleitung gefunden, also wissen wir nicht, wo es gekauft wurde.«

»Es könnte selbst genäht sein«, sagte Lucy.

»Richtig.« Mike stieß sich von der Wand ab, ging zu Natalies Schreibtisch und setzte sich auf dessen Rand.

»Zum Fahrrad des Kindes. Wir haben Reifenabriebspuren in der Nähe der Stelle gefunden, an der es hingeworfen wurde. Genauere Überprüfungen lassen darauf schließen, dass Audrey schnell gefahren ist und plötzlich eine Vollbremsung hingelegt hat. Das Fahrrad ist sauber bis auf die Fingerabdrücke von drei Personen: ihre eigenen und zwei Teilabdrücke von größeren Händen, die von ihren Eltern stammen. Ihr Angreifer hat also entweder Handschuhe getragen oder das Fahrrad nicht berührt. Nach der Art zu schließen, wie es zur Seite gestoßen wurde, ist Audrey wohl in Eile abgestiegen und über das Gras zu den Büschen gerannt, wo wir sie gefunden haben. Dort konnten wir zwei Fußabdrücke sichern, die zu den Sohlen ihrer Schuhe passen. Sie ist auf den Fußballen gerannt, was auf einen Sprint hinweist.«

»Ich dachte, sie ist vielleicht vor jemandem weggelaufen, der in den Büschen versteckt war und ihr Angst gemacht hat«, sagte Natalie.

»Das Gegenteil scheint der Fall zu sein. Sie ist auf die Büsche zu gelaufen. Wir haben Fasern gefunden, die vermutlich von der fehlenden Strickjacke stammen. Sie könnte sich in den Ästen verheddert haben. Außerdem ist die Erde unter dem Busch, an dem Audrey gefunden wurde, an mehreren Stellen aufgewühlt. Anscheinend ist sie auf allen vieren gekrochen. Ich nehme an, um sich vor ihrem Verfolger zu verstecken.«

»Armes kleine Ding«, sagte Ian. »Sie muss vor Angst außer sich gewesen sein.«

»Haben Sie Spuren von DNA gefunden?«, fragte Lucy.

»Nein, nichts. Trotzdem gibt es noch etwas Neues. Ich habe heute Morgen in alle Frühe erfahren, dass die Materialreste, die wir an Avas Leiche gefunden haben, aus Baumwollfasern bestanden und vermutlich von dem Kleid stammen, das sie an dem Tag getragen hat.«

»Wie bei Audreys Kleid?«

»Ähnlich. Audreys Kleid ist aus ganz anderem Material gemacht, aus zitronengelbem Chiffon.«

»Trotzdem zu viel Zufall, oder?«, sagte Natalie. »Beide in gelben Partykleidchen – eines aus zitronengelbem Chiffon mit Faltenrock und Schleife, das andere aus gelber Baumwolle mit kurzen Puffärmeln.«

»Das ist eure Aufgabe. Ich liefere nur Fakten aus der Forensik. Und nun fahre ich wieder zum Park und gebe euch Bescheid, sobald wir mehr haben.«

»Noch eine letzte Sache, Mike. Audrey hatte etwas Geld dabei, als sie zum Laden aufgebrochen ist. Zwei Pfund. Hast du die Münzen in der Nähe der Leiche gefunden?«

»Nein, da war kein Geld.«

»Sie könnte es irgendwo fallen gelassen haben, oder es ist in der Strickjacke.«

»Wir halten die Augen offen.« Er salutierte scherzhaft vor Natalie, dann ging er zur Tür.

Sie hielt ihn auf. »Danke, dass du persönlich hergekommen bist.«

»Gern geschehen«, sagte er und blickte ihr etwas länger in die Augen als nötig. »Ich musste sehen, ob du okay bist.«

»Ja. Mir geht es gut. Ich muss bloß noch das Arschloch festnageln, das dahintersteckt, dann fühle ich mich viel besser.«

»Du kriegst ihn.«

Natalie sah ihm hinterher, als er selbstsicher den Flur entlang ging und auf die Treppe verschwand. Sie hoffte inständig, dass er recht hatte. Die Ermittlungen im Fall Olivia Chester waren missglückt, weil sie nicht jeder Spur gefolgt waren. Sie hatten sich auf einen Verdächtigen konzentriert, ihn verhaftet und lang und breit verhört, nur um nach mehr als zehn Stunden festzustellen, dass er unschuldig war. In der Zwischenzeit war das kleine Mädchen umgebracht worden. Natalie würde nicht zulassen, dass so etwas wieder geschah. Wenn der Tod von Ava und der von Audrey irgendwie miteinander zusammenhingen, nicht nur über die Geburtstagsparty, dann musste sie schnell herausfinden, wie. Das bedeutete, dass sie jedem noch so kleinen Schnipsel und auch jedem Bauchgefühl nachgehen mussten.

Das Büro hatte sich in einen vor Aktivität summenden Bienenstock verwandelt. Der Wunsch, den Übeltäter zu schnappen, war fast greifbar und stand in die Gesichter ihrer Leute geschrieben, die sich alle mit schnellen Bewegungen auf ihre jeweilige Aufgabe konzentrierten. Natalie lockerte die Schultern und ging zu ihnen. Ihre Gedanken richteten sich auf die Nachverfolgung von Audreys Bewegungen am vorherigen Nachmittag. Der Lippenstift beschäftigte sie. Wenn Audrey ihn nicht getragen hatte, als sie das Haus verließ, hatte sie ihn entweder aufgetragen, nachdem sie aus dem Haus war, oder ihr Mörder hatte ihr die Lippen angemalt. Letzteres schien logischer zu sein, wenn man bedachte, dass das Mädchen wie für eine Party gekleidet war. Hatte Audrey den Einkauf vielleicht nur als Ausrede benutzt und vorgehabt, jemanden zu treffen? Es schien eher unwahrscheinlich, aber auch diese Möglichkeit musste überprüft und ausgeschlossen werden.

Natalie besorgte sich die Informationen über die Little Stars Dance Academy. Die Eigentümer, Carlton und Bruce Kennedy, ein verheiratetes Paar, hatten sie 2006 eröffnet. Die Schule bot eine Vielzahl unterschiedlicher Tanzkurse an, darunter Hip-Hop, Stepptanz und Ballett, die sich allesamt an Jungen und Mädchen im Alter zwischen drei und sechzehn Jahren richteten. Sie wählte die Nummer der Academy und fragte nach den Namen der anderen Kinder in Audreys Kurs, nur um zu erfahren, dass sie persönlich vorsprechen müsse, um die Angelegenheit mit einem der Eigentümer zu bereden, weil solche Informationen nicht über das Telefon weitergegeben werden durften. Sie vereinbarte einen Termin für elf Uhr.

Sie warf einen Blick durch den geschäftigen Büroraum und beschloss, allein zu Audreys Eltern zu fahren, um mit ihnen zu sprechen. Es war Zeit, die Verbindungen zwischen Audrey und Ava herauszufinden.

»Lucy, könnten Sie ein Gespräch mit der Klassenlehrerin vereinbaren, die Ava und Audrey 2015 unterrichtet hat? Wenn ich nicht rechtzeitig zurück bin, führen Sie die Befragung durch. Wir müssen herausfinden, wie eng die beiden Mädchen befreundet waren. Ava ist mit ihren Klassenkameradinnen nicht gut ausgekommen. Finden Sie heraus, wie Audrey da hineinpasst. Und wenn Sie schon dabei sind, finden Sie alles andere über ihre Klassenkameraden heraus, was Sie können.«

»Mach ich.« Lucy ließ die Augen fest auf den Computer gerichtet, während sie sprach, und scrollte zugleich konzentriert durch Bilder gelber Kleider. »Die bieten wirklich Hunderttausende gelber Kleider zum Verkauf an. Ich hätte nicht gedacht, dass man so viele verkaufen kann.«

»Das Kleid war vielleicht nicht aus einem Shop.«

»Ich weiß. Dachte aber trotzdem, dass ein Online-Check sinnvoll wäre. So eines habe ich allerdings nicht gefunden.« Sie tippte mit dem Zeigefinger auf das Foto von Audreys Kleid, das auf ihrem Schreibtisch lag.

»Es wäre gut, wenn wir ein Bild von dem Kleid hätten, das Ava bei ihrem Verschwinden getragen hat, nur zum Vergleich. Wir fragen ihre Mutter danach, wenn wir wieder mit ihr sprechen.«

»Haben Sie das für heute geplant?«

Natalie warf einen Blick auf ihre Uhr. Sie sollte vor halb zehn bei den Briggs sein. Vielleicht hätte sie noch Zeit, Beatrice selbst zu befragen, bevor sie zur Tanzschule ging. Sie sah schon auf, um zu antworten, dann riss sie sich zusammen. Sie musste Aufgaben delegieren, auch wenn der Wunsch übermächtig war, alles selbst zu erledigen.

»Es wäre sinnvoll, wenn Sie und Murray mit ihr sprechen könnten.«

Lucys Kopf wippte auf und ab. »Klar. Planen wir ein.«

»Danke! Okay, wir halten uns gegenseitig auf dem Laufenden.«

Damit eilte sie zur Treppe und dann zum Ausgang und hoffte, die richtige Entscheidung getroffen zu haben. Vieles hing von ihrer Führungsfähigkeit ab. Es gab keinen Spielraum für Fehler.

ZWÖLF

DONNERSTAG, 27. APRIL, VORMITTAG

Caroline und Stephen Briggs saßen dicht nebeneinander auf dem Sofa und hatten die Finger miteinander verschränkt, als würden sie sich so in der Realität verankern. In ihren Gesichtern war die übergroße Belastung zu sehen. Carolines Augenlider waren vom Weinen geschwollen, und Stephen hatte die Stirn in tausend Falten gelegt.

»Man hat uns gesagt, dass sie stranguliert wurde«, sagte Stephen.

»So sieht es aus.« Natalie blickte zu Tanya Granger, die auch heute bei dem Paar war. Sie, eine Kollegin oder ein Kollege vom psychologischen Dienst würde bei ihnen bleiben und ihnen bei dem ganzen Prozedere der kommenden Tage zur Seite stehen. Die Journalisten vom Vorabend waren weggeschickt worden, aber nun standen Fernsehteams am Zaun und berichteten über die Spurensuche, die im Park stattfand.

Stephen schluckte mühsam. »Und sie ist nicht vergewaltigt worden.«

»Nein, das nicht.«

Er blinzelte Tränen zurück und schwieg.

»Mir ist bewusst, dass das eine sehr schwere Zeit für Sie ist, aber wir brauchen Ihre Hilfe. Können Sie mir sagen, wie eng Audrey und Ava Sawyer befreundet waren? Ist Ava vielleicht früher zum Spielen hergekommen? Hat Audrey sie je erwähnt?«

»Unsere Tochter ist tot, und Sie fragen uns nach Ava Sawyer?« Stephen sah ungläubig drein.

Caroline drückte seine Hand. »Stephen, nicht. Sie würde nicht fragen, wenn es nicht von Bedeutung wäre.«

»Das ist richtig. Ich würde Sie nicht damit belasten, nicht in einer so schrecklichen Zeit. Ich versuche, eine Verbindung zwischen den beiden Mädchen herzustellen.«

»Sie denken, der Tod unserer Tochter hat etwas mit dem Verschwinden von Ava zu tun?«

»Das wäre möglich. Vor zwei Tagen ist Avas Leiche gefunden worden, Mr Briggs. Ich fürchte, ich kann nicht über Einzelheiten der Ermittlungen mit Ihnen sprechen, aber bitte glauben Sie mir, es ist wichtig.«

Caroline verzog erneut das Gesicht. Stephens Lippen zitterten, aber er ruckte mit dem Kopf auf und ab, als wäre sein Hals eine Spiralfeder. Als er sah, dass seine Frau weinte, sprach *er* weiter. »Sie waren Freundinnen und haben in der Schule dieselbe Klasse besucht. Ava ist ein paar Mal hergekommen.«

»Was hat Audrey Ihnen von Harriet Downings Geburtstagsparty erzählt?«

»Wir sind das immer wieder durchgegangen, nachdem Ava verschwunden war. Die Polizei hat sie befragt. Audrey war die Letzte, die Ava gesehen hat. Sie haben in den der Scheune Partyspiele gespielt. Ava war in komischer Stimmung und hat nicht bei vielen Spielen mitgemacht. Die Betreuerin war gerade dabei, einen Streit zwischen zwei Jungs zu schlichten, da kündigte Ava an, dass sie zur Toilette gehen wollte. Audrey hat sie daran erinnert, dass sie fragen sollten, wenn sie zur Toilette mussten. Ava hat aber nur geantwortet, dass sie alt genug wäre, um allein zur Toilette zu gehen, und außerdem wüsste sie, wohin sie müsste. Dann ist sie gegangen. Audrey wurde in ein Spiel einbezogen, und dann wurden sie alle hinaus zu den Tiergehegen geschickt und in zwei Gruppen aufgeteilt. Audrey dachte, Ava wäre zurück vom Klo und in der anderen Gruppe gelandet. Als sie an die Ställe kamen, wurde festgestellt, dass das nicht der Fall war, und Audrey hat erzählt, was passiert ist.« Am Ende seines Monologs stieß er einen tiefen Seufzer aus.

»Und Audrey hat nichts mehr von ihrer Freundin gesehen, nachdem sie zu den Toiletten gegangen ist?«

»Nein.«

»Ich hörte, dass Ava launisch sein konnte und sich manchmal von den anderen abgesondert hat. Hat sie sich jemals bei ihren Besuchen hier im Haus so benommen?«

Stephen zuckte die Achseln. »Ich war nicht dabei.«

»Einmal«, sagte Caroline und schnäuzte sich, bevor sie fortfuhr: »Sie ist mal nach dem Tanzkurs mit zu uns nach Hause gekommen. Beatrice und ich hatten damals eine Vereinbarung, dass in der einen Woche Audrey bei ihnen zum Spielen war und in der nächsten Woche Ava bei uns. Sie war manchmal eine garstige kleine Madame, und ich habe schon beim Abholen gemerkt, dass sie schlechte Laune hatte. Audrey hat sich wahnsinnig bemüht, trotzdem nett zu bleiben. Sie war so ein gutes Kind. Sie sollten beide bei einer kleinen Tanzaufführung mitmachen, und Ava war in die hintere Reihe verwiesen worden. Ich glaube, das hat sie am meisten geärgert, und dann auch, dass Audrey eine der Vortänzerinnen sein sollte. Ich habe gerade das Abendessen vorbereitet und dabei gehört, dass die Mädchen über das Fernsehprogramm gestritten haben. Kurz danach ist Audrey in die Küche gekommen, um mich zu holen. Sie hat sich Sorgen gemacht, weil Ava aus dem Zimmer gestürmt ist und dann im ganzen Haus nicht mehr zu finden war. Wir haben beide nach ihr gesucht und gerufen, und dann erst habe ich bemerkt, dass ihr Mantel von den Haken bei der Haustür verschwunden war. Ich hatte wirklich Angst, dass sie weggelaufen ist, und wollte sie mit dem Auto suchen gehen. Aber als ich auf dem Weg durch die Seitentür zur Garage war, um das Auto zu holen, habe ich bemerkt, dass die Hintertür einen Spalt offen stand. Wir haben sie dann schmollend im Gartenhäuschen gefunden. Als ich sie fragte, was los wäre, hat sie geantwortet, dass sie sauer auf Audrey wäre, weil die den Fernseher umgeschaltet hatte, obwohl sie gerade etwas angeschaut hätte. Sie wollte ihr eine Lektion erteilen. Das war ihre Erklärung.«

»Hat sie so etwas später noch mal gemacht?«

»Nein, allerdings glaube ich, dass sie in der Schule ähnliche Geschichten abgezogen hat, jedenfalls hat Audrey so etwas erzählt.«

»Haben die beiden sich zerstritten?«

»Nein. Audrey war eine treue Freundin. Sie hat bis zuletzt zu Ava gehalten. Ich glaube, sie hatte Mitleid mit ihr. So war Audrey. Sie hatte ein gutes Herz.«

»Sie haben angegeben, dass die beiden im selben Tanzkurs waren. War das hier in Uptown?«

»Ja, in der Little Stars Dance Academy. Audrey geht immer noch hin. Ist gegangen. Audrey ist dorthin gegangen.« Sie blinzelte mehrmals hintereinander, und die Tränen flossen erneut. »Tschuldigung. Ich kann nicht ...« Sie zog die Hand aus dem Griff ihres Mannes und lief hinaus.

Stephen barg den Kopf in den Händen. Tanya sprang auf. »Ich sehe nach, ob es ihr gut geht.«

Natalie stand ebenfalls auf. »Es tut mir so leid. Ich gehe dann mal, bis Sie sich besser fühlen und wieder mit mir sprechen können.«

Er sah hoch. Seine Augen waren feucht. »Ich glaube nicht, dass es uns jemals besser gehen wird, aber trotzdem Danke.«

———

Die Little Stars Dance Academy befand sich in einem ehemaligen Getreidespeicher, der vier Stockwerke hoch und Anfang des zwanzigsten Jahrhunderts erbaut worden war. Er enthielt noch das Originalmauerwerk mit Natursteinverkleidungen und neun kleinen Fenstern auf jeder Etage. Im Erdgeschoss gab es nur vier Fenster, und links und rechts davon zwei Tore, durch die früher Fuhrwerke gepasst hatten, und in die inzwischen für den Eingang Eichentüren in der passenden Größe eingebaut worden waren.

Natalie ging durch die Tür, auf der *Rezeption* stand, und betrat ein modernes, luftiges Büro mit cremefarbenen Sitzmöbeln und einem Wasserkühler. Sie wurde von der Frau begrüßt, mit der sie am Morgen telefoniert hatte. Natalie zeigte ihren Ausweis vor und bekam erneut eine Entschuldigung zu hören.

»Wir dürfen keine Informationen am Telefon herausgeben, weil wir mit Minderjährigen arbeiten. Da müssen wir vorsichtig sein, mit wem wir sprechen«, erklärte die junge Frau.

Natalie verbrachte die Wartezeit damit, die Hochglanzbroschüre der Tanzschule zu lesen, die nicht nur eine Anzahl interessanter Kurse anbot, sondern auch mehrere Erfolgsstorys bekannter Namen aus der Film- und Theaterwelt zu erzählen hatte.

Die Ankunft von Carlton Kennedy unterbrach sie. Mit seinem dunklen, welligen Haar sah er eher aus wie ein Mann in den Dreißigern, nicht in den Vierzigern. Sein Outfit, das aus einem blassgelben Hemd, dunklen Jeans und Leinenschuhen bestand, in denen er keine Socken trug, wirkte betont kontinental, genauso wie sein leicht französischer Akzent. Er stand sehr aufrecht, die Schultern zurückgezogen, den Kiefer angehoben, und obwohl er Natalie gerade mal bis zum Kinn reichte, strahlte er Selbstbewusstsein aus. Er streckte seine schmale Hand aus.

»DI Ward, möchten Sie mich ins Büro begleiten? Bruce ist bereits dort.«

Leichtfüßig ging er in einen Flur, der in ein weitläufiges,

leeres Studio führte, in dem drei von vier Wänden aus Spiegeln vom Boden bis zur Decke bestanden. Es war gespenstisch still darin, und ihre Schritte klapperten auf dem Holzboden. »Müssen Sie nicht Tanzstunden geben?«

»Die meisten Stunden und Kurse finden an den Wochenenden, in den Ferien oder nach der Schule statt. Das obere Stockwerk vermieten wir an Freiberufler, die Tanzkurse für Erwachsene halten, aber mit deren Durchführung haben wir nichts zu tun.«

Er blieb vor einer Tür mit der Aufschrift ›Privat‹ stehen, legte die Hand auf den Türgriff und schluckte mühsam. »Die Sache mit Audrey tut mir wirklich leid. Sie war solch ein Sonnenschein. Seit ihrem sechsten Lebensjahr ist sie hergekommen, und es hat so viel Spaß gemacht, sie zu unterrichten. Es war ein Riesenschock, als wir hörten, was passiert ist. Es ist, als würde man ein Mitglied einer besonderen kleinen Familie verlieren.« Er straffte die Schultern und öffnete die Tür. »Bitte sehr«, sagte er.

Bruce saß an einem der beiden Schreibtische, die in der Mitte des Raums Kante an Kante einander gegenüberstanden, über Zahlen gebeugt. Er hob den Kopf und musterte Natalie abwägend aus blassblauen Augen. Dann lehnte er sich in seinem Stuhl zurück und verschränkte die Arme. Die beiden Männer waren komplett gegensätzlich: der stämmige Bruce mit sandfarbenem Haar und einem gepflegten Bart, der seine vollen Wangen allerdings kaum kaschierte, und Carlton, dessen Haar über dem ausdrucksstarken Gesicht in einer Welle frisiert war.

Carlton zog einen Stuhl für Natalie heran. »Bitte setzen Sie sich«, sagte er, ließ sich auf seinen eigenen Stuhl fallen und sah sie aus dunklen, besorgten Augen an. »Was für eine schreckliche Geschichte.«

»Soweit ich weiß, war Audrey gestern Nachmittag in einem Ihrer Tanzkurse.«

»Das stimmt, aber ich wüsste nicht, was das mit ihrem Tod

zu tun haben soll«, antwortete Bruce, nahm einen Stift in die Hand und betrachtete ihn. »Sie ist nicht von unserer Schule verschwunden. Ihre Mutter hat sie abgeholt.« Er richtete einen kühlen Blick auf Natalie.

»Das ist vollkommen richtig, aber in einer solchen Situation befragen wir gern jede Person, die mit dem Opfer zu tun hatte. Es hilft uns dabei, uns ein Bild zu machen, was passiert sein könnte.«

»Ich wüsste wirklich nicht, wie.«

»Bruce«, zischte Carlton. »Es reicht. Bitte entschuldigen Sie sein Verhalten. Die ganze Sache setzt ihm sehr zu. Uns allen. Arme, kleine Audrey.«

»War sie eine gute Tänzerin?«

»Sehr vielversprechend«, antwortete Carlton und zog die Mundwinkel seiner vollen Lippen nach unten. »Und sie hat das Tanzen ernst genommen. Viele Kinder kommen für ein paar Stunden und geben dann auf, oder sie zeigen keinerlei Talent, aber Audrey war von der ersten Stunde an enthusiastisch. Sie hat in so manchen unserer Academy-Aufführungen mitgewirkt.«

»Waren viele Kinder in dem Kurs?«

»In dem speziellen Kurs waren es nur fünf. Wir nennen diese Stufe Level vier, und nur die Kinder, die unser Stufensystem durchlaufen haben, können daran teilnehmen.«

»Haben Sie den Kurs gehalten, Carlton?«

»Ich halte alle Ballettkurse.«

»Und Sie, Bruce? Sind Sie ebenfalls Balletttänzer?«

»Ich arbeite hauptsächlich in der Verwaltung.«

»Er kommt vom Musical. Er hält Kurse für die älteren Kinder und übt mit ihnen Programmteile ein. Darin ist er sehr versiert«, erklärte Carlton und lächelte seinem Ehemann zu.

»Was haben Sie gestern mit den Kindern gemacht?«, fragte Natalie, die daran dachte, dass Audrey danach ausgesprochen großen Durst gehabt hatte.

»Wir haben mit Dehnübungen auf dem Boden angefangen, dann Pliés geübt und danach auf der ganzen Tanzfläche trainiert: Chassés, Sautés, Passés und Grands jetés. Wir haben viele Sprünge geübt. Die finden die Kinder ganz besonders toll. So viel Energie. Dann haben wir eine schlichte Schrittfolge aus dem Nussknacker eingeübt.«

»Das ist aber anspruchsvoll.«

»Anspruchsvoll nicht, aber anstrengend.«

»Haben die Kinder sich hier umgezogen?«

»Ja, wir haben Umkleidekabinen neben dem Studio.«

»Und was hatte Audrey an?«

»Das Gleiche wie alle Mädchen: schwarzes Trikot, rosafarbene Strumpfhose und rosa Ballettschläppchen.«

»Tragen die Mädchen bei den Proben Make-up, zum Beispiel Lippenstift?«

Carlton zog die Brauen hoch. »In diesem Alter nicht. Außer für einen Auftritt.«

»Hat Audrey Lippenstift getragen?«

Er schüttelte den Kopf. »Ich glaube nicht. Bruce, hatte sie die Lippen geschminkt?«

»Sie haben sie auch gesehen?«

»In der Rezeption. Dort war ich, als die Stunde um war, und habe sie mit ihrer Mutter weggehen sehen. Ob sie Lippenstift trug oder nicht, weiß ich nicht.«

»Und die anderen Mädchen? Hat eines von ihnen Lippenstift getragen?«

»Auch das weiß ich nicht«, antwortete Bruce.

»Könnten Sie mir deren Namen und Kontaktdaten geben, damit ich mit ihnen sprechen kann?«

»Ich kümmere mich darum«, sagte Bruce. »Sind Sie mit mir fertig? Ich habe noch zu tun.«

»Tatsächlich habe ich noch eine Frage. Ava Sawyer war früher auch hier, oder? Im selben Kurs wie Audrey?«

Bruce legte den Stift hin, drückte sich mit beiden Händen

vom Schreibtisch ab und stand auf. »Sehen Sie, ich habe wirklich nicht viel mit den Ballettkursen zu tun. Am besten sprechen Sie darüber mit Carlton. Ich muss an einem wichtigen Treffen in Samford teilnehmen, um den Programmablauf für das Festival nächsten Monat festzulegen. Ich muss los, sonst komme ich zu spät.«

Carltons Brauen schossen hoch. »Natürlich. Das habe ich ganz vergessen. Geh nur. Ich kann mit DI Ward sprechen.«

»Ich sorge dafür, dass die Kontaktinfos für Sie an der Rezeption bereitliegen«, versprach Bruce und nahm seine Jacke von der Stuhllehne.

Als er weg war, schüttelte Carlton den Kopf. »Er war wirklich traurig, als Ava verschwunden ist.«

»Aber er hat sie nicht unterrichtet.«

»Nein, aber er hat oft mit ihr gesprochen. Sie war ein lustiges kleines Ding. Wollte unbedingt die Beste in der Balletttruppe sein, aber sie war nicht aus dem richtigen Holz geschnitzt. Manchmal ist sie aus dem Unterricht gelaufen, wenn was nicht klappte und sie nicht mehr mithalten konnte. Dann hat sie sich unten in die Rezeption gesetzt. Bruce war ja immer da und hat ihr Gesellschaft geleistet. Die beiden sind gut klargekommen. Ich glaube, er mochte ihre rebellische Art. Sie war erst fünf, aber sie wusste, was sie wollte. Sie hat ihn an seine kleine Schwester erinnert.«

»Waren Audrey und Ava enge Freundinnen?«

Er zog die Schultern hoch und schob die Unterlippe vor. »Sie meinen, ob sie wie beste Freundinnen aneinanderklebten? Nein, so eng nicht. Manchmal war Ava ein bisschen eifersüchtig auf Audrey und hat ihr Blicke zugeworfen, dass ich fast gelacht hätte. Ungefähr so.« Er zog ein mürrisches Gesicht. »Ich finde so was lustig.«

»Wann haben Sie Ava zum letzten Mal gesehen?«

»Am Tag, bevor sie verschwunden ist. An dem Tag war sie nicht sie selbst. Sie hat sich im Unterricht keine Mühe gegeben und war abgelenkt. Dann hat sie gefragt, ob sie sich in die Rezeption setzen dürfte. Ich habe es ihr erlaubt. Die Tür öffnet sich von innen nur, wenn jemand in der Rezeption einen Buzzer betätigt, also wusste ich, dass sie dort sicher ist. Außerdem war Bruce ja da. Als wir hörten, dass sie vermisst wurde, sind wir sofort zum Uptown Craft Centre gefahren, um bei der Suche zu helfen. Bruce war besonders durch den Wind, zum Teil, weil er Ava gern mochte, aber auch, weil er am selben Tag nachmittags schon im Center gewesen war, um eine Pflanze für den Geburtstag seiner Mutter zu kaufen.«

»Hat er sich gemeldet, als die Polizei nach Zeugen gefragt hat?«

»Das war nicht nötig. Er war vor Beginn der Party dort und hat weder Ava noch eins der anderen Kinder gesehen.«

»Um wie viel Uhr war das?«

»Gegen halb drei. Kurz darauf ist er in die Stadt gefahren, um eine Geburtstagskarte zu kaufen.«

Natalie schob Carlton ihre Visitenkarte hin. »Ich weiß, dass er nicht reden möchte, aber bitten wirken Sie auf ihn ein. Ich möchte wirklich gern hören, worüber er sich mit Ava unterhalten hat. Können Sie ihn dazu bringen, mich anzurufen?«

»Ich versuch's. Er kann manchmal sehr stur sein.«

»Bitte geben Sie sich Mühe. Ich untersuche den Mord an einem Kind, und wenn er nicht freiwillig mit mir spricht, bin ich gezwungen, ihn aufs Präsidium vorzuladen. Ich möchte noch heute mit ihm sprechen. Sobald er von seinem Meeting zurück ist.«

DREIZEHN

DONNERSTAG, 27. APRIL, VORMITTAG

Während Natalie mit Caroline und Stephen Briggs redete, versuchte Lucy in der Dienststelle ihr Bestes, um die Herkunft des gelben Kleids zu ermitteln, jedoch erfolglos. Ihr Frust wuchs und ihre Laune schrumpfte, weil sie keinen Erfolg hatte. Sie fuhr sich mit den Händen durchs Haar. Da Murray nicht im Büro war, arbeitete Ian in Ruhe vor sich hin. Wenn sich die beiden nicht kabbelten, war es im Büro viel ruhiger. Nicht dass es sie störte; solches Verhalten war sie durchaus gewohnt. Sie hatte einen großen Teil ihres Lebens als Teenagerin und junge Frau damit verbracht, Hänseleien und Spott über sich ergehen zu lassen, und gelernt, schnell zu kontern. Sie waren nur viel produktiver, wenn sie sich alle auf die Arbeit konzentrierten, anstatt sich gegenseitig zu übertrumpfen. Ian wirkte viel entspannter und lächelte ihr aufmunternd zu, als er das Büro verließ, um ein paar Autobesitzer zu befragen.

Beatrice Sawyer hatte sie nicht erreicht, aber mit Avas ehemaliger Lehrerin, Miss Margaret Goffrey, hatte sie einen Termin für die Elf-Uhr-Pause vereinbart. Sie wandte sich von den vielen gelben Kleidern auf ihrem Computerbildschirm ab und kritzelte ein paar Fragen an die Lehrerin in ihren Notizblock. Sie wollte das richtig machen. Natalie verließ sich auf sie.

Lucy bewunderte Natalie. Sie hatte sie von Anfang an gern gemocht, schon als sie das erste Mal vor ihnen gestanden und sich als ihre neue DI vorgestellt hatte. Murray würde sicher sagen, dass sie wie ein dummes Mädchen für sie schwärmte, aber das stimmte nicht. Außerdem war jetzt ja Bethany fester Bestandteil ihres Lebens. Lucy wollte nur genauso werden wie Natalie: eine ernstzunehmende Polizistin, die ihrem Beruf verpflichtet war und es trotzdem schaffte, menschlich zu bleiben. Lucy hatte begonnen, in ihrer Vorgehensweise bei Ermittlungen Natalie nachzuahmen. Sie hoffte, eines Tages befördert zu werden. Mit der richtigen Führung und etwas Glück konnte sie es schaffen. Sie glaubte an sich, und Bethany tat es auch. Als Teenager mochte Lucy eine richtige Landplage gewesen sein, aber jetzt hatte sie kapiert, wo es langging. Sie würde eine der besten Polizistinnen werden. Murray wusste, dass sie alles dafür tun würde, die Karriereleiter hinaufzuklettern und sich zu beweisen. Er wusste, was es ihr bedeutete. Deshalb hatte er ihr auch vorgeschlagen, mit ihm von Stoke-on-Trent wegzugehen und Mitglied des neuen Teams in Samford zu werden. »Bessere Aufstiegschancen für uns beide«, hatte er gesagt und recht damit gehabt. Murray hatte einen guten Instinkt, und er verstand sie. Er durchschaute, wer sie wirklich war, und mochte sie trotzdem. Sie mochte ihn auch. Er war kein so hinterhältiger Dreckskerl wie manche anderen Polizisten. Er konnte mit ihren Launen umgehen und war, wie sie, fest entschlossen, es zum Detective zu bringen.

Wie aus dem Nichts tauchte Murray auf. Sein Gesicht war mürrisch, und er warf seine Autoschlüssel auf den Schreibtisch.

»Nichts?«, fragte sie, aus seiner Stimmung folgernd.

»Ned Coleman hat Audrey definitiv nicht gesehen, und zur fraglichen Zeit waren nur zwei Kunden im Laden, von denen keiner Audrey gesehen hat. Ich habe eine Niete gezogen und jetzt hab ich die Arschkarte.«

»Willst du mich zur Vernehmung von Miss Goffrey begleiten?«

»Seid ihr auf was gestoßen?«, fragte Murray und ging über Lucys Frage hinweg.

»Noch nicht. Ian ist unterwegs und befragt mögliche Zeugen. Er hat auch die Leute überprüft, die Avas Leiche auf dem Areal des Gartencenters gefunden haben. Die haben alle eine blütenreine Weste. Tony Mellows, der Vorarbeiter, hat 2015 in Dubai gearbeitet, und Neil Linton, der Projektmanager, hat den Bau eines neuen Golfplatzes in Schottland überwacht, also war bei Avas Verschwinden keiner hier in der Gegend. Komm schon. Ich hab keine Lust mehr, beknackte Partykleider anzuglotzen. Die sehen langsam alle gleich aus.«

»Hast du in den letzten Stunden die ganze Zeit nach den Partykleidern gesucht?«

»Nein, ich habe gerade erst wieder damit angefangen. Vorhin war ich im Labor, um zu fragen, ob sie auf Audreys Handy was Verdächtiges gefunden haben.«

»Und?«

»Nichts. Sie hat es wirklich nur zum Spielen, Fotografieren und für Textnachrichten an Familienmitglieder benutzt. Ihre Eltern haben ihr wohl strenge Regeln gesetzt, was sie damit tun durfte und lassen musste. Ich habe alle Bilder gecheckt, nur für den Fall, dass etwas Wichtiges darunter wäre, aber nichts Seltsames gefunden. Es sind hauptsächlich Fotos von ihrer Familie, von Freundinnen und manchmal von Hunden. Sie war eine Hundenärrin, hat Natalie erzählt.«

»Dann ist sie wohl wirklich aufgebrochen, um eine Flasche Cola zu kaufen, und nicht, um jemanden zu treffen.«

»Sieht so aus. Sie hat keine Nachrichten bekommen oder verschickt, die einen anderen Schluss zulassen, und auf Snapchat oder WhatsApp war sie nicht.«

»Dafür wäre sie auch ein bisschen zu klein.«

»Du wärst überrascht, wie viele Kinder diese Apps benutzen, obwohl sie für größere Kids sind. Ich hab das trotzdem abgecheckt. Kommst du jetzt mit zu der Lehrerin, oder sitzt du lieber rum und bläst Trübsal?«

Murray erhob sich schwerfällig. »Eltern werden ist nicht schwer, Eltern sein hingegen ...«, sagte er und ignorierte ihr Angebot weiterhin.

»Es ist auch schwer, erwachsen zu sein, aber wir kommen damit klar. Du bekommst doch keine kalten Füße, oder?«

Er nahm seine Schlüssel. »Nein. Du verstehst aber schon, was du dir damit antust, oder?«

»Bethany hat sich entschieden, Murray. Sie ist neununddreißig. Sie weiß, was sie will, und sie ist fest entschlossen, ein Baby zu bekommen. Es ist der richtige Zeitpunkt für sie und für uns beide.«

»Und was ist mit dir? Du musst auch an deine Karriere denken. Bist du ganz sicher, dass du das durchziehen willst?«

Sie sah ihn aus ihren dunklen Augen ernst an. »Wenn Bethany glücklich ist, bin ich es auch. Ich bin bereit für die Verantwortung. Es ist ja nicht so, als hätten wir diese Entscheidung ganz plötzlich getroffen. Wir haben alles eine Trilliarde Mal durchgesprochen. Bethany will unbedingt Mutter und Hausfrau werden, und sie versteht auch meine Bedürfnisse. Aber wenn du es lieber nicht machen willst, haben wir beide Verständnis. Du musst es nur sagen.«

»Nein. Alles gut.« Er schenkte ihr ein strahlendes Lächeln. »Wann ist der Termin mit der Lehrerin?«

»In zwanzig Minuten. Lass uns fahren.«

Die Grundschule von Uptown lag am Rand einer Wohnsiedlung neben einer Sportanlage. Der einzige Zugang war durch ein bewachtes Eingangstor über eine Straße von der

Hauptstraße aus möglich. Um eingelassen zu werden, musste Lucy den Knopf einer Fernsprechanlage drücken. Sie warteten, bis sich das Tor automatisch öffnete.

Sie folgten den Hinweisschildern zum Mitarbeiterparkplatz und hielten vor einem hübschen, einstöckigen Backsteingebäude an, das anscheinend in drei Flügel unterteilt war. Zwei quadratische Säulen flankierten die Front, und ein großes, mehrflügeliges Fenster war dort eingebaut, über dem eine kunstvolle Schnitzerei mit zwei Einhörnern zu sehen war. Die beiden Seitenflügel enthielten zwölf kleinere Fenster. Das mit passendem rötlich-braunem Schiefer gedeckte Dach hatte nach vorn zwei hohe Ziegelschornsteine und an der Rückseite zwei kleinere.

»Ganz schön groß für eine Schule«, kommentierte Murray. »Was ganz anderes als die Container, in denen wir unterrichtet wurden.«

Sie umrundeten das Gebäude zum Eingang, der sich am Seitenflügel versteckte, und entdeckten ein kleineres, schmuckloseres Gebäude, das von einem Zaun umgeben war.

Lucy zeigte darauf. »Die Schülerinnen und Schüler sind zwischen fünf und elf Jahren alt, aber die jüngsten werden separat unterrichtet. Das ist bestimmt die Vorschule.«

Das Büro der Sekretärin lag in der Nähe des Haupteingangs. Dort trafen sie auf eine füllige, matronenhaft wirkende Frau, die sie durch einen schlecht beleuchteten Flur zum Lehrerzimmer führte. In den Raum von der Größe einer kleinen Küche hatte man einen Tisch, Schränke und acht Plastikstühle gestopft.

»Miss Goffrey wird gleich da sein.«

»Nicht viel Platz hier«, meinte Murray und betrachtete die mit Tassen übersäte Arbeitsfläche. Er duckte sich, öffnete einen Kühlschrank und musterte die Plastikbehälter darin, die mit Namen beschriftet waren. »Sieht so aus, als brächten sie ihr

Essen von zu Hause mit. Ich vermute, Schulessen ist immer noch so gruselig, wie ich es in Erinnerung habe.«

Lucy grinste schief.

Eine Glocke schrillte, und sobald der ohrenzerfetzende Lärm aufgehört hatte, setzte der allgemeine Aufruhr ein, den man generell mit einer Schulpause verband: Türen flogen auf, Füße hasteten den Flur entlang, und Stimmengewirr wurde leiser, je weiter es sich entfernte. Die Tür des Lehrerzimmers öffnete sich, und eine Frau in den Fünfzigern schneite herein. Sie war zierlich, schwarzhaarig, hübsch angezogen und drückte einen Ordner an die Brust.

»Miss Margaret Goffrey?«

»Ja, das bin ich. Wie kann ich Ihnen helfen? Die Schulsekretärin sagte, Sie haben Fragen zu Ava Sawyer.«

»Ja, aber mehr im Zusammenhang mit Audrey Briggs.«

»Das arme Kind. Was für ein Schock! Eine furchtbare Nachricht. Die Schulleiterin hat bei der Morgenrunde ein paar Worte über sie zu den Kindern gesagt. Einige Mädchen und Jungen aus ihrer Klasse werden therapeutische Unterstützung brauchen, damit sie mit ihrem Tod zurechtkommen.«

»Sie und Ava waren 2015 in derselben Klasse.«

»Ja. Ich war in dem Jahr ihre Klassenlehrerin.«

»Waren die beiden gute Freundinnen?«

»*Zeitweise* waren sie gute Freundinnen. Kleine Kinder bilden und lösen Bindungen relativ häufig. Ava war eigentlich eine enge Freundin von Harriet Downing. Sie waren ein ungleiches Paar, denn Harriet war extrem gesellig und Ava extrem zurückhaltend, aber in dem Jahr waren die beiden auf jeden Fall beste Freundinnen.«

»Und Audrey?«

»Audrey war in dieser Hinsicht flexibel. Das heißt, sie ist mit jedem klargekommen und hat von einer Freundesgruppe zur nächsten gewechselt. In den letzten beiden Schulwochen haben sich Audrey und Ava nebeneinander und Harriet hat sich neben Rainey Kilburn gesetzt.«

»Glauben Sie, dass Ava und Harriet sich zerstritten haben?«

»Ich halte das zumindest für sehr wahrscheinlich. Ava war manchmal etwas unberechenbar. Wenn sie etwas oder jemanden nicht mochte, hat sie ihre Gefühle nicht versteckt. Sie war ein kluges kleines Mädchen, aber sie konnte ganz schön aus der Haut fahren.«

»Wir haben Ihre Aussage von damals gelesen. Sie sagten, Ava neigte dazu, wegzulaufen und sich zu verstecken. Können Sie das etwas ausführen?«

»Als ich diese Aussage gemacht habe, wollte ich der Polizei helfen. Ava war verschwunden, und ich habe erklärt, dass es ihr auch bei anderer Gelegenheit schon in den Kopf gekommen war, wegzulaufen. Einmal hat sie sich eine ganze Schulstunde lang in den Lehrerinnentoiletten versteckt, mit der Begründung, die Lehrerin hätte sie beim Reden gestört. Dabei hat sie kein einziges Wort gesagt. Ich dachte, es wäre vielleicht hilfreich zu wissen, dass sie sich möglicherweise bewusst versteckt hatte, aber dann wurde sie nie gefunden. Und jetzt haben wir Audrey auch noch verloren. Darunter leiden wir auch als Schule.«

»Haben Sie Audrey oft gesehen?«

»Nicht mehr, nachdem sie in das andere Gebäude gewechselt ist. Ich bleibe meistens bei den jüngeren Kindern, also bin ich für gewöhnlich im anderen Bau.«

»Und die anderen Kinder aus der Klasse? Erinnern Sie sich noch, wie sie miteinander umgegangen sind? Wer mit wem gespielt hat und, noch wichtiger, wie sie mit Ava klargekommen sind?«

»Da gab es nichts Auffallendes. Wenn Sie wollen, kann ich Ihnen eine Liste der Kinder in der Klasse geben. Aber sie waren alle auf der Party, von der Ava verschwunden ist. Also haben Sie ihre Namen bereits. In der Gruppe ist niemand besonders herausgestochen. Harriet hatte ein unerschütterliches Selbstvertrauen, suchte ständig nach Aufmerksamkeit und war es gewohnt, ihren Willen zu bekommen. Ava war ihr glühendster Fan. Ich glaube, ohne Harriet hätte Ava nur schwer Anschluss an die anderen bekommen. Harriet ist mit allen gut klargekommen, und dann wurde Ava natürlich auch von ihnen akzeptiert. Ich bin aus ihr nie so ganz schlau geworden. Sie war freundlich und ist gern zur Schule gegangen, aber in meinen Unterrichtsstunden hat sie manchmal einfach ins Leere gestarrt und sah dabei so traurig aus, als ob etwas sie belastete.«

»Haben Sie sie je gefragt, was sie beschäftigt hat?«

»Ich habe es mehrere Male versucht, aber sie hat abweisend reagiert und gesagt, es wäre alles in Ordnung.«

»Und Sie haben nicht nachgehakt?«

»Eine Klasse voller fünf- und sechsjähriger Kinder ist schwierig. Sie haben Trotzanfälle, sie sind laut und wollen alle gleichzeitig Aufmerksamkeit. Sie müssen rund um die Uhr betreut werden. Ava hat nie für Unruhe gesorgt. Sie ist nicht plötzlich in Tränen ausgebrochen oder wollte in den Arm genommen werden. Sie war ein reserviertes Kind, und ich habe sie dann gelassen.«

»Hatten Sie je den Verdacht, dass sie missbraucht wurde?«

»Es ist mir in den Sinn gekommen. Dann und wann hat man damit zu tun, aber es gab keine äußeren Anzeichen und auch sonst keine Hinweise. Wir achten durchaus auf so was. Ich habe ihre Mutter auf ihre Zurückhaltung angesprochen, und sie sagte, das wäre typisch für Ava. Sie hätte sich oft in sich selbst zurückgezogen. Die Mutter dachte, es läge daran, dass Ava ein Einzelkind war und sie in der Schule zum ersten Mal Erfahrungen damit gemacht hat, mit anderen Kindern zusammen zu sein. Wir haben über Möglichkeiten gesprochen, sie noch ein bisschen mehr einzubinden, und gehofft, dass sich das Problem von allein erledigen würde.«

»Und Audrey?«

»Genau das Gegenteil. Ein unkompliziertes, liebenswertes und reizendes Mädchen.«

Die Tür des Lehrerzimmers öffnete sich erneut. Zwei Frauen traten ein und gingen zum Wasserkocher auf der Arbeitsplatte.

Margaret senkte die Stimme. »Ich habe im Grunde nichts Neues zu meiner Aussage hinzuzufügen. Tut mir leid, dass ich Ihnen nicht mehr helfen kann.«

»Danke, dass Sie sich die Zeit für uns genommen haben. Wenn Ihnen noch irgendetwas einfällt, lassen Sie es uns bitte wissen.«

»Mach ich.«

»Hätte ich noch etwas fragen müssen?«, sagte Lucy, als sie zum Auto zurückgingen.

»Ich wüsste nicht, was. Wir wissen, dass Ava reserviert war und einfach weggelaufen ist, wenn ihr danach war. Sie und Harriet hatten sich irgendwann vor der Party zerstritten. Audrey war bei den Klassenkameraden beliebt. Ich glaube, das ist alles.«

»Nichts davon hilft uns weiter, oder?« Lucy zog die dunklen Augenbrauen zusammen. »Wir haben nichts, das uns voranbringt.«

»Ich weiß nicht. Vielleicht ist die Info doch noch nützlich, wenn man sie mit allem anderen, was wir haben, zusammenführt. Vielleicht ist Ava einfach von der Party weggelaufen und wurde gar nicht entführt. Das würde erklären, warum niemand irgendwas gesehen hat. Was, wenn sie sich irgendwo verstecken wollte, einen Unfall hatte und gestorben ist? Oder sie hat sich so gut versteckt, dass niemand sie finden konnte, hat Angst bekommen und ist dann in Schwierigkeiten geraten? Ach, ich weiß nicht ... irgendetwas ist mit ihr passiert. Wir haben bisher nicht mal nachgewiesen, ob sie ermordet wurde.«

Lucy stützte die Hände in die Hüften und starrte ihn an. »Ich habe da drinnen echt keine gute Arbeit geleistet. Warum bist du so ultranett zu mir?«

»Bin ich das nicht immer? Mister Nett.«

Sie lachte auf. »Ach, hör auf. Das ist nicht der Grund, weshalb Bethany und ich dich als Vater unseres Kindes ausgesucht haben.«

»Weshalb dann? Mein gutes Aussehen und die fantastischen Gene?«

»Wir wussten nicht, wen wir sonst fragen sollten«, meinte sie grinsend.

VIERZEHN

FRÜHER

Seine Mutter ist zum Einkaufen gegangen und hat ihm befohlen, im Haus zu bleiben. Kaum ist sie zur Tür hinaus, holt er den alten Umzugskarton aus dem Kleiderschrank und gräbt unter Spielzeug und Comics die Puppe hervor. Sie sieht aus, als würde sie sich freuen, ihn zu sehen.

»Hallo Sherry, willst du mit mir spielen?«

Er legt die Finger um ihre kalten Plastikbeine und führt sie auf dem Boden zum Bett.

»Ich kenne keine Jungenspiele. Ich kann nur Seilspringen, Handstand und Fangen«, sagt er mit komisch heller Stimme.

»Wir könnten Cowboy spielen. Indianer könnten dich fangen und an ein Tischbein fesseln, und ich komme und rette dich.«

»Das Spiel gefällt mir nicht.«

Er starrt die Puppe an und überlegt, was er mit ihr machen soll. Sie ist nicht wirklich nützlich für ihn. Sie kann keine Purzelbäume schlagen wie sein Aufziehhund, sie kann sich gar nicht ohne Hilfe bewegen. Nur ihre Augen öffnen und schließen sich, je nachdem, ob sie aufrecht ist oder liegt. Sie kann nichts machen, aber sie ist hübsch, und er will sie nicht missen. Er drückt eins der Augen ein, und sie schreit nicht. Sie lächelt einfach freundlich weiter. Er hebt ihren Rock hoch und zieht an dem cremefarbenen Höschen, denn er will wissen, was sich darunter verbirgt. Enttäuscht sieht er, dass da nur rundes Plastik ist. Er schiebt das Höschen wieder hoch.

Am Tag vorher haben Sherry und ihre Freundinnen auf der Wiese, der »nur für Mädchen« ist, Handstand gemacht, und er beobachtete sie vom Rand des Spielplatzes aus. Er bewunderte, wie sie Anlauf nahmen, sich auf die Hände stellten und balancierten und in Kichern ausbrachen, wenn sie hinpurzelten. Ihre Bewegungen wirkten wie etwas Unmögliches, denn er hätte sich nie vorstellen können, seine riesige Gestalt so auf den Kopf zu drehen. Sherry war eine naturbegabte Turnerin. Sie trug die Haare in einem Pferdeschwanz. Zuerst lockerte sie die Schultern, hob dann die Hände, stützte sich ohne Anstrengung darauf ab und streckte sofort Arme durch und die Beine in die Luft. Dabei fiel ihr der Faltenrock über die Schultern, und man konnte ihr marineblaues Schulhöschen sehen. Am meisten zogen ihre langen, hellen Beine seinen Blick an. Sie steckten in weißen Socken, wie die seiner Puppe. Plötzlich entdeckte Sherry ihn, stand auf, zupfte ihren Rock zurecht und brüllte ihn an, dass er abhauen solle. Er trollte sich. Es war ihm peinlich, beim Schauen erwischt worden zu sein. Als sie wieder im Klassenraum waren, hörte er, wie eine ihrer Freundinnen flüsterte, er wäre ein fetter Perverser, und Sherry kicherte.

In seinem Zimmer werden ihm bei der Erinnerung die Wangen heiß, und er hebt Puppe Sherry an den Haaren hoch.

»Warum lachst du mich aus?«, fragt er. »Ich wollte doch nur dein Freund sein.«

Die Puppe antwortet nicht, und als ihm wieder einfällt, wie Sherry ihn im Klassenraum anschaute, dreht er den Puppenkopf immer weiter, bis er ihn in der Hand hält. Er ist enttäuscht. Es macht gar keinen Spaß und versetzt ihn nicht in Hochstimmung, dass er den Kopf abgedreht hat. Er hält den ausdruckslosen Kopf in der Hand und schleudert ihn durch das Zimmer. Er knallt gegen die Schranktür und rollt weiter. Die Augen sind geschlossen. Dann schaut er in ihren Körper. Die Puppe ist komplett hohl. Er fragt sich, wie Sherry Hunt aussehen würde, wenn ihr Kopf abgedreht wäre. Aus dem Nichts steigt ein Kichern auf und explodiert aus ihm heraus. Er fällt aufs Bett zurück und lacht laut bei dem Gedanken.

Dann verwandelt sich das Lachen in stille Tränen. Er hebt den Puppenkopf wieder auf und drückt ihn wieder auf den Hals. Aber der Kopf wehrt sich und will nicht draufbleiben. Seine Hände fangen an zu schwitzen, und der Kopf glitscht darin herum. Sein Puls wird schneller. Er wollte die Puppe nicht kaputt machen. Er will nicht, dass sie kaputt ist. Erneut drückt er den Kopf wieder auf den Hals, diesmal mit mehr Kraft, und ist erleichtert, als er mit einem Plopp endlich wieder einrastet.

»Tut mir leid, Sherry«, sagt er.

»Schon gut. Du bist mein Freund.«

FÜNFZEHN

Natalie verließ die Little Star Dance Academy mit dem Gefühl, irgendeiner Sache auf der Spur zu sein, ohne allerdings die Bedeutung erfassen zu können. Sie musste erneut mit Bruce sprechen, und zwar bald.

Ian hatte ihr eine Adresse und eine Telefonnummer von Barney Townsend geschickt, der zusammen mit seiner Ex-Frau Elsa das Uptown Craft Centre besessen hatte und jetzt nur fünfzehn Kilometer von Uptown entfernt am Stadtrand von Bablington wohnte. Der Ort war für seine Gärten bekannt, die das ganze Jahr für Gäste geöffnet waren. Da Natalie gerade in der Nähe war, beschloss sie, hinzufahren statt anzurufen. Es war ihr lieber, wenn sie Menschen beim Befragen in die Augen sehen konnte, denn dann konnten sie sich nicht so leicht aus der Affäre zu ziehen. Womöglich hatte er eine Ahnung, wo Elsa sich aufhielt, und konnte ihr vielleicht mehr über seine Ex-Frau erzählen.

Als sie ankam, werkelte Barney Townsend in seinem Garten herum, der einem Füllhorn an Farben und riesigen Blüten glich. Er zog seine Gartenhandschuhe aus und legte sie auf dem Griff des Schubkarrens ab. Dann näherte er sich ihr mit einem Lächeln. Sein Gesicht war wettergegerbt und seine kräftigen Arme im kurzärmeligen Hemd von der Frühlingssonne bereits leicht gebräunt.

»Kann ich Ihnen helfen?«

»Ich bin DI Ward. Ich habe versucht, den Aufenthalt Ihrer Ex-Frau Elsa zu ermitteln, aber bisher konnten wir keine Telefonnummer oder Kontaktadresse von ihr ausfindig machen. Es geht um einen Vorfall aus dem Jahr 2015.«

»Das kleine Mädchen, das verschwunden ist«, sagte er und legte das Gesicht in Falten.

»Ava Sawyer.«

»Ich erinnere mich an den Namen. Den werde ich nie vergessen. Die Sache hat Elsa wirklich sehr mitgenommen.«

»Wir haben ihre Leiche gefunden.«

Barney stöhnte. »Die einzige Möglichkeit für Elsa, mit sich selbst weiterzuleben, war der Gedanke, dass Ava noch lebt.«

»Hat sie sich Ihnen anvertraut?«

»Als Ava verschwunden ist, waren wir schon geschieden, hatten aber weiterhin Kontakt. Als das Kind verschwunden war, ist Elsa zu mir gekommen. Es ging ihr furchtbar. Nach den Geschehnissen hörten die Buchungen für Geburtstage auf, und die Firma ist den Bach runtergegangen. Das Gartencenter blieb noch gerade so am Laufen, aber die Tiere, Feiern und so weiter waren das, was eigentlich Profit eingebracht hatte. Elsa war wegen allem deprimiert: Avas Verschwinden, dem Niedergang der Firma, der Zusammenarbeit mit Alistair. Sie wollte aus allem raus und hat mich gefragt, ob ich ihren Anteil zu einem Sonderpreis aufkaufen würde. Ich habe abgelehnt. Ich hatte genug Zeit reingesteckt und war froh, in den frühzeitigen Ruhestand zu gehen. Ich hatte dieses Haus schon gekauft, und es macht mir Spaß, hier alles in Schuss zu halten. Das reicht mir.«

»Warum haben Sie an Alistair Fulcher verkauft?«

Er lächelte knapp. »Er hat mir ein Angebot gemacht, das ich nicht ausschlagen konnte.«

»War Ihnen damals bewusst, dass Elsa nicht gut mit ihm zurechtkam?«

»Nein, nein. Da machen Sie dem Falschen Vorwürfe. Ich habe an Alistair verkauft, weil er mir genug gezahlt hat, um sowohl von der Firma als auch von Elsa freizukommen. Zusammen zu arbeiten und zu leben hat uns auseinandergebracht. Wir waren kein Paar mehr. Wir haben nur noch über das Geschäft geredet, alle Probleme mit nach Hause genommen und konnten nicht mehr abschalten. Es hat einen Keil zwischen uns getrieben.«

»Was hat Elsa Ihnen von dem Tag erzählt, an dem Ava verschwunden ist?«

»Nur, dass sie Migräne hatte, die sie so unbedingt lindern musste, dass sie die Kinder so früh wie möglich in Guys Obhut gegeben hat und ins Büro gegangen ist, um ein Schmerzmittel zu einzunehmen. Es hat etwas gedauert, bis es wirkte, und als es so weit war, ist sie sofort wieder zu Guy und Janet gegangen. Und da hat sie erfahren, dass Ava weg war.«

»Sie waren an dem Tag nicht im Center?«

»Seit dem Verkauf meines Anteils habe ich es nicht mehr betreten. Es bestand ja keine Notwendigkeit.«

»Haben Sie mal mit Elsa gesprochen, seit sie nach Spanien gegangen ist?«

»Zum letzten Mal gesehen habe ich sie an dem Tag, an dem sie mir mitgeteilt hat, dass sie und Alistair beschlossen hätten, die Verluste zu begrenzen und an Poppyfields zu verkaufen. Das Geld war ihr egal. Sie wollte vor den Erinnerungen so weit fliehen wie möglich. Nicht nur die Firma hat seit dem schrecklichen Tag gelitten und sich verändert, sondern auch Elsa.«

»Haben Sie irgendeine Idee, wo Ihre Ex-Frau sein könnte?«

»Nein, leider nicht. Aber eine E-Mail-Adresse. Vor ein paar Wochen hat sie mir zu meinem Geburtstag gemailt. Ich schreibe sie Ihnen auf.«

Er ging zur Tür, aus der eine schwarze Katze schlenderte. Sie warf sich auf eine niedrige Mauer, um ein Sonnenbad zu nehmen. Natalie grübelte über das nach, was sie gerade erfahren hatte. Elsa hatte kurz nach Avas Verschwinden vom Center weggewollt. Weil sie sich schuldig fühlte? War sie vielleicht in den Tod des Mädchens oder die Beseitigung der Leiche verwickelt gewesen?

Barney kam mit einem Stück Papier in der Hand zurück. »Wenn sie sich bei mir meldet, gebe ich Ihnen Bescheid.« Er schwieg und betrachtete einen Moment die spät blühenden Narzissen. »Darf ich Sie etwas fragen? Wo haben Sie Ava Sawyer gefunden?«

»Hinter dem Center. Haben Sie in den letzten Tagen keine Nachrichten gesehen?«

Er schüttelte den Kopf. »Ich besitze keinen Fernseher mehr. Den habe ich abgeschafft, als ich hierher gezogen bin. Ich wollte Ruhe und Abgeschiedenheit von der Welt. Die meisten Tage arbeite ich im Garten, und abends lese ich lieber. Hinter dem Center, das ist grauenhaft. Das bedeutet, dass Ava die ganze Zeit dort war.«

»Möglicherweise. Ich wäre Ihnen sehr dankbar, wenn Sie sich melden, falls Sie von Elsa hören. Wir müssen mit ihr über all das nochmals sprechen.«

»Ich verstehe.«

Sie ging zur Straße zurück, an der ihr Auto stand, und stieg ein. Ihr Handy klingelte und zeigte eine unbekannte Nummer an. Es war Carlton von der Tanzschule.

»Ich habe Bruce davon überzeugt, dass er mit Ihnen reden muss. Er kommt nach seinem Meeting zur Polizeidienststelle in Samford. So in einer Stunde ist er da.«

»Danke sehr, Carlton. Ich sorge dafür, dass ich dann auch dort bin.«

Natalie war eine halbe Stunde vor Bruce in der Dienststelle und lief ins Büro, um vor der Befragung so viel wie möglich über ihn herauszufinden. Das Team war auch wieder da. Sie hatten nicht viel erreicht und zogen lange Gesichter. Ian redete als Erster los, sobald Natalie ihre Handtasche auf dem Boden abgestellt hatte.

»Ich habe alle Fahrzeughalter auf der Liste befragt, die zum Zeitpunkt von Audreys Verschwinden in der Gegend waren, aber kein einziger hat sie gesehen. Und auch sonst niemand, weder am Eingang zum Park noch in der Straße.«

»Mist. Ich habe wirklich gehofft, dass irgendjemand sie gesehen hat«, sagte Natalie.

»Ich hasse es, wenn Ermittlungen an so einem Punkt zum Erliegen kommen. Sind die Leute so blind, dass sie nichts bemerken? Zwei Mädchen verschwinden, und keiner bekommt es mit.«

»Sie sind nicht zum Erliegen gekommen, Ian, sondern sie gehen voran. Wir sammeln noch Informationen. Irgendetwas werden wir schon finden. Überprüfen Sie bitte Bruce Kennedy für mich. Er ist Teilhaber der Little Stars Dance Academy und kommt zur Befragung her. Er hat wohl häufiger mit Ava geplaudert. Sie hat manchmal den Kurs verlassen und sich zu ihm in die Rezeption gesetzt. Murray, Sie können zur Befragung mitkommen und mir helfen, Informationen aus ihm herauszulocken. Okay, was haben wir sonst noch?«

»Nicht viel bis jetzt. Bei Beatrice Sawyer sind wir nicht weitergekommen. Ich habe es telefonisch und an ihrem Haus versucht, aber sie war nicht da. Bisher haben wir nur herausgefunden, dass Ava manchmal weggelaufen ist und sich versteckt hat«, sagte Lucy. »Das ist so ziemlich alles.«

»Das passt zu dem, was ich erfahren habe. Es ist immer wahrscheinlicher, dass sie am Tag der Geburtstagsfeier einfach weggelaufen ist. Allerdings habe ich keinen Schimmer, was dann passiert ist. Ich mache mir Gedanken, weil Elsa Townsend ihren Anteil an der Firma nach dem Zwischenfall so schnell loswerden wollte. Das riecht nach schlechtem Gewissen. Aber weshalb? Weil sie wusste, dass Ava tot war, oder weil sie am Verstecken ihrer Leiche beteiligt war, oder weil sie Ava getötet hat, oder weil sie sich einfach schuldig fühlte? Das wissen wir erst, wenn wir mit ihr sprechen. Hier ist ihre E-Mail-Adresse. Könnten Sie schauen, ob die Kriminaltechniker sie rückverfolgen können?«

»Ich kümmere mich darum, während Sie Bruce befragen«, sagte Ian.

»Lucy, überprüfen Sie bitte Barney Townsend. Er war mit Elsa verheiratet. Checken Sie mal, ob es irgendwelche Ungereimtheiten gibt.«

»Aus welchem Grund?«

»Um ihn auszuschließen und sicherzustellen, dass wir jeden durchgehen, zu dem es eine Verbindung geben könnte. Das ist alles. Wo wir gerade davon sprechen: Murray, wie sind Sie mit Ned Coleman vorangekommen, dem älteren Herrn, der gegenüber vom Park in Uptown wohnt?«

»Gar nicht. Er hat gestern draußen nichts gesehen oder gehört. Zur fraglichen Zeit war er ganz auf *Columbo* konzentriert.«

»Gibt es in der Polizeidatenbank irgendwas über ihn?«

»Absolut nichts.« Murray schaute weg und konzentrierte sich wieder auf seinen Bildschirm.

Lucy drehte sich auf ihrem Stuhl herum und sagte: »Ian hat übrigens nichts über die Arbeiter gefunden, die Ava gefunden haben. Sie sind sauber und waren auch nicht in der Gegend, als Ava verschwunden ist.« Ian bestätigte ihren Kommentar mit einem Nicken.

»Wieder eine Sackgasse.« Natalie scrollte auf der Suche nach Informationen zu Bruce durch die allgemeine polizeiliche Datenbank. Bis auf das Klappern der Tastaturen wurde es still im Büro. Bruce hatte seinen Abschluss an einer Theaterschule in London gemacht und in mehreren Musicals kleinere Rollen gespielt. 1999 war er Mitglied eines Entertainment Teams an Bord der *Queen Nefertiti* geworden, die regelmäßig über das Rote Meer fuhr. 2006 hatten er und Carlton die Tanzschule gegründet und 2016 geheiratet. Natalies Handy auf dem Schreibtisch klingelte. Sie griff danach, ohne den Blick vom Computerbildschirm zu wenden. Mike war dran.

»Wir haben wichtige Infos für dich. Naomi ist mit der Untersuchung von Avas Knochen fertig. Es gab keine Verletzungen des Schädels oder der Gliedmaßen, aber das Zungenbein war so sehr beschädigt, dass die Todesursache bestimmt werden konnte. Die Knochen von Kindern sind zwar weniger spröde als die von Erwachsenen, aber wenn ein ausreichend hoher Druck ausgeübt wird, brechen sie trotzdem. Sie glaubt, dass Ava stranguliert wurde.«

»Und der Rechtsmediziner hat gesagt, dass Strangulation höchstwahrscheinlich auch die Todesursache von Audrey ist«, sagte Natalie und stützte die Ellbogen auf dem Schreibtisch auf. »Wir suchen entweder einen Nachahmungstäter oder eine Person, die für beide Morde verantwortlich ist.«

»So sieht's aus.«

Lucy blickte auf und machte eine Geste mit der Hand. Natalie legte auf.

»Ich glaube, ich habe vielleicht gerade herausgefunden, woher Audreys Kleid stammt. Bei Etsy in den USA gibt es so eins.«

Natalie eilte zu ihr und betrachtete das Bild. Das Kleid sah aus wie das, das Audrey getragen hatte.

»Ich kontaktiere die Verkäuferin«, sagte Lucy.

Das interne Telefon blinkte auf und Natalie ging ran. Bruce Kennedy war am Empfang.

»Ian, haben Sie irgendetwas zu Bruce herausgefunden?«

»Ich habe in der Tat etwas, was Sie interessieren könnte.«

»Schießen Sie los. Er ist da.«

Bruce vermied jeden Blickkontakt, als sie den Vernehmungsraum betraten, und rutschte unbehaglich auf seinem Sitz hin und her. Natalie setzte sich auf den Stuhl gegenüber vom Tisch und stellte Murray vor, der einen dritten Stuhl heranzog und neben Natalie Platz nahm.

»Carlton sagte, ich müsste mit Ihnen reden. Eigentlich will ich das nicht. Ich habe nichts zu sagen, was Ihre Ermittlungen vorantreiben könnte.«

»Das entscheiden wir am besten selbst.« Natalie war nicht in der Stimmung für solche Mätzchen. »Zwei kleine Mädchen sind tot. Beide haben Ihre Tanzschule besucht. Also sind Sie für uns von Interesse. Ich möchte hören, was Sie uns zu sagen haben. Sie haben eine jüngere Schwester, Josephine, richtig?«

»Ja. Was hat das damit zu tun?«

»Carlton sagte etwas davon, dass Sie sich so gut mit Ava verstanden haben, weil sie Sie an Ihre Schwester erinnert hat.«

Er seufzte tief und hob das Kinn. »Carlton hat recht. Ava war wie Josephine.«

»Er sagte auch, Ava sei manchmal zum Reden zu Ihnen

gekommen, anstatt weiter an der Tanzstunde teilzunehmen. Warum hat sie das gemacht?«

»Sie hat beim Tanzen leicht die Geduld verloren. Sobald es zu schwierig für sie wurde, war sie wütend auf sich selbst und musste rausgehen, damit sie wieder runterkommen konnte. Manche dachten, sie wäre beleidigt oder launisch, aber es war eher ein Hilferuf. Ava hat darum gekämpft, sie selbst sein zu dürfen.«

Murray schnaubte verächtlich. »Das ist ja mal eine Analyse. Sie sind kein Kinderpsychiater, und das Mädchen war gerade mal fünf Jahre alt. Viele Kinder in dem Alter sind mal trotzig. Warum, glauben Sie, hatte sie solche Probleme?«

Von der plötzlichen Feindseligkeit erschrocken sah Bruce Murray an. »Weil sie sich exakt wie Jo benommen hat. Jedes Mal, wenn Jo etwas nicht schaffte – egal ob Rechtschreibung, Purzelbaum schlagen, singen, alles, wovon sie dachte, dass sie es können müsste, aber nicht konnte –, dann ist sie weggelaufen, hat sich im Schlafzimmer eingesperrt und geweint. Ava hat zwar nicht genau das gemacht, aber sie hat sich versteckt.«

»Ich finde es eigenartig, dass Sie so viel über ein kleines Mädchen wissen, mit dem Sie nicht verwandt waren. Mir scheint eher, dass Sie *angenommen* haben, Ava wäre wie Ihre Schwester.« Murray schaute Bruce unverwandt an.

»Sie missverstehen mich. Ich habe sie nicht *gekannt*. Ich habe nicht versucht, sie zu analysieren. Das erste Mal ist sie mir begegnet, als sie sich unter meinem Schreibtisch versteckt hat. Ich sollte kurz darauf einen Kurs mit Teenagern unterrichten und war nur ins Büro zurückgegangen, um eine CD zu holen. Ava hat dort gesessen, im Schneidersitz, die Arme verschränkt, und sich geweigert zu sprechen. Ich musste unter den Tisch zu ihr krabbeln, damit sie sagte, was los war. Und damit hat sie mich an Josephine erinnert. Ich habe oft mit ihr unter dem Tisch gesessen, ihr geholfen, ihre Probleme zu lösen, und ihr zugehört. Ich war der große Bruder. Wie sich herausstellte, hatte sich in der Umkleidekabine jemand über Avas Tanzen lustig gemacht und sie war weggelaufen und hat sich versteckt. Ich konnte sie wieder zum Kurs lotsen, bevor sie vermisst wurde.«

»Na, Sie müssen ja ein guter Bruder gewesen sein. Hatte Ihre Schwester keine Freundinnen, mit denen sie reden konnte, oder Ihre Mutter?« Murray grinste weiterhin.

»Meine Mutter hatte keine Zeit für Trotzanfälle und Zickereien. Ich habe Jo geholfen, und ja, ich denke gerne von mir selbst, dass ich ein guter Bruder war und bin.« Bruce klang jetzt weniger selbstsicher. Murrays Rolle des bösen Polizisten zeigte Wirkung. Er brachte Bruce nach und nach außer Fassung und verlockte ihn so dazu, mehr zu sagen.

»Ava hat also Vertrauen zu Ihnen aufgebaut«, sagte Natalie und lächelte. Sie spielte die Rolle der verständnisvolleren Polizistin. »Sie hat in Ihnen wohl einen großen Ersatzbruder gesehen.«

Er nickte. »Vielleicht. Beatrice war oft spät dran, um ihre Tochter abzuholen, sodass Ava häufig noch als letzte gewartet hat und wir in der Zeit miteinander geredet haben. Sie war ganz schön neugierig und hat mich nach einer Postkarte aus Russland gefragt, die ich von meiner Schwester bekommen hatte. Ich habe ihr von Jo erzählt, wie sie gekämpft hat, um tanzen zu lernen, und dass sie eine Topballerina beim Royal Ballet geworden ist und jetzt in der ganzen Welt herumreist. Ava hat sich dann wirklich für sie interessiert. Sie wollte eines Tages auch Ballerina werden. Sie hat tausend Fragen über Jo gestellt, und ich habe sie ihr gern beantwortet.«

»Also hatten Sie und Ihre Schwester ein enges Verhältnis?« Murray verschränkte die Arme.

»Ja.«

Murray blickte finster. »Haben Sie noch viel Kontakt?«

»Sie ist viel unterwegs, und ich bin mit der Tanzschule beschäftigt. Allzu oft sehen wir uns nicht mehr.«

»Soweit ich weiß, haben Sie mit Ava am Tag vor ihrem Verschwinden gesprochen. Worüber?«, fragte Natalie.

»Sie war außer sich und wollte an dem Tag nicht in den Kurs gehen. Beatrice hat sie wie üblich abgesetzt, aber Ava hat sich bei Carlton entschuldigt und ist stattdessen bei mir in der Rezeption geblieben. Sie hat da gesessen, mit unglaublicher Ausdauer gegen die Stuhlbeine getreten und an die Wand gestarrt. Schließlich habe ich sie gefragt, ob sie darüber sprechen wollte. Ich habe ihr erzählt, dass Jo sich mir oft anvertraut hat und ich niemandem jemals etwas verraten habe.«

Murray schnalzte mit der Zunge.

»Es schien mir das Richtige zu sein, ihr das zu sagen«, erklärte Bruce und sah Natalie Beifall heischend an. Sie lächelte ihm wieder ermutigend zu.

»Ava hat erzählt, ihre beste Freundin, Harriet, hätte in der Schule über sie gelästert und alle Kinder in der Klasse hätten sie ausgelacht. Sie war froh, dass die Ferien angefangen hatten, aber sie musste zu einer Party, wo sie alle wiedersehen würde, und das wollte sie nicht.«

»Hat sie gesagt, was genau Harriet erzählt hatte?«, fragte Natalie.

»Nein, nur dass sie Harriet etwas anvertraut hatte, was diese dann allen in der Klasse auf die Nase gebunden hätte. Ava konnte ihnen nicht mehr gegenübertreten. Sie sollte zu Harriets Party gehen, obwohl sie es nicht wollte.«

»Was haben Sie ihr geraten?«, wollte Natalie wissen.

»Zu der Party zu gehen und sich ihnen allen zu stellen. Mit erhobenem Kopf alle Sticheleien einfach zu ignorieren. Wenn sie sich nicht provozieren ließ, würde ihnen die Lust daran vergehen.«

Murray sagte: »Sie waren am Tag ihres Verschwindens im Uptown Craft Centre and Farm.«

»Ich habe sie aber nicht gesehen. Ich war schon weg, bevor die Party anfing.«

»Woher wissen Sie das?«, insistierte Murray. »Woher wissen Sie, wann die Party angefangen hat?«

»Das habe ich danach erfahren. Als ich mit allen anderen nach ihr gesucht habe. Ich habe gehört, wie davon die Rede war.«

Natalie übernahm wieder. »Carlton sagte, Sie wären hingefahren, um eine Pflanze zu erwerben, und danach in die Stadt, um eine Karte zu kaufen.«

Bruce betrachtete seine Fingernägel und wich ihrem Blick aus.

»Wurden dort im Shop keine Karten verkauft? Es war doch ein Bastel- und Kunsthandwerksmarkt. Die haben bestimmt auch Geburtstagskarten verkauft«, sagte sie.

Bruces Lider flackerten. »Ich habe keine gefunden, die mir gefallen hat.«

»Also haben Sie das Center nach dem Kauf der Pflanze sofort verlassen und sind nach Uptown gefahren. Ist das richtig?«

»Ja.« Wieder wich er ihrem Blick aus.

»Bruce, ich frage Sie jetzt noch einmal. Dieses Mal denken Sie bitte nach, bevor Sie antworten, und denken Sie daran, dass ein kleines Mädchen im Center entführt und getötet wurde.« Sie ließ ihre Worte wirken. »Um wie viel Uhr sind Sie vom Center weggefahren?«

»Ich weiß es nicht genau«, stotterte er. »Ich habe mich in der Abteilung mit den Glückwunschkarten umgeschaut und bin dann einem Mitarbeiter über den Weg gelaufen, den ich kannte. Es war sein freier Tag. Wir haben im Café eine Tasse Kaffee getrunken, dann bin ich gefahren.«

»Von diesem Treffen haben Sie Carlton nichts erzählt. Warum haben Sie es geheim gehalten?«

»Carlton neigt zu Eifersucht. Natürlich hat er mich gefragt, ob ich im Center war, als Ava verschwunden ist, aber das war ich nicht. Da war ich längst weg. Tatsache ist, dass ich nichts mit Avas Verschwinden zu tun hatte. Ich war genauso entsetzt über das, was passiert ist, wie alle anderen. Ich war einer der Freiwilligen, die bei der Suche nach ihr geholfen haben, und zwar die ganze Nacht hindurch und am nächsten Tag auch noch. Ich wünschte, ich *wäre* dort gewesen, als es passiert ist. Ich hätte sie vielleicht gesehen oder denjenigen, der sie geschnappt hat. Ich habe mich nicht gemeldet, weil ich der Polizei damals nichts Nützliches hätte sagen können, und ich habe auch Ihnen nichts zu sagen. Ich bin nicht verantwortlich für das, was passiert ist.«

»Und was haben Sie gestern Nachmittag gemacht, nachdem Audrey die Tanzstunde verließ?« Natalies Fragen kamen jetzt in rascherer Folge.

»Ich bin in der Tanzschule geblieben, habe am Set für den Auftritt in Lichfield gearbeitet und bin erst spät fertig geworden.«

»Hat jemand Sie gesehen?«

»Carlton. Er ist vorbeigekommen, als ich noch gezeichnet habe.«

»Um wie viel Uhr?«

»Das weiß ich nicht. Ich habe nicht auf die Uhr gesehen. Er ist ein paar Mal reingeschneit, drei oder vier Mal, zwischen seinen Stunden, um zu schauen, wie ich vorankomme. Um acht Uhr hat er Schluss gemacht, wir waren noch ein Curry essen und sind danach heimgegangen.«

»Der Mann, mit dem Sie einen Kaffee getrunken haben, wie hieß der?«

»Mark Randle. Er hat in den Gewächshäusern gearbeitet und wohnt in Uptown.«

»Haben Sie seine Telefonnummer?«

»Nein. Ich habe den Kontakt gelöscht und ihn seit ungefähr einem Jahr nicht mehr gesehen. Seit Carlton und ich geheiratet haben.«

Natalie nickte wieder und lehnte sich auf dem Stuhl

zurück. Murrays Einsatz. Er stieß sich vom Stuhl ab und stützte die Hände auf den Tisch, bis er nur Zentimeter vor Bruces Gesicht war.

»Blöd. Sinn. Warum sollten Sie seine Kontaktdaten löschen?«

»Ich hatte keinen Grund, sie aufzubewahren. Ich habe ihn hinterher nicht oft gesehen, und er hat auch nicht mehr im Gartencenter gearbeitet.«

Murray lächelte raubtierhaft. »Ich weiß etwas über Sie, Bruce. Etwas, das Sie hier noch nicht erwähnt haben. Ich weiß von Ihrer Sucht. Und ich frage mich, warum ein sexsüchtiger Mann mit einem fünfjährigen Mädchen befreundet war. Und was noch wichtiger ist: Warum gibt so ein Mann nicht zu, dass er zur selben Zeit im Gartencenter war, zu der dieses kleine Mädchen verschwunden ist? Sie verbergen etwas vor uns, und wenn Sie nicht auspacken, klagen wir Sie der Strafvereitelung oder noch schlimmerer Delikte an. Und eines verspreche ich Ihnen, Ihre Zeit im Gefängnis wird höchst unangenehm.« Er setzte sich wieder hin.

»Scheiße! Nein! Herrgott noch mal! Ich bin kein Perverser. Ich habe keine Suchtkrankheit.«

»Sie waren zwei Mal in einer Anstalt für Sexsuchterkrankungen – 2000 und 2004 – und Sie sind Mitglied einer Selbsthilfegruppe für Sexsüchtige. Also beantworten Sie mir bitte folgende Frage: Warum waren Sie an dem Nachmittag im Gartencenter, wenn nicht, um Ava aufzulauern, die bei einer Party erwartet wurde, zu der Sie sie ermutigt haben? Sie wussten, dass sie weglaufen würde, wenn die anderen sie bei der Party ärgern. Und die Chancen standen gut dafür. Sie hatte Ihnen schon von Harriet erzählt. Hat sie Ihnen auch erzählt, wo die Party stattfand, Bruce? Haben Sie genau darauf gewartet, damit Sie sie sich schnappen konnten?«

»Himmel, nein!« Bruce fuhr sich mit der Hand über das Gesicht und den Bart. »Niemals. Ich habe nie ein Kind angerührt. Ich wünsche mir selber Kinder. Carlton und ich wollen Eltern werden. Ich würde niemals ...« Seine Stimme verklang in einem Schluchzer, und er kämpfte gegen die Tränen.

Murray verschränkte die Arme wieder. Seine Arbeit war getan.

Bruce atmetet mehrmals ein und aus, bevor er erneut redete. »Ich hatte tatsächlich eine Sexsucht. Aber ich habe mich immer zu Männern hingezogen gefühlt, nicht zu Kindern. Zu erwachsenen Männern. Als ich noch jünger war, hatte ich einen unersättlichen sexuellen Trieb und wusste, dass ich ihn unter Kontrolle kriegen musste. Die Selbsthilfegruppe hat mir dabei geholfen. 2004 hatte ich einen Rückfall. Da ich aber gerade Carlton kennengelernt hatte und die Sucht endlich hinter mir lassen wollte, habe ich mich noch im selben Jahr in die Klinik einweisen lassen, das Programm durchlaufen und betrachte mich inzwischen als geheilt. Ich bin eine Beziehung mit Carlton eingegangen, und es ging mir Stück für Stück besser. Ich bin nicht mehr süchtig und wollte anderen helfen, die das Gleiche durchmachen. Nur wenige Menschen verstehen, wie es ist, an einer solchen Sucht zu leiden. Also habe ich mich als Sponsor zur Verfügung gestellt und wurde Mark Randle zugeteilt. An dem Nachmittag habe ich mich mit ihm auf einen Kaffee und ein Gespräch getroffen. Es war wichtig, dass niemand etwas von seiner Disposition wusste, deshalb habe ich niemandem davon erzählt, nicht einmal Carlton. Er weiß nicht mal was von meiner ehemaligen Abhängigkeit und meiner Tätigkeit als Sponsor. Mark hat mich an dem Morgen angerufen, weil er Probleme hatte. Ich habe einem kurzfristigen Treffen zugestimmt, und wir entschieden uns für das Gartencenter, weil ich an dem Nachmittag dorthin musste, um eine Pflanze für meine Mutter zu kaufen. Das ist alles. Die Wahrheit.«

Natalie starrte Bruce an und versuchte zu entscheiden, ob sie ihn zur weiteren Befragung dabehalten sollte. Aber sie hatte keinen ausreichenden Grund dafür. Sie würde sein Alibi für Mittwoch überprüfen und mit Mark Randle sprechen, bevor sie diese Fährte weiter verfolgte. Sie sah Murray an und hob die Augenbrauen. Er nickte, womit er zu verstehen gab, dass er keine weiteren Fragen hatte.

»Das wäre für den Moment alles. Sie können gehen«, verkündete sie.

Bruce stand sofort auf. »Ich habe mit keinem der Morde auch nur das Geringste zu tun, ich schwöre.«

»Wir melden uns, wenn wir nochmals mit Ihnen sprechen müssen.«

Zurück im Büro schlug Natalie mit der flachen Hand auf den Schreibtisch. »Mist! Ich dachte, bei ihm hätten wir eine Spur. Finden Sie alles über diesen Mark Randle heraus und holen Sie ihn her. Mal sehen, was er selbst zu sagen hat.«

»Ich übernehme das. Ich habe schon diese Selbsthilfegruppe für Sexsüchtige recherchiert«, sagte Ian.

»Ich habe die Etsy-Adresse angeschrieben und warte auf Antwort«, sagte Lucy.

»Gut. Gibt es irgendetwas Neues zu Elsa Townsend?«, fragte Natalie.

»Noch nichts«, antwortete Lucy.

»Dann müssen wir uns an das halten, was wir haben, also an Mark. Sprechen Sie mit seinen Mitarbeitern über ihn und hören Sie sich an, was die über ihn gedacht haben. Wir müssen auch Avas Eltern befragen. Murray, gehen Sie mit Lucy zu Carl Sawyers Werkstatt. Es ist eine halbe Stunde vor Feierabend; Sie können ihn dort erwischen. Ich unternehme noch einen Versuch bei Beatrice.«

Als sie zum Ausgang ging, vibrierte ihr Handy. Es war David.

»Hey.«

»Hi. Soll ich für nachher etwas zu Essen bestellen?« Seine Stimme hatte einen gereizten Unterton.

»Wenn du und die Kinder wollt, macht es so. Ich schätze, ich komme erst spät heim.«

»Hast du irgendeine Idee, um wie viel Uhr?«

»Nein. Ich habe dir heute Morgen schon gesagt, dass es spät wird.«

»Rich hat angerufen und mich auf ein Pint im Golden Cup eingeladen.«

»Na, dann geh hin. Der Pub ist ja nur die Straße runter. Die Kinder sind keine Babys mehr und kommen schon ein paar Stunden allein klar.«

»Warum auch nicht, ich überlasse sie einfach sich selbst. Aus einem Erziehungsratgeber stammt der Tipp aber nicht, oder?«

»Es sind Teenager, David.«

»Eben.« Er legte auf. Natalie war sauer. Was hatte er für ein Problem? Sie schob das Handy in die Tasche und ignorierte die Stimme in ihrem Kopf, die sie daran erinnerte, dass Olivia auch eine Teenagerin gewesen war.

Beatrice Sawyer öffnete die Tür und sah Natalie ausdruckslos an. Natalie hatte diesen starren Blick schon früher auf den Gesichtern von Eltern oder Familienmitgliedern gesehen, die schlimme Nachrichten erhalten hatten und sie nicht begreifen konnten.

»Ich möchte mich erkundigen, wie Sie zurechtkommen«, sagte Natalie.

»Kommen Sie herein.« Beatrice machte einen Schritt zurück und ließ Natalie eintreten, bevor sie einen Blick hinauswarf und die Tür schloss. »Vorhin war eine Journalistin hier. Sie wollte wissen, was ich dabei empfinde, dass Avas Leiche auf dem Gelände des Gartencenters gefunden wurde. Das ist ja wohl die dämlichste Frage der Welt. Ich habe ihr gesagt, dass sie sich verpissen soll.«

»War Tanya wieder da?«

»Gestern ist sie lange hiergeblieben. Heute will sie auch kommen. Sie ist nett, ich mag sie. Meine Mutter ist auch da. Sie ist vor einer halben Stunde zum Einkaufen gegangen. Ich wollte nicht mit. Ich will niemanden sehen.« Beatrice ließ sich auf die Couch fallen. Der Fernseher war eingeschaltet, und eine amerikanische Sitcom flimmerte über den Bildschirm.

»Ich habe Neuigkeiten zum Tod Ihrer Tochter. Leider keine guten. Wir müssen davon ausgehen, dass sie stranguliert wurde. Es tut mir sehr leid.« Zuerst war es still, dann erscholl ein kehliges Lachen. Beatrice starrte auf einen Punkt, ohne wahrzunehmen, was sie sah.

»Wir gehen alle Zeugenaussagen vom Tag ihres Verschwindens wieder durch.«

»Damals konnte der Täter nicht gefunden werden. Warum glauben Sie, *Ihnen* würde es jetzt gelingen?«

»Es ist noch ein weiteres Unglück passiert. Audrey Briggs ist gestern Nachmittag ermordet worden. Sie wurde ebenfalls stranguliert. Es besteht die Möglichkeit, dass die Person, die Ihre Tochter tötete, auch Audrey ermordet hat.«

»Ich verstehe.«

»Gibt es sonst noch etwas, das Sie mir sagen können, Beatrice? Ava und Audrey waren Freundinnen. Haben die beiden irgendwelche Geheimnisse gehabt?«

»Keine, die sie mir verraten hätten, aber ich war auch nicht die aufmerksamste Mutter. Warum hätten sie sich mir anvertrauen sollen? Ich habe gegen meine eigenen Dämonen gekämpft und es nicht aus dem schwarzen Loch heraus geschafft, in das ich gefallen war.«

»Haben Sie ein Bild von dem Kleid, das Ava trug, als sie verschwunden ist?«

»Ich hatte eins, aber das war auf einem alten Smartphone, und ich habe es nicht auf mein neues Handy übertragen. Ich hatte es am Nachmittag der Geburtstagsfeier gemacht. Sie hat in dem Kleid nicht glücklich ausgesehen. Immer, wenn ich es angeschaut habe, hat es mich daran erinnert, dass ich sie gezwungen habe, zu dieser verdammten Party zu gehen, und dass ich sie für immer verloren habe. Ist es denn wichtig?«

»Ich wollte nur eine Vorstellung davon haben, wie es aussah. Haben Sie es gekauft oder selbst genäht?«

»Ich habe es gekauft. Es war aus einer Boutique für Kinderkleidung, ChicKids in Uptown.«

»Wie hat es ausgesehen?«

Beatrice machte mit der Hand eine geschwungene Bewegung über der linken Schulter. »Es hatte diese kleinen Puffärmel, die ungefähr hier endeten.« Sie hielt die Hand an den Oberarm. »Es war eher zitronenfarben als knallgelb. Und bauschig.«

»Bauschig?«

Sie fuhr mit den Armen am Körper entlang und bewegte die Hände in Höhe der Hüften nach außen. »Wie ein Ballettröckchen.«

»Hatte es eine Schleife?«

Konzentriert runzelte Beatrice die Stirn. »An beiden Ärmeln war eine winzige Schleife.«

»Sonst nirgends?«

»Nein.«

Natalie notierte sich den Namen des Ladens, in dem sie es gekauft hatte. Vielleicht war das Kleid, das Audrey getragen hatte, auch von dort. »Audrey war manchmal zum Spielen hier. Wie haben Sie sie eingeschätzt?«

Beatrice holte tief Luft und dachte nach. »Ich habe sie gemocht. Sie hat oft gelächelt und sich nicht aus der Ruhe bringen lassen, wenn Ava einen ihrer Wutanfälle hatte. Es tut mir ehrlich leid, was mit ihr passiert ist. Es muss ein solcher Schock für Caroline sein.«

In den Worten lagen keine Emotionen. Natalie konnte nicht erkennen, ob es Beatrice egal war, was Caroline und ihr Ehemann durchmachten, oder ob sie einfach kein Mitleid mehr aufbringen konnte.

»Hat Caroline nach dem Verschwinden von Ava viel Zeit mit Ihnen verbracht?«

»Anfangs haben alle ein Riesenaufhebens um uns beide gemacht, aber als die Gerüchte begannen, ich wäre eine Rabenmutter, haben sie und alle anderen ihre Unterstützung eingestellt. Caroline war eine der Ersten, die nicht mehr vorbeigekommen sind.«

»Das muss schwer für Sie gewesen sein.«

»Ich habe nie richtig zu ihnen gehört, war nie bei den morgendlichen Kaffeekränzchen, beim Schwätzchen vor der Schule oder in Fahrgruppen dabei. Es war keine große Überraschung, als sie anfingen, mich zu meiden. Als könnten ihre eigenen Kinder auch plötzlich verschwinden, wenn sie sich mit mir abgaben. Caroline hat schon kurz nach Avas Verschwinden den Kontakt zu mir abgebrochen. Es tut mir leid, dass ihnen das passiert ist, aber jetzt wissen sie, wie es ist, ein Kind zu verlieren.«

Ein Auto fuhr in die Einfahrt. Beatrice stand auf, um nachzusehen, wer es war. »Meine Mutter. Wenn das alles war, wäre es mir lieber, Sie würden jetzt gehen.«

»Natürlich, und danke, dass Sie noch mal mit mir gesprochen haben.« Natalie hastete zur Tür und ging in der Auffahrt an einer silberhaarigen Frau mit scharfen Zügen vorbei. Die Frau schüttelte den Kopf.

»Gehören Sie zur Polizei?«

»Ja. DI Ward.«

»Es geht ihr überhaupt nicht gut. Ich nehme sie mit nach Hause nach Sheffield. Heute Nachmittag, wenn diese psychologische Betreuerin da war, wollen wir los. Beatrice muss mindestens für ein paar Tage hier raus. Ist das okay?«

»Ja. Vielleicht ist es sogar besser so. Bitte geben Sie Tanya Ihre Kontaktdaten.«

Die Frau lächelte, nickte und ging zum Kofferraum des Autos, um ein paar Einkaufstaschen herauszuholen.

———

Bevor sie zum Revier zurückkehrte, beschloss Natalie, bei ChicKids vorbeizuschauen. Die Boutique lag an einem Marktplatz mit Kopfsteinpflaster. Das Schaufenster war noch für Ostern geschmückt. Zwischen Plastikmänteln und offenen Regenschirmen in Grün, Orange und Gelb, auf denen Einhörner einhermarschierten, waren kuschelige Hühner, Häschen und bunte Eier verteilt.

Als sie eintrat, klingelte ein Glöckchen über der Tür. Sie lief fast in eine Stange mit Festkleidern zu ihrer Linken hinein. Daneben standen Regale mit T-Shirts, die nach Farben sortiert in die einzelnen Fächer eingeräumt waren. An der Rückwand des Ladens fanden sich Kleiderstangen mit farblich aufeinander abgestimmten Oberteilen, Hosen und Röcken, und dahinter war eine Umkleidekabine. Rechts gab es einen halbmondförmigen Schalter, hinter dem eine junge Frau stand.

»Kann ich Ihnen helfen?«

Natalie zeigte ihren Ausweis. »Ist das Ihr Laden?«

»Ja.«

»Es ist schon lange her, aber können Sie sich daran erinnern, vor zwei Jahren ein zitronengelbes Chiffonkleid mit kurzen Puffärmeln an eine Mrs Sawyer verkauft zu haben? Ihre Tochter, Ava, hat es zu einer Geburtstagsparty im Uptown Craft Centre and Farm getragen. Sie erinnern sich vielleicht noch an Ava. Sie ist an dem Tag verschwunden.«

»Das würde ich nie vergessen. Die ganze Gemeinde war fassungslos. Ich war eine der Freiwilligen, die bei der Suche nach ihr geholfen haben. Ich erinnere mich auch an das Kleid. Es war damals im Angebot. Das Modell hat sich nicht allzu gut verkauft. Mrs Sawyer hat es ausgesucht. Ava war bei ihr und sagte, sie hätte lieber ein rosa Kleid, das wir im Fenster dekoriert hatten. Um ehrlich zu sein, glaube ich, dass ihr das rosafarbene besser gestanden hätte, aber das kostete den vollen Preis. Ihre Mutter blieb stur und sagte, dass sie kein Vermögen für ein

Kleid ausgeben will, das nur ein- oder zweimal getragen wird, und das gelbe lag innerhalb des Budgets.«

»Haben Sie irgendwo ein Foto von dem Kleid?«

»Puh, nein. Tut mir leid. Das Modell ist schon vor einiger Zeit aus der Mode gekommen, und wir hatten es über ein Jahr lang im Verkauf.«

»Was können Sie mir zu diesem Kleid hier sagen?«

Natalie hatte das Foto von Audrey größer gezogen und zeigte der jungen Frau nur das Kleid.

»So was hatte ich definitiv nicht, und ich kann mich auch nicht erinnern, diesen Stil in den diesjährigen Kollektionen gesehen zu haben.«

»Trotzdem vielen Dank. Wenn Sie irgendwo etwas sehen, das ihm gleicht, rufen Sie mich dann bitte an?«

Natalie verließ den Laden wieder, und das Glöckchen über ihrem Kopf bimmelte, als sie die Tür zuzog. Ihr Blick fiel auf die Schirme im Fenster. Früher hatte Leigh Einhörner geliebt, doch inzwischen war die Begeisterung verflogen. Heute interessierte sie sich mehr für Smartphones, Musik, Schmuck und Make-up. *Dreizehnjährige, die sich wie Neunzehnjährige verhalten.* Ihre Gedanken sprangen sofort zu Olivia. Sie hatte auch ein Spielzeugeinhorn gehabt. Natalie schob die Erinnerung beiseite. Sie musste sich auf ihre Arbeit konzentrieren.

Ian rief an und teilte mit, dass Mark Randle sich weigerte, zum Revier zu kommen.

»Er sagt, er hatte nichts mit Ava Sawyer zu tun, und will nicht darüber sprechen, warum er an dem Tag im Craft Centre war.«

»Ach ja? Geben Sie mir seine Adresse und sagen Sie Murray, er soll mich dort treffen. Wir nehmen ihn mal in die Zange. Und wenn er sich dann immer noch weigert, nehmen wir ihn mit.«

»Er ist bei der Arbeit. B&Q in Uptown.«

»Dann fahren wir mal dorthin!«

Der B&Q-Baumarkt lag in der hintersten Ecke eines Einkaufszentrums am Rand von Uptown. Der Parkplatz war ziemlich leer; die meisten Autos standen vor dem Supermarkt auf der gegenüberliegenden Seite. Natalie schritt zum Laden, Murray ging neben ihr her, und unterwegs informierte sie ihn über das, was sie vorhatte. »Er ist in der Spätschicht. Vor sieben Uhr hört er nicht auf. Es scheint aber nicht allzu voll zu sein, deshalb bin ich mir sicher, dass er uns fünf Minuten seiner Zeit schenken kann. Wenn er sich weigert, nehmen wir ihn mit.«

»Verstanden.«

Die automatischen Türen öffneten sich zischend, und Natalie und Murray traten in die kühle Luft des Gebäudes. Musik berieselte sie, und vor ihnen lagen Reihen um Reihen von Regalen. Natalie mochte Baumärkte nicht. Man konnte hier nie rasch etwas Bestimmtes einkaufen. Zwar befand sich über jedem Gang ein Schild, das verriet, was darin zu finden war, aber die Regale schienen endlos zu sein und waren vom Boden bis zur Decke mit Waren vollgestopft. David war auch kein Fan und alles andere als ein Hobbyhandwerker. Wenn in ihrem Haus etwas kaputt ging, riefen sie immer Davids Vater an.

Die Kassen waren nicht besetzt, und auch sonst war kein einziger Mitarbeiter zu sehen. Erst als sie tiefer in den höhlenartigen Raum vordrangen, entdeckten sie einen Angestellten, der große Säcke Kies aufeinanderschichtete.

»Wir suchen Mark Randle«, sagte Murray.

»Gartenabteilung«, kam die Antwort. »Durch die Doppeltüren am Ende des Gebäudes.«

Ein Mann in den Dreißigern mit Ziegenbart, Augenbrauenpiercing und einem großen, schwarzen, runden Tunnel im linken Ohr, der das Loch dehnte, hielt einen langen Wasserschlauch und goss eine Gruppe großer Sträucher in Kübeln. Er gähnte. Als er Murrays Polizeiuniform sah, erschrak er und ließ den Schlauch fallen, aus dem weiter Wasser auf den Boden und über seine Füße lief. Er drehte den Kopf zum Ausgang hinter sich und machte eine rasche Bewegung in diese Richtung, doch Murrays Rufen ließ ihn innehalten.

»Bleiben Sie, wo Sie sind, Mr Randle.«

Der Mann schwenkte um hundertachtzig Grad herum.

»Wir möchten Ihnen ein paar Fragen stellen«, sagte Natalie und hielt ihren Ausweis hoch. »Das können wir hier oder im Revier erledigen. So oder so werden Sie mit uns reden.«

Mark sah verdrießlich aus.

»Okay. Ich drehe nur eben das Wasser ab.« Er ging zur Seite zum Wasseranschluss und drehte den Griff im Uhrzeigersinn. Der Schlauch spuckte, dann lief ein feines Rinnsal heraus.

»Wir haben Grund zu der Annahme, dass Sie am vierundzwanzigsten Juli 2015 im Uptown Craft Centre and Farm waren. An dem Tag, an dem Ava Sawyer verschwunden ist.«

»Ich kann mich nicht so weit zurückerinnern, wo ich da war.«

»Stellen Sie sich nicht stur. Das hilft Ihnen keinen Schritt weiter. Waren Sie an dem Tag dort?«

Er ließ die Schultern fallen. »Ja. Ich war an dem Tag da.«

»Warum waren Sie dort? Es war Ihr freier Tag, also weshalb sind Sie zum Center gefahren?«

»Ich hatte Lust auf eine Tasse Tee.«

»Ach, kommen Sie, Mr Randle. Sie hätten sich sicher zu Hause eine Tasse Tee zubereiten können.« Natalie wahrte einen freundlichen Tonfall, auch wenn es ihr schwerfiel.

»Ich bin wirklich auf eine Tasse Tee hingefahren«, wiederholte er.

»Okay, mir reicht es. Führ ihn ab.«

Murray zog Handschellen aus seiner Gesäßtasche und näherte sich dem Mann. Dieser wich zurück und hob die Hände.

»Hey! Schon gut, schon gut. Ich habe einen Freund auf eine Tasse Tee und ein Gespräch getroffen und bin dann nach Hause gegangen.«

»War dieser Freund zufällig Bruce Kennedy?«, fragte Natalie.

Er senkte den Kopf und starrte auf seine Füße. »Sie haben mit ihm gesprochen, oder?«

»Ja. Und jetzt wollen wir Ihre Version hören.«

»Was hat er denn gesagt?«

»Das werde ich Ihnen ganz sicher nicht verraten. Ich will wissen, warum Sie sich dort mit Bruce getroffen haben, und was passiert ist, nachdem er gegangen war.«

»Das hat er Ihnen doch schon erzählt, oder nicht? Sie wissen, weshalb wir uns getroffen haben.« Er stieß einen langen Seufzer aus. »Okay. Die Wahrheit ist, dass ich ein schweres Problem hatte – eine Suchterkrankung. Ich habe an einem Programm teilgenommen, um sie zu überwinden, und hatte einen Sponsor zur Seite, Bruce. An dem Morgen habe ich ihn angerufen, weil ich einen Rückfall hatte. Und da Bruce an dem Nachmittag zum Center musste, haben wir uns dort verabredet. Wir haben uns für das Hofcafé entschieden, weil es darin eine private Nische gibt, in der uns niemand hören konnte. Er hat mir erklärt, dass Rückschläge normal sind, und dass ich nicht so streng mit mir sein soll. Er ist nicht lange geblieben. Hat nicht einmal seinen Tee ausgetrunken.«

»Was haben Sie danach gemacht?«

»Ich bin nach Hause gegangen, durch das Gewächshaus. In der Woche hatte ich Rittersporn ausgesät und wollte mich vergewissern, dass er nicht vertrocknete. Kurz danach bin ich weg.«

»Um wie viel Uhr war das ungefähr?«

»Ich habe wirklich keine Ahnung. Danach hab ich noch einen Ausflug gemacht.«

»Ausflug?«

»Ich hab ein Motorrad. So komme ich rum.«

»Ist Ihnen ein Kind oder etwas anderes beim Gewächshaus aufgefallen?«

»Wenn es so wäre, hätte ich es damals der Polizei gemeldet.« Er verschränkte die Arme und sah Natalie finster an.

»Wo waren Sie am Mittwochnachmittag gegen siebzehn Uhr?«

»Zu Hause.«

»Können Sie das beweisen?«

»Worum geht es hier?«

»Kann jemand bestätigen, dass Sie am Mittwoch zu Hause waren?«

»Nein. Ich lebe allein.«

»Um wie viel Uhr sind Sie von der Arbeit weggegangen?«

»Um vier. An dem Tag bin ich zu Fuß gegangen, weil das Wetter schön war und ich Bewegung brauchte. Der Weg dauert zu Fuß etwa eine Dreiviertelstunde.«

»Sind Sie zufällig am Queen's Park vorbeigekommen?«

Er zog die Brauen zusammen. »Hier geht's um das Mädchen, das im Park ermordet wurde, stimmt's?«

»Bitte beantworten Sie meine Frage.«

Er löste die Arme und rieb sich mit der Hand über den Nacken. »Ich bin kurz durch den Park gekommen, aber ich habe nichts von dem Mädchen gesehen. Ich war nur kurz drin und sofort wieder draußen.«

»Warum sind Sie in den Park gegangen?«

»Ich war auf dem Heimweg und habe eine Freundin gesehen, oder vielmehr eine Person, die ich für eine Freundin hielt, und bin ihr in den Park gefolgt. Als ich auf gleicher Höhe war, habe ich festgestellt, dass sie es gar nicht war.« Er blinzelte mehrmals, und seine Blicke zuckten hin und her, während er sprach.

»Das klingt nach einer recht konfusen Erklärung.«

»Das ist die reine Wahrheit, ich schwöre.« Er befeuchtete die Lippen und spannte sich an. Er verschwieg eindeutig etwas.

»Könnten Sie das bitte etwas näher ausführen?«

»Nein. Ich habe genug gesagt. Und ich muss arbeiten. Ich will nicht meinen Job verlieren.« Mit diesen Worten wirbelte er herum und rannte zum Ausgang, wobei er mehrere Kübel umkippte. Murray hastete ihm hinterher und blieb ihm mit Mühe auf den Fersen. Trotz der Hindernisse fing Murray Mark ein, bevor er die Tür erreichte, packte ihn an der Schulter und drehte ihn zurück zu Natalie. Diese hatte das Geschehen regungslos beobachtet, wobei ihr noch eine andere schnelle Bewegung aufgefallen war. Mark hatte beim Vorbeilaufen sein Handy in einen Topf geworfen. Kopfschüttelnd ging sie zum großen, grünen Blumentopf, griff hinein, zog das Handy heraus und schnalzte mit der Zunge.

»Netter Versuch. Warum sollten Sie das wohl wegwerfen?«

Mark antwortete nicht.

»Wie Sie wollen. Wir nehmen Sie mit aufs Revier, damit Sie uns bei den Ermittlungen behilflich sind. Gegen Sie wird jetzt ermittelt.«

Mark wollte protestieren, doch dann schloss er den Mund wieder und sah sie finster an.

»Nehmen Sie ihn mit.«

ACHTZEHN

DONNERSTAG, 27. APRIL, ABEND

Natalie ließ Mark unter Murrays wachsamem Blick in einem Vernehmungsraum zurück, brachte das Handy ins Techniklabor und ging dann zum Büro. Ian kam sofort zu ihr und gab ihr einen Aktenordner.

»Es liegt eine einstweilige Verfügung gegen Mark Randle vor. Er darf Justine Woodman aus der Stumpy Lane 19 in Uptown nicht kontaktieren und sich ihr nicht nähern. Und zwar seit einem Jahr.«

Sie öffnete die Akte und las das Dokument durch. »Wieso sind Sie nicht darauf gestoßen, als Sie ihn überprüft haben?«

»Ich habe es übersehen und mich nur auf seine Sexsucht und seine berufliche Vergangenheit konzentriert.«

»Sie haben es übersehen?«

»Tut mir leid.«

Natalie verkniff sich eine bissige Antwort. Sie war übellaunig und frustriert, wie sie alle. Sie arbeiteten fast ununterbrochen, seit Avas Leiche gefunden worden war, und jeder zog sein Ding durch. Er hatte einen Fehler gemacht, aber so etwas passierte eben. Wenigstens hatte er jetzt die Information.

»Okay. Sonst noch etwas, das ich wissen sollte?«

»Nein, nichts.«

»Sobald die Techniker wissen, was auf dem Handy er vor uns verstecken wollte, sagen Sie mir Bescheid.«

———

Natalie warf die Akte auf den Schreibtisch und durchquerte den Raum. Vor dem Tisch blieb sie stehen. Murray, der mit dem Rücken zur Wand saß, sagte nichts.

»Keine Ausflüchte mehr, Mark. Sie stecken in echten Schwierigkeiten. Für gestern Nachmittag haben Sie kein überzeugendes Alibi, und Sie waren in der Zeit, in der Audrey Briggs getötet wurde, im Park. Am vierundzwanzigsten Juli 2015 waren Sie außerdem im Uptown Craft Centre and Farm, etwa zu der Zeit, zu der Ava Sawyer entführt wurde. In beiden Fällen kann niemand Ihren Aufenthaltsort bestätigen. Avas Leiche wurde im Gartencenter in der Nähe der Gewächshäuser gefunden. Das macht Sie zu einem möglichen Verdächtigen. Wenn Ihnen niemand einfällt, der Sie aus diesem Mist wieder herausziehen kann, in den Sie sich geritten haben, muss ich Ihnen raten, einen Rechtsanwalt hinzuzuziehen.«

Mark blickte geradeaus und fixierte einen Fleck oberhalb von Natalies Kopf.

»Haben Sie auch nur die geringste Vorstellung davon, wie ernst Ihre Lage ist?«

Mark schwieg weiter.

Natalie behielt ihn im Blick und wartete darauf, dass er einbrach und sprach, aber er sagte nichts.

»Das hilft niemandem. Je länger Sie schweigen, desto schlimmer machen Sie die Sache für sich. Selbst wenn Sie mit keinem der beiden Morde an den Mädchen etwas zu tun haben, können Sie immer noch wegen Strafvereitelung angeklagt werden. Wollen Sie ins Gefängnis wandern?«

Mark verlagerte leicht das Gewicht auf dem Stuhl.

Natalie tippte auf die Akte. »Justine Woodman.«

Mark blinzelte und sah weg.

»Gegen Sie wurde eine einstweilige Verfügung erwirkt, der Ihnen verbietet, sich ihr zu nähern oder sie zu kontaktieren. Sie haben sie mehrfach belästigt und sie laut dieser Akte vor der Arbeit abgepasst und bedroht. Sie hat angegeben, Angst zu haben, dass Sie ihr und ihrer Tochter etwas antun könnten.« Sie wartete kurz, bis sie auf den Punkt kam. »Sie hat eine zehnjährige Tochter. So wie ich das sehe, gibt es da eine Verbindung.«

Keine Antwort. Natalie schlug mit den flachen Händen auf den Tisch und brachte ihn so dazu, überrascht aufzuschauen. »Mr Randle, ich untersuche den Mord an zwei kleinen Mädchen. Wenn Sie mir nicht antworten, sorge ich dafür, dass Sie unter Anklage gestellt werden.«

Ein Pochen unterbrach sie. Murray öffnete die Tür. Ian stand davor.

»Kann ich kurz mit Ihnen sprechen, Ma'am?«

Natalie zeigte mit dem Finger auf Marks Brust. »Sie reden mit mir, wenn ich zurück bin, sonst verbringen Sie die Nacht in einer Zelle.«

Draußen im Flur, nachdem sie die Tür hinter sich geschlossen hatte, stieß sie langsam die Luft aus. »Dieser Kerl macht den Mund nicht auf.«

»Ich war im Techniklabor und habe denen gesagt, dass es dringend ist. Also haben sie sein Smartphone sofort überprüft, während ich gewartet habe, und sind hierauf gestoßen. Die waren in einem verschlüsselten Ordner gespeichert.«

Er reichte ihr Abzüge von pornografischen Fotos mit nackten Erwachsenen in unterschiedlichen Sexstellungen.

»Er hat auch Videos. Hardcore-Pornos für Erwachsene. Nichts davon ist illegal, vermittelt aber eine Vorstellung davon, was er verbirgt. Wahrscheinlich ist er immer noch sexsüchtig. Diese Fotos hier sind vermutlich interessanter für Sie.«

Sie betrachtete die drei Fotos eines Mädchens, das in die Kamera lächelte. »Danke, Ian.«

»Hoffentlich hilft das. Bei der einstweiligen Verfügung hab ich es ja verbockt.«

Sie lächelte knapp. »Wir verbocken alle mal was«, sagte sie.

»Sind Sie jetzt bereit zu reden?«

Mark starrte auf seine Hände, die er in den Schoß gelegt hatte.

»Ich weiß nicht, welche Fernsehkrimis Sie so gucken, aber glauben Sie mir, Schweigen zahlt sich im echten Leben nicht aus. Wir haben Ihr Smartphone untersucht und Ihre Sexfotos und -videos gefunden. Ich muss sagen, es sieht nicht gut für Sie aus.«

»Ich kannte keins der ermordeten Mädchen. Ich habe keines von ihnen je gesehen. Es ist nur Zufall, dass ich an dem Tag im Uptown Craft Centre war, an dem Ava verschwunden ist, und dass ich gestern ein paar Minuten im Queen's Park war.« Er hob den Blick und schaute Natalie direkt in die Augen. »Ich weiß, was Sie auf meinem Handy gefunden haben, aber diese Bilder haben nichts mit den Morden zu tun. Ich war wegen Justine im Park.«

Natalie wartete, während er die Finger verknotete und versuchte, seine Gedanken zu sammeln.

»Ich würde gern erklären, was zwischen uns passiert ist. Damit Sie den richtigen Eindruck bekommen. Ich bin Justine zum ersten Mal in einem Café begegnet, das von Bikern besucht wird, außerhalb von Samford. Wir sind zusammen ausgegangen. Ich habe sie wirklich gemocht und bin mit ihrer Tochter Boo gut klargekommen. Eine Weile haben wir uns regelmäßig gesehen, und dann hat sie mich ohne Vorwarnung fallenlassen. Ganz plötzlich und grundlos. In der einen Minute waren wir noch zusammen und in der nächsten ist sie nicht mehr ans Telefon gegangen, wenn ich angerufen habe. Auch meine Textnachrichten hat sie nicht mehr beantwortet. Sie hat mich einfach ignoriert. Geghostet. Ich bin zu ihrer Wohnung gegangen, um sie zu fragen, warum sie das tut, aber sie hat mir nicht aufgemacht. Also habe ich es an ihrer Arbeitsstelle versucht, und daraufhin hat sie bei der Polizei Anzeige erstattet. Ich war wütend und durcheinander, habe ihr E-Mails geschickt und gefragt, warum sie mich so behandelt. Sie hat nicht geantwortet, und stattdessen wieder die Polizei gerufen und behauptet, ich würde sie belästigen. Als ich gestern von der Arbeit nach Hause gegangen bin, habe ich Justine mit einem anderen Mann im Park spazieren gehen sehen und war eifersüchtig. Ich bin ihnen nachgelaufen, aber bevor ich sie eingeholt habe, habe ich es mir anders überlegt und bin lieber verschwunden.«

»Warum haben Sie das nicht früher gesagt?«

»Ich habe gegen die Auflage verstoßen. Sie könnten mich ins Gefängnis stecken.«

Natalie machte große Augen. »Der Vorstoß gegen eine Auflage ist weiß Gott das kleinste Ihrer Probleme. Es wäre besser gewesen, uns einfach die Wahrheit zu sagen und nicht zu versuchen, das Handy verschwinden zu lassen.«

»Ich weiß nicht, weshalb ich das gemacht hab. Das war ein Moment der Panik. Ich hab nicht mehr geradeaus gedacht. Ich wollte nicht, dass Sie die Pornos darauf sehen, auch wenn es Erwachsenenpornos sind. Nichts mit Kindern. Ich bin kein Pädo.«

»Es gibt noch andere Fotos auf Ihrem Handy, von einem Mädchen in einem gelben Kleid. Wer ist das?«

»Das ist Boo. Die Fotos habe ich gemacht, bevor Justine mich blockiert hat.«

»Warum haben Sie sie in einem verschlüsselten Ordner abgelegt?«

»Das war keine Absicht. Ich habe alle erotischen Fotos

dorthin verschoben, falls mein Handy mal gestohlen werden sollte. Die von Boo habe ich aus Versehen mit verschoben.«

»Warum haben Sie sie nicht gelöscht? Es ist seltsam, dass Sie Fotos von einem Kind, das Sie kaum kennen, auf dem Smartphone behalten.«

»Es gibt dort auch Fotos von Justine. Die müssen Sie auch gesehen haben. Ich habe nicht nur an den Bildern von Boo gehangen. Ich habe alle behalten, die ich gemacht hatte. Ich konnte sie einfach nicht löschen. Sie haben mir zu viel bedeutet. Ich hatte wirklich gehofft, wir würden eine Familie werden. Den Traum konnte ich nicht einfach so aufgeben.«

Natalie saß Mark gegenüber und beobachtete sein Gesicht. Trotz seiner Ausführungen – Fakten waren Fakten. Er hatte für die fraglichen Tage schwache Alibis, auf seinem Handy befanden sich Fotos eines Mädchens in einem gelben Kleid, und er hatte im Uptown Craft Centre gearbeitet. Aber sie wusste auch, dass sie sich nicht auf einen Verdächtigen konzentrieren sollte, wenn es mögliche Löcher in der Beweisführung gab. Sie würde ihn laufen lassen, bis mehr Informationen ans Tageslicht kamen.

»Sie können nach Hause gehen«, verkündete sie.

Marks Schultern sanken vor Erleichterung herab.

»Allerdings werde ich nächstes Mal nicht so nachsichtig sein, wenn wir Beweise dafür finden, dass Sie nicht nur kurz im Park waren, wie Sie behaupten, oder wenn wir Sie aus irgendwelchen Gründen erneut vorladen müssen.«

Dann bedeutete sie Murray mit einer Handbewegung, mit ihr in den Flur zu kommen. »Sagen Sie denen von der Technik, die sollen die Aufzeichnungen der Überwachungskameras im Park überprüfen, um zu sehen, ob sich Marks Aussage bestätigt, und dann gehen Sie nach Hause. Ich muss zugeben, dass mir kein Motiv oder Grund einfällt, weshalb er Audrey und Ava getötet haben sollte.«

»Mir auch nicht. Aber ich glaube, beide Fälle hängen mit der Geburtstagsfeier 2015 zusammen.«

»Das glaube ich auch. Es scheint mir ein zu großer Zufall zu sein, dass Avas Leiche am Dienstag gefunden und ihre Freundin Audrey am darauffolgenden Mittwoch umgebracht wurde.«

»Audrey war das einzige Mädchen, das wusste, dass Ava an dem Tag zur Toilette gegangen ist. Aber sie hat erst etwas gesagt, nachdem sie vom Streichelzoo zurückgekommen waren. Könnte deshalb jemand wütend auf sie gewesen sein?«

»Sie meinen, jemand gibt Audrey die Schuld an Avas Verschwinden, weil sie nicht sofort etwas gesagt hat?«

Murray nickte.

»Könnte sein. Wir sollten die Möglichkeit zumindest in Betracht ziehen. Das legt natürlich nahe, dass wir Avas Eltern noch mal unter die Lupe nehmen. Sie wären dann am verdächtigsten. Wir denken das morgen noch mal durch. Aber jetzt machen Sie Feierabend. Es ist schon spät, und morgen früh brauche ich Sie alle wieder hier im Revier, wach und aufnahmefähig.«

»Dann gehen Sie am besten auch eine Runde schlafen. Ich sage denen von der Technik noch Bescheid, dass sie die Überwachungsvideos checken, bevor ich verschwinde. Bis morgen.«

Es ging auf neun Uhr zu. Sie sollte Feierabend machen. Das Büro war leer bis auf Ian. »Sie sind noch da?«

»Ich habe mit Justine Woodman gesprochen. Sie kommt her. Sollte jeden Moment da sein.«

»Ich warte noch auf das Ergebnis der Überwachungsvideos. Ob Mark am Mittwoch in den Park gegangen ist und ihn gleich darauf wieder verlassen hat. Wollen wir Justine gemeinsam befragen?«

»Klar.« Ian lächelte sie an.

Justine war klein, zierlich und nervös. Sie sah sie aus großen Augen an und knetete die ganze Zeit, während sie sprach, die Handtasche auf ihrem Schoß.

»Mark schien am Anfang wirklich nett zu sein, aber nach ein paar Tagen war er mir dann doch zu freaky. Er mochte Sexspielchen und wollte Sachen ausprobieren, die mir nicht so liegen. Ich wollte mich langsam von ihm zurückziehen, aber er ließ Nein nicht als Antwort gelten. Also habe ich beschlossen, dass es am besten wäre, ihn aus unserem Leben auszuschließen. Ich hatte ein bisschen Angst vor ihm. Im Schlafzimmer konnte er echt dominant sein, und ich hatte Angst, dass er im echten Leben auch so drauf ist. Schließlich musste ich auch an meine Tochter denken.«

»Sie haben ihn wegen Belästigung angezeigt?«

»Er hat mir ständig Nachrichten geschickt, eine nach der anderen, die ganze Nacht durch. Habe ich mein Smartphone für eine Weile ausgeschaltet, waren beim nächsten Einschalten tausend Textnachrichten darauf mit der Frage, warum ich mich nicht mehr melde. Das Gleiche per E-Mail. Ich musste ihn aus meiner Kontaktliste entfernen und blockieren. Als ich ihm nicht mehr antwortete, ist er zu meiner Wohnung gekommen, hat uns vor der Tür aufgelauert und mich immer wieder gefragt, warum ich mich nicht mehr melde. Da habe ich richtig Angst bekommen. Er hat uns einfach nicht in Ruhe gelassen. Ich hatte Angst, dass er auch meine Tochter stalkt. Da bin ich zur Polizei gegangen.«

»Soweit ich weiß, ist er Ihnen gestern Nachmittag in den Queen's Park gefolgt.«

Ihr blieb vor Überraschung der Mund offen stehen. »Wirklich? Ich habe ihn nicht gesehen.«

»Wer war bei Ihnen?«

»Nur jemand von der Arbeit – Fraser Lyons. Er ist ein guter Freund und hat mich gefragt, ob ich mit ihm seinen Sohn vom Spielplatz abholen gehe. Der Junge war mit einem Freund zum

Skateboarden dort. Danach sind wir noch zu Nando's gegangen.«

»Ihre Tochter Boo war nicht dabei?«

»Sie war bei ihrem Vater. Er hat sie unter der Woche und jedes zweite Wochenende.«

»Haben Sie zufällig ein Mädchen auf einem rosafarbenen Fahrrad gesehen, als Sie im Park waren?«

Justine zog die Augenbrauen zusammen. »Nein. Da waren keine Mädchen. Nur Frasers Sohn Toby und sein Freund beim Spielplatz. Fragen Sie nach dem kleinen Mädchen, das umgebracht wurde? Ich habe heute Morgen davon gehört. Fraser und ich haben heute schon darüber gesprochen, aber keiner von uns hat etwas gesehen. Fraser hat sogar seinen Sohn gefragt, ob er etwas bemerkt hätte, als er Skateboard gefahren ist, aber er hat sie nicht gesehen, und sein Freund auch nicht.«

»Um wie viel Uhr haben Sie den Park verlassen?«

»Wir waren nur dort, um Toby abzuholen, dann sind wir gegangen. Insgesamt waren wir nur zehn Minuten oder so da.«

»Sind Sie durch denselben Eingang wieder hinausgegangen?«

»Ja.«

Natalie legte die Hände flach auf den Tisch. »Danke, dass Sie sich für uns Zeit genommen haben. Wir wissen zu schätzen, dass Sie so spät noch hergekommen sind.«

»Er ist mir aber nicht hinterhergegangen, oder doch?«

»Mark? Nein. Er hat Sie in den Park gehen sehen und wollte Sie einholen, doch dann fiel ihm ein, was mit ihm passieren würde, wenn er Ihnen zu nahe kommt. Ich glaube nicht, dass Sie sich noch Sorgen machen müssen. Er hat zu große Angst wegen der einstweiligen Verfügung, als dass er sich Ihnen wieder nähern würde.«

Justine knabberte auf ihrer Unterlippe und umklammerte ihre Tasche noch fester. »Ich dachte mir schon, dass so etwas passieren könnte. Uptown ist ein Dorf, und es ist schwer, sich vor jemandem wie Mark zu verstecken. In einer Woche ziehe ich weg, und ich habe meine Telefonnummer und meine E-Mail-Adresse geändert. Ich werde in eine Filiale in Stoke-on-Trent versetzt. Dort ist es deutlich unwahrscheinlicher, dass Mark mir über den Weg läuft.«

»Auf jeden Fall trägt der Umzug sicherlich dazu bei, dass Sie sich sicherer fühlen«, antwortete Natalie und erntete ein unsicheres Lächeln.

Da Justine gegangen war, war es Zeit für den wohlverdienten Feierabend. Sie hatte Ian gebeten, auf den Überwachungsvideos auf Justine und ihren Freund zu achten, wenn er sie nach Mark durchschaute. Wie ein eifriger Schäferhund sprang er auf und wartete auf weitere Anweisungen.

»Vielen Dank für Ihre Mühe, Justine so spät noch herzubekommen. Es ist gut, jemand im Team zu haben, der so gründlich ist. Jetzt gehen Sie nach Hause.«

Im Haus war alles ruhig, als Natalie es betrat. Weder Fernsehgeräusche noch Musik. Sie ging nach oben. Leigh sah sich schon im Schlafanzug mit den Kopfhörern auf dem Kopf YouTube-Videos auf ihrem iPad an. Als sie ihre Mutter bemerkte, nahm sie den Kopfhörer ab. »Hi. Du hast die Pizza verpasst.«

»Welche hast du genommen?«

»Margherita. Dad und Josh hatten Peperoni.« Sie verzog das Gesicht.

»Habt ihr mir etwas übrig gelassen?«

»Dad meinte, du isst auf der Arbeit was. Er ist im Pub.«

»Ja, er hat mich angerufen. Was habe ich außer Pizza noch verpasst?«

»Nichts. Oh, ich bin nächstes Wochenende zu einer Party

eingeladen. Kellys fünfzehnter Geburtstag. Es ist eine Übernachtungsparty. Dad sagte, ich soll dich fragen.«

»Sind Kellys Eltern dabei?«

Leighs Mundwinkel sanken. »Mu-um«, sagte sie, das Wort zu zwei Silben dehnend.

»Na gut, aber nur, wenn ihre Eltern da sind.«

»Ihre Mutter ist da.«

»Du weißt schon, dass ich das überprüfen werde?«

»Eine Polizistin als Mutter zu haben, ist scheiße.«

»Das will ich aber nicht gehört haben!«, sagte Natalie und grinste bei dem übertrieben entsetzten Blick ihrer Tochter. »Ich sage noch eben Josh Hallo. Wenn du vielleicht noch eine halbe Stunde mit mir unten fernsehen willst ...«

»Morgen ist Schule. Normalerweise muss ich dann um neun Uhr im Bett sein.«

»Ich biete dir eine einmalige Ausnahme an.«

Leigh grinste. »Okay.«

Natalie klopfte an Joshs Tür. Da er nicht antwortete, ging sie nicht hinein. Fünfzehnjährige Jungs wollten vielleicht spätabends keinen Besuch mehr von ihrer Mutter. Ihre Kinder wurden schnell erwachsen, und schon bald würde sie ihnen ihren Schutz und ihre Hilfe nicht mehr geben können. Der Gedanke deprimierte sie. Hoffentlich hatte sie sie ausreichend für die Zukunft gewappnet. Mehr konnte sie als Mutter nicht tun.

Unten ließ sie sich auf das Sofa fallen und von einer Sitcom berieseln. Müdigkeit breitete sich in ihren Gliedern aus und ließ sie schwer werden, aber sie kämpfte dagegen an. Leigh rollte sich im Sessel neben ihr zusammen, und eine Weile verlor Natalie sich in Gedanken, während sie das Profil ihrer Tochter betrachtete. Ein heftiges Gefühl der Liebe überkam sie. Es war so stark, dass es ihr fast wehtat. Der Mutterinstinkt. Wenn jemals jemand eines ihrer Kinder verletzen würde, wie weit würde sie gehen, um Rache zu üben? Würde sie den Verantwortlichen töten wollen? Oder jemanden, den sie für schuldig hielt, verletzen? Könnte Beatrice Sawyer oder ihr Mann einer solchen Tat fähig sein? Leigh lachte laut auf und riss sie aus ihren Gedanken. Sie war jetzt keine Polizistin. Jetzt war sie Mutter.

NEUNZEHN

DONNERSTAG, 27. APRIL, NACHMITTAG

Rainey Kilburn

Rainey Kilburn streicht sich das Haar hinter das Ohr und zieht sich den Schulranzen auf den Rücken. Sie ist vorsichtig, weil sie etwas Zerbrechliches hineingesteckt hat. Die letzte Schulstunde des heutigen Tages war Kunst, ihr Lieblingsfach, und sie hat der Katze aus Ton, die sie in den letzten Wochen getöpfert hat, den Feinschliff gegeben. Sie freut sich über das Ergebnis und kann es kaum abwarten, ihrer Mutter die Katze zu zeigen.

Die Kunststunde hat ihre Laune erheblich gebessert. Vorher hatte sie sich schlecht gefühlt. Seit sie das von Audrey Briggs gehört hatten, lag Traurigkeit in der Luft, und ein paar der Mädchen hatten den ganzen Tag geheult. Es tat Rainey für Audrey wirklich leid, aber sie sind nie wirklich Freundinnen gewesen. Sie war mit Harriet Downing und zwei anderen Mädchen befreundet, und das schon seit zwei Jahren. Man konnte mit Audrey ganz gut reden, und sie war ziemlich nett, aber Rainey hatte das Gefühl, sie nicht gut genug gekannt zu haben, um ihretwegen so offen zu weinen.

Harriet war dagegen richtig außer sich. Sie und Paige

Hamilton haben so sehr geheult, dass sie nach Hause geschickt wurden, was echt Mist war, denn Raineys Mum hat ihr streng verboten, allein nach Hause zu gehen. Sie sollte sich an Harriet halten, die nur eine Straße weiter wohnte, oder auf ihren großen Bruder Tyler warten und mit ihm laufen.

Raineys Mutter hat ihr eine lange Rede darüber gehalten, dass sie nicht mit Fremden reden sollte und wie gefährlich es wäre, allein zu sein. Sie hat sie an Ava Sawyer erinnert, die bei Harriets Geburtstagsfeier verschwunden war und dann nie wieder gesehen wurde. Rainey nickte und versprach, nicht allein nach Hause zu gehen, obwohl sie nicht mit ihrem Bruder laufen wollte. Er und seine Freunde waren nervig und zogen den Weg immer so in die Länge. Sie hasst es, hinter den Jungs herzulaufen, während sie Blödsinn machen.

Sie scannt das Meer von Kindern, die aus dem Hauptgebäude herausströmen, entdeckt aber nirgends eine Spur von Tyler, der normalerweise über alle hinausragt. Sie sieht seine Freunde Mason und Abe, die zwei Jungs hinterherlaufen, die Rainey nicht kennt. Tyler ist nicht dabei. Wahrscheinlich hat er schon wieder Stress. Er muss oft nach der Schule nachsitzen, weil er Blödsinn gemacht hat. Sie liebt ihren Bruder, aber manchmal kann er ein richtiger Idiot sein. Sie wartet, falls er noch kommt, und sieht dabei zu, wie die Teenager sich in alle Richtungen zerstreuen, in Autos oder Busse springen oder zu Fuß weggehen. Nach wenigen Minuten hängt nur noch ein kleines Grüppchen Schulkinder an den Toren herum, und es gibt noch immer keine Spur von ihrem Bruder. Wahrscheinlich muss er tatsächlich nachsitzen. Mama wird sauer sein. Es ist das dritte Mal in diesem Monat.

Rainey wartet nicht mehr länger. Es ist nicht weit bis zu ihrem Haus, und außerdem gibt es eine Abkürzung. Die verläuft hinter der Schule entlang, und dann an einer Reihe von Schrebergärten vorbei. Wenn sie dort langgeht, ist es unwahrscheinlich, dass sie irgendjemandem begegnet.

Ihre Gedanken kehren zu Ava zurück. Sie erinnert sich nicht mehr so genau an das, was bei Harriets Geburtstagsfeier im Uptown Craft Centre passiert ist. Zwei Jahre sind eine Ewigkeit. Sie kann sich nicht einmal mehr genau an Ava erinnern, nur daran, dass sie einen manchmal so komisch angeschaut hat, so abschätzend. Ehrlich gesagt war Rainey ein bisschen einge-schüchtert von Ava. Harriet redete nicht über sie. Niemand redete über sie. Bevor ihre Mutter sie erwähnte, hatte sie gar nicht mehr an das Mädchen gedacht.

Sie geht an den Schrebergärten vorbei. Letztes Jahr haben ihr Bruder und seine Freunde aus ein paar der Beete Gemüse gestohlen, darunter einen riesigen Kürbis. Sie haben Gesichter auf das ganze Gemüse gemalt und dann mit den Handys Fotos davon gemacht. Als Mama die Bilder sah, zog sie Tyler für den Diebstahl am Ohr, aber er lachte nur und sagte, es wäre nur Spaß.

Sie hört jemanden ihren Namen rufen und dreht sich um, falls es Tyler ist. Sie erkennt den Mann, der ihr zuwinkt. Er ist einer von Mamas Bekannten. Sie will schon stehen bleiben, um Hallo zu sagen, doch dann fällt ihr ein, dass sie mit niemandem sprechen darf. Also geht sie einfach weiter. Bis zum Monks Walk und ihrem Zuhause ist es nicht mehr weit.

Sie greift die Riemen ihres Schulranzens fester, damit er auf ihren Schultern bleibt. Sie will nicht, dass die Tonkatze zerbricht.

Der Pfad Monks Walk gehörte früher zu einem Kloster von Franziskanermönchen und führt durch schöne grüne Wiesen. Eine Gruppe von Freiwilligen kümmert sich darum, den Weg wieder so schön wie früher zu machen. An der einen Seite verläuft eine hohe Backsteinmauer, die von wildem Wein über-wuchert ist. Davor liegen große Beete mit beliebten Garten-pflanzen aus dem achtzehnten Jahrhundert wie Hibiskus, Geißblatt, Iris, Lilien, Salbei, Flieder und blauen Passionsblu-men. Auf der anderen Seite wachsen weit auseinanderstehende

Birken und Gras. Obwohl Holzbänke für Leute aufgestellt wurden, die die Ruhe des Gartens genießen möchten, ist hier nie viel Betrieb.

Rainey erreicht die Skulptur, die in der Mitte des Wegs steht: offene Hände, aus denen ein Vogel auffliegt. Sie liebt den Kupfervogel mit den weit ausgebreiteten Flügeln, der nach oben fliegt. Heute schimmert er im Nachmittagslicht. Ihre Gedanken kehren zum Kunstunterricht und den Tonfiguren zurück, die sie gemacht haben. Es hat ihr wirklich Spaß gemacht, den Lehm wegzuschaben und das formlose Stück in ein erkennbares Tier zu verwandeln. Vielleicht ist sie eines Tages gut genug, um berühmte Skulpturen wie diese hier zu kreieren. Ihre Gedanken wandern in das Reich der Fantasie, und so hört sie nicht den schweren Atem direkt hinter ihr. Rainey ist mit dem Kopf woanders, als sie plötzlich ein Gewicht auf ihrer Schulter spürt. Erschrocken bleibt sie stehen.

»Warum bist du denn weggelaufen?«

Der Mann steht hinter ihr. In einer Hand hält er eine Plastiktüte, die andere liegt auf ihrer Schulter, und mit den Fingern drückt er auf ihr Schlüsselbein. Er trägt Handschuhe.

»Bin ich gar nicht. Ich darf nicht mit Fremden sprechen.«

»Aber mich kennst du doch. Mit mir darfst du reden. Es ist unhöflich, nicht zu antworten, wenn dich jemand anspricht.« Der Mann sieht verärgert aus.

Sie presst die Lippen zusammen und hofft, dass er sie in Ruhe lässt. Plötzlich verändert sich sein Gesicht. Er lässt zwar die Hand auf ihrer Schulter liegen, lächelt sie aber an.

»Ich habe etwas für dich. Ein Geschenk«, sagt er und hält die Tüte hoch.

»Warum?«

»Weil du so ein hübsches Mädchen bist.«

Rainey mag die Art nicht, wie er spricht. Er spielt die Fröhlichkeit nur vor, wie der falsche Weihnachtsmann, bei dem sie im Dezember im Einkaufszentrum war.

»Ich will es nicht«, sagte sie und versucht, sich aus seinem Griff zu winden.

»Na, na. Sei nicht so undankbar. Willst du nicht erst mal sehen, was es ist?« Er hält ihr die Tüte hin. Sie nimmt sie widerstrebend, schaut hinein und sieht etwas, das wie ein gelbes Kleid aussieht. Sie mag keine gelben Anziehsachen. Überhaupt mag sie Kleider nicht gern, sondern trägt lieber Hosen oder Jeans. Sie hält ihm die Tüte wieder hin, aber er nimmt sie nicht.

»Gefällt es dir nicht?«

Sie schüttelt den Kopf.

»Aber es ist sehr hübsch.«

»Ich will jetzt gehen«, sagt sie und versucht wieder loszukommen. Sie zuckt die Schultern und windet sich, um ihm zu entkommen, aber er greift noch fester zu. Sein Blick bohrt sich in ihre Augen.

»Es ist sehr hübsch. Probier es an.«

»Ich will es nicht«, sagt sie wieder. Sie lässt die Tüte zu Boden fallen.

Er bückt sich nicht, um sie aufzuheben. Stattdessen sieht er sie streng an, und seine andere Hand schließt sich um ihren Hals. Er zieht ihr Gesicht näher zu sich und lächelt angsteinflößend. Dann spricht er erneut.

»Ich sagte: Probier ... es ... an!«

ZWANZIG

FREITAG, 28. APRIL, VORMITTAG

»Wann bist du denn heimgekommen?«, fragte Natalie in lockerem Tonfall.

»Weiß nicht. So um zwölf«, grummelte David. »Warum?«

Sie gab sich Mühe, nicht zu seufzen. Sie wollte keinen Streit anfangen, sondern nur einen Anschein von Normalität, eine einfache, entspannte Unterhaltung, wie früher.

»Wie geht's Rich?«

»Gut.«

Sie unternahm noch einen Versuch. »Ich habe versucht, auf dich zu warten, aber nach zehn konnte ich nicht mehr wach bleiben. Tut mir leid.«

»Kein Problem. Ich war sowieso zu betrunken.«

»Geht es wieder?«

»Beschissen wäre geprahlt.« Er grinste halbherzig. Das Eis war gebrochen.

»Ich habe Schmerztabletten besorgt. Falls du etwas einnehmen möchtest.«

»Geht schon. Ich laufe eine Runde, wenn ich die Kinder zur Schule gebracht habe. Übrigens, Josh war wach, als ich heimgekommen bin. Seine Tür stand einen Spalt offen, und ich glaube, er war am Handy. Wahrscheinlich hat er mit all seinen Schulfreunden über WhatsApp kommuniziert. So machen die das doch heutzutage, oder? Find ich scheiße. Ich wollte ihm sagen, dass er schlafen soll, mich ihm aber nicht in dem Zustand zeigen.«

»Lass es für den Moment auf sich beruhen. Solange er morgens aus dem Bett kommt und seine Noten nicht leiden, kann es nicht viel Schaden anrichten.«

»Ich bin nicht sicher, ob ich es gut finde, wenn unsere Kinder spätnachts noch online sind.«

»Das sind die modernen Zeiten«, sagte sie und küsste ihn auf die Wange. »Wir müssen versuchen, mit unserem Nachwuchs Schritt zu halten. Wir sehen uns später. Ich hoffe, dein Kater wird besser.«

Auf dem Weg zur Arbeit dachte sie über seine Worte nach. Woher wusste man, wie nachsichtig man mit den Kids umgehen sollte? Sie war sich der Gefahren des Internets nur zu bewusst und hatte sowohl mit Leigh als auch mit Josh lang und breit darüber gesprochen. David und sie checkten alle Apps vor dem Download, und da all diese Einkäufe nur über ihren Account liefen, konnten die Kinder nichts ohne ihre Erlaubnis kaufen. Sie wollte ihnen den Onlinezugang nicht begrenzen oder sie zwingen, ihre Geräte über Nacht unten zu lassen. Sollte es aber nötig sein, würde sie genau das machen. Die Onlineaktivitäten ihrer Kinder zu kontrollieren, war eine Pflicht der Eltern, aber selbst wenn alle Vorsichtsmaßnahmen getroffen waren, konnte man nicht verhindern, dass sie die Handys oder Laptops von Freunden benutzten. Josh war vernünftig. Wenn er online war, dann wahrscheinlich, um mit seinen Freunden zu quatschen, oder vielleicht hatte er auch eine Freundin, von der er noch nichts erzählt hatte. Sie beschloss, ihm etwas mehr Freiraum zu lassen. Kein Teenager wollte, dass ihm die Eltern die ganze Zeit im Nacken saßen.

Sie war gerade am Rand von Samford, da klingelte ihr Handy.

Superintendent Aileen Melodys Stimme klang ernst. »Natalie, seit gestern Nachmittag wird noch ein Mädchen aus der Grundschule von Uptown vermisst. Ihr Name ist Rainey Kilburn. Ich habe gerade eben erfahren, dass ihre Leiche in Uptown auf dem Monks Walk gefunden wurde. Mike und sein Team sind schon unterwegs.«

Natalie stieß ein missfälliges Stöhnen aus. »Ich hätte sofort beim Auffinden des Mädchens informiert werden müssen.«

»Kommunikationsfehler. Ich habe meinem Zorn schon Luft gemacht.« Aileen hörte sich genauso angefressen an, wie Natalie sich fühlte. »Natalie, ich bin ganz bei Ihnen. Ich mache mir extreme Sorgen um die Sicherheit aller kleinen Mädchen in der Gegend von Uptown, vor allem derjenigen, die diese Schule besuchen. Heute muss ich eine Pressekonferenz einberufen, die Öffentlichkeit informieren und sie beruhigen. Ich habe keine Ahnung, was ich erzählen soll. Haben wir es mit einem Mörder zu tun, dessen Zielgruppe Schulmädchen sind?«

»Rainey war auch auf der Geburtstagsfeier, von der Ava Sawyer verschwunden ist.«

»Dann meinen Sie, das Ganze hat etwas mit Harriets Party zu tun?«

»Das ist immer wahrscheinlicher. Im Moment ermitteln wir in alle Richtungen. Es muss noch etwas anderes geben, das die Mädchen verbindet.«

»Sollten Sie dann überhaupt noch nach einer anderen Spur suchen? Es ist schon ein großer Zufall, dass Audrey Briggs und Rainey Kilburn auf dieser Party waren und jetzt beide tot sind.«

»Da gebe ich Ihnen vollkommen recht, aber wir sollten definitiv auch andere Möglichkeiten in Betracht ziehen. Ich war schon einmal in einer ähnlichen Situation. Damals haben wir uns nur auf eine verdächtige Person konzentriert und nur in eine Richtung ermittelt und das Gesamtbild außer Acht gelassen.«

Aileen ließ sich einen Moment Zeit, bevor sie antwortete. »Sie leiten die Ermittlungen, Natalie; trotzdem würde ich an Ihrer Stelle die hohe Wahrscheinlichkeit, dass die Todesfälle mit dieser Feier zusammenhängen, nicht ignorieren.«

»Das tue ich nicht. Wir gehen alles, was an jenem Tag passiert ist, wieder durch und suchen nach Querverbindungen. Ich habe nur so ein Gefühl, dass wir aufgeschlossen bleiben und dafür sorgen müssen, keinen anderen Grund zu übersehen, weshalb ausgerechnet diese Mädchen das Ziel waren. Ich fände es furchtbar, wenn ein anderes Kind, das nicht auf der Party war, in die Fänge des Mörders geraten würde, weil wir irgendein entscheidendes Detail übersehen haben.«

Eine kurze Pause entstand, in der Aileen ihre Worte verdaute. In ihrer wohlklingenden Stimme lag Vorsicht, als sie antwortete. »Ich verstehe. Und wenn es nichts mit der Geburtstagsfeier zu tun hat, möchte ich vermeiden, dass sich in der Öffentlichkeit eine Panik ausbreitet, aber gleichzeitig müssen die Leute wachsam sein und verhindern, dass ihre Kinder allein unterwegs sind und sich in Gefahr bringen.«

Natalie verstand den Subtext hinter ihren Worten. Aileen hatte, wie sie selbst, Angst, dass mitten unter ihnen ein Serienmörder lebte.

Raineys Leiche war am Fuß eines Baums in einiger Entfernung des Wegs, der als Monks Walk bekannt war, abgelegt worden. Über einer weißen Schulbluse und einem Rock trug sie das gleiche gelbe Kleid, in dem auch Audrey aufgefunden worden war.

»Die gleiche Ligatur«, stellte Ben Hargreaves fest und fuhr

mit seinen langen Fingern über den roten Streifen, der ihren Hals umlief.

»Wurde sie mit demselben Gegenstand wie Audrey stranguliert?«, fragte Natalie.

»Die Erstuntersuchung legt das nahe, aber das muss ich noch verifizieren.«

Natalie bemerkte Lippenstift auf dem Mund des Mädchens. Es war die gleiche Farbe wie bei Audrey. Mike und sein Team suchten das Gebiet ab, wobei sie stückweise im Gras und auf dem Weg voranrückten. Sie ging zu ihm. Seine Stirn war gefurcht, und seine Augen sahen schwer vor Müdigkeit aus.

»Die Morde hängen miteinander zusammen, oder?«, fragte er.

»Sieht so aus: das Kleid, der Lippenstift, Strangulation, beide gingen zur selben Schule und beide waren auf der Geburtstagsfeier im Uptown Craft Centre.«

»Ich konnte sie nur schwer ansehen«, sagte er. »Sie hat mich zu sehr an Thea erinnert.«

Die rotwangige Thea hatte dichtes, schwarzes, gewelltes Haar wie ihre Mutter, und ihre Stupsnase war mit Sommersprossen übersät. Natalie verstand sein Unbehagen. Sie wollte den Arm ausstrecken, um ihn zu trösten, aber sie wagte es nicht, denn er könnte es falsch interpretieren. Stattdessen sah sie zur Seite, auf die Skulptur von den geöffneten Händen, die die Vorstellung des Künstlers von Frieden repräsentierte, und wartete darauf, dass er weitersprach.

»Wir haben ihren Schulranzen gefunden.«

»Wo?«

»Er stand gegen das Bein einer Bank gelehnt. Darin haben wir Schulbücher mit ihrem Namen gefunden, außerdem ein glasiertes Tonobjekt. Sieht aus wie eine Katze.« Seine Worte klangen undeutlich, und er räusperte sich mit einem kurzen Husten.

»Der Ranzen wurde also nicht verloren oder hingeworfen?«

»Er ist definitiv aufrecht hingestellt worden.«

»Vielleicht ist Rainey bei der Bank stehen geblieben und hat ihn dort abgestellt.«

»Wir haben schon nach Fingerabdrücken gesucht und nur die von Rainey gefunden.«

»Dann ist es unwahrscheinlich, dass der Mörder ihr den Ranzen weggenommen und ihn da hingestellt hat. Ich frage mich, warum er ihn zurückgelassen hat«, sagte Natalie nachdenklich, mehr zu sich selbst.

»Darauf kann ich dir keine Antwort geben. Vielleicht hat er ihn vergessen oder wusste nicht, dass er da stand, oder er wurde gestört und ist weggelaufen.«

»Du hast recht, das könnte alles möglich sein.«

»Wir untersuchen das Kleid, sobald Ben fertig ist.«

»Ich bin so weit«, sagte Ben und trat zu ihnen. »Nun kann ich eine Einschätzung wagen und sage, dass sie an Ersticken durch Strangulation gestorben ist. Ihr Körper ist auf die Umgebungstemperatur abgekühlt. Das legt nahe, dass sie irgendwann gestern Nachmittag oder am frühen Abend gestorben ist. Auch die Totenstarre und die Leichenflecken deuten darauf hin, dass der Tod um diese Zeit herum eingetreten ist. Unter ihren Fingernägeln habe ich Gewebe gefunden. Ohne Mikroskop ist es schwer zu identifizieren, aber ich habe Proben genommen und maile Ihnen die Ergebnisse, sobald ich sie habe. An ihrer Halsclinic hat sie ein Hämatom, aber das werde ich mir im Labor genauer ansehen.«

»Irgendwelche Hinweise auf Gegenwehr?«

»An ihrem linken Handgelenk und Oberarm sind Verfärbungen. Die könnten von jemandem verursacht worden sein, der sie festgehalten hat. Das will ich zuerst noch genauer untersuchen. Noch mal, ich schicke Ihnen meinen vollständigen Bericht schnellstmöglich.«

»Das wäre super. Dieser Fall hat Priorität.«

Ben und Mike gingen zurück zu den Bäumen. Natalie schlenderte zum Monks Walk zurück, wo sie auf Lucy stieß, die sie bereits erwartete.

»Ich habe Murray an der Grundschule abgesetzt. Ian ist uns auf dem Weg begegnet und hat mich gebeten, Ihnen zu berichten. Er ist auf was gestoßen, als er die Liste der Mädchen in Audreys Ballettkurs durchgegangen ist, und dachte, Sie wollten es sofort wissen.«

»Was denn?«

»Rainey war in der Little Stars Dance Academy«, sagte Lucy. »Sie war im selben Kurs, ist aber Anfang des Jahres ausgetreten.«

»Wirklich? Dann fürchte ich, wir müssen erneut mit den Eigentümern sprechen.«

Carlton Kennedy, in Jeans und ein malvenfarbenes Hemd mit aufgerollten Ärmeln gekleidet, war allein in der Tanzschule. Er bat sie herein und sah sie fragend an.

»Wir öffnen erst später. Sie haben Glück, dass Sie mich hier erwischen.«

»Ich will nicht um den heißen Brei herum reden. Wir sind hergekommen, um Sie nach einer weiteren Schülerin zu befragen, und zwar Rainey Kilburn.«

»Aber sie ist keine unserer Schülerinnen. Ich meine, sie hat den Kurs dieses Jahr nicht mehr mitgemacht. Sie hat das Ballett aufgegeben. Sie ist nicht wirklich dafür gemacht.«

»Aber sie ging in denselben Kurs wie Ava und Audrey.«

»Ist ihr etwas zugestoßen?«

»Ich fürchte, darüber können wir nicht sprechen.«

Seine Augen weiteten sich. »Es ist etwas passiert, oder?«

»Wo waren Sie gestern Nachmittag?«

»Ich war hier. Habe unterrichtet. Von drei Uhr bis um sieben.«

»Und Bruce?«

»Er war auch hier.«

»Haben Sie ihn gesehen?«

Carlton zögerte. »Erst als ich mit den Kursen durch war, aber natürlich war er hier. Es war ja sonst niemand da, um die Rezeption zu besetzen. Warum stellen Sie mir diese Fragen? Ist Rainey tot?«

»Ich fürchte, es steht mir nicht frei, irgendwelche Informationen herauszugeben, aber ich möchte gern abklären, wo sich Ihr Ehemann gestern Nachmittag aufgehalten hat. Wo können wir ihn finden?«

»Das weiß ich nicht. Er war schon weg, als ich aufgestanden bin. Wohin er wollte, hat er nicht gesagt.«

»Wenn er wiederkommt oder sich bei Ihnen meldet, sagen Sie ihm bitte, dass er mich anrufen soll.«

»Was soll er denn getan haben?«

»Wenn Sie ihn sehen, sagen Sie ihm bitte, dass er mich anrufen soll.«

Lucy verzog das Gesicht. »Sie meinen, Bruce könnte etwas damit zu tun haben?«

»Mein Bauch sagt Nein, aber mein Kopf sagt, wie müssen tiefer graben. Alle drei Kinder sind zur Dance Academy gegangen. Bruce wusste einiges über Ava und hat sie ermutigt, zur Party im Craft Centre zu gehen. Und dann ist er am selben Tag genau dort aufgekreuzt, an dem sie verschwunden ist. Auch wenn er behauptet hat, weggegangen zu sein, bevor die Party angefangen hat, haben wir keinen Beweis dafür und außerdem keine Ahnung, wohin er nach seinem Treffen mit Mark Randle wirklich gegangen ist. Als Audrey verschwunden ist, war er anscheinend gerade dabei, Kulissen anzumalen. Auch wenn Carlton sagt, dass er ihn zwischen den Kursen gesehen hat, kann er auch weggegangen und später wieder zurückgekommen sein. Vom Tanzstudio aus sind sowohl der Queen's Park als auch der Monks Walk zu Fuß zu erreichen. Die Frage ist bloß: warum? Warum sollte er die Mädchen töten? Es ergibt keinen Sinn.«

»Es sei denn, er ist psychisch gestört und hasst kleine Mädchen.«

»Stimmt. Wir müssen sein Alibi von gestern überprüfen. Ich rufe ihn auf dem Weg zum Revier an und setze für vierzehn Uhr eine Einsatzbesprechung an. Können Sie und Murray bis dahin von der Schule zurück sein?«

»Sicher können wir das.«

Natalie nickte. »Gut. Wir sehen uns später.«

Sie sprang in ihren Audi und beobachtete, wie Lucy im Streifenwagen davonfuhr. Lucy und Murray würden untersuchen, wo Rainey gestern Nachmittag überall gewesen war. Das bedeutete, dass sie selbst sich auf Bruce konzentrieren konnte. Sie versuchte, ihn auf dem Handy zu erreichen, doch er nahm nicht ab. Also rief sie auf dem Revier an und bat Ian, mithilfe der automatischen Nummernschilderkennung und Sicherheitskameras in und um Uptown Bruces Auto ausfindig zu machen.

EINUNDZWANZIG

FREITAG, 28. APRIL, NACHMITTAG

Bruce Kennedy tauchte fünfzehn Minuten nach Natalie im Polizeirevier auf. Da Murray und Lucy nicht im Büro waren, nahm sie Ian mit zur Befragung. Sie war fest entschlossen, lückenlos zu klären, wo Bruce überall gewesen war. Das Aussehen des Studiobesitzers schockierte sie. Seine Augen waren blutunterlaufen und sein Haar wirr.

»Ich habe Ihre Nachricht bekommen«, sagte er, »und dachte, es wäre besser, herzukommen als nur zu telefonieren. Worum geht es hier eigentlich?«

Natalie wartete, bis er saß. »Wir müssen überprüfen, wo Sie gestern Nachmittag gewesen sind.«

Er rieb sich mit der Hand über den Bart und seufzte. »Ich war in der Dance Academy.«

»Den ganzen Nachmittag?«

»Gegen sechzehn Uhr bin ich kurz rausgegangen.«

»Wohin?«

»Zu einem Spaziergang. Nicht allzu weit. Ich musste einen klaren Kopf bekommen.« Er stieß einen tiefen Seufzer aus.

»Könnten Sie das etwas genauer ausführen, bitte?«

»Carlton ist nicht doof, und nach Ihrem letzten Besuch

hat er sich zusammengereimt, dass ich ihm etwas über den Tag, an dem Ava verschwunden ist, verheimlicht habe. Er hat mich die ganze Zeit gelöchert, mich angefleht, ihm die Wahrheit zu sagen, mich belämmert, bis ich keine andere Wahl hatte, als es zuzugeben. Ich habe ihm erzählt, dass ich Marks Sponsor bin, und dann ist natürlich alles herausgekommen: die Sucht, meine Heilung und so weiter. Ich möchte nicht weiter ins Detail gehen, es muss reichen, wenn ich sage, dass wir vor seiner ersten Nachmittagsstunde einen mächtigen Krach hatten. Danach musste ich raus an die frische Luft.«

»Wohin sind Sie gegangen?«

Er zuckte die Schultern. »Ich bin einfach in Uptown rumgelaufen. Von der Academy zum Uhrenturm und dann durch die Jasmine Avenue und die St Chad's Road wieder zurück.«

Natalie blickte Ian an, der die Gegend besser kannte als sie. Er sagte: »Das ist ein Spaziergang von ungefähr einer halben Stunde, und er führt Sie am Monks Walk vorbei.«

»Ich weiß nicht, was Sie meinen.«

»Das ist eine Abkürzung durch die Schrebergärten hinter der alten Bibliothek.«

»Bibliothek? Ach ja, der Bogeneingang. Ja, da bin ich vorbeigekommen.« Ian überließ Natalie wieder das Wort.

»Um wie viel Uhr war das ungefähr?«

»Das weiß ich ehrlich nicht. Vielleicht halb oder Viertel vor fünf. Ich war zu aufgewühlt, um auf die Uhrzeit zu achten. Immerhin hatte ich meinem Mann gerade eröffnet, dass ich suchtkrank bin, was ich die ganze Zeit vor ihm geheim gehalten habe, und ich hatte eine Riesenangst, dass er mich deswegen verlässt.«

Natalie legte die Hände wie zum Gebet zusammen und hob sie an die Lippen, wobei sie die ganze Zeit sein Gesicht beobachtete. War es möglich, dass er die Wahrheit sagte?

»Ich hätte gern eine DNA-Probe von Ihnen«, sagte sie schließlich.

Bruce blieb der Mund offenstehen. »Warum?«

»Sie waren zur selben Zeit in der Nähe des Monks Walks, als dort ein kleines Mädchen ermordet wurde.«

»Nein! Dort wurde ein Mädchen ermordet? Gestern? O nein! Ich habe nichts mit ihrem Tod zu tun. Glauben Sie mir. Nehmen Sie die Probe. Sie wird beweisen, dass ich das nicht war. Ich war nicht auf dem Monks Walk.«

»Sie könnten leicht von Ihrer Route abgewichen sein.« Natalie sah Bruce streng an.

»Bin ich aber nicht.«

»Können Sie das beweisen?«, fragte Natalie.

»Was meinen Sie? Ich bin zu einem Spaziergang rausgegangen, weil ich von einem Streit mit meinem Mann aufgewühlt war, dann ist mir in den Sinn gekommen, ich könnte ein Mädchen umbringen, und dann habe nach einem gesucht? Das ist ja absurd!«

»Nein, das meinen wir gar nicht«, sagte Natalie mit sanfter Stimme. »Wir versuchen nur herauszufinden, wo Sie gestern Nachmittag überall waren. Sie könnten gesehen haben, wie jemand den Monks Walk betreten oder verlassen hat.«

»Ich erinnere mich nicht, irgendjemanden gesehen zu haben.«

Natalie ließ einen Moment der Ruhe zu, bevor sie weitersprach. »Das kleine Mädchen, das gestern ermordet wurde, war eine Schülerin der Tanzschule. Sie kennen sie. Rainey Kilburn.«

Bruces Augen weiteten sich. »O Gott! Deshalb wollten Sie mich sprechen. Bitte glauben Sie mir, ich würde niemals einem Kind etwas antun. Ich bin nur spazieren gegangen. Ich habe, seit ich in Uptown wohne, nie auch nur einen Fuß auf den Monks Walk gesetzt. Es ist kein Weg, der mir geläufig wäre. Ich war völlig in Gedanken versunken, wie ich mit Carlton jetzt umgehen sollt, und habe mir die größten Sorgen um alles gemacht, was gesagt worden ist. Ich habe auf nichts und niemanden geachtet. So war es, ich schwöre. Warten Sie! Ich bin Effie Downing über den Weg gelaufen. Sie kann das bezeugen.«

»Effie Downing?«

»Sie hält in unserem Center abends Yogakurse ab. Sie ist die Mutter von Harriet Downing.«

»Harriet Downings Mutter hat Sie am Monks Walk vorbeigehen sehen?«

Er schüttelte den Kopf, wohl um seine Gedanken zu sortieren. »Ja. Bei der alten Bibliothek sind wir uns begegnet und haben ein paar Worte gewechselt. Sie muss mich auf der Straße am Monks Walk vorbeigehen sehen haben. Jetzt fällt es mir wieder ein. Die Uhr an der Bibliothek hat ein Mal geschlagen, also muss es halb fünf gewesen sein. Harriet war aus der Schule nach Hause geschickt worden, weil sie wegen Audreys Tod so aufgewühlt war. Effies Mutter hat auf sie aufgepasst, bis Effie von der Arbeit nach Hause konnte. Sie hatte es eilig, wegzukommen, also sind wir auseinandergegangen, und ich bin schnurstracks zur Academy zurück. Ich war wieder an der Rezeption, bevor die Kinder zum nächsten Kurs kamen. Das erste Kind war um Viertel vor fünf da.«

»Wir werden mit Mrs Downing sprechen, um das zu überprüfen. Trotzdem würde ich gern eine DNA-Probe nehmen, um Sie nicht mehr weiter befragen zu müssen.«

Er nickte zustimmend.

Draußen fragte sie Ian, ob Bruce den Rundgang so gemacht haben konnte, wie er gesagt hatte.

»Das können wir alles nachprüfen. An der Bibliothek gibt es Überwachungskameras, anhand derer wir überprüfen können, ob er zur genannten Zeit dort war«, sagte er.

»Kümmern Sie sich darum. Aber nehmen Sie zuerst noch die DNA-Probe, dann können Sie ihn laufen lassen.«

———

Natalie ging kurz raus, um ihre Gedanken zu sammeln. Als sie zurückkam, betrachtete Ian die Überwachungsvideos. Er lächelte sie an. »Ich bin bei den Leuten von der Technik vorbeigegangen. Mark Randles Alibi wurde bestätigt. Sie haben ihn auf einem Video gefunden. Er ist in den Queen's Park gegangen und zwei Minuten später wieder herausgekommen. Außerdem haben sie bestätigt, dass Justine Woodman, seine Ex-Freundin, vor ihm den Park mit einem Mann betreten hat und zehn Minuten später mit demselben Mann und einem Teenager wieder herausgekommen ist.«

Sie verdrehte die Augen. »Noch ein Verdächtiger gestrichen. Bald bleibt keiner mehr übrig.« Sie hatte sich kaum gesetzt, da klingelte ihr Handy. Es war David.

»Der Direktor von Joshs Schule will uns schnellstmöglich sehen. Josh ist suspendiert worden.«

»Was? Warum?«

»Er meinte, das sagt er uns, wenn wir dort sind.«

»Himmel!« Sie brauchte einen Moment, um die Neuigkeit zu verarbeiten. »David, du weißt, dass ich nicht einfach alles stehen- und liegenlassen kann. Hast du eine Ahnung, worum es da geht?«

»Nein.«

»Das muss ein Irrtum sein. Josh macht doch sonst keine Probleme. Vielleicht kann ich einrichten, den Direktor später zu treffen, aber in einer Stunde habe ich ein Meeting. Ich schaffe es niemals, rechtzeitig dort und wieder zurück zu sein.«

»Natalie«, sagte David. »Josh ist in Schwierigkeiten. Das ist wichtig.«

»Ich weiß. Ich weiß das. Aber wir haben es hier mit einem weiteren Mord zu tun. Schon wieder ein kleines Mädchen.« Sie wartete in der Hoffnung, er würde es verstehen. Das tat er.

»Okay. Ich krieg das schon hin.«

»Danke, David. Wenn ich es irgendwie einrichten kann, eine halbe Stunde nach Hause zu kommen, um nach Josh zu sehen, tue ich das.«

Natalie warf ihr Handy hin. Sie konnte nicht mehr geradeaus denken. Was zur Hölle hatte Josh angestellt?

Ian sah auf. »Glauben Sie das, was Bruce gesagt hat?«

»Ja, schon. Haben Sie ihn gefunden?«

»Noch nicht. Aber auch wenn, hätte er immer noch den Monks Walk erreichen, Rainey umbringen und vor halb fünf wieder in der St. Chad's Road sein können.«

»Nur, wenn er uns nicht die Wahrheit sagt und direkt zum Monks Walk gegangen ist, ohne am Uhrenturm vorbeigegangen zu sein.«

Natalie ließ sich auf ihren Stuhl fallen und trommelte mit den Fingern auf dem Schreibtisch. »Aber warum? Er müsste Rainey zufällig begegnet sein, was bedeuten würde, dass der Mord nicht geplant war. Und dann das Kleid. Hatte er es schon mit, als er losgegangen ist, oder hat er es später geholt und ihr angezogen?«

Ian zuckte die Achseln. »In dem Fall wäre er ein Risiko eingegangen, wenn er wieder zurückgegangen wäre.«

»Haben wir in der Gegend keine anderen Überwachungskameras, um seinen Weg zu überprüfen?«

»Es gibt nur die eine an der Bibliothek.«

»Und was ist mit der Academy selbst? Sie müssen doch Sicherheitskameras haben. Vielleicht können wir die Aufnahmen bekommen und sehen, ob Bruce beim Verlassen des Gebäudes ein Kleid oder eine Tüte, in der das Kleid hätte sein können, bei sich hatte. Nein. Wenn er ihr das Kleid angezogen hätte, hätte er sicherlich DNA oder andere Spuren hinterlassen, auch wenn er Handschuhe trug, und er hat uns bereitwillig eine Probe gegeben. Das würde er nicht tun, wenn er nicht von seiner Unschuld überzeugt wäre, oder? Das ist ein hoffnungsloser Fall! Haben wir die Telefonnummer der Downings?«

»Bestimmt. Wir haben alle Nummern aus der Akte Ava Sawyer«, sagte Ian und wandte seine Aufmerksamkeit wieder dem Überwachungsvideo zu.

Natalie blätterte durch den Ordner zum Fall Ava Sawyer, bis sie fündig wurde. Sie tippte die Nummer ein und wartete, während es läutete. Effie Downing hob ab. Natalie stellte sich vor und erklärte, dass sie eine Information überprüfen wolle.

»Könnten Sie bestätigen, dass Sie gestern Nachmittag Bruce Kennedy gesehen haben?«

»Ja. Ich war auf dem Heimweg vom Naturkostladen, in dem ich arbeite. Ich bin ihm neben der Bibliothek begegnet und habe ein paar Worte mit ihm gewechselt.«

»Wie hat er auf Sie gewirkt?«

»Niedergeschlagen. Deshalb bin ich stehen geblieben. Normalerweise ist er immer gut gelaunt und grüßt freundlich. Allerdings hatte nicht viel Zeit zum Sprechen. Ich musste nach Hause.«

»Ich hörte, dass Harriet von der Schule nach Hause geschickt wurde.«

»Das stimmt. Diese gesamte Angelegenheit mit Audrey Briggs hat sie sehr aufgewühlt. Ich behalte sie wahrscheinlich morgen auch noch zu Hause.«

»Ihre Mutter hat sie abgeholt?«

»Ja. Wir waren gestern nur zu zweit im Laden, Kylie und ich. Kylie ist erst achtzehn. Ich konnte sie nicht allein lassen. Also habe ich meine Mutter angerufen. Sie hat sie abgeholt und ist mit ihr zu Hause geblieben, bis ich heimfahren konnte.«

»Kann ich noch etwas fragen? Als Sie Bruce gesehen haben, kam er da vom Monks Walk?«

In ihrer Stimme lag ein leichtes Zögern. »Nein. Ich glaube nicht. Er ist auf demselben Weg gegangen wie ich. Deshalb habe ich ihn bemerkt. Es war sonst keiner unterwegs, und er hatte den Kopf gesenkt. Er schien traurig zu sein.«

Anscheinend hatte Bruce die Wahrheit gesagt.

»Und Sie haben sonst niemanden vom Monks Walk her kommen gesehen?«

»Ist dort etwas passiert?«

»Wir ermitteln in einem Verbrechen, das sich dort abgespielt hat. Ich wäre Ihnen für Ihre Hilfe dankbar. Haben Sie außer Bruce jemanden dort gesehen?«

»Nein. Ich habe in der Straße oberhalb vom Monks Walk geparkt. Außer Bruce bin ich niemandem begegnet.«

»Um wie viel Uhr sind Sie zu Hause gewesen?«

»Um Viertel vor fünf, glaube ich.«

»Und Sie waren den ganzen Tag bei der Arbeit im Laden?«

»Ja. Ich habe meine Mittagspause auch dort verbracht. Erst nach vier Uhr bin ich weggegangen.«

»Schließen Sie um vier Uhr?«

»Nein, donnerstags ist noch bis spätabends geöffnet. Der Ladenbetreiber ist gekommen und hat uns abgelöst. Ich bin dann gegangen.«

»Arbeiten Sie jeden Tag dort?«

»Außer samstags. Ich arbeite von neun bis fünf. Außer donnerstags, da gehe ich um vier Uhr, und samstags arbeite ich nicht.«

Mehr gab es zu dem Thema nicht zu sagen, und Natalie beendete das Telefonat. Effie Downing konnte nicht als verdächtig betrachtet werden. Sie war jeweils bei der Arbeit gewesen, als Audrey und Rainey ermordet wurden. Natalie wandte sich Ian zu, der immer noch die Überwachungsvideos der Bibliothek durchging.

»Effi Downing hat bestätigt, dass sie Bruce begegnet ist. Ich glaube nicht, dass sie etwas mit den Mordfällen zu tun hat, frage mich allerdings, ob ihre eigene Tochter in Gefahr sein könnte.«

»Sie meinen, weil es ihr Geburtstag war?«

»Genau. Wenn der Mörder hinter den Mädchen her ist, die auf dieser Party waren, will er sich doch fast sicher auch das Geburtstagskind schnappen, oder?«

»Die Wahrscheinlichkeit ist hoch. Großer Gott!« Ian starrte blinzelnd auf den Bildschirm. »Sehen Sie mal, wen ich gerade in diesem Video entdeckt habe.«

Er hielt eine Taste gedrückt und sprach weiter. »Ich habe Bruce Kennedy gesehen, wie erwartet. Er stand um Punkt halb fünf vor der Bibliothek. Dann habe ich zurückgespult, um noch mal zu überprüfen, ob er schon früher dort war, und da habe ich ihn hier entdeckt. Er geht um Viertel nach drei zum Monks Walk.«

Er drückte auf Pause, und Natalie ging näher ran, um die Gestalt zu betrachten, die mit erhobenem Arm in eiligem Schritt eingefroren war. Es war Carl Sawyer, Avas Vater.

Laute Stimmen klangen durch den Flur, während Lucy und Murray vor dem Rektoratszimmer der Grundschule von Uptown warteten. Die letzten Kinder strömten hinaus und ließen die Tür hinter sich zufallen.

Die Bürotür wurde geöffnet, und Patrick Horn, der Direktor, winkte sie herein. Eine dunkelhaarige Frau war bereits da. Sie stellte sich als Jennifer Collinswood, Raineys Klassenlehrerin, vor.

»Ich hole noch einen Stuhl«, bot Patrick Horn an.

»Das passt schon. Ich bleibe stehen«, antwortete Murray.

Patrick Horn sah jung aus für einen Direktor. Er war ein sportlicher Typ mit schlaksigen Gliedern und einem frisch wirkenden Gesicht. »Das sind ganz schreckliche Neuigkeiten. Wir haben gerade darüber gesprochen, wie wir am besten damit umgehen. Die Kinder waren schon von Audrey Briggs' Tod aufgewühlt, und jetzt auch noch Rainey. Wir wissen nicht, wie wir es anpacken sollen. Ich nehme an, die Eltern denken darüber nach, ob sie ihre Kinder zu Hause behalten, bis Sie den Täter geschnappt haben, wer es auch sein mag. Glauben Sie, die Schule steht irgendwie im Visier?«

»Ich gehe davon aus, dass wir bald eine Erklärung abgeben, und es wird sich jemand mit Ihnen in Verbindung setzen, wie mit diesen Neuigkeiten am besten umzugehen ist.«

»Gut. Gut«, sagte er mehr zu sich selbst. »Schließlich wollen wir nicht, dass eine blinde Panik um sich greift, stimmt's?«

Lucy schüttelte den Kopf. »Wir versuchen, ein paar Fakten abzuklären, die uns bei den Ermittlungen helfen. Wann haben Sie Rainey zum letzten Mal gesehen?«

Jennifer räusperte sich. »Ich musste sofort nach dem Unterricht los, weil ich einen Zahnarzttermin hatte. Ich habe Rainey gesehen, als ich vom Lehrerparkplatz fuhr. Sie wartete in der Nähe des Mitarbeitereingangs. Ich hielt an, um sie zu fragen, ob sie abgeholt wird. Sie sagte, sie wartet auf ihren Bruder, um mit ihm und seinen Freunden nach Hause zu gehen. Die weiterführende Schule hörte gerade auf – sie haben zehn Minuten nach uns Schluss –, und ich musste los, also habe ich sie dort stehen lassen. Jetzt wünschte ich, ich hätte lange genug gewartet, um sicher zu sein, dass sie sich mit ihrem Bruder Tyler trifft.«

»Ist sie sonst immer mit ihrem Bruder nach Hause gegangen?«

»Sonst läuft sie mit Harriet Downing heim. Die beiden waren beste Freundinnen, aber Harriet ist wegen der Sache mit Audrey immer wieder in Tränen ausgebrochen. Deshalb habe ich sie in der ersten Pause zur Schulsekretärin gebracht, und ihre Großmutter hat sie abgeholt.« Sie schluckte mühsam und sah Lucy in die Augen. »Ich fühle mich deshalb wirklich schlecht. Miss Geoffrey und ich haben ausführlich mit allen Klassen über die Gefahren gesprochen, wenn sie allein draußen herumlaufen oder mit Fremden sprechen. Ich weiß nicht, was passiert ist, ob jemand angehalten und ihr angeboten hat, sie mitzunehmen, nachdem ich mit ihr gesprochen hatte, oder ob sie einfach entschieden hat, allein nach Hause zu gehen. Aber von einer Sache bin ich überzeugt: Sie wäre nicht mit einem Fremden mitgegangen. Nicht nach unserem Gespräch.«

Patrick klinkte sich ein. »Das ist ein bisschen unglücklich gelaufen. Tyler, der in der zehnten Klasse ist, hat gestern im Naturwissensunterricht etwas Dummes angestellt und musste nach der Schule noch bleiben, um zur Strafe bei der Reinigung des Labors zu helfen. Er ist erst um zehn nach vier gegangen. Ich nehme an, es wurde Rainey zu langweilig, auf ihn zu warten, und sie ist allein nach Hause gegangen.«

Lucy wollte keine voreiligen Schlüsse ziehen. Natalie hatte ihr beigebracht, dass es am besten war, alle Fakten zu kennen, bevor man irgendwelche Vermutungen anstellte. Rainey konnte in ein Auto eingestiegen oder mit jemand anderem nach Hause gegangen sein.

»Waren Rainey und Audrey gute Freundinnen?«, fragte Murray.

Jennifer schüttelte den Kopf. »Rainey war die beste Freundin von Harriet, sie hielten zusammen wie Pech und Schwefel. Audrey hat sich mit jedem gut verstanden, war aber mit niemandem eng befreundet. Nicht dass ich wüsste jedenfalls. Ich weiß nicht, wie die Kinder mit diesen Neuigkeiten zurechtkommen sollen. Die armen Seelen. Es wird sie alle traumatisieren.«

Lucy wusste keine Antwort darauf. Die Lehrerin hatte vollkommen recht.

»Ich bin mir sicher, dass die Behörden entsprechend ausgebildete Teams schicken, die Sie hierbei unterstützen«, meinte sie.

»Aber über so etwas kommt man nie wirklich hinweg, oder?«, fragte Jennifer. »Ich glaube, das werde ich mir ewig vorwerfen.«

»Es ist nicht Ihre Schuld. Es ist eine Folge unglücklicher Zufälle. Und wir wissen nicht, was wirklich passiert ist. Wir müssen noch alle Puzzleteile zusammensuchen.«

Jennifer kämpfte gegen die Tränen an. Patrick übernahm das Wort. »Ich habe, nachdem Sie mich vorhin angerufen haben, sofort mit einigen Mitgliedern der Belegschaft gesprochen, auch mit dem Hausmeister und der Sekretärin. Niemand hat Rainey nach der Schule gesehen. Die meisten von ihnen haben entweder noch in den Klassenräumen oder im Lehrerzimmer gearbeitet und sind erst lange nach vier Uhr gegangen.«

Murray hatte bereits mit dem Lehrpersonal gesprochen, während er auf Lucy wartete, und das Gleiche erfahren.

»Wo holen die Eltern die Kinder ab? Dürfen sie vor dem Haupteingang vorne warten?«, fragte Murray.

Patrick schüttelte den Kopf. »Wir erlauben es nicht, dass die Kinder vor der Schule abgeholt oder abgesetzt werden. Alle Eltern holen ihre Kinder vom Parkplatz am Sportzentrum neben der Schule ab. Es gibt ein Tor, das dorthin führt und nur vor und nach dem Unterricht geöffnet ist – von halb neun bis zehn nach neun morgens und von zwanzig nach drei bis zwanzig nach vier nachmittags.«

»Also ist es unwahrscheinlich, dass jemand sein Kind am Haupteingang abholen wollte?«

»Nur die Belegschaft darf diesen Eingang benutzen. Wie Sie wissen, braucht man einen Code oder muss durch die Gegensprechanlage um Einlass bitten. Wir wollen nicht, dass irgendjemand das Schulgelände betritt, der nicht hier sein sollte.«

»Rainey musste die Schule also durch den Hintereingang verlassen.«

»Es sei denn, sie ist hinausgeschlüpft, als ein Mitglied der Belegschaft das vordere Tor geöffnet hat.«

»Haben Sie jemanden bemerkt, der sich hier herumgetrieben oder sich verdächtig verhalten hat?«

»Es wurde nichts in der Art gemeldet.«

»Könnten Sie das Tor zum Sportzentrum für uns öffnen?«

»Das kann ich veranlassen. Die Schülerinnen und Schüler

müssten die nächste halbe Stunde in der Mensa zu Mittag essen. Bitte achten Sie darauf, das Tor hinter sich zu schließen.«

Murray stand am Rand des Parkplatzes vor dem ummauerten Sportkomplex.

»Da kann niemand rausschauen«, stellte er fest und blickte an dem fensterlosen Gebäude hoch.

»Wenn sie hier entlang gekommen ist, müssen noch ein oder zwei Eltern auf dem Parkplatz gewesen sein und sie gesehen haben. Wir könnten einen Zeugenaufruf starten.«

»Aber warum hat sich dann gestern niemand gemeldet, als die Suchtruppe versucht hat, sie zu finden? Weißt du, was ich denke? Ich glaube, sie hat einen anderen Weg genommen. Ich glaube, sie ist entweder durch den Haupteingang gegangen, nachdem Jennifer hindurchgefahren war, oder sie ist mitgenommen worden«, sagte Murray.

»Oder sie hat eine Abkürzung genommen«, sagte Lucy und blickte auf das heruntergetrampelte Gras an der Seite des Sportkomplexes. »Wohin kommt man da entlang?«

Murray zog sein Smartphone heraus und suchte die Karte. »Da könntest du was entdeckt haben. Der Pfad scheint hinter ein paar Feldern entlang zu führen, und von da aus«, er zeigte auf die Karte, »in die St Chad's Road.«

»Geht der Monks Walk nicht von der St Chad's Road ab?«, fragte Lucy.

»Doch. Sollen wir es checken? Ich hole das Auto und komme dorthin.«

»Okay. Gib mir einen Vorsprung.«

Lucy ging mit konstantem Tempo und betrachtete die Hecke zu ihrer rechten Seite. Der Weg führte an einem Feld vorbei, dann durch einen Zaundurchgang zu einem größeren Feld und an mehreren Schrebergärten entlang, die von Hecken gesäumt waren. Sie hielt sich an die Schrebergärten, die von der

Hauptstraße auf der anderen Seite der Parzellen aus betreten werden konnten. Als sie etwa die Hälfte davon abgegangen war, hörten die Hecken auf und wurden von einem mehrere Meter langen Lattenzaun abgelöst. Sie blickte in die Schrebergärten und sah eine Ansammlung von unterschiedlich großen Gemüsebeeten, Töpfen, bemalten Schuppen und Plastikplanen. Es war niemand da, den sie hätte ansprechen können, also ging sie weiter. Von hier aus sah sie den Kirchturm und wusste, dass sie sich dem Stadtzentrum näherte. Dann bemerkte sie einen weiteren Zaun. Schnell ging sie darauf zu und stieg darüber, wobei sich ihr Puls beschleunigte. Jetzt war sie schon fast auf dem Monks Walk. Sie durchforstete die hohen Hecken, bis sie fand, worauf sie gehofft hatte: einen Durchlass, eine Stelle, an der das Gebüsch locker genug war, dass sich eine Person hindurchdrängen konnte. Das hier war der Monks Walk, und vor sich sah sie die Leute von der Spurensicherung, die vornübergebeugt das Terrain absuchten. Sie rief nach ihnen.

»Hey, kann ich hier lang laufen?«

Mike Sullivan sah rüber, entdeckte sie und winkte sie herbei. »Ja. Kommen Sie nur. Dort waren wir schon.«

»Haben Sie im Gebüsch irgendwas gefunden?«, fragte sie.

»Wir haben ein paar Fasern eingesammelt, die wir zur Analyse ans Labor geschickt haben.«

»Es kann sein, dass Rainey diesen Weg von der Schule hergekommen ist«, sagte Lucy, hob die Arme, drehte sich zur Seite und schob sich durch die Hecke. »Wenn ihr Mörder ihr gefolgt ist, müsste er schmal sein, um durch diese Lücke zu kommen.«

»Er könnte auch schon da gewesen sein. Er könnte ihr aufgelauert haben«, meinte Mark und verzog entschuldigend die Lippen zu einer Grimasse.

»Stimmt. Trotzdem sollten wir Nathalie diese neue Theorie mitteilen«, antwortete Lucy und steckte ihre Bluse wieder in den Hosenbund. »Wir haben gleich eine Besprechung.«

»Sagen Sie ihr, dass ich alle Proben, die wir hier finden, auf Prio eins gesetzt habe. Wir geben Ihnen alles so schnell wie möglich wieder rüber.«

»Danke, Mike. Bin gleich wieder da.«

Lucy ging weiter den Pfad entlang, bis er unter einem Bogen hindurch zur St Chad's Road führte, wo Murray auf sie wartete.

»Du hast nicht lang gebraucht«, sagte er.

»Von der Schule zum Monks Walk sind es zwanzig Minuten. Sie wäre also gegen Viertel nach vier hier gewesen, außer wenn sie die ganze Strecke gerannt wäre. Ich glaube, diesen Weg hat sie genommen. Dort hinten gibt es haufenweise Kleingärten. Wir sollten herausfinden, wer sie gemietet hat, und dann rumfragen, ob irgendjemand gestern Nachmittag da war.«

Er warf einen Blick auf sein Smartphone. »Gute Idee. Guter Schnitt bis jetzt. Am besten gehen wir jetzt zur Einsatzbesprechung.«

Während Murray sie durch den Verkehr navigierte, dachte Lucy im Auto über das nach, was sie entdeckt hatte.

»Murray, meinst du, der Mörder hat auf dem Monks Walk gewartet, und die arme Rainey war ein Zufallsopfer, zur falschen Zeit am falschen Ort?«

»Ich glaube, es war eine gezielte Tat. Jemand ist ihr von der Schule aus gefolgt. Zuerst Ava, dann Audrey und jetzt Rainey. Ich schätze, es hängt mit der Geburtstagsfeier zusammen.«

»Aber Ava ist schon 2015 verschwunden. Warum sollte jemand bis jetzt damit warten, die Kinder zu töten, die auf der Party waren? Das ergibt keinen Sinn.«

»Für mich schon. Avas Leiche wurde am Dienstag ausgegraben. Das hat bei irgendjemandem eine Wunde aufgerissen.«

»Dann ist die logischste Schlussfolgerung, dass jemand, der Ava nahestand, die Kinder tötet, die auf der Party waren.«

»Auf jeden Fall die Mädchen. Von den Jungs ist noch keiner zum Opfer geworden.«

»Die Menschen, die Ava am nächsten standen, sind ihre Familie. Denkst du, einer von ihren Eltern steckt dahinter?«

Murray wollte sich nicht zu einer Schlussfolgerung verleiten lassen. »Beatrice Sawyer ist in Sheffield, unter den wachsamen Augen ihrer Mutter. Sie ist nicht mal in der Gegend.«

»Es könnte Carl sein.«

»Ohne Beweise sollten wir niemanden bezichtigen. Das sind alles nur wilde Vermutungen.«

»Ich spreche gerade als Freundin mit dir, nicht als Polizistin, und wollte einfach nur mal quatschen«, sagte sie mit starkem amerikanischem Akzent.

»Zuerst Fakten«, entgegnete er grinsend. »Wir müssen unvoreingenommen bleiben.«

»Genau deshalb habe ich gesagt, dass sie vielleicht ein Zufallsopfer war, zur falschen Zeit am falschen Ort. Es könnte mit der Geburtstagsfeier 2015 auch gar nichts zu tun haben.«

»Du hast die Lektionen der Natalie-Ward-Schule wirklich verinnerlicht, oder? Checkst jede Möglichkeit«, scherzte er.

»Ich finde, wir sollten alle Möglichkeiten in Betracht ziehen, genau.«

»Aber du kannst die gelben Kleider und den Lippenstift nicht einfach ignorieren. Genauso wenig wie die Tatsache, dass sie alle auf dieser Geburtstagsparty gewesen sind.«

Lucy schüttelte den Kopf. »Ich versteh dich schon. Was, wenn Rainey mit jemandem nach Hause gegangen ist, den sie kannte, und der zu ihr gekommen ist?«

Er warf ihr einen Blick zu. »Ein Kind?«

»Ach, ich weiß nicht. Ich versuche nur, jede Möglichkeit durchzuspielen.«

»Richtig so. Wir sprechen mit Natalie über diese Theorien. Mal sehen, was sie darüber denkt.«

Lucy fragte sich, ob Carl oder Beatrice Sawyer hinter den Morden stecken konnten. Dann wanderten ihre Gedanken unwillkürlich zu Raineys Mutter, Paula Kilburn. Sie mochte sich den Schmerz, den diese Frau empfinden musste, nicht ausmalen. Ein Kind zu verlieren, musste eines der herzzerreißendsten Dinge der Welt sein. Lucy wollte es verstehen, aber sosehr sie sich auch bemühte, gelang es ihr nicht, ein solch tiefgehendes Gefühl wachzurufen. Was mütterliche Liebe anging, fehlte ihr jede Erfahrung. Ihre eigene Mutter hatte sie als Baby weggegeben, und bevor sie Bethany begegnet war, hatte sie nie echte Leidenschaft oder Fürsorge kennengelernt. Bethany wünschte sich so sehr ein Kind. Sie würde eine wunderbare Mutter abgeben. Lucy hoffte verzweifelt, dass sie mithalten konnte, wenn es so weit war.

DREIUNDZWANZIG

FRÜHER

Der Junge sitzt hinten im Bus und hört, wie Sherry und Gail voller Vorfreude über Sherrys Geburtstagsfeier sprechen, die später am Tag stattfinden wird. Das hört sich so toll an. Es werden Spiele im Freien stattfinden, sie werden tanzen, grillen, und ein richtiger Zauberer soll kommen. Der Junge lehnt sich im Sitz zurück, unsichtbar für die Mädchen, deren aufgeregte Stimmen über ihn hinweg rauschen.

Der Bus hält an Sherrys Haltestelle, und er beobachtet, wie Gail und sie auf dem Bürgersteig stehen und dann in verschiedene Richtungen davon wuseln. Sherrys Schulranzen springt auf ihrem Rücken auf und ab, und ihr Haar schimmert im Sonnenlicht des Nachmittags, als sie die Straße hinauf nach Hause läuft.

Sherry wird heute elf und hat fast die ganze Klasse zu ihrer Party eingeladen, nur ihn nicht. Er versteht nicht, warum. In letzter Zeit hat er sie nicht mehr erschreckt, und sie hat auch nicht gesehen, dass er sich hinter der Mauer versteckt hat, um ihr beim Fangenspielen mit den anderen Mädchen zuzusehen. Der Bus wird wieder langsamer und bleibt keuchend stehen. Der Junge wartet, bis er vollkommen zum Stillstand gekommen ist, bevor er sich aus dem engen Sitz drückt und den Gang entlang watschelt. Die Tür öffnet sich mit einem lang gezogenen Stöhnen, als wäre es viel zu anstrengend, sich immer wieder zu öffnen und zu schließen, und er steigt die Stufen hinunter.

»Danke. Tschüs«, sagte er zum Busfahrer. Er sagt immer Danke zum Busfahrer, der ihn genau vor seiner Haustür aussteigen lässt.

In seinem Zimmer legt er sich aufs Bett und starrt an die Decke. Er würde so gern zu dieser Party gehen. Er hat noch nie einen Zauberer gesehen, und er würde gern bei einem der Spiele mitspielen, die sie aufgezählt haben: Flaschendrehen, Twister und Kegeln im Freien. Dann hat er eine super Idee. Er kann ja hingehen. Wenn er mit einem Geschenk für Sherry auftaucht, muss sie ihn hereinlassen, und vielleicht mag sie ihn dann auch endlich. Er hat sogar genau das richtige Geschenk für sie. Er springt vom Bett und kriecht darunter, um die Schachtel herauszuziehen, in der er seine Puppe aufbewahrt. Er streicht ihr Kleid nach unten und bringt ihr Haar in Ordnung. Was für ein Geschenk könnte besser sein als eine Puppe, die wie sie aussieht? Er wird mit seinem Fahrrad zu ihr nach Hause fahren. Seiner Mum wird er nichts sagen, damit sie ihn nicht begleiten will. Sie wird sich freuen, dass er sein Fahrrad benutzen will. Sie sagt ihm ja dauernd, dass er mehr rausgehen soll.

Zwei Stunden später ist er bereit. Seine Mutter ahnt nichts, obwohl er sein Lieblings-T-Shirt und die Cordhosen mit Gummibund angezogen hat, die er zu Weihnachten bekommen hat. Mum ist mit Dad im Garten so beschäftigt, dass sie ihn erst auf seinem Fahrrad bemerkt, als er schon halb den Weg hinunter ist.

»Hoppla! Wo willst du denn hin?«, ruft sie und springt aus einem Beet mit Stiefmütterchen auf, an dem sie gearbeitet hat. Sie winkt mit der Pflanzkelle.

»Ich mache nur 'ne Tour«, sagt er und hofft, dass sie die Plastiktüte mit der Puppe, die am Lenker hängt, nicht bemerkt. Er verdeckt sie mit seinem Körper. »Ich fahre nicht weit, nur bis zum Park.«

Sie sieht misstrauisch aus. Sein Vater sagt etwas zu ihr, und sie schüttelt den Kopf. Dann ruft sie: »Versprich mir, dass du nicht auf der Straße fährst. Bleib auf dem Bürgersteig.«

»Versprochen«, ruft er und strampelt davon, bevor ihn noch jemand zurückhalten kann.

Sherry wohnt in der Nähe des Dorfangers in einem »Cul-de-sac«. Das ist ein französisches Wort und heißt Sackgasse. Man kann also nur auf demselben Weg heraus, auf dem man hineingekommen ist. Seine Lehrerin hat das der Klasse erklärt, als sie alle nach ihrer Adresse gefragt wurden. Er wohnt in einem Reihenhäuschen, und das klingt nicht annähernd so cool wie Cul-de-sac, aber da hat er immer schon gewohnt.

Er muss sich etwa sechs Minuten kräftig abstrampeln, bis er an Sherrys Straße, St Catherine's Close, ankommt, und von der Anstrengung ist er verschwitzt und außer Atem. Aber er vergisst sein Unbehagen schon bald, denn er sieht, wie Gail in Sherrys Haus verschwindet. Sie hat ein eingepacktes Geschenk dabei. Er ist rechtzeitig dran.

Er steigt vom Fahrrad ab und schiebt es zu Nummer zwölf. Dort lässt er es auf dem Rasen liegen. Vor der Haustür ist ein Windfang aus Glas, und dort muss er klingeln. Er setzt sein breitestes Lächeln auf und hält die Plastiktüte mit Sherry darin vor sich. Hinter dem matten Glas sieht er eine Bewegung, und das Herz schlägt ihm gegen die Rippen. Die Tür wird geöffnet, und Sherry starrt ihn mit den größten Augen an, die er je gesehen hat. Sie trägt ein leuchtend gelbes Kleid und gelbe Schleifen im Haar, und ihre Lippen sind mit dem gleichen Rot bemalt, das seine Mutter manchmal trägt. Sie trägt weiße Söckchen und schwarze Lacklederschuhe. Sie gefällt ihm so gut. Sie sieht so hübsch aus wie eine Narzisse oder eines von Mutters gelben

Stiefmütterchen und genau wie das Geschenk, das er ihr mitgebracht hat.

»Was machst du denn hier?«, stößt sie aus.

»Herzlichen Glückwunsch«, stottert er.

Hinter Sherry erklingt eine freundliche Stimme, und eine Frau erscheint. »Wer ist das, Sherry?«

»Ein Junge«, antwortet sie. »Ich habe ihn nicht eingeladen. Er ist dieser eine Junge aus meiner Klasse, von dem ich erzählt hab.«

Er wartet mit ausgestreckter Hand. Sherry zieht sich hinter ihre Mutter zurück, deren Haar von derselben Farbe ist wie das ihrer Tochter, allerdings zu einem großen Dutt geschlungen. Sie trägt ein blaues, enges Kleid mit Blumen darauf. Ihre Augen sind nicht vom selben Blau wie die von Sherry. Sie sind dunkler, wie ein wolkenloser Himmel an einem perfekten Sommertag.

»Weshalb bist du hier?«, fragt sie nicht unfreundlich.

»Ich habe ein Geschenk für Sherry mitgebracht. Ich würde gerne auch zur Party kommen.«

Sie lächelt ihn freundlich an und geht in die Hocke, sodass ihr Gesicht auf gleicher Höhe mit seinem ist.

»Das ist wirklich nett von dir«, sagt sie, »aber zur Party sind gar keine Jungs eingeladen. Es tut mir leid, aber du kannst nicht hereinkommen.«

Sie sieht tatsächlich traurig aus, und er weiß nicht, was er sagen soll. Er hört Flüstern hinter der Tür und weiß, dass Sherry und ihre Freundin sie belauschen. Er muss weg, und zwar schnell.

»Oh, okay.« Mehr kann er nicht sagen. Es hat nicht geklappt wie geplant, aber er kann Sherry immer noch für sich gewinnen. »Können Sie ihr das bitte geben? Es ist ein besonderes Geschenk von mir. Ich hoffe, es gefällt ihr.«

Er hält Sherrys Mutter die Puppe hin.

Sie betrachtet mit zusammengekniffenen Augen die Plastiktüte und schüttelt den Kopf. »Lieber nicht. Wissen deine Eltern, dass du hier bist?«

Seine Wangen brennen. Er kann nicht antworten.

»Das dachte ich mir. Am besten gehst du jetzt wieder nach Hause, und bitte komm nicht wieder her. Wenn doch, muss ich wohl mit deinen Eltern reden.« Der traurige Blick ist jetzt streng. Er nickt und rennt zurück zu seinem Fahrrad, wobei er die Tüte mit der Puppe immer noch fest umklammert. Er hebt das Rad auf, springt auf und radelt davon, so schnell er kann.

Im Büro war es unangenehm warm, und Natalie hatte bei der Einsatzbesprechung die Ärmel über die Ellbogen hoch gerollt. Dank Lucy und Murray hatten sie eine Vorstellung von dem Weg, den Rainey von der Schule aus genommen hatte und wo sie angegriffen worden war. Sie wussten auch, dass Bruce Kennedy wahrscheinlich nicht der Täter war. Obwohl sein Weg ihn am Eingang zum Monks Walk vorbeigeführt hatte, hatte er keine Zeit gehabt, Rainey zu finden, umzubringen und ihr das gelbe Kleid anzuziehen, bevor er Effie Downing neben der Bibliothek begegnet war.

Doch wichtiger war Carl Sawyer, der Vater von Ava, der ungefähr zu der Zeit, zu der Rainey im Monks Walk war, in der Gegend gesehen worden war.

»Er hat ein Motiv«, sagte Murray. »Seine Tochter ist bei einer Geburtstagsfeier verschwunden. Vielleicht hegt er den Kindern gegenüber, die auf der Party waren, Groll.«

»Das kann wohl sein, aber warum sollte er mit den Morden bis jetzt gewartet haben?«, fragte Ian. Dieselbe Frage hatte Lucy im Auto gestellt.

»Die Leiche seiner Tochter ist erst kürzlich gefunden

worden. Ich würde sagen, das ist Grund genug. Das hat in ihm alles wieder aufgewühlt. Seine Tochter wurde am Dienstag gefunden. Seitdem sind zwei Mädchen getötet worden. Es ist nur logisch anzunehmen, dass er es gewesen sein könnte«, meinte Murray.

»Es sieht auf jeden Fall so aus, als hinge das alles mit Harriets Geburtstag zusammen«, sagte Natalie und schüttelte leicht den Kopf. »Aber trotzdem bin ich noch nicht hundertprozentig überzeugt.«

»Nicht einmal wegen der Sache mit diesen gelben Kleidern?« Murray klang irritiert. »Für mich schreit das nach Rache.«

»Ich stimme Natalie zu«, sagte Ian. »Es scheint alles zu sehr in Szene gesetzt. Übrigens haben die Kleider, die Audrey und Rainey getragen haben, anders ausgesehen als das von Ava.«

»Ach, komm schon!« Murray sah ungläubig aus.

»Deswegen zweifle ich ein bisschen. Ein kleiner Teil von mir fragt sich, ob jemand vielleicht will, dass wir glauben, es hätte mit dem Geburtstag zu tun, obwohl es da gar keinen Zusammenhang gibt.« Natalie verschränkte die Arme. Sie würde andere Möglichkeiten nicht ausschließen. Sie würde das nicht vermasseln, indem sie nur einer Spur folgte. »Eins nach dem anderen. Befragen Sie Carl. Vielleicht gibt es eine ganz simple Erklärung, warum er dort war. Wir können auch nicht einfach darüber hinweggehen, dass alle drei Mädchen die Dance Academy besucht haben. Bei Bruce Kennedy sind wir vielleicht in einer Sackgasse gelandet, aber jemand könnte die Tanzschule beobachten und Opfer auswählen, die den Unterricht besuchen oder besucht haben. Außerdem können wir nicht einfach darüber hinweggehen, dass alle Opfer in derselben Klasse waren. Überprüft ihre Klassenlehrerin Jennifer Collinswood und die Menschen, mit denen sie zusammenlebt.«

Ian sah aus, als wollte er noch etwas sagen, doch dann fing er den Blick auf, den Murray ihm zuwarf, und schwieg.

»Erstellen Sie eine Liste der Pächter der Schrebergärten und finden Sie heraus, ob gestern Nachmittag jemand von ihnen dort war.«

Murray nickte. Er hatte schon jemanden bei der Gemeinde gefunden, der ihm vielleicht helfen konnte.

»Es gefällt mir auch nicht, dass wir bei Audrey Briggs so wenig vorweisen können. Ich werde um eine detaillierte Rekonstruktion der Ereignisse sowie um einen Zeugenaufruf bitten. Irgendjemand muss sie gesehen haben. Ich weigere mich zu akzeptieren, dass sie ihr Haus verlassen hat und in einem Park verschwunden ist, in dem andere Leute mit ihren Hunden spazieren gingen, Fahrrad fuhren, spielten oder einfach nur liefen, auch wenn sie in einer weniger belebten Ecke gefunden wurde. Wir haben viel zu tun, und ich bin Ihnen dankbar dafür, dass Sie Ihr Bestes geben. Ich weiß, diese Ermittlungen sind nicht leicht, und ich muss Ihnen nicht sagen, dass ich befürchte, wir haben es mit einem Serienmörder zu tun, der Kinder tötet. Um eines klarzustellen: Ich schließe nicht aus, dass der Täter Jagd auf Mädchen macht, die auf Harriets Geburtstagsfeier waren. Das wäre dumm. Wie auch immer, ich habe Angst, dass der Täter wieder zuschlagen wird. Wir müssen jetzt die Eltern der anderen Mädchen, die 2015 an der Party teilgenommen haben, benachrichtigen und dafür sorgen, dass diese Kinder nicht mehr allein losziehen. Ich glaube nicht, dass sie in Gefahr schweben, solange sie bei Erwachsenen oder anderen Kindern bleiben. Und dann die gelben Kleider. Gibt es irgendetwas Neues von der Webseite?«

Lucy schüttelte den Kopf. »Ich schreibe der Etsy-Verkäuferin noch eine E-Mail.«

»Etsy?« Ian zog die Brauen zusammen.

»Ein Online-Marktplatz, über den Leute selbst gemachte Sachen verkaufen«, erklärte Lucy.

Natalie beendete die Einsatzbesprechung, und als jeder sich an seine Arbeit machte, nahm sie Murray beiseite.

»Ich muss eine Stunde weg. Könnten Sie hier alles im Auge behalten und mich anrufen, wenn ich gebraucht werde?«

»Klar.«

»Danke. Das weiß ich zu schätzen.«

»Hast du ihn darauf angesprochen?«

»Ich hab's versucht, aber er hat mich nur angeschrien und gesagt, ich würde es nicht verstehen. Und ob ich es verstehe, verdammt noch mal.« Davids Gesicht war tiefrot vor Wut. »Am meisten hat mich die Haltung des Direktors angepisst. Man könnte meinen, Josh hat die verdammten Pornos selbst gedreht und nicht nur angeschaut.«

»Wo ist Leigh?«

»Sie ist zu Kelly gegangen. Gegen sechs wird sie zurückgebracht. Ich glaube nicht, dass sie irgendwas mitbekommen hat.«

»Gut. Wir müssen ihm klarmachen, dass es ein Fehler war, aber mit der richtigen Begründung.«

»Welche Begründung denn? Er ist in der Pubertät und neugierig. Er hat sich Pornos angeschaut. Das ist doch kein Weltuntergang, oder? Es ist nur natürlich, dass er neugierig ist. Das war ich in seinem Alter auch.«

»Ach, komm schon. Es ist nicht wie zu deiner Zeit, wo du dir nackte Frauen im *Playboy* angeschaut hast, oder was du sonst unterm Bett versteckt hast. Auf diesen Seiten werden extrem entwürdigende Darstellungen von Frauen und Männern gezeigt.«

»Er hat versucht, mehr über Sex zu erfahren.«

»Aber das ist nicht der richtige Weg. Du weißt doch, was man auf diesen Seiten sieht: explizite sexuelle Handlungen, erniedrigende Sachen wie gespielte Vergewaltigungen, Fetischsex und Missbrauch. Und dazwischen immer mal wieder Werbung. Es ist nicht gut für einen jungen Menschen, sich diesen Dreck anzuschauen. Ich will, dass er in einer gesunden Beziehung landet und nicht Sexszenen nachspielt, die er online gesehen hat.«

»Er ist doch nicht dumm. Er wird schon nicht glauben, dass sich Menschen wirklich so verhalten.«

»Genau das meine ich. Er ist jung. Er wird sehr wohl denken, dass sich ganz normale Menschen so verhalten. Es wird sich darauf auswirken, wie er Sex empfindet. Man muss ihm den Unterschied klarmachen.«

»Und wie schlägst *du* dann vor, dass wir damit umgehen?«

»Zuerst mal flippen wir nicht aus, sondern bleiben ruhig. Er weiß, dass er einen Fehler gemacht hat, aber vielleicht versteht er nicht ganz, wieso, oder warum wir uns solche Sorgen machen. Du solltest noch mal mit ihm reden.«

»Nein.«

»Nein?«

»Ist ja super, wie du mal kurz heimkommst und mir sagst, wie ich mich um unsere Kinder kümmern soll, aber so will ich dieses Spiel nicht spielen. Du bist kaum hier, Natalie, aber ich schon. Ich muss sie morgens aus dem Bett kriegen, ihrem Gezänk im Auto zuhören und dafür sorgen, dass sie was Ordentliches essen. Ich muss sie von ihren iPads und Social Media weglocken und sie dazu bringen, dass sie ihre Hausaufgaben machen. Hast du vergessen, wie das ist? Sie sind Teenager. Sie wollen nicht, dass man ihnen dauernd sagt, wo es langgeht, und seit ich meine Arbeit verloren habe und du befördert worden bist, muss ich mich um die Kinder kümmern. Ich habe hier permanent die Rolle des bösen Cops. Du kommst mal hereingeschneit, verwuschelst Joshs Haare, guckst Filme mit Leigh und kannst in ihren Augen gar nichts falsch machen.«

Natalie stützte den Kopf in die Hände. »Darüber haben wir doch schon gesprochen. Ich werde mir mehr Zeit nehmen, sobald diese Ermittlungen vorbei sind.«

»Das sagst du immer, und dann machst du es eine Zeit lang. Dann kommt der nächste Fall, und du bist wieder rund um die Uhr weg. Ich will kein Männergespräch mit Josh darüber führen, warum es falsch ist, Pornos herunterzuladen und zu schauen.«

»Warum nicht? Du müsstest doch am ehesten offen mit ihm über Sex sprechen können. Du bist ihm doch so nahe.«

»Genau. Versuch doch mal, einem Teenager zu sagen, du möchtest mit ihm über Pornografie sprechen, und dann schau, wie er reagiert. Ich will nicht, dass er sich deswegen von mir entfernt. Ich will, dass er zu mir kommen kann, und nicht, dass er mich für prüde hält.«

Das bestürzte Natalie. »David, es geht doch hier nicht um Prüderie. Es gibt Untersuchungen, die belegen, dass Pornografie sich sehr schädlich auf die psychologische Gesundheit von Teenagern auswirkt. Sie erweckt unrealistische Vorstellungen zum Thema Einvernehmlichkeit und ungesunde Ansichten über Sex und Beziehungen. Ich schlage doch nur vor, dass du mit ihm darüber sprichst. Vielleicht hat er zum Thema Sex Fragen an dich. Du weißt, wie wenig Selbstbewusstsein er momentan hat. Das ist alles nicht gerade förderlich.«

David schürzte die Lippen und stieß die Luft aus. »Du hörst dich wie eine Therapeutin an.«

»Ich habe gesehen, wohin der Konsum von Pornografie führen kann. Ich habe Opfer von Vergewaltigungen, missbrauchte Kinder und andere Dinge gesehen, die ich mir lieber erspart hätte. Ich glaube, dass Pornografieseiten eine ungesunde Einstellung fördern, das ist alles. Ich bin nur eine Mutter – hoffentlich eine gute. Es gibt keine perfekte Art, mit diesen Dingen umzugehen, aber ich glaube, wenn wir Josh wie einen Erwachsenen behandeln, tun wir als Eltern unser Bestes.«

David seufzte schwer. »Okay. Ich verstehe schon.«

»Hat er dir die Bilder gezeigt?«

»Der Direktor hat das Smartphone konfisziert, und als er es mir gegeben hat, habe ich nicht so gründlich nachgesehen. Josh hat mit hängendem Kopf dagesessen. Ich wollte ihm nicht die Würde nehmen, indem ich die Bilder in seiner Anwesenheit durchscrollte.«

»Hat er dir gesagt, wie er an die Bilder gekommen ist?«

»Der Freund eines Freundes hat sie am PC seines Vaters heruntergeladen und sie Josh und ein paar anderen geschickt. Sie sind alle suspendiert worden. Die Schule hat in dieser Hinsicht eine Nulltoleranzregel.«

»Ich spreche kurz mit ihm und muss dann wieder los. Es wird schon alles wieder. Das wird ihn nicht von dir wegtreiben. Wenn überhaupt, wird es ihm beweisen, dass du ein guter Zuhörer und die Art Dad bist, zu der man gehen kann, wenn man in Schwierigkeiten steckt.« Sie nahm seine Hand. Er zog sie nicht weg.

»Meinst du?«

»Ja. Meine ich.«

Josh saß am Küchentisch über ein Chemiebuch gebeugt.

»Hey!«

Er grummelte eine Antwort.

»Wir sind dir nicht böse«, sagte sie.

»Nein?« Josh sah überrascht auf.

»Nein. Das heißt allerdings nicht, dass das okay war.«

Josh schlang die Arme um den Körper und zog die Mundwinkel herunter.

»Wir werden dir keine Vorträge halten, aber wir würden gern mit dir darüber sprechen.«

»Ich will nicht drüber sprechen.«

»Wie wär's, wenn du mit Dad einen Burger essen gehst, und wenn dir danach ist, kannst du mit ihm reden?«

David klinkte sich ein. »Komm schon. Leigh ist nicht da,

und wir haben nichts Ordentliches zu essen im Haus. Was hast du zu verlieren?«

»Ich glaube«, sagte Josh und strich sich das Haar zurück, »ich ziehe mich zuerst um.«

»Klar«, sagte David.

Natalie sah ihn an. »Ist das für dich okay?«

»Muss es wohl, oder?«

»Ich zwinge dich nicht dazu. Ich halte es nur für die beste Lösung.«

»Wenn er nichts sagt, werde ich es nicht erzwingen.«

»Das ist nur fair.«

»Und um das klarzustellen, ich mag es gar nicht, in eine solche unangenehme Situation manövriert zu werden.«

»Das weiß ich. Ich verspreche, dass *ich* mit Leigh darüber sprechen werde und dafür sorge, dass sie die Fakten kennt. Wie wäre es damit?«

Er nickte. »Fährst du zurück ins Revier?«

»Ich muss noch mit den Eltern des letzten Opfers sprechen, dann fahre ich zurück.«

»Ich bleibe auf und erzähle dir dann, wie es gelaufen ist.«

»Danke. Ich versuche, es nicht so spät werden zu lassen.«

Natalie wartete, bis sie weggefahren waren, bevor sie das Haus verließ. David hatte einen Nerv bei ihr getroffen. Sie erfüllte ihre Rolle als gute Mutter bei Weitem nicht. Es stimmte, dass ihre Familie, seit sie die Beförderung angenommen hatte, weitgehend ohne sie auskommen musste. Rebellierte Josh deshalb? Ein Teil von ihr konnte das Gefühl der Schuld nicht abschütteln. Es war irre schwer, die richtige Life-Work-Balance zu finden. Mike hatte es nicht geschafft. Sie hoffte, dass sie es konnte. Sie hätte zu viel zu verlieren, wenn es ihr nicht gelang.

Familie Kilburn wohnte in der riesigen Siedlung Hounton Park, die in den Achtzigern geschaffen worden war, in einem der ersten dort gebauten Häuser. Seither hatte sich die Wohngegend in einem solchen Maße weiterentwickelt, dass daraus eine Vorstadt von Uptown mit einem eigenen Gemeindezentrum, einer Fußgängerzone und mehreren Pubs geworden war.

Donald Kilburn kam, auf Krücken gestützt, zur Tür. Groß und breit und ragte er über Natalie auf.

»Kommen Sie herein«, sagte er mit einer sanften Stimme, die einen krassenim Gegensatz zu seiner Erscheinung bildete.

Seine Frau Paula hatte vom Weinen ein aufgequollenes Gesicht. Sie stand mitten in der Küche und umklammerte ein Geschirrtuch. Tanya Granger saß auf einem Stuhl.

»Leg das hin, Schatz«, sagte Donald. »Detective Ward möchte mit uns sprechen.«

Paula ignorierte ihn. »Ich muss zuerst noch die Tassen abtrocknen«, beharrte sie. »Ich mache doch einen Tee für Tanya.«

Tanya schüttelte den Kopf. »Ich kann mich doch um den

Tee kümmern. Bitte setzen Sie sich. Ich bringe Ihnen den Tee. Sie trinken ihn mit Zucker, richtig?«

Paula nickte, zog eine Schachtel mit Teebeuteln heraus und ließ sie vor dem Kessel fallen.

»So ist sie schon den ganzen Morgen«, flüsterte Donald Natalie zu. »Sie kann nicht fassen, was passiert ist.« Er schlurfte zu einem Hocker. »Möchten Sie etwas trinken?«, fragte er Natalie.

»Nein, danke. Ich bleibe nicht lang. Sie machen schon genug durch.«

Tanya beschäftigte sich mit dem Wasserkocher. Paula wankte zu Natalie, das Geschirrtuch immer noch in Händen.

»Ja, und es ist noch nicht vorbei«, antwortete sie auf Natalies Bemerkung.

»Mein aufrichtiges Beileid zu Ihrem Verlust«, sagte Natalie.

»Danke.« Donalds Augen verschatteten sich einen Moment, und er wischte sich mit dem Ärmel seines Sweatshirts darüber.

»Fühlen Sie sich in der Lage, ein paar Fragen zu beantworten?«

Er ruckte fast unmerklich mit dem Kopf auf und ab.

»Soweit ich weiß, hat Rainey Ballettstunden in der Tanzschule in Uptown genommen.«

»Ja. Sie hat aber damit aufgehört. Zwei linke Füße.« Donald unterdrückte schniefend ein Lächeln. »Sie hat es echt versucht. Gott segne sie. Ihre Freundinnen haben Ballett getanzt, und sie wollte das Gleiche machen. Am Schluss ist sie dann lieber geschwommen. Sie war wie ein kleiner Fisch im Wasser. Das war die bessere Wahl für sie.«

»Ist sie, nachdem sie mit dem Ballett aufgehört hat, noch einmal zur Tanzschule gegangen?«

»Nein.« Paulas Stimme war noch leiser als die ihres Mannes. »Aber das Schwimmen hat sie geliebt.«

»Wohin ist sie zum Schwimmen gegangen?«

Paula wartete, während Tanya eine Tasse Tee vor ihr abstellte, dann sprach sie weiter: »Im Freizeitzentrum neben der Schule. Sie ist samstags mit ein paar Kindern aus ihrer Klasse hingegangen.«

»Wer war das?«

»Audrey Briggs und Harriet Downing. Alles, was Harriet machte, hat Rainey auch gemacht«, sagte Paula, dann unterbrach sie sich plötzlich. Tränen liefen ihr über die Wangen.

Tanya legte ihr einen Arm um die Schultern. »Das ist gut. Lassen Sie es raus.«

Die Frau weinte leise an Tanyas Schulter.

Donald legte die Stirn in Falten. »Es ist kaum zu ertragen«, sagte er.

»Das verstehe ich. Es ist eine traumatische Zeit für Sie. Es tut mir unsagbar leid.«

Er schluckte schwer. »Ich war gestern Nachmittag bei der Physiotherapie. Da gehe ich dreimal die Woche hin. Letztes Jahr hatte ich einen Arbeitsunfall. Bin auf einer nassen Ölplattform ausgerutscht und habe mir die Hüfte auf beiden Seiten gebrochen. Es war ein langer Weg, wieder auf die Füße zu kommen. Paula war bei der Arbeit. Ich muss dauernd daran denken, dass das nicht passiert wäre, wenn einer von uns beiden da gewesen wäre, um sie von der Schule abzuholen. Wenn Paula nicht Überstunden hätte annehmen müssen, wäre sie hier gewesen, und wir hätten früher erfahren, dass Rainey vermisst wurde. Wir hätten sie vielleicht retten können.«

»So dürfen Sie nicht denken. Keiner von Ihnen ist für das, was geschehen ist, verantwortlich.«

»Und Tyler kommt gar nicht mehr aus seinem Zimmer. Er denkt, er ist schuld. Wenn er im Unterricht keinen Mist gebaut hätte, wäre er mit ihr nach Hause gegangen. Ich weiß nicht, was ich ihm sagen soll. Ein Teil von mir ist wütend auf ihn.« Donald sah sie mit flehendem Blick an.

»Es ist nur natürlich, nach Gründen zu suchen, warum das

passiert ist, und mit dem Finger auf sich selbst oder andere zu zeigen. Aber tatsächlich ist eine Folge von Ereignissen abgelaufen, die außerhalb Ihrer Kontrolle lagen. Sprechen Sie mit unserer psychologischen Betreuung und nehmen Sie ihre Hilfe an. Sie werden diese Unterstützung brauchen.«

»Was ich brauche? Dass ich aufwache, es war alles nur ein grässlicher Albtraum, und meine Tochter kommt nach Hause«, sagte Donald. »Aber das wird nicht passieren.«

Natalie ließ ihm einen Moment, um sich wieder zu fassen, dann fragte sie: »War Rainey eine gute Freundin von Audrey Briggs?«

»Es ist kein Zufall, oder? Zuerst Audrey und jetzt Rainey.«

»Wir verfolgen momentan mehrere Spuren und Möglichkeiten.«

»Verstehe. Okay. Rainey war in derselben Klasse wie Audrey, und sie haben sich seit ihrer Einschulung gekannt. Sie ist gut mit ihr ausgekommen, glaube ich. Audreys Name ist manchmal gefallen, und sie ist ein- oder zweimal zum Spielen oder zum Abendessen hergekommen, meine ich. Paula kann das genauer sagen. Natürlich haben sie zusammen Tanzunterricht genommen, Netzball gespielt und sind geschwommen. Die üblichen Dinge, die Mädchen in dem Alter so tun.«

»Wo haben sie Netzball gespielt?«

»Im Freizeitzentrum. Dort gab es Vereinsaktivitäten nach der Schule.«

»War Rainey mit Ava Sawyer befreundet?«

»Nicht dass ich wüsste. Ich bin Bohrarbeiter und war deshalb oft auf unterschiedlichen Bohrinseln. Zu der Zeit bin ich nicht oft zur Schule gefahren und wusste auch nicht viel über die Aktivitäten meiner Tochter. Dafür war Paula zuständig. Sie war für Rainey und Tyler das Mamataxi. Ich weiß nicht, ob sie Freundinnen waren, aber ich erinnere mich noch, dass Ava an Harriets sechstem Geburtstag verschwunden ist. Damals waren die Nachrichten voll davon, und natürlich war

Paula völlig fertig. Ich habe neulich im Radio gehört, dass Avas Leiche gefunden wurde.«

»Das stimmt.«

»Drei verschwundene Mädchen. Drei tote Mädchen«, sagte er langsam und ließ die Worte schwer in der Luft hängen. Dann seufzte er tief und sprach weiter. »Ich weiß nicht, was ich Ihnen sonst noch sagen kann. Es ist für mich alles noch viel zu frisch, als dass ich für Sie von großem Nutzen sein könnte.«

Tanya fing Natalies Blick auf und nickte. Paulas Schluchzer waren weniger geworden. »Paula, können Sie mit Natalie sprechen?«, fragte sie.

Paulas Gesicht war gerötet. Tanya gab ihr ein Papiertuch, und sie wischte sich die laufende Nase ab.

»Es tut mir leid«, sagte sie und unterdrückte die letzten Tränen.

»Ich verstehe das sehr gut. Lassen Sie sich Zeit. Was können Sie mir über Rainey und Ava sagen? Waren die beiden befreundet?«

Paula schüttelte knapp den Kopf. »Sie hat sich von Ava ferngehalten. Sie fand sie zu unberechenbar. Das ist natürlich nicht das Wort, das sie benutzt hat. Sie wäre launisch, hat sie gesagt. Zickig. Ava und Harriet waren bis kurz vor der Geburtstagsfeier unzertrennlich. Dann ist etwas zwischen ihnen vorgefallen, und sie haben sich entfreundet. Rainey wurde damals Harriets beste Freundin, und das sind sie auch geblieben.« Sie schluckte mühsam. Frische Tränen stiegen ihr in die Augen. Tanya reichte ihr die Teetasse, und sie nahm einen Schluck daraus.

»Und würden Sie sagen, dass Rainey auch mit Audrey Briggs befreundet war?«

»Sie war mit allen Mädchen ihrer Klasse befreundet.«

Es klingelte an der Tür, und Tanya stand auf, um hinzugehen. Ein weiterer psychologischer Betreuer der Polizei war angekommen. Natalie beschloss, dass es Zeit war zu gehen, bedankte sich bei allen und verließ das Haus. Ihre Gedanken hingen nicht mehr an der Geburtstagsfeier. Audrey und Rainey hatten beide Schwimmunterricht gehabt und waren im Netzballverein gewesen. Sie hatte eine neue Spur, der sie nachgehen konnte.

Im Büro summte es wie in einem Bienenstock, als sie zurückkam. Jedes Mitglied ihres Teams war voll bei der Arbeit.

»Carl ist vor ein paar Minuten aufgetaucht. Murray ist mit ihm im Vernehmungsraum«, berichtete Lucy.

»Gut. Ich gehe zu ihnen.«

»Bevor Sie gehen: Ich habe eine Antwort der Amerikanerin, die die gelben Kleider näht.«

Sie drehte ihren Laptop um. Das gelbe Kleid auf dem Bildschirm sah den Kleidern, die Rainey und Audrey getragen hatten, sehr ähnlich. »Sie näht sie auf Bestellung in der gewünschten Farbe und hat aus England eine Bestellung über fünf identische Kleider bekommen.«

»Fünf?«

»Ich fürchte, ja. Und es gibt noch mehr schlechte Nachrichten. Sie wurden für eine Mrs Smith an eine Abholstelle in Uptown zugestellt und mit einer Etsy-Geschenkkarte bezahlt, also wissen wir nicht, wer sie bestellt hat. Ich habe eine E-Mail-Adresse der mutmaßlichen Kundin – mrs-smith1234@hotmail.co.uk –, aber die von der Technik sagen, der Account wurde gelöscht und war unter falschem Namen und falscher Adresse eingerichtet worden.«

»Mist! Der Dreckskerl ist uns einen Schritt voraus. Okay, es muss eine Möglichkeit geben, wie wir herausfinden können, wer die Kleider abgeholt hat. Wo ist die Abholstelle?«

»In einem Lagerhaus auf der anderen Seite von Uptown.«

»Fahren Sie hin und fragen Sie herum. Vielleicht kommen da nicht so wahnsinnig viele Pakete aus den USA an und jemand kann sich noch erinnern, wer das eine abgeholt hat. Fragen Sie das Technikteam, ob sie wissen, wie man den Käufer und den Empfänger einer Etsy-Geschenkkarte ermitteln kann. Damit kommt der Kerl uns nicht davon.«

Ian sah auf. »Ich bin auch einen Schritt weitergekommen. Und zwar habe ich Jennifer Collinswood, die Klassenlehrerin von Audrey und Rainey, überprüft. Sie lebt noch bei ihren Eltern zu Hause und hat keinen Freund. Sie hat eine vorbildliche Personalakte und arbeitet an den Wochenenden außerdem ehrenamtlich für eine Stiftung für behinderte Kinder. Und Elsa Townsend habe ich ausfindig gemacht. Sie ist nicht in Spanien, wie wir dachten, sondern seit drei Wochen wieder in England.«

Natalie zog die Brauen hoch. »Wie haben Sie sie gefunden?«

Ian grinste. »Ich habe die Techniker die IP-Adresse ihres E-Mail-Accounts zurückverfolgen lassen und dann einen Gefallen eines alten Freundes eingefordert, der früher bei der Polizei war und jetzt an der Costa del Sol lebt. Bei der Adresse handelte es sich um ein Internetcafé in Puerto Banús, also ist er hingegangen und hat nach ihr gefragt. Er hat den Cafébetreibern, es sind Engländer, ihr Foto gezeigt, und herausgefunden, dass sie wieder in England ist. Ich habe bei der Einwanderungsbehörde nachgefragt: Sie ist am Donnerstag, dem sechsten April, über Manchester eingereist.«

»Sehr gute Arbeit. Und habe Sie eine Ahnung, wo sie jetzt sein könnte?«

»Die Techniker suchen nach Infos, die uns einen Hinweis liefern könnten.«

»Sehr schön.« Natalie wandte sich zur Tür. Auch wenn diese Enthüllung ihre Neugier angestachelt hatte, so hatte Carl Sawyer dennoch einiges zu erklären. »Ach, Ian, könnten Sie herausfinden, wer für das Netzballtraining zuständig ist, das nach der Schule stattfindet? Und wann samstags der

Schwimmunterricht im Freizeitzentrum von Uptown stattfindet?«

»Mach ich. Momentan bin ich gerade noch an der Liste der Pächter der Schrebergärten.«

»Machen Sie das zuerst fertig, danach kümmern Sie sich bitte ums Freizeitzentrum.«

Sie ging in den Flur. Plötzlich musste sie sehr viele Informationen verarbeiten. Sie hoffte, dass sie schnell damit vorankamen, denn ihr Denken wurde von dem gruseligen Wissen beherrscht, dass derjenige, der hinter den Morden steckte, fünf Kleider gekauft hatte, und bis jetzt erst zwei davon aufgetaucht waren. Die Kleider hatten für den Mörder eine Bedeutung, sie waren ihm wichtig. Wenn sie nur verstehen könnte, was sie bedeuteten, könnte sie das Ganze vielleicht stoppen, bevor noch mehr Kinder starben. Hatte es mit Ava Sawyer zu tun, dem Mädchen im ersten gelben Kleid? Vielleicht konnte Avas Vater ihr helfen, diese Frage zu beantworten.

SECHSUNDZWANZIG

FRÜHER

Es ist Montagmorgen. Mit angehaltenem Atem wartet er darauf, dass Sherry in den Schulbus steigt. Er drückt das Gesicht an die Fensterscheibe, um einen ersten Blick auf sie zu erhaschen, bevor sie einsteigt. Die Puppe ist in seinem Ranzen versteckt, und er hat vor, sie ihr im Bus zu geben, egal was ihre Mutter gesagt hat. In der Nacht hat er geträumt, sie wäre nicht gleich zur Rückbank im Bus gegangen, wo sie immer mit ihren Freundinnen sitzt, sondern sie wäre an seinem Platz stehen geblieben und hätte sich neben ihn gesetzt. Er hätte ihr die Puppe gegeben, und sie hätte ihr gefallen. Sie hätte ihm einen Kuss gegeben und wollte seine Freundin sein. Mit pochendem Herzen ist er aufgewacht. Was für eine wunderbare Vorstellung!

Im Schulbus verrenkt er sich fast den Hals, um das Gesicht noch dichter an das kühle Glas zu bringen und hinauszuschielen. Es ist ein schöner, strahlender Morgen. Die Weißdornhecken stehen in voller Blüte, und auf den Grasstreifen wachsen ganze Büschel von blühenden Narzissen. Der Bus fährt in das Dorf Acton und nimmt wie immer den Weg um den Teich herum zur Bushaltestelle mit dem hölzernen Wartehäuschen. Jetzt sieht er schon die Gruppe der wartenden Kinder, die in ihren Schuluni-

formen alle gleich aussehen. An dieser Haltestelle steigen gewöhnlich nur sechs von ihnen ein: vier Kinder aus dem Jahr über ihm, Gail Shore und Sherry Hunt. Manchmal sind auch ein oder zwei Elternteile da, die sichergehen wollen, dass ihre Kinder einsteigen, aber heute ist es sogar eine kleine Gruppe Eltern, die mit ernsten Mienen dem Bus entgegenblicken und zuschauen, wie die Kinder einsteigen. Sherry ist nicht dabei. Er ist enttäuscht. Das ganze Wochenende hat er ungeduldig darauf gewartet, Sherry das Geschenk zu geben, und jetzt ist sie nicht da. Aber was noch schlimmer ist: Gail ist bei den größeren Kindern, und sie haben die Köpfe gesenkt. Er hat keine Ahnung, worüber sie sprechen. Enttäuscht wirft er sich im Sitz zurück. Ob Sherry krank ist?

Dann wird es ihm plötzlich klar. Die Kinder vor ihm sprechen darüber, dass er bei Sherry zu Hause war. Sie reden wieder hinter seinem Rücken über ihn. Er wird wieder Stress bekommen und zum Direktor gerufen werden, weil er zu ihrem Haus gefahren ist. Wenn seine Mutter wieder in die Schule bestellt wird, wird er einen Mordsärger bekommen.

Der Bus hält an den nächsten beiden Haltestellen, und in sein eigenes Elend versunken bemerkt er kaum, dass alle Kinder im vorderen Bereich des Busses sitzen und ihn hinten allein lassen. Abgesondert. Er weiß, was das bedeutet. Er hat es im schwarzen Wörterbuch seiner Eltern nachgeschlagen, das im Wohnzimmer steht. Es bedeutet, dass man ausgeschlossen ist, von einer Gruppe zurückgewiesen.

Er kommt in der Schule an und versteckt sich in der Toilette, bis der Unterricht beginnt. Seine Handflächen sind schweißnass. Es klingelt zur ersten Stunde, und er muss sich mit seiner Klasse vor der Tür aufstellen, und zwar leise. Gail schaut zu ihm rüber, als er ans Ende der Schlange schleicht, und dann wieder weg. Sie zischt einem anderen Mädchen etwas zu, und sie sehen ihn auf eine Art an, dass ihm ganz kalt wird. Er steckt in Schwierigkeiten.

Sie gehen in die Klasse. Er steht hinter seiner Bank, wie er es jeden Morgen muss, und fragt sich, warum Sherry nicht zur Schule gekommen ist. Hat sie etwa so große Angst vor ihm, dass sie sich nicht mehr in den Unterricht traut? Ihre Bank sieht ohne sie so einsam aus.

Die Klassenlehrerin blickt sehr ernst drein. Die Mundwinkel sind heruntergezogen. »Guten Morgen, Kinder.«

»Guten Morgen, Mrs Tideswell«, sagen sie im Chor.

»Setzt euch.«

Der Lärm der rückenden Stühle erfüllt den Raum. Er starrt die großen Stundenpläne an der Wand an, um nicht Mrs Tideswell ansehen zu müssen. Er weiß, sie wird etwas darüber sagen, dass er zu der Geburtstagsfeier gegangen ist. Die Klasse wird ruhig, sie bleibt stehen.

»Ich fürchte, ich muss euch etwas Schlimmes mitteilen«, sagte sie. Er hört fast nichts, so laut pocht es in seinen Ohren. Sie wird ihnen allen erzählen, dass er eine Puppe hat, die er Sherry zum Geburtstag schenken wollte. Sie werden ihn verspotten und auslachen.

»Es geht um Sherry. Einige von euch haben vielleicht schon Gerüchte gehört, aber die wurden inzwischen bestätigt. Es tut mir so leid, aber ich muss euch sagen, dass Sherry und ihre Familie am Sonntagabend in einen Verkehrsunfall geraten sind und tragischerweise alle ums Leben gekommen sind.«

Er sieht, dass Mrs Tideswell die Lippen bewegt, hört aber ihre Worte nicht mehr. Sherry, die hübsche Sherry in ihrem gelben Festkleid, ist tot. Sie wird nie von dem Geschenk erfahren, und er wird sie nie zur Freundin haben.

Die gesamte Klasse dreht plötzlich den Kopf zu seiner Bank um, und es dauert eine Weile, bis er bemerkt, dass er unkontrolliert zu heulen begonnen hat.

———

Er weiß, dass seine Mum sich Sorgen um ihn macht, aber er kann nichts tun, um sie zu beruhigen. Sie guckt immer wieder von ihrem Bügelbrett zu ihm rüber. Sie hat ein paar Zeichentrickfilme für ihn eingeschaltet, aber er kann sich nicht darauf konzentrieren. Er ist schon schlecht drauf, seit sie ihn von der Schule abgeholt hat. Mrs Tideswell hat ihr gesagt, dass er unter Schock steht. Er weiß nur, dass Sherry weg ist – für immer.

Seine Mutter geht mit dem Korb Bügelwäsche nach oben, um ihn zum Ausdampfen abzustellen.

»Ich geh raus spielen«, sagt er.

Sie bleibt auf der dritten Stufe stehen und dreht sich halb zu ihm um. »Gute Idee. Aber geh nicht aus dem Garten raus.«

»Okay. Hab ich eh keine Lust zu.«

Sobald er außer Sichtweite ist, greift er in seinen Ranzen, der bei der Haustür an der Wand lehnt, und zieht die Plastiktüte heraus. Er schafft es nicht, hineinzuschauen. Er eilt zur Hintertür, zieht seine Schuhe für draußen an und schlüpft in den Garten.

Der Garten ist ein Blumenmeer. Seine Eltern sind stolz darauf und verbringen viel von ihrer Freizeit bei der Arbeit in den Blumenbeeten. Am anderen Ende des Gartens steht ein Schuppen, in dem die ganzen Gartengeräte aufbewahrt werden. Manchmal hilft er, muss dabei aber beaufsichtigt werden, damit er nicht eine Blume anstelle von Unkraut zupft.

Er geht in den Schuppen und danach zu dem frisch umgegrabenen Stück, an dem seine Eltern am Wochenende gearbeitet haben. Im September pflanzen sie hier verschiedene Narzissenzwiebeln ein. Er hat die Knollen schon gesehen. Sie liegen in ihren Papiertüten im Schuppen, Blumenzwiebeln in allen Größen. Jetzt sehen sie ausgetrocknet und tot aus, aber nächstes Jahr werden sie in allen Schattierungen leuchtender Gelb- und Cremetöne strahlen. Das ist die richtige Stelle.

Er gräbt ein ganz schön tiefes Loch. Er will nicht, dass seine Eltern das finden, was er hier verbuddelt. Es dauert nicht lange, die frisch umgegrabene Erde zurückzuscharren, deren feuchte Wärme ihm beim Graben in die Nase steigt. Dann ist das Loch groß genug. Er schielt in die Tüte und überprüft, ob das Puppenkleid sauber ist. Beim Anblick ihres hübschen Gesichts zuckt sein Herz noch mal schmerzlich.

»Tschüs, Sherry. Ich werde dich vermissen.«

Er wickelt die Tüte um sie und legt sie vorsichtig in das Loch. Dann bedeckt er sie mit Erde und geht zurück zum Haus. Dabei wischt er sich den Dreck von den Händen.

Carl Sawyer füllte den Stuhl im Befragungsraum aus. Seine Oberarmmuskeln wölbten sich unter den T-Shirt-Ärmeln, und seine breiten Hände lagen auf dem gespannten Stoff seiner Jeans. Sein Gesicht war ausdruckslos.

»Guten Abend, Carl«, sagte Natalie.

»Warum bin ich hier?«

»Sie sind für uns von Interesse.«

»Ach, bin ich das? Und weshalb?«

»Wo waren Sie gestern Nachmittag gegen vier Uhr?«

»Unterwegs.«

»Was soll das heißen?«

Er zog die Schultern hoch und ließ die Mundwinkel hängen. »Was ich sagte. Unterwegs.«

»Heißt das in Uptown?«

Er verweigerte die Antwort.

»Kürzen wir das ab. Sie sind auf einem Überwachungsvideo zu sehen, wie Sie gestern Nachmittag in Uptown die St Chad's Road entlang zum Monks Walk gehen.«

»Und weiter?«

»Warum waren Sie dort?«

»Ich habe mich mit jemandem getroffen und war dann auf dem Weg zurück zu meinem Auto.«

»Und wer war dieser ›jemand‹?«

»Warum spielt das eine Rolle?«

»Weil Sie zufällig zu der Zeit, in der ein kleines Mädchen umgebracht wurde, in der Nähe des Tatorts waren.«

Sein Gesichtsausdruck blieb gleichgültig, aber seine Augen huschten hin und her, als ihm dämmerte, was das Gesagte zu bedeuten hatte.

»Ich frage Sie also nochmals: Mit wem haben Sie sich getroffen?«

Carl rutschte unbehaglich auf dem Stuhl herum. »Sie wollte nicht, dass irgendwer weiß, dass sie in Uptown ist.«

»Wer?«

»Elsa Townsend.«

»Die Frau, die zusammen mit ihrem Mann Barney das Uptown Craft Centre and Farm besessen und geleitet hat?«

»Ja.«

»Warum haben Sie sich mit ihr getroffen?«

»Sie hat sich am Donnerstagmorgen bei mir gemeldet, weil sie gehört hat, dass Avas Leiche gefunden wurde, und wollte mit mir sprechen.«

»Worüber wollte sie mit Ihnen sprechen?«

»Darüber, wie leid es ihr tut, und dass sie sich schuldig fühlt. Sie wollte nicht, dass ich denke, sie hätte etwas damit zu tun gehabt, da Ava ja im Center gefunden wurde.«

»Wo ist Elsa jetzt?«

»Ich weiß es nicht. Ich habe sie im Dove and Horses getroffen. Es waren nicht viele Leute da. Wir haben etwas getrunken. Sie hat viel geweint und gesagt, dass es ihr wirklich leidtut wegen Ava. Sie hätte gelesen, dass man ihre Leiche auf dem Gelände ausgegraben hätte, und es wäre ihr wichtig, mir zu versichern, dass sie nichts darüber gewusst hätte.«

»Welche Gefühle hat das bei Ihnen ausgelöst?«

»Ich habe gar nichts gefühlt. Die dumme Kuh hatte an dem Tag damals die Aufsicht, und ganz egal, was sie sagt, sie ist verantwortlich für das, was passiert ist. Sie hätte meine Tochter im Auge behalten müssen. Sie hat Ava zwar nicht selbst umgebracht, aber zum Teufel noch mal, sie war verantwortlich für das, was ihr passiert ist. Das habe ich ihr gesagt. Hat sie zum Heulen gebracht.«

»Sie waren also ziemlich wütend?«

Er sah Natalie finster an. »Könnte man sagen.«

»Wohin sind Sie nach dem Treffen gegangen?«

»Zurück zu meinem Van. Der stand im Parkhaus in der St Chad's Road.«

»Um wie viel Uhr sind Sie aus der Stadt gefahren?«

»Keine Ahnung. Ich hab 'ne Weile im Van gesessen. Ich war völlig fertig. Schätze, es war so halb fünf. Ich bin direkt heimgefahren.«

»Haben Sie ein Parkticket, mit dem Sie das belegen können?«

»Nein, hab ich nicht. Aber es gibt bestimmt Videoaufzeichnungen, oder? An der Schranke ist doch eine Kamera, die das Nummernschild registriert.«

Natalie sah zu Murray, der den Raum verließ, um das zu überprüfen.

»Carl, wo waren Sie am Mittwochnachmittag?«

»Zu Hause.«

»Waren Sie nicht bei der Arbeit?« Wenn niemand seinen Aufenthalt bestätigen konnte, hatte er für den Nachmittag, an dem Audrey umgebracht worden war, kein Alibi.

»Ich habe mir ein paar Tage freigenommen.«

»Sind Sie den ganzen Tag zu Hause geblieben?«

»Ja. Ich bin mit ein paar Dosen Bier daheimgeblieben. Das war eine Scheißwoche. Schließlich ist Ava gefunden worden. Ich hab getrunken. Beatrice hat mich angerufen. Wir haben besprochen, was wir für Ava tun wollen. Wir müssen eine Bestattung für sie organisieren, aber Beatrice schafft das nicht. Also bin ich zum Bestattungsinstitut gefahren und wollte versuchen, es allein zu regeln. Aber ich konnte das nicht. Die drücken einem einfach nur ein Buch in die Hand! Ein Scheißbuch, das man wie einen Warenkatalog durchblättern soll, voll mit Sachen, die man für die Beerdigung eines Kindes vielleicht will: weiße Pferde, die einen weißen Bestattungswagen ziehen, Erinnerungskärtchen mit den Fingerabdrücken, Särge mit den Lieblingssachen des Kindes als Dekoration. Es ist, als würden sie einem ein Messer ins Herz rammen. Auch wenn ich den Verdacht hatte, dass sie tot sein könnte, bestand die ganze Zeit, in der sie vermisst wurde, noch die Möglichkeit, dass sie irgendwo ist, irgendwo da draußen. Bald wird mich nur noch ein Grabstein und das, was wir an Dekoration auswählen, an sie erinnern. Sie hatte mal ein Leben. Sie war mein Leben. Es tut so weh. Sie ist weg. Für immer.« Er unterbrach sich und biss sich auf die Unterlippe, damit sie aufhörte zu zittern.

Sein Schmerz war förmlich greifbar. Natalie konnte nicht einfach darüber hinweggehen.

»Sie werden das durchstehen, und Sie werden sich wieder an glücklichere Zeiten und Momente erinnern, die Sie mit Ava hatten. An die Gelegenheiten, bei denen Sie Freude und Lachen erlebt haben, und Ihre Erinnerungen werden Sie immer mit ihr verbinden. Sie wird nie ganz weg sein.«

Er wischte sich mit dem Handrücken über die Augen. »Es fühlt sich nicht so an, als könnte ich jemals an diesen Punkt kommen.«

»Aber das werden Sie. Es ist noch zu früh. Sie brauchen Zeit.«

Er antwortete nicht. Natalie war sich immer noch nicht sicher, ob er genug Wut in sich hatte, um andere Kinder zu töten, die auf der Party gewesen waren. Sie würde gerne noch weiter in ihn dringen, aber wenn sich erwies, dass er gegen halb fünf aus dem Parkhaus gefahren war, wie er gesagt hatte, war es unwahrscheinlich, dass er Rainey ermordet hatte.

»Als Sie zu Ihrem Van gegangen sind, sind Sie da irgendjemandem auf dem Bürgersteig begegnet?«

»Nein, es war alles ganz ruhig. Ich hab keine Menschenseele gesehen.«

»Gibt es jemanden, der für Mittwoch Ihre Aussage bestätigen kann?«

»Meine Haustür war zu, und ich hab den ganzen Nachmittag die Glotze angehabt. Ich hab mit niemandem gesprochen, außer mit Beatrice.«

»Hat Beatrice Sie auf dem Handy angerufen?«, fragte Natalie in der Annahme, dass man die Zeit des Anrufs leicht überprüfen könnte.

»Nein, sie hat auf dem Festnetz angerufen, weil ich mein Handy ausgeschaltet hatte.«

»Wissen Sie noch, um wie viel Uhr das war?«

»Da war ich schon ein bisschen knülle. Kann ich nicht genau sagen. Irgendwann am Nachmittag. Sie weiß das bestimmt genauer. Warum?«

»Audrey Briggs ist am Mittwochnachmittag getötet worden.«

Er hob den Kopf. »Denken Sie etwa, ich hätte sie ermordet?«

»Ich denke, wir müssen Sie von unseren Ermittlungen ausschließen können. Das ist ein Unterschied.«

»Hab ich nicht. Ich war viel zu besoffen, um Auto zu fahren. Ich hab das Haus gar nicht verlassen.«

»Hätten Sie etwas dagegen, uns eine DNA-Probe zu geben?«

»Nein. Nehmen Sie eine. Ich hab nichts zu verbergen.«

»Danke sehr.« Sie ging hinaus, um Ian zu bitten, die Probe zu nehmen. Im Büro saß Murray vorm Computerbildschirm.

»Hab ihn gefunden«, sagte er. »Er ist um sechzehn Uhr siebenundzwanzig aus dem Parkhaus ausgefahren. Hier. Er sitzt allein im Van.«

Das Foto zeigte einen ernst dreinblickenden Carl am Steuer seines Vans.

»Ich habe auch im Pub angerufen, dem Dove and Horses. Der Betreiber sagte, dass gegen halb vier zwei Kunden da gewesen wären. Der Mann, auf den Carls Beschreibung passt, hat nach etwa fünfzehn Minuten sein Glas abgesetzt und ist aus dem Lokal gestürmt. Die Frau, die eine Sonnenbrille trug, ist ihm ein oder zwei Minuten später gefolgt. Beide haben ihre halb vollen Gläser stehen lassen. Der Wirt hat gesagt, er hätte den Eindruck gehabt, dass sie sich gestritten haben, aber sie haben leise gesprochen, sodass er nicht hören konnte, worüber. Vom Dove and Horses zum Parkhaus braucht man zu Fuß ungefähr dreißig Minuten. Das erklärt auch, wieso er um Viertel nach vier von der Bibliothekskamera erfasst wurde. Es ist unwahrscheinlich, dass er Rainey getötet hat.«

»Ian, können Sie bitte eine DNA-Probe nehmen und ihn dann nach Hause schicken?«

»Und wieder eine Sackgasse«, sagte Murray und verschränkte die Arme.

»Aber auch eine neue Spur. Warum ist Elsa wirklich zurück nach Uptown gekommen?«

»Sie meinen, es war nicht, weil sie Carl sagen wollte, wie leid es ihr um Ava tut?«, fragte Murray.

»Das ist doch eigenartig, oder? Sie hatte viele Gelegenheiten, mit Carl zu sprechen, ist aber erst vor ein paar Wochen zurück nach England gekommen, kurz bevor Avas Leiche gefunden wurde, und dann war sie zufällig in der Stadt, als Rainey getötet wurde. Können Sie mal nachfragen, ob die von der Technik schon herausgefunden haben, wo sie ist? Ich würde sehr gern mit Elsa sprechen. Und Ian, fragen Sie Beatrice Sawyer, um wie viel Uhr sie am Mittwoch Carl angerufen hat.«

Lucy sah auf und sagte: »Natalie, ich habe in dem Lager angerufen, in dem die Pakete verteilt werden. Es ist jetzt geschlossen und öffnet morgen um acht Uhr wieder. Ich gehe morgen als Erstes dorthin.«

»Danke.«

»Die Schwimmstunden sind morgen um neun Uhr«, sagte Ian auf dem Weg zur Tür. »Die Einzelheiten über den Netzballverein habe ich Ihnen auf den Schreibtisch gelegt.«

Natalie las sie durch. Sie würde am nächsten Morgen mit dem Vorstand sprechen können. Sie würde den Tag im Freizeitzentrum beginnen. »Lucy, gehen Sie doch auch heim. Es ist schon spät, und ich glaube nicht, dass wir heute Abend noch viel reißen können.«

Sie ließ sich an ihrem Schreibtisch auf den Stuhl fallen und dachte nochmals über ihr Gespräch mit Carl nach. Er war ihr nicht wie ein Mann vorgekommen, der Kinder quälen wollte. Aber vertraute sie ihren Instinkten genug, um das zu glauben? Ihr Handy vibrierte. Es war Mike.

»Hi. Ich habe Neuigkeiten. Ich bin bei Naomi. Wir haben die Substanzen unter Raineys Nägeln identifiziert. Es ist eine Mischung aus Ton, vermutlich von der Tonkatze in ihrem Schulranzen, aber auch Fasern, die wir für Leder halten, sowie ein Haar, das wahrscheinlich von einem Tier stammt – wir tippen auf einen Hund.«

»Ich frage mich, wie die Fasern unter ihre Nägel gekommen sind.«

»Wir können dir ein paar Theorien anbieten. Sie sind unter ihrer rechten Hand, und sie ist Rechtshänderin. Also wurde sie vielleicht mit etwas aus Leder stranguliert – einem Gürtel oder etwas Ähnlichem – und hat versucht, es von ihrer Kehle wegzuziehen, oder sie stammen von früher am Tag in der Schule, von einer Tasche oder einem Gürtel, an dem sie gezogen hat.«

»Und das Hundehaar?«

»Vielleicht war das im Ton hängen geblieben. Oder sie hat einen Hund gestreichelt. Oder sie hat es in den Büschen aufgeschnappt, durch die sie sich gedrängt hat, um zum Monks Walk zu gelangen. Ich kann mir sonst nichts vorstellen.«

»Okay. Gute Vorschläge.«

»Wir haben die Fasern überprüft, die wir in den Büschen eingesammelt haben, durch die sie vermutlich gekommen ist, und sie passen zu ihrem Schulrock und den Socken. Es waren auch andere künstlich hergestellte Fasern da, schwarze Baumwolle, nicht von ihrer Kleidung.«

»Von der Kleidung ihres Angreifers?«

»Möglich. Sie können aber auch schon eine Weile dort gewesen sein. Sicherlich haben früher auch schon andere Kinder den Weg als Abkürzung benutzt. Die Schuluniform besteht aus einer schwarzen Hose und einem weißen Hemd.«

»Okay. Tschüs, Mike.«

Murray kam mit einem Blatt in DIN-A4-Größe in der Hand zurück. »Ich glaube, ich bin auf etwas gestoßen. Elsa hatte Kontakt zu Barney.«

»Ihrem Ex-Mann? Er sagte, sie hätte sich vor ein paar Wochen zu seinem Geburtstag gemeldet, und dass sie eine ganze Zeit lang keinen Kontakt gehabt hätten.«

»Er hat gelogen. Sie hat ihm noch eine Mail geschickt und ihn gebeten, sich mit ihr zu treffen, wenn sie wieder in England ist.«

»Wann hat sie gemailt?«

»Am Dienstag, dem zwanzigsten April. Vor einer guten Woche.«

»Er muss schon gewusst haben, dass sie in England ist, als wir mit ihm geredet haben. Drecksack. Okay, wollen wir jetzt gleich mit ihm sprechen?«

»Bin dabei!«

Als sie das Büro verließ, schickte sie David eine Textnachricht, dass sie viel später wegkäme als geplant. Sie hoffte, dass er die Sache mit Josh klären konnte. Sosehr sie auch nach Hause und ihrem Sohn eine Mutter sein wollte, konnte sie jetzt nicht weg. Das Leben von Kindern stand auf dem Spiel, und ob sie es wollte oder nicht, ihre Familie musste sich hintanstellen.

Barney Townsend öffnete die Tür nur einen Spalt weit, durch den er Natalie und Murray ansah. Er trug einen Morgenmantel, dessen Gürtel er fest um seine schlanke Gestalt gebunden hatte.

»Was gibt es?«, fragte er.

»Wir möchten kurz mit Ihnen sprechen«, sagte Natalie.

»Kann das nicht bis zum Morgen warten? Ich war schon im Bett.«

»Ist es nicht noch ein bisschen früh fürs Bett?«

»Für mich nicht. Ich bin Frühaufsteher.«

»Ich fürchte, es kann nicht warten. Es geht um Ihre Ex-Frau Elsa. Sie haben uns angelogen, Mr Townsend, und das ist etwas, worüber wir nicht einfach so hinwegsehen können.«

Er sackte sichtbar in sich zusammen und öffnete die Tür.

»Ich nenne es lieber ›Informationen zurückhalten‹. Informationen, die ich für Ihre Ermittlungen nicht für bedeutsam gehalten habe.« Er schloss leise die Tür hinter ihnen.

»Das haben Sie nicht zu entscheiden. Sie hätten unsere Ermittlungen behindern können, und so etwas nehme ich nicht auf die leichte Schulter.«

Er bewegte sich nicht von der Tür weg. »Was möchten Sie wissen?«

»Warum Sie uns nicht gesagt haben, dass Elsa wieder in England ist?«

»Ich habe es nicht für wichtig gehalten.«

Natalie ballte die Fäuste und sprach überdeutlich. »Es sind Kinder gestorben. Für mich ist das Grund genug, dass Sie uns alles sagen, was Sie über Elsa wissen.«

Er verlagerte das Gewicht von einem Fuß auf den anderen. Sie steckten in Hausschuhen. »Ich dachte nicht ...«, fing er an. Natalie unterbrach ihn sofort mit hochgehobener Hand.

»Wir möchten mit Elsa sprechen, und wir gehen davon aus, dass Sie wissen, wo sie ist.«

»Sie hatte nichts mit dem Verschwinden von Ava zu tun.«

»Habe ich mich nicht klar ausgedrückt, Mr Townsend? Wir entscheiden, was in diesem Fall relevant ist oder nicht. Nicht Sie.« Natalie richtete sich zu voller Größe auf und sah ihm in die Augen. »Wo ist sie?«

»Hier«, erklang eine Stimme von der Treppe.

Natalie drehte den Kopf zu der Frau, die gerade gesprochen hatte. Elsa Townsend stand oben auf der Treppe. Langsam kam sie herunter und hielt sich dabei mit einer Hand am Treppengeländer fest. Barney fuhr sich mit den Fingern durch das dichte Haar.

»Es ist nicht, wonach es aussieht ...«, begann er.

Natalie warf ihm einen strengen Blick zu.

»Können wir uns setzen, um das zu besprechen?«, fragte Elsa. »Ich kann nicht so lange stehen. Ich bin seit einer Weile sehr krank und habe momentan nicht viel Energie.«

Barney ging ihnen voraus ins Wohnzimmer. Elsa setzte sich auf den Stuhl neben dem Fenster. Ihm gegenüber standen eine Zweiercouch und ein alter Schaukelstuhl.

»Es tut mir leid. Es ist allein meine Schuld, dass Barney nichts über meinen Aufenthalt verraten hat. Ich habe ihm das

Versprechen abgenommen, weil ich furchtbare Angst hatte, Sie könnten mich für Avas Tod verantwortlich machen, weil ihre Leiche auf dem Gelände des Gartencenters gefunden wurde. Das musste ich alles zuerst verdauen. Ich war gerade erst zurück nach England gekommen, als ich davon hörte. Ich hätte mich sofort melden und mich erklären müssen, aber da hatten Sie schon mit Barney gesprochen, und der hat mir erzählt, dass Audrey, die an jenem Tag auch im Center gewesen ist, ebenfalls ermordet wurde. Da wusste ich nicht mehr, was ich tun sollte. Ich war wieder in England, und ein zweites Kind war tot. Ich hatte kein Alibi für die Tatzeit. Deshalb hielt ich es für besser, wenn Sie alle denken, dass ich noch in Spanien bin.«

»Warum sind Sie denn eigentlich zurückgekommen?«

Elsa rückte auf dem Stuhl etwas nach hinten. »Ich hatte regelmäßige Kopfschmerzen, die von Mal zu Mal schlimmer wurden. Das zwar schon seit einigen Jahren so, sogar schon bevor ich nach Spanien gegangen bin, aber in den letzten paar Monaten waren sie nicht mehr zum Aushalten. Also bin ich in Spanien zu einem Spezialisten gegangen und habe erfahren, dass ich einen Hirntumor habe. Wenn einem so etwas passiert, ändern sich die Prioritäten. Ich bekam Heimweh und wollte die Differenzen zwischen Barney und mir klären, bevor ich mich operieren lasse. Wenn Sie so wollen, wollte ich meinen Nachlass regeln.« Sie lächelte ihm unsicher zu. »Eigentlich wohne ich in einem Motel, aber gestern hatte ich so wahnsinnige Kopfschmerzen, dass er mir hier sein freies Zimmer zur Verfügung gestellt hat.«

»Sie haben sich gestern mit Carl Sawyer getroffen, richtig?«

»Ja. Ich habe schon kurz nach Avas Verschwinden versucht, mit ihm zu reden. Damals habe ich ihn und seine Frau mehrmals besucht, um ihnen zu sagen, wie leid mir das alles tut, aber sie haben nicht mit mir gesprochen. Sie hielten mich für schuldig, und irgendwie war ich das auch. Ich hatte das kleine Mädchen aus den Augen gelassen, und sie ist verschwunden.

Also habe ich mich mit Carl getroffen, um es ein letztes Mal zu versuchen. Ich wollte ihn und seine Frau wissen lassen, dass kein einziger Tag vergeht, an dem ich nicht gern die Uhr zurückdrehen würde, um diesen einen Tag nochmals zu durchleben. Als ich hörte, dass Ava gefunden wurde, schien es mir sogar noch wichtiger, mit den beiden zu sprechen. Ich wusste nicht, dass sie sich getrennt hatten. Ich habe es bei ihnen zu Hause versucht, aber die Mutter von Beatrice ließ mich nicht mit ihr reden. Mit Barneys Hilfe habe ich Carl ausfindig gemacht und ihn in der Stadt getroffen.« Sie blickte einen Moment zur Seite und schüttelte leicht den Kopf. »Es hat nichts geändert. Er hasst mich immer noch und gibt mir die Schuld.«

»Was haben Sie gemacht, nachdem Carl Sie am Dove and Horses verlassen hat?«

»Ich bin zur nächsten Straßenecke gegangen und habe gewartet, dass Barney mich abholt. Selber fahren kann ich momentan nicht.«

»Barney war mit Ihnen in der Stadt?«

»Ja«, antwortete er.

»Was haben Sie in der Zeit gemacht, in der Elsa mit Carl gesprochen hat?«

»Ich war bummeln und habe gewartet, dass sie mich anruft. Es hat nur so eine Stunde gedauert.«

»Wo haben Sie geparkt?«

»In einer der Parkbuchten beim Pub. Man kann dort bis zu zwei Stunden kostenlos parken.«

»Ich möchte bitte genau wissen, wo Sie im betreffenden Zeitraum überall waren.« Natalie sah ihn direkt an.

Zwischen seinen Brauen bildete sich eine tiefe Falte. »Ich bin in einen Zeitschriftenladen gegangen, habe ein paar Magazine durchgeblättert und eine Gartenzeitschrift gekauft. Dann habe ich mich mit einem Coffee to go bei Greggs auf eine Bank gesetzt, mein Magazin gelesen und gewartet, bis Elsa mich anrief.«

»Haben Sie den Kassenbon für die Zeitschrift noch?«

»Den habe ich weggeworfen. Vielleicht ist er im Küchenmülleimer.«

»Würden Sie bitte für mich nachsehen?«

»Worum geht es hier denn?«, fragte er und stand auf.

»Um einen weiteren Mord an einem Mädchen.«

»Sie halten mich doch nicht für einen Verdächtigen?«

»Könnten Sie einfach den Bon suchen, bitte?«

Elsa schaltete sich ein. »Ich habe Ava nicht getötet. Ich habe auch keine Ahnung, wer so etwas getan haben könnte. Auch Audrey habe ich nicht getötet. Wobei ich mich an sie erinnere. Sie war ein süßes kleines Mädchen mit Stupsnase und Zahnlücken. Sie hat als Erste bemerkt, dass Ava nicht bei der Gruppe war.«

»Und Rainey Kilburn? Erinnern Sie sich an ein Mädchen mit dem Namen Rainey?«

»Ja. Sie ist mit Harriet zu den Ponys gelaufen und hat die ganze Zeit laut gequietscht.« Sie zuckte bei der Erinnerung zusammen. »Ich erinnere mich lebhaft an sie. Ich erinnere mich an sie alle. Und ich werde sie auch nie vergessen. In den meisten Nächten sehe ich in meinen Träumen zwanzig Kinder. Ich sehe ihre Gesichter, höre ihre Stimmen und zähle sie alle zwanzig durch. Dann wache ich auf und erinnere mich, dass es nur neunzehn waren. Ist Rainey auch tot?«

»Sie wurde gestern Nachmittag ermordet.«

Elsas riss die Augen auf, und sie sprach flüsternd weiter. »Deshalb wollen Sie wissen, wo wir beide waren.« Sie wurde von Barney unterbrochen.

»Das hier müsste der Bon sein«, sagte er und überreichte Murray ein zerknittertes Stück Papier. Dieser glättete es und sah nach der Uhrzeit des Einkaufs.

»Fünfzehn Uhr fünfzig.«

Natalie würde überprüfen müssen, wie weit der Kiosk vom Monks Walk entfernt war, aber sie war sich ziemlich sicher, dass Barney nicht rechtzeitig dorthin und wieder zurück hatte gelangen können, um Rainey zu töten und danach Elsa abzuholen. Die Handydaten würden ergeben, wann Elsa ihn angerufen hatte, um abgeholt zu werden, und Sicherheitskameras würden zeigen, wann sie mit dem Auto aus der Gegend weggefahren waren. Es sah aus, als hätten beide ein starkes Alibi.

»Bleiben Sie länger hier?«, fragte sie Elsa.

»Vorerst bleibt sie hier«, sagte Barney. Elsa warf ihm einen dankbaren Blick zu.

»Wir müssen vielleicht noch mal mit Ihnen reden«, sagte Natalie.

»Wir sind hier«, sagte Elsa.

»Sie können es also nicht gewesen sein«, sagte Murray, als sie wegfuhren.

»Sieht so aus. Ich weiß nicht, wo wir weitermachen sollen«, sagte Natalie. »Wir brauchen eine glückliche Fügung. Ich hoffe, morgen gibt es eine, und zwar rechtzeitig. Mir gefällt die Vorstellung nicht, dass der Mörder fünf gelbe Kleider gekauft hat.«

»Ich gehe noch mal ins Büro und überprüfe, ob Barney im Monks Walk gewesen und Rainey stranguliert haben kann«, sagte Murray.

»Das wollte ich machen. Gehen Sie nach Hause.«

»Yolande ist heute Abend mit ihren Freundinnen aus. Ich mach das gerne.«

»Okay. Danke. Es wär tatsächlich ganz gut, wenn ich nach Hause könnte. Es gibt da ein paar familiäre Probleme zu klären.« Sie biss sich auf die Zunge. Offensichtlich war sie sehr erschöpft, denn es passte gar nicht zu ihr, persönliche Dinge mit einem Kollegen zu besprechen. Zum Glück hakte Murray nicht nach.

»Wir haben doch nichts übersehen, oder?«, fragte er.

»Ich glaube nicht.«

»Aber Sie befürchten es, nicht?«

»Dass ich etwas Wichtiges übersehen habe? Jedes Mal.«

Er hielt die Augen auf die Straße gerichtet und blinkte, um hinter einem SUV auszuscheren. Mehr zu sich selbst als zu ihm sagte sie: »Ich glaube, wir gehen schon richtig vor, brauchen aber dringend irgendwelche Hinweise, die uns sagen, wie wir mit unseren Ermittlungen fortfahren sollen.«

Als Murray neben dem SUV beschleunigte, sah sie aus dem Fenster und blickte die Insassen des Wagens an. Im Beifahrersitz saß ein Mädchen, ungefähr im selben Alter wie Rainey und Audrey. Natalie presste die Lippen zusammen und betete, dass sie bald den Durchbruch hätten.

Natalie wachte schon vor Morgengrauen mit pochendem Schädel und ausgetrocknetem Mund auf. Es war eine lange Nacht gewesen. David hatte noch wach gelegen, als sie nach elf Uhr endlich zur Tür hineingekommen war, und hatte ihr ein Glas Rotwein eingeschenkt. Da sie kein Abendessen gehabt hatte, schlug der Wein schnell zu, und sie hatte den Fehler gemacht, sich ein zweites Glas einzuschenken, nachdem David ins Bett gegangen war. Jetzt zahlte sie dafür.

Sie lauschte seinem leisen, gleichmäßigen Atem und war neidisch, dass er schlief wie ein Toter. Er konnte nach einem Streit problemlos schlafen, während sie die halbe Nacht wach geblieben war und alle Details ihres Streits und die kalten, im Zorn geäußerten Worte, die sich in ihren Kopf und ihr Herz gebohrt hatten, immer und immer wiederkäute.

David war nicht bereit gewesen, über sein Gespräch mit Josh zu sprechen ...

»Ich habe ein Recht darauf zu erfahren, was ihr besprochen und worauf ihr euch geeinigt habt.«

»*Wenn du neuerdings so auf Rechte pochst, solltest du vielleicht öfter für die Kinder da sein.*«

»*Ach, hör doch auf, David. Hör einfach auf! Hättest du nicht gespielt, könnte ich zu Hause bleiben und wüsste, was bei meinen Kindern läuft. Ich könnte öfter mit ihnen reden, anstatt mich damit zu quälen, was sie durchmachen müssen, und machtlos dazustehen, weil ich meilenweit weg in Ermittlungen eingebunden bin.*«

»*Ich wusste, dass du mir das wieder vorwerfen würdest. Damit wirst du nie aufhören, oder?*«

»*Tut mir leid. Das war daneben. Ich habe einen wirklich schlimmen Tag gehabt.*«

»*Tja, stell dir nur vor! Mein Tag war auch scheiße.*«

Bei der Erinnerung daran, was danach gekommen war, zuckte sie zusammen. Sie war genauso offensiv wie David und zahlte mit gleicher Münze zurück. Ihre Wut wurde durch Davids selbstmitleidige Haltung und die Auswirkungen der komplizierten Ermittlungen noch gesteigert. Dabei hatten sie doch durchaus in freundschaftlichem Tonfall angefangen. Sie hatte sich Davids Genörgel darüber, dass er mit Josh hatte reden müssen, angehört. Aber da hatte er bereits mehrere Bier getrunken, und der Wein hatte seine Laune kippen lassen. Schnell war klar geworden, dass sie nicht wie Erwachsene und wie Eltern über Josh sprechen würden. Sie hatten gezankt und waren wieder auf der gleichen Spur gelandet, die sie in letzter Zeit viel zu oft eingeschlagen hatten. Als David abrupt aufgestanden und zu Bett gegangen war, hatte sie echte Erleichterung verspürt.

Jetzt würde sie ihm am liebsten wachrütteln und ihm sagen, es täte ihr leid, dass sie so wenig mitfühlend gewesen war, aber gleichzeitig wollte sie ihm klar machen, wie sehr sie unter Druck stand. Der Fall ging ihr nahe. Sehr nahe sogar. In ihren

Gedanken drängte sich Olivias Gesicht nach vorn. »Ich weiß, was du sagen willst«, flüsterte sie. »Ich muss diesen Mörder finden.« Sie würde keine weiteren Albträume von kleinen Mädchen ertragen, genauso wenig wie Reue und Schuldgefühle, weil sie sie im Stich gelassen hatte.

Sie starrte an die Decke, dachte über ihre Pläne für den Tag nach und wartete darauf, dass David zu sich kam. Sie suchte auf ihrem Smartphone nach Informationen über Etsy-Geschenkkarten und machte sich Gedanken um die restlichen drei gelben Kleider. Für wen waren sie gedacht? War der Mörder hinter drei weiteren Mädchen her, die auf der Geburtstagsfeier gewesen waren? Und wenn ja, konnte eines der Kleider für Harriet Downing vorgesehen sein, deren Party es gewesen war? Dieser Gedanke versetzte sie in Aktion. Sie würde die Akten von DI Howard zum Vermisstenfall von 2015 erneut durchgehen und nachsehen, wie viele Mädchen insgesamt auf der Feier gewesen waren. Dann würde sie versuchen herauszufinden, welche davon als Nächstes im Visier stehen könnten. David rührte sich und drehte sich auf die linke Seite, mit dem Rücken zu ihr. Es brachte nichts, darauf zu warten, dass sie sich mit ihm aussöhnen konnte. Womöglich schlief er noch Stunden. Sie hatte sich um dringendere Angelegenheiten zu kümmern.

Die Akte Ava Sawyer brachte acht Mädchen zutage, eingeschlossen Ava, Audrey und Rainey, die 2015 an Harriets Geburtstagsparty teilgenommen hatten. Natalie suchte ihre Adressen heraus und stellte fest, dass eines der Mädchen nach Schottland und ein anderes nach Derbyshire gezogen war. Damit blieben, einschließlich Harriet, noch vier, die in der Gegend lebten. Sie schrieb ihre Namen auf ein DIN-A4-Blatt: Avril Jones, Victoria Kelly und Harper Webb. Dann versuchte sie herauszufinden, was sie gemeinsam hatten. Sie waren alle drei in derselben Klasse wie Audrey und Rainey. Keine von ihnen besuchte die Tanzschule. Sie wohnten alle in Uptown oder Umgebung, aber nicht im selben Viertel wie Audrey und Harriet.

Nach einer Weile wurde das Pochen in ihrem Kopf zu stark, um es weiter zu ignorieren, und sie ging hinunter zum Getränkeautomaten im Erdgeschoss, um sich eine Flasche Wasser zu ziehen, damit sie etwas gegen die Kopfschmerzen einnehmen konnte. Mike stand vor der Maschine und fütterte sie mit Münzen.

»Du bist schon früh da«, sagte sie.

»Ich war die ganze Nacht hier, mit Naomi und Darshan«, antwortete er und kratzte sich den sprießenden Bart am Kinn. »Vielleicht fahre ich nachher kurz zum Duschen heim. Ich habe keine Kippen mehr und brauchte ein bisschen Schokolade zum Überbrücken.«

»Nahrhaftes Frühstück«, scherzte sie.

»Ach, komm schon. Was möchtest du?«, fragte er mit einem Nicken zum Automaten.

»Eine Flasche Wasser und zwei Aspirin.«

»Das ist noch nahrhafter.«

»Mein Fehler. Kein Abendessen gestern, und dann zu viel Wein. Ich hätte es besser wissen müssen.«

»Alter bringt nicht zwangsläufig Weisheit mit sich«, sagte er, während er den Schokoriegel auswickelte und ihn sich zur Hälfte in den Mund schob.

»Also habt ihr die Nacht durchgemacht, aber dennoch keinen Durchbruch erzielt?«

Mike kaute ausgiebig, bevor er antwortete: »Was Schlüssiges kann ich nicht bieten. Es gibt an den Materialien keine DNA-Spuren. Wahrscheinlich hat der Täter Handschuhe getragen.«

»Irgendwelche Spuren muss es doch geben. Wenigstens von der Person, die das Kleid hergestellt oder eingepackt hat.«

Er schüttelte den Kopf. »DNA wird nicht immer durch Berührung übertragen. Manche Menschen sondern mehr Hautzellen ab als andere. Vielleicht ist die Person, die die Kleider genäht hat, eine von denen, die nur wenige Zellen absondern. Die Kleider sind mit der Maschine genäht, und wenn die Person gut nähen kann, jagt sie den Stoff so schnell unter der Nadel durch, dass sie kaum Kontakt damit hat. Händewaschen beseitigt auch Hautzellen, also bleiben danach weniger Zellen zurück. Wenn ich solche Kleider nähen würde, würde ich meine Hände gründlich sauber halten, um den Stoff nicht zu beschmutzen. All das führt dazu, dass wir nichts gefunden haben – keine DNA.«

»Ihr habt also gar nichts?«

»Wir sind noch dran, immerhin haben wir haufenweise Proben von beiden Tatorten mitgebracht. Wir müssen geduldig sein, Natalie. Du weißt, wie viel Mühe wir alle uns geben, und wir arbeiten hart, schnell und so akkurat wie wir nur können.«

»Ja, ich weiß. Ich werde nur langsam nervös. Ich habe das grässliche Gefühl, dass der Mörder versuchen wird, wieder zuzuschlagen, und ich weiß noch nichts über ihn. Wir sollten schon viel mehr in der Hand haben, aber dem ist nicht so. Das ist nicht gut.«

»Das ist das echte Leben, Natalie. Manchmal können wir es nicht richtig machen. Wir können nur unser Bestes tun.«

»Und wenn unser Bestes nicht reicht?«

»Es ist zu früh für ein philosophisches Gespräch. Ich gehe duschen und kurz schlafen. Dir rate ich, diese Aspirin einzunehmen und nachsichtiger mit dir selbst zu sein.« Er dehnte den Hals einmal nach rechts und einmal nach links und schob sich dann die restliche Schokolade in den Mund.

»Guter Ratschlag, aber ich glaube, das kann ich nicht. Ich muss den Täter finden.«

»Du weißt schon, dass du diese Ermittlung zu persönlich nimmst? Es geht hier mehr um dich, als du zugeben willst. Willst du meine Meinung hören?«

»Nein. Will ich nicht«, antwortete sie, steckte eine Pfundmünze in den Schlitz und wartete darauf, dass die Flasche in die Ausgabeschublade fiel.

»Du kannst nicht die Fehler anderer Menschen ausbügeln«, sagte er sanft.

»Ich bügle ...«, begann sie, doch dann sah sie seinen Blick. Er kannte sie gut.

Seine Anwesenheit und sein Verständnis trösteten sie. David verstand das alles nicht so, wie Mike es tat. Mike wusste, dass sie den Leuten, die den Olivia-Chester-Fall versaut hatten, nie verzeihen würde. Genauso wenig wie sich selbst für die Rolle, die sie dabei gespielt hatte.

»Ja. Okay. Ich weiß. Mach dich auf zu deiner Dusche und erspar mir den Vortrag.« Sie holte die Wasserflasche aus der Ausgabe und drehte den Deckel ab.

»Gern geschehen«, sagte er zwinkernd.

Sie lächelte zur Antwort und bedeutete ihm mit einem Winken zu verschwinden.

Das Aspirin hatte gewirkt, und nachdem sie mit klarem Kopf ein Caféhaus auf einen Kaffee und ein Teilchen aufgesucht hatte, war Natalie besser in der Lage, sich auf den Tag zu konzentrieren, der vor ihr lag. Murray stieg gerade aus seinem Wagen, als sie zum Revier kam, und anstatt nach oben zu gehen, fuhren sie direkt zum Freizeitzentrum in Uptown.

Sie waren gerade fünf Minuten unterwegs, da rief Ian an.

»Beatrice Sawyer hat ihren Mann Carl am Mittwoch um sechzehn Uhr dreißig angerufen. Sie haben eine halbe Stunde telefoniert und sich über die Vorbereitungen des Begräbnisses unterhalten. Ihre Mutter hat auch kurz mit ihm gesprochen. Er hat zwei Zeugen, die sein Alibi bestätigen.«

»Danke, Ian.« Sie drehte den Kopf leicht in Murrays Richtung und sagte: »Carl hat ein Alibi für die Zeit, in der Audrey getötet wurde.«

Er zog die Brauen hoch. Sie blickte durch der Windschutzscheibe. Sie waren aus Samford hinausgefahren und kamen an gelben Rapsfeldern vorbei. *Gelb wie die Partykleidchen.* Sie presste die Lippen fest zusammen und schäumte innerlich. Ihr gingen viel zu schnell die Verdächtigen aus.

Eine Frau Anfang zwanzig mit welligem, langem Haar, das sie mit einem Stirnband zurückhielt, stand am Schalter. Sie trug einen blassblauen Jogginganzug. Auf ihrem Namensschild stand Helena Dickinson, und sie war für den Netzballverein zuständig, der im Center trainierte. Der Klang von Rufen einer Trainerin und die Bässe von Musik wiesen darauf hin, dass in dem Raum hinter der Rezeption bereits trainiert wurde. Sie ging die Namensliste der Mädchen durch, die auf Harriets Geburtstagsfeier gewesen waren, einschließlich Harriet selbst, und tippte auf einen davon. »Diesen Namen kenne ich nicht«, sagte sie und zeigte auf Avril Jones.

»Aber die anderen kennen Sie?«, fragte Natalie nach.

»Klar. Sie kommen alle regelmäßig, nur Harper ist vor Kurzem ausgetreten.«

»Kennen Sie die Mädchen schon länger?«

»Der Verein existiert seit einem Jahr, und seitdem kommen sie alle her. Wir haben unterschiedliche Termine für unterschiedliche Altersklassen. Ich war für diese spezielle Gruppe zuständig, deshalb kenne ich sie alle ganz gut. Harriet spielt für gewöhnlich im Feld, und Audrey ist eine super Torschützin. Sie hat das Netz selten verfehlt. Rainey war Angreiferin. Das letzte Training haben wir abgesagt, als die Sache mit Audrey passiert ist. Und jetzt auch Rainey. Es ist grauenhaft. Ich glaube, wir warten noch eine Weile, bevor wir mit dem Training wieder einsetzen.«

»Haben Sie regelmäßig Zuschauer?«

»Nein. Wir spielen nicht gegen Mannschaften, sondern einfach sieben gegen sieben, nur so zum Spaß. Ich bringe ihnen ein paar Sachen bei – wie man schießt, wie man den Ball abgibt, solche Sachen –, und dann spielen wir kurz. Es gibt keinen Zuschauerbereich. Wenn wir Spiele auf dem großen Platz austragen, kommen die Eltern zur Unterstützung.«

»Seit wann arbeiten Sie schon hier?«

»Seit Juli vergangenen Jahres. Davor habe ich in Cornwall gearbeitet – als Surflehrerin.« Sie lächelte.

»Das ist ein ziemlicher Umzug von Cornwall nach Samford«, sagte Murray.

»Mein Freund wohnt hier. Wir haben uns 2015 in Cornwall kennengelernt, als er in der Gegend rumgereist ist«, erzählte sie. »Danach sind wir online in Kontakt geblieben, und er hat mich so oft er konnte besucht, aber es war eine irre Fahrerei. Nach der Fahrt waren wir beide jedes Mal k. o., und noch dazu haben uns die gegenseitigen Besuche ein Vermögen gekostet. Ich vermisse das Meer, aber von Zeit zu Zeit fahren wir nach Wales. Ich surfe immer noch.«

»Arbeitet Ihr Freund auch hier?«, fragte Natalie.

»Nein. Er ist beim Sudbury Wildlife Centre.«

»Guy Noble?«

»Ja, das ist er.«

»Er hat früher im Uptown Craft Centre and Farm gearbeitet.«

»Ja. Ich habe ihn kurz nachdem ein Kind bei einer Geburtstagsfeier verschwunden ist kennengelernt. Er ist kurz danach von dort weggegangen. Er wollte dort nicht mehr arbeiten. Er hat mir gesagt, dass Sie ihre Leiche gefunden haben. Die arme kleine Seele.«

»Kommt Guy Sie hier manchmal besuchen?«

»Klar. Manchmal kommt er her und hängt ab, wenn ich an der Rezeption oder nicht allzu beschäftigt bin.«

Natalie ließ diese neue Information sacken und dankte Helena. Dann ging sie zum Schwimmbecken, das in einem anderen Flügel des Freizeitzentrums untergebracht war und einem separaten Eingang hatte. Sie hatte eine neue Verbindung entdeckt. Nicht nur, dass mehrere der Mädchen, die auf Harriets Geburtstagsfeier gewesen waren, Netzball spielten, sondern Guy kannte sie wahrscheinlich auch. War seine Weste so blütenweiß, wie es schien? Sie konzentrierte sich wieder auf das Hier und Jetzt. Immerhin war sie hergekommen, weil sie versuchen wollte, weitere mögliche Verbindungen zwischen den Mädchen zu finden. Avril hatte nicht Netzball gespielt. Sie musste noch mit der Schwimmlehrerin sprechen, um herauszufinden, ob sie am Schwimmunterricht teilgenommen hatte. Die drei verbliebenen Kleider waren für drei Opfer vorgesehen. Sie musste den Fall lösen, bevor es zu spät war.

———

Lucy wartete an der Rezeption des Lagerhauses am Stadtrand von Uptown. Es war viel größer, als sie erwartet hatte, und durch das Glaselement in der geschlossenen Tür sah sie ganze Regalreihen, die mit Päckchen und Paketen in allen Größen vollgestopft waren. Ein knallorangefarbener Gabelstapler fuhr die Reihen entlang hin und her. Der junge Typ, der Dienst hatte, hatte ihr gesagt, er bräuchte nur eine Minute, aber sie wartete mittlerweile schon volle fünfzehn Minuten und hörte die ganze Zeit blecherne Musik aus den Lautsprechern. Sie würde wahnsinnig werden, wenn sie hier arbeiten müsste. Ungeduldig trommelte sie mit den Fingern auf die Theke. Durch die Tür sah sie jetzt, dass der junge mit einem älteren Mann sprach, der den Gabelstapler angehalten hatte. Sie wedelten heftig mit den Armen und schüttelten den Kopf. Lucy hoffte, dass sie in die Gänge kämen und ihr sagten, was sie wissen musste.

Die Ermittlungen setzten ihr zu. Auf der einen Seite hatten sie und Bethany beschlossen, dass es der richtige Zeitpunkt wäre, ein Kind in die Welt zu setzen, und auf der anderen musste sie sich mit jemandem beschäftigen, der Kinder aus der Welt entfernte. Die Aussicht, Eltern zu werden, beunruhigte sie, und die altbekannten Selbstzweifel bestürmten sie wieder. Was, wenn sie eine schlechte Mutter war? Sie hatte keine Ahnung, was eine gute Mutter ausmachte. Ihre eigene hatte sie abgegeben, und sie hatte sich mit keiner der Frauen, die versucht hatten, für sie zu sorgen, wirklich verstanden. Bethany sagte, das hätte daran gelegen, dass sie aufgrund ihrer innerlichen Verletzungen reizbar und aggressiv war. Sie hatte keine andere Mutterfigur an sich herangelassen. Bethany war sich sicher, dass ein Baby sie ändern würde. Lucy war davon nicht ganz überzeugt.

Bethany hingegen würde eine großartige Mutter werden. Daraus zog sie Zuversicht, und außerdem würden sie Unterstützung von außen bekommen. Yolande und Murray waren unglaublich gewesen. Yolande, ihre einzige echte Jugendfreundin, die auch von ihren Eltern abgelehnt und abgegeben worden war, war sowohl für sie als auch für Bethany zu einer Freundin fürs Leben geworden. Sie hatten schon viel Schlimmes gemeinsam durchgemacht und einander bei vielen Gelegenheiten geholfen. Yolande war unter einer Million Menschen die mit dem größten Herzen. Wenn sie jemanden liebte, dann tat sie es aus vollem Herzen. Welche andere Frau würde erlauben, dass ihr Ehemann Samenspender für ihre Freundinnen wäre?

Der junge Typ mit dem Pickelgesicht kam zurück, gefolgt von einem fülligen Kerl in Overall, der sich überheblich gab.

»Tut mir leid, wir können Ihnen nicht helfen«, sagte der

Kerl. »Wir führen nicht über jedes Paket Buch. Kunden kommen mit einer Abholnummer hierher, wir suchen das Paket mit der passenden Nummer, scannen den Barcode, um nachzuweisen, dass es abgeholt wurde, und übergeben es dem Kunden.«

»Sie haben also keine Namen oder Aufzeichnungen darüber, wer es abgeholt hat?«

»Nein.«

»Also könnte jeder es abholen.«

»Nicht ohne die Nummer.«

Lucy hatte bereits herausgefunden, dass die Frau in den USA den Versand des Pakets veranlasst hatte und eine Bestätigungs-E-Mail an die gefälschte Adresse geschickt worden war. Damit war es belegt: Der Mörder hatte das Paket fast unbemerkt bekommen können. Er hatte dazu nur die Identifikationsnummer gebraucht.

»Sie erinnern sich nicht zufällig daran, ein Paket aus den USA übergeben zu haben?« Sie sah den jungen Mann an, doch der schüttelte den Kopf.

Der Typ im Overall sprach wieder. »Wir haben mit Hunderten Paketen zu tun, die von überall auf der Welt kommen. Wir bemerken gar nicht, woher die kommen. Es ist doch alles automatisiert heutzutage. Wir arbeiten nur mit Zahlen und Computern. Es tut mir sehr leid, aber es besteht null Hoffnung, dass wir herausfinden können, wann das Paket eingegangen ist oder wer es abgeholt hat.« Entschuldigend zog er die breiten Schultern hoch.

»Haben Sie Überwachungskameras?«

»Es gibt welche im Lager und im hinteren Bereich, wo Lieferungen abgeladen werden, aber nicht an der Rezeption, wo die Kunden ihre Pakete abholen.«

Lucy wartete, bis sie im Auto war, dann fluchte sie laut los und schlug frustriert auf das Lenkrad. Sie war so dicht dran, und doch konnte sie die Identität desjenigen, der die gelben

Kleider abgeholt hatte, nicht herausfinden. Jetzt hoffte sie auf die Kriminaltechnik, die an der Etsy-Geschenkkarte dran war, mit der die Kleider gekauft worden waren. Sie legte den Rückwärtsgang ein. Sie mussten diesen Scheißkerl finden. Er – oder sie – war nicht so clever wie gedacht. Schon bald würde ihm oder ihr ein Fehler unterlaufen, und dann stand Lucy bereit.

Als Natalie den Bereich mit dem Hallenbad betrat, wehte ihr der stechende Geruch nach Chlor entgegen und erinnerte sie sofort an Ausflüge mit Josh und Leigh ins Schwimmbad, als sie noch so klein gewesen waren, dass die grellbunten Schwimmflügel ihre dünnen Ärmchen und Ellbogen zu verschlingen schienen. Sie sog tief den vertrauten Duft und die Wärme ein. Ein paar Familien befanden sich schon im Wasser, und während sie zu dem Mann in rotem T-Shirt und Shorts hinüberging, der auf der anderen Seite des Pools stand, entdeckte sie ein bekanntes Gesicht. Howard Franks, der ehemalige Detective, der am Ava-Sawyer-Fall gearbeitet hatte, stand im flachen Ende des Beckens und unterstützte mit den Armen ein vielleicht sechsjähriges Mädchen in einem leuchtend gelben Badeanzug und einer Chlorbrille, das die Beine in einer überzeugenden, froschähnlichen Bewegung nach hinten streckte. Er schüttelte den Kopf, um Tropfen aus dem Gesicht zu schleudern, die auf ihn gespritzt waren, dann erkannte er Natalie und Murray, die stehen blieben, um ihn zu begrüßen.

»Hi. Sie habe ich hier nicht erwartet«, sagte Natalie.

»Jeden Samstag, ausnahmslos. Kerry ist bei ihrer Oma, und so haben Sage und ich hier ein bisschen Zeit für uns. Nicht wahr, Schatz?« Sie strahlte ihn glücklich an. »Sie macht das wirklich gut. In den letzten paar Wochen hat sie Riesenfortschritte gemacht. Vielleicht schaffen wir heute zusammen schon eine ganze Bahn. Was führt Sie her?«

»Die Ermittlungen.«

»Warte mal kurz, Maus«, sagte er zu seiner Tochter. »Üb den Beinschlag, halt dich hier an der Seite fest. Daddy ist gleich wieder da, okay?«

Das Mädchen planschte zu der Seite, an der Natalie stand, und tat, was er ihr aufgetragen hatte. Howard drückte sich am Beckenrand aus dem Wasser und stand auf. Dann griff er nach einem Handtuch auf dem Stuhl vor sich und band es sich unsicher um die Hüften.

»Ich habe das von Rainey gehört«, sagte er leise.

»Das ist einer der Gründe, weshalb wie hier sind. Wir überprüfen, wo sie überall war. Sie kennen das ja.«

»Leider«, antwortete er. Die Tür schwang auf, und eine Gruppe Kinder kam herein und ging schnurstracks auf die Leiter zu, die in den Pool führte. Howard hob grüßend eine Hand.

»Ned Coleman«, sagte Murray. Natalie erkannte den Namen wieder. Er war derjenige, der gegenüber vom Queen's Park wohnte.

»Kennen Sie ihn?«, fragte sie Howard.

»Oh, ja. Schon eine ganze Weile. Ein sympathischer Mensch. Ich habe ihn bei den Ermittlungen zu Avas Verschwinden kennengelernt. Das dort im Wasser ist sein Enkel, Freddie. Er ist im selben Jahrgang wie Audrey und Rainey und war auch auf der Geburtstagsfeier. Ned hat bei der Suche nach Ava geholfen. Er ist jeden Tag gekommen. Es hat ihn furchtbar mitgenommen, weil Freddie einer der Gründe war, weshalb Elsa Townsend Ava aus den Augen verloren hatte. Er und sein Freund hatten laut gespielt und sie abgelenkt. Ned empfand es so, als wären sie in gewisser Weise mit verantwortlich. Er bringt Freddie jede Woche zum Schwimmkurs und wartet hier. Seine Tochter ist geschieden und arbeitet samstagmorgens, deshalb kümmert er sich um den Jungen. Ned hat seine Frau Anfang 2015 an den Krebs verloren und somit verstanden, was ich durchgemacht habe, als meine Frau krank geworden ist. Hat mit mir gesprochen, als es mir am schlechtesten ging. Für ihn habe ich viel Zeit.«

»Er wohnt gegenüber dem Park, in dem Audrey gefunden wurde.«

»Hat er etwas gesehen?«

Murray schüttelte den Kopf.

»Das ist schade. Er war bei unseren Ermittlungen eine große Hilfe. Er hat ein gutes Gedächtnis.«

»War er an dem Tag von Avas Verschwinden im Center?«

»Er ist hingekommen, um Freddie von der Feier abzuholen. Freddies Mutter hatte den Jungen abgesetzt und Ned ihn abgeholt. Er hat sich an viele Gesichter im Laden erinnert und uns dabei geholfen, einige Kunden ausfindig zu machen, die an dem Tag im Center waren. Das hat zwar zu nichts geführt, aber er konnte sie uns im Detail beschreiben, was uns vorangebracht hat.«

»Als Audrey verschwunden ist, hat er ferngeschaut und nichts gesehen oder gehört«, erzählte Murray.

»Das ist schade.«

»Daddy!«, erklang es vom Pool her.

»Komme! Ich geh mal besser. Wir haben nicht mehr lange, bevor der Schwimmkurs anfängt, und dann müssen wir aus dem Wasser.« Er ließ das Handtuch wieder auf den Stuhl fallen und glitt ins Wasser zurück.

Der Bademeister hatte seinen Platz inzwischen verlassen und ging auf Ned zu. Natalie und Murray näherten sich den beiden. Ned nickte grüßend und ging dann zum Sitzbereich, wo er das Handtuch seines Enkels, eine Zeitung und eine Flasche aus der mitgebrachten Tasche herauszog.

»Halten Sie den Schwimmunterricht ab?«, fragte Natalie den jungen Mann.

»Ja, ich bin Bademeister und Schwimmlehrer.«

»Ich habe ein paar Fragen zum Verein«, sagte Natalie. »Sind Kinder von dieser Liste Mitglieder?«

Sie reichte ihm die Liste, die Helena bereits durchgegangen war. Der junge Mann hielt inne, als er etwa die Hälfte der Liste durch hatte, und kräuselte bedauernd die Nase. »Sie waren alle im Verein, aber um ehrlich zu sein, ich bin nicht gut mit Namen und Gesichtern. Ich gebe den Kindern nur die Anweisungen und kann mir nur die merken, die ich regelmäßiger sehe. Ich kenne zum Beispiel Harriet Downing, auch wenn ich sie nun schon eine Weile nicht mehr gesehen habe. In manchen Wochen kommen sie, in anderen nicht. Audrey war eine der regelmäßigeren Teilnehmerinnen.«

»Und Rainey? Wann haben Sie sie zum letzten Mal gesehen?«

»Ich kann mich nicht erinnern, ob sie letzte Woche da war. Es ist ziemlich schwer, die Kinder im Pool auseinanderzuhalten, und wir führen keine Anwesenheitslisten. Es ist ein freier Kurs, und wenn die Kinder kommen wollen, können sie das. Vielleicht kann Ned Ihnen dabei helfen. Vielleicht hat er sich was gemerkt. Würden Sie mich entschuldigen? Ich muss das Becken jetzt räumen, bevor ich mit dem Kurs anfangen kann.«

Er hob eine Pfeife an den Mund und pfiff laut. Natalie suchte das Wasser nach Howard ab, der jetzt am tiefen Ende des Beckens war. Er schwamm in gleichmäßigen Zügen und behielt das Vorankommen seiner Tochter im Auge, die sich abkämpfte, um den Beckenrand und die Stufen zu erreichen, um hinauszusteigen. Freddie und sein Freund begaben sich an die Seite des Beckens und warteten folgsam, während sich die anderen Kinder zu ihnen gesellten. Der Ort füllte sich mit Eltern und Kindern, und es wurde immer lauter. Das Familienschwimmen war jetzt zu Ende, und der Kurs würde gleich darauf beginnen.

Ned drehte gerade den Deckel von seiner Trinkflasche ab, als Natalie und Murray sich ihm näherten.

»Mr Coleman, dürfen wir Ihnen ein paar Fragen stellen?«

Er hob die Hand ans Ohr. Eine Gruppe von sechs Kindern war gekommen, und ihre Stimmen hallten von den Wänden wider.

»Kennen Sie Rainey Kilburn?«, fragte sie lauter.

»Natürlich. Sie ist in der Klasse meines Enkels. Das dort ist mein Enkel. Freddie.« Er deutete auf den Jungen am Becken.

»Wann haben Sie sie zum letzten Mal gesehen?«

Seine dichten Brauen berührten sich fast in der Mitte, als er über die Frage nachdachte. »Sie war letzte Woche hier. Für gewöhnlich kommt sie mit ihrer Freundin Harriet her, aber Harriet war schon eine ganze Weile nicht mehr im Schwimmkurs. Freddie sagt, sie hört damit auf. Also, da habe ich sie gesehen. Ist ihr etwas zugestoßen?«

»Rainey ist bedauerlicherweise am Donnerstagnachmittag getötet worden.«

Ein Ausdruck der Besorgnis huschte über sein Gesicht. Er sah sich zu den Kindern beim Bademeister um. »Ach du großer Gott. Das sind schreckliche Neuigkeiten. Das heißt, es gibt zwei tote Kinder in einer Woche.«

»Wissen Sie zufällig, ob von diesen Mädchen noch andere zum Schwimmkurs gegangen sind?«

Sie gab ihm die Liste. »Die habe ich alle mal hier gesehen. Sie gehen in dieselbe Schulklasse wie Freddie.« Er senkte die Stimme, checkte, ob jemand zuhörte, und beugte sich vor. »Hat das etwas damit zu tun, was mit Audrey passiert ist?«

»Ja. Wir haben uns gefragt, ob Sie hier vielleicht jemanden gesehen haben, der sich verdächtig verhalten hat, der vielleicht die Mädchen beobachtet oder draußen herumgelungert hat.«

Er rieb sich das Kinn. »Ich hätte es bemerkt, wenn jemand anderes da gewesen wäre. Manchmal warten die Eltern ein bisschen, aber wenn es ihnen zu langweilig wird, den Kindern beim Herumplanschen zuzusehen, gehen sie raus und trinken einen Kaffee. Ich sehe die meisten Wochen dieselben Gesichter kommen und gehen, und wenn jemand Neues darunter gewesen wäre oder wenn sich jemand verdächtig verhalten hätte, wäre es mir aufgefallen.« Er schaute hoch, und ein warmes Lächeln legte sich auf sein Gesicht. »Ja, Junge?«

Freddie lief auf sie zu, wie ein Blitz aus weißem Fleisch.

»Ich brauche meinen Nasenschutz«, sagte er. Er wackelte von einem Fuß auf den anderen und schlenkerte mit den Armen. Wassertropfen sammelten sich um seine nackten Füße.

Ned wühlte in der Tasche neben sich und zog den Nasenprotektor aus Silikon heraus. »Hier, bitte.«

»Danke, Opa.«

»Freddie, kann ich dir rasch eine Frage zu Rainey stellen?« Natalie ging in die Hocke, um dem Jungen in die Augen zu sehen. »War sie letzte Woche im Schwimmkurs?«

»Ja.«

»Hast du gesehen, ob ein Erwachsener am Schwimmbecken oder draußen mit ihr gesprochen hat?«

Er schob sich ein Stück zur Seite und warf einen Blick auf seine Freunde am Beckenrand. Sie stiegen jetzt ins Wasser. »Nein. Nur Guy. Sie haben über irgendwas gelacht, das weiß ich noch. Wir sind da rausgegangen. Ich bin an ihnen vorbei, und sie hat gelacht und ihm gegen den Arm geboxt.«

»Guy war hier?«

»An der Wand. Ich hab Hallo zu ihm gesagt. Er ist nett. Er arbeitet im Tierpark mit den Vögeln. Er hat mich eine Eule streicheln lassen, als wir dort waren.« Ein Freund rief nach ihm, seine Stimme hallte wider. »Ich muss los.«

Natalie nickte, und er hüpfte zum Becken zurück. Sie wandte sich wieder Ned zu, der beobachtete, wie sein Enkel den Nasenclip anlegte und mit den anderen ins Wasser sprang.

»Haben Sie Guy gesehen?«

»Ja. Er hat sich mit Terry, dem Bademeister, unterhalten.«

»Haben Sie ihn früher auch schon einmal gesehen?«

»Nein, ich glaube nicht.«

»Und Sie kommen samstags meistens her?«

Neds Mundwinkel hoben sich. »Jede Woche. Ich kümmere mich samstagvormittags um Freddie. Es ist die einzige Zeit, die ich mit ihm habe, und er wird so schnell groß. Wir kommen zuerst hierher, und hinterher gehen wir noch einen Burger oder ein belegtes Brötchen essen. Jeden Samstag. Er schwimmt gern.« Er hielt einen Moment inne, und sein Gesichtsausdruck änderte sich wieder. Der fröhliche Funken, der erschienen war, als er über den Jungen gesprochen hatte, verschwand, und er starrte in seine Flasche. »Schlimm, was mit diesen Mädchen passiert ist.«

»Wenn Ihnen irgendetwas einfällt, das uns weiterhelfen könnte, würden Sie sich dann bitte beim Sergeant melden?«

»Natürlich. Wenn mir irgendetwas Wichtiges auffällt, mache ich das.« Seine Aufmerksamkeit wurde von Howard angezogen, der jetzt ein Shirt über seinem Handtuch trug und zu den Umkleidekabinen ging.

Natalies Handy vibrierte. Sie dankte Ned, ging davon und hob das Handy ans Ohr. Es war Ian.

»Wir haben einen anonymen Hinweis bekommen. Jemand glaubt, Rainey am Donnerstagnachmittag gesehen zu haben, und zwar in der Nähe der Tanzschule in Uptown, gegen fünfzehn Uhr dreißig oder vierzig. Dort soll ein kleines, schwarzes Auto gestanden haben, und Rainey könnte eingestiegen sein. Keine Marken- oder Typangabe. Der Anrufer hat keinen Namen hinterlassen und gesagt, er könne sich nicht sicher sein, dass sie es wirklich war, weil er selbst in einem Bus an der Stelle vorbeigefahren ist, aber er wolle uns helfen.«

»Hat aber keinen Namen hinterlassen, damit wir persönlich mit ihm sprechen können, was uns deutlich mehr helfen würde. Okay, verfolgen Sie das mal.«

Natalie spürte den Pulsschlag im Hals. War Rainey von der Schule abgeholt worden? Das widersprach dem, was sie bisher angenommen hatten. Sie war möglicherweise gar nicht zu Fuß gegangen. Und wieder war die Tanzschule in ihren Fokus gerückt.

Der Bademeister pfiff erneut und forderte die Kinder laut auf, ihm zuzuhören.

Natalie und Murray überließen Ned seiner Zeitung und seinem Tee und gingen davon.

DREISSIG

FREITAG, 24. JULI 2015

Ava Sawyer

Ava sieht, dass Freddie und Thomas sich vor Wut mit rotem Gesicht um einen Plastikdino streiten. Was für eine doofe Party. Sie wollte gar nicht herkommen, aber ihre Mutter hat darauf bestanden.

»Du bist sonst die Einzige aus der Klasse, die nicht geht«, hat sie gesagt. Für Ava wäre das okay gewesen. Ihre Klassenkameraden sind ihr eh egal, seit Harriet Downing so fies geworden ist und allen erzählt hat, dass Ava ins Bett macht. Die doofe Harriet hat das sorgfältig ausgesuchte Geburtstagsgeschenk – ein Schmuckdesign-Set – ausgepackt und es kaum angeschaut, bevor sie es zu den anderen Geschenken auf dem Tisch geschoben hat. Ava hatte ihr ganzes gespartes Taschengeld für das Geschenk ausgegeben, und Harriet hat nur hochnäsig drauf herabgeblickt und Danke gesagt, ohne auch nur den Hauch dankbar auszusehen.

Audrey Briggs fängt an, Ava auf die Nerven zu gehen. Sie versucht zu eifrig, mit jedem gut Freund zu sein, und in den letzten paar Minuten hat sie Harriet jedes Mal, wenn sie quiekt, mit ihrem idiotischen Zahnlückenlächeln angegrinst. Ava wird das jetzt zu viel. Audrey ist ihre Freundin, nicht die von Harriet. Rainey Kilburn, die die Rolle von Harriets bester Freundin übernommen hat, flüstert Harriet etwas ins Ohr. Beide Mädchen schauen zu Ava und fangen an zu kichern. Ava hält diese eingebildeten Fratzen nicht mehr aus. Sie hat Harriet das Bettnässen als Geheimnis anvertraut, und jetzt wissen alle davon. Das wird Harriet noch bereuen.

Die Frau, die den Geburtstag beaufsichtigt, Elsa, ist immer noch mit den Jungs beschäftigt. Guy, der nette Mann, der wie ein Bär aussieht, ist weggegangen. Ava weiß, was sie tun muss. Sie wird Harriets Feier ruinieren. Sie wird verschwinden, und alle werden nach ihr suchen müssen, anstatt zu spielen. Elsa wird bald merken, dass Ava weg ist. Und wenn nicht, dann wird Audrey etwas sagen, und dann muss Elsa den ganzen Spaß und die Spiele abbrechen und Leute auf die Suche nach ihr schicken. Ava grinst bei dieser Aussicht diebisch. Im Verstecken ist sie gut.

»Ich geh kurz aufs Klo«, sagt sie zu Audrey.

Audrey schaut sie dumm mit offenem Mund an. »Das musst du zuerst der Frau sagen.«

»Ich bin groß genug, um allein aufs Klo zu gehen, und außerdem weiß ich, wo es ist«, entgegnet Ava. Sie huscht durch die Hintertür in einen Flur. Dann geht sie aber nicht zu den Toiletten, die links liegen, sondern nach rechts. Sie war schon einmal mit ihren Eltern im Center und weiß noch, dass dort draußen Hütten und Ställe sind.

Keiner sieht sie vorbeilaufen. Wenn jemand sie anhält, bricht sie einfach in Tränen aus und sagt, sie hätte sich verlaufen. Schon hat sie die Ställe erreicht und geht zu dem, der am weitesten entfernt ist. Die Tür ist zu, aber mit der Klinke kann sie sie öffnen. Drinnen ist es leer und still. Es riecht nach warmem Stroh und Erde. Licht dringt durch die schmalen Ritze im Holz, und als ihre Augen sich ans Dämmerlicht gewöhnt haben, sieht sie am anderen Ende einen Stapel Decken. Sie geht darauf zu, duckt sich dahinter und zieht sich die oberste Decke über den Kopf. Hier werden sie sie lange nicht finden. Bis sie sie endlich finden, wird Harriets Party längst vorbei sein.

Ava freut sich über ihren Plan. Harriet hätte den anderen nie ihr Geheimnis verraten dürfen. Sie denkt nach, was sie sagen soll, wenn sie gefunden wird. Vielleicht wird sie einfach heulen und sagen, dass Harriet so gemein zu ihr war, dass sie weggelaufen ist.

Ein Geräusch lässt sie erstarren. Es waren keine Tiere im Stall, als sie hereingekommen ist. Sie lauscht angestrengt. Es ist die Türklinke. Sie klickt und bewegt sich. Die Tür öffnet sich knarrend, dann schließt sie sich wieder. Sie wartet. Nichts. Plötzlich hört sie eine leise Stimme.

»Hallo, kleines Mädchen.«

Sie antwortet nicht. Die Stimme ist unheimlich.

»Ich weiß, dass du hier drin bist. Ich habe dich reingehen sehen. Du siehst in dem gelben Festkleidchen sehr hübsch aus.«

Sie wagt nicht, sich zu bewegen. Etwas an der Stimme macht ihr Angst.

»Wo versteckst du dich?«

Sie bleibt mucksmäuschenstill. Das läuft nicht so, wie sie geplant hat.

»Du solltest dich nicht an so dunklen Orten wie hier verstecken. Da können dir schlimme Sachen passieren.«

Plötzlich wünscht sie sich, sie wäre nicht allein hier drin mit diesem Menschen. Mama hat sie vor Fremden gewarnt.

»Soll ich dich suchen?«

Sie presst die Lippen zusammen, um nicht aufzuschreien.

»Ich werde dich finden.«

Im Stall ist es still. Avas Knie beginnen zu zittern. Sie hat einen großen Fehler gemacht. Sie könnte aufspringen, zur Tür laufen und vor diesem Menschen mit der seidenweichen, angsteinjagenden Stimme fliehen. Sie zählt bis zehn, wirft die Decke weg, springt auf und rennt prompt gegen eine kräftige Gestalt.

Eine Hand greift nach ihrem Oberarm und hält ihn fest. Zu fest. Sie wimmert.

»Ich tu dir nicht weh«, sagt der Fänger. »Du bist ja hübsch. Viel zu hübsch, um dich allein in einem Stall zu verstecken.«

Er streicht ihr über das Haar und macht ihr damit noch mehr Angst. Sie zappelt, will ihren Arm befreien. Das gelingt ihr auch, aber dann legen sich zwei schwere Hände an beide Seiten ihres Gesichts.

»Ich tu dir nicht weh. Ich will nur dein Freund sein.«

»Aber ich will nicht ... deine ... Freundin sein«, entgegnet sie und tritt um sich.

»Sag das nicht.« Die schweren Hände wandern zu ihrem Hals, und plötzlich kann sie nicht mehr atmen. Sie sieht glitzernde Sterne wie in dem Schmuckdesign-Set, und meint, die Kinder bei den Partyspielen lachen zu hören. Sie erinnert sich an Mama im Auto, die ihr eine Kusshand zugeworfen hat, bei der sie so getan hat, als hätte sie es nicht bemerkt. Dann sieht sie nichts mehr.

»Guy Noble. Was wissen wir über ihn?« Natalie sprach über die Freisprechfunktion, sodass sie und Murray zuhören konnten.

»Nicht mehr als das, was wir vorher über ihn erfahren haben«, sagte Ian. »Keine Vorstrafen. Er wohnt mit Helena Dickinson zusammen. Sie arbeitet im Freizeitzentrum.«

»Mit ihr haben wir gesprochen. Sie leitet den Netzballverein«, sagte Natalie. »Weiter.«

»Guys Eltern leben vor Ort im Shelley's Drive. Es gibt noch einen Bruder, Sam, der derzeit in Brisbane wohnt. Guy hat im Samford College einen Abschluss als Gartenbaumeister gemacht. Bis 2015 hat er im Uptown Craft Centre gearbeitet. Sonst nichts. Nicht mal ein Strafzettel.«

»Was fährt er?«

»Einen silberfarbenen Nissan Pick-up.«

»Dann war das schon mal nicht das Auto, das unser Zeuge vor der Tanzschule gesehen haben will. Und seine Freundin? Hat sie ein Auto?«

»Auf sie ist keines registriert.«

»Okay. Dann befragen wir ihn jetzt. Wie kommt Lucy zurecht?«

»Die konnte im Paketlager nichts herausfinden.«

Natalie verdrehte die Augen. Sie hatte ihre Hoffnungen wirklich daran geknüpft, dass jemand im Lager sich erinnern würde, wer das Paket mit den gelben Kleidern abgeholt hatte.

»Sie spricht noch mal mit der Kriminaltechnik. Ich melde mich, wenn wir etwas herausfinden.«

»Danke. Wir kommen wieder, wenn wir mit Guy gesprochen haben.«

Auf dem Weg durch das Stadtzentrum herrschte viel Verkehr. Familien und Jugendliche waren unterwegs zum Shopping. Sie dachte an ihre Kinder zu Hause und fragte sich, was David heute mit ihnen vorhatte. Sie wollte anrufen, entschied sich dann jedoch um. Zuhause und Arbeit sollten sich nicht vermischen.

Guy öffnete unmittelbar nach dem Läuten die Haustür. Er war barfuß, trug Jogginghose und T-Shirt und hielt in seiner großen Hand eine fast leere Müslischale.

»Entschuldigung. Bin gerade erst aufgestanden. Gestern Abend ist es spät geworden.« Er ging ihnen voraus in die Küche und stellte die Schale in die Spüle. »Tee?«, fragte er freundlich.

»Das ist kein Höflichkeitsbesuch. Wir möchten gern wissen, weshalb Sie letzten Samstag im Hallenbad waren.«

Guy wischte sich die Hände ab. »Um Terry in den Pub einzuladen.«

»Warum haben Sie ihn nicht angerufen oder ihm getextet?«

»Ich war gerade im Zentrum und habe darauf gewartet, dass Helena ihren Unterricht beendet, und bin bei der Gelegenheit bei ihm vorbeigegangen.«

»Obwohl er gerade den Schwimmkurs abhielt?«

»Es ist mehr eine Spaßstunde, kein Training für die Olympischen Spiele!«, witzelte er. »Außerdem war ich nur ein paar Minuten dort.«

»Was haben Sie zu Rainey Kilburn gesagt?«

»Zu Rainey? Wieso?«

»Bitte beantworten Sie die Frage.«

»Das weiß ich nicht mehr.«

»Denken Sie nach.«

»Irgendeine Bemerkung über ihren Bruder. Ich hatte ihn draußen beim Skateboarden mit seinen Freunden gesehen. Er hat angegeben, wie immer. Ist dann aber hingeknallt und auf dem Hintern gelandet. Ich habe ihr gesagt, dass er Skateboard fährt wie ein Mädchen.«

»Sie kennen sie und Tyler gut genug, um einen solchen Kommentar loszulassen?«

»Sie wohnen in der Straße, in der ich früher gewohnt habe. Ich kenne sie schon ihr ganzes Leben. Sie haben oft draußen rumgelungert oder Fußball gespielt. Ich habe sie immer gegrüßt und manchmal auch mitgespielt. Nette Kids. Meine Eltern haben vor ein paar Jahren ihr Haus verkauft, und wir sind alle in den Shelley's Drive gezogen. Ich bin dann ausgezogen, als Helena hergekommen ist.«

»Wann haben Sie Rainey zum letzten Mal gesehen?«

»Wo führt das hier hin?«

»Es tut mir leid, Ihnen das sagen zu müssen, aber Rainey ist am Donnerstagnachmittag ums Leben gekommen.«

Guy fiel die Kinnlade herunter. »Nein. Wie?«, stotterte er.

»Das kann ich Ihnen nicht sagen, aber ich möchte gern wissen, wann genau Sie sie zum letzten Mal gesehen haben.«

»Letzten Samstag. Im Schwimmbad. Seitdem habe ich sie nicht mehr gesehen. O Mist. Ihre Familie wird völlig fertig sein.« Er schüttelte ungläubig den Kopf.

»Wo waren Sie am Donnerstagnachmittag?«

»Bei der Arbeit. Ich habe bis etwa vier Uhr Käfige gereinigt. Dann bin ich nach Haus gegangen, habe geduscht, was gegessen, ein bisschen ferngesehen, und danach bin ich mit Terry in den Pub gegangen.«

»Waren Sie am Donnerstag in der Nähe der Tanzschule oder des Monks Walks?«

Er bewegte den Kopf mehrmals von der einen Seite zur anderen. »Ich bin von der Arbeit direkt nach Hause gefahren.«

»Mit Ihrem Pick-up?«

»Ja.«

»Okay, das wäre für den Moment alles«, sagte Natalie.

»Wurde Rainey umgebracht? Audrey ist doch umgebracht worden. Rainey auch?«

Natalie antwortete nicht, sondern dankte ihm dafür, dass er sich die Zeit genommen hatte, und ging wieder hinaus, wo sie das Gesicht zum Himmel wandte und die Zähne zusammenbiss. »Wir können nicht nachweisen, dass er am Donnerstagnachmittag auch nur in der Nähe von Rainey war«, sagte sie. »Wenn er zu der Uhrzeit von der Arbeit nach Hause gefahren ist, die er genannt hat, kann er weder zur Tanzschule noch zum Monks Walk gefahren sein. Verflixt!«

»Wir können die automatische Nummernschilderkennung überprüfen und schauen, ob sein Kennzeichen erfasst worden ist. Damit können wir seine Geschichte und die Route bestätigen«, sagte Murray.

»Machen Sie das, aber ich glaube, dass er uns die Wahrheit sagt. Ich glaube nicht, dass er der Täter ist.« Sie stieß ein langes Stöhnen aus, dann setzte sie sich wieder ins Auto. »Wer ist der Mörder? Und wer ist das nächste Opfer?«

»Ein kleines schwarzes Auto vor der Tanzschule, und zwar gegen halb oder zwanzig vor vier. Haben Sie zufällig so ein Auto bei der automatischen Nummernschilderkennung oder auf öffentlichen Überwachungsvideos ausgemacht?« Natalie lief im Büro hin und her. Ihr war nur zu bewusst, dass ihnen die

Zeit davonlief, und sie waren noch immer nicht dichter dran, den Mörder zu entlarven.

»Nein, Boss.« Ian sah genauso niedergeschlagen aus, wie Natalie sich fühlte.

Natalie verlangsamte ihre Schritte. »Ich frage mich, ob unser möglicher Zeuge Rainey wirklich gesehen hat oder es nur glaubt. Wir haben schließlich forensische Ergebnisse, die zeigen, dass Rainey im Monks Walk war. In dem Gebüsch, durch das sie gegangen ist, wurden Fasern gefunden. Ich glaube, unser Zeuge irrt sich.«

»Was, wenn sie durch das Gebüsch nicht auf den Monks Walk gegangen ist, sondern versucht hat, von dort wegzukommen?«, schlug Ian vor. »Was, wenn jemand sie an der Tanzschule rausgelassen hat, oder auch am Eingang des Monks Walk, und sie hat versucht zu fliehen?«

Murray hakte ein. »Nein. Dann hätten wir sie auf den Überwachungsvideos der Bibliothek gefunden. Das ergibt auch keinen Sinn.«

»Doch, das könnte schon Sinn ergeben«, entgegnete Ian. »Vor allem, wenn sie an der Tanzschule aufgelesen und beim Monks Walk wieder abgesetzt wurde und dann einen Bogen um die Kamera gemacht hat.«

»Nein. Das würde ja heißen, dass zwei Leute beteiligt gewesen wären: Einer, der sie von der Schule abgeholt und an der Tanzschule rausgelassen hat, und ein anderer, der sie dort aufgelesen und ein kurzes Stück die Straße hinunter wieder abgesetzt hätte«, sagte Lucy.

Ian lehnte den Hinterkopf gegen die Rückenlehne seines Stuhls und betrachtete die Leuchtröhren über sich. »Ja, du hast recht. Der Zeuge hat sich geirrt. Rainey war nicht dort und ist nicht in ein Auto gestiegen. Wir hätten sie gefunden, wenn sie irgendwo auf der St Chad's Road unterwegs gewesen wäre.«

Natalie sagte: »Ich stimme Ihnen zu. Es ergibt viel mehr Sinn, wenn Rainey über die Abkürzung, die Lucy entdeckt hat, nach Hause gegangen ist und durch die Lücke in den Büschen auf dem Monks Walk gelandet ist. Der Zeuge hat sich geirrt.«

»Solchen Spuren nachzugehen, ist die reinste Zeitverschwendung«, sagte Ian.

»Trotzdem müssen wir das machen, für alle Fälle«, erwiderte Natalie.

Erschöpfung breitete sich aus. Sie sah es an den angestrengten Gesichtern vor sich. »Machen wir eine Pause. Holen Sie sich ein Sandwich und was zu trinken, machen Sie einen Spaziergang, was immer Sie wollen. Wir treffen uns in einer Stunde wieder. Wir brauchen etwas Auszeit.« Sie winkte aufmunternd mit der Hand.

Murray streckte sich und gähnte. »Bleiben Sie drinnen?«, fragte er und ließ die Jacke über eine Schulter hängen.

»Nein. Ich gehe auch gleich raus.« Natalie wartet, bis das Büro leer war, und rief dann David an. Der Anrufbeantworter ging ran. Sie schrieb Leigh eine Nachricht und fragte, was sie tat, dann schickte sie auch Josh eine Nachricht. Keiner von beiden antwortete sofort. Sie schob ihr Handy in die Tasche und verließ das Gebäude.

Die Grünanlage beim Polizeipräsidium von Samford wurde hauptsächlich als Durchgang zu einer Wohnsiedlung genutzt, an schönen Tagen aber auch von den Angestellten der vielen Unternehmen auf dem riesigen Gewerbegebiet in der Nachbarschaft besucht. Eines der Unternehmen, eine Baufirma, hatte einen ansehnlichen Stausee ausgehoben, in seiner Mitte eine Skulptur errichtet und einen Weg um den See herum angelegt. Natalie wählte den Rundweg, um ihrem Kopf Gelegenheit zu geben, die Fakten zu verdauen. Ihr Problem war, dass sie nicht genug Informationen hatte, auf denen sie aufbauen konnte. Avas Leiche war gefunden worden und Audrey und Rainey waren beide tot, stranguliert, wie Ava. Und sie alle hatten ein gelbes Kleidchen angehabt. Die Fälle hingen zweifellos miteinander zusammen, aber wer steckte dahinter?

Das Smartphone vibrierte in ihrer Tasche. Sie hob es ans Ohr und erwartete, die fröhliche Stimme ihrer Tochter zu hören, die sie von den dreien am wahrscheinlichsten zurückrufen würde, aber es war nicht Leigh. Die Stimme klang drängend und besorgt. Es war Howard Franks.

»Natalie. Sage ist verschwunden. Sie ist vor einer Stunde zu ihrer Freundin Louise gegangen und nicht wieder heimgekommen.«

ZWEIUNDDREISSIG

SAMSTAG, 29. APRIL, NACHMITTAG

Howards Gesicht sprach Bände. Es war verzerrt, wie von großem Schmerz, und die Mundwinkel hingen nach unten. Seine Bewegungen waren abgehackt, was bei anderen Begegnungen nicht der Fall gewesen war. Nervös rang er die Hände, und sein Blick huschte wild von rechts nach links, als ob er jeden Moment seine Tochter entdecken könnte.

Sein Haus, eine einfache Doppelhaushälfte, war das letzte einer Reihe ähnlicher Häuser an der Lavender Rise und stand an einer Straße, die aus Uptown hinaus führte. Eine leuchtend rote Telefonzelle gegenüber seinem Haus und ein Straßenschild mit dem Hinweis, dass das Dorf Garrington elf Kilometer weiter lag, waren die letzten Anzeichen von Zivilisation. Die asphaltierte Hauptstraße ging in eine kleinere Straße über. Sie war von hohen Hecken flankiert, wodurch der Eindruck einer immer schmaler werdenden Straße entstand, die in der Ferne einfach endete.

Natalie stand am Wohnzimmerfenster, das auf die Straße hinausschaute. Es war ein gemütlicher, heimeliger Raum, der geschmackvoll eingerichtet war und mit Nippes und chinesischen Dekos vollstand, die nur eine Frau gekauft haben konnte.

Sie betrachtete das Foto, das Howard ihr nun hinhielt. Darauf waren er, seine Frau und die beiden Töchter zu sehen. Die Mädchen waren kleinere Ausgaben ihrer Mutter mit hoher Stirn, leuchtend grünen Augen und weichem, hellbraunem Haar, das in Locken herunterfiel. Die Jüngste, Kerry, war auf dem Bild erst etwa zwei Jahre alt. Howard lächelte so strahlend, wie Natalie es noch nie gesehen hatte. Eine Hand lag auf der Schulter seiner Frau. Es war eine entspannte Geste, nicht nur für die Kamera gestellt.

»Sie trägt diese Kette«, sagte er. An der Kette hing ein silbernes Medaillon, auf dem ein feines Muster und Sages Name eingraviert waren. »Es enthält ein Foto ihrer Mutter. Sie trägt es immer nur am Wochenende. Sie hat ein rosa kariertes T-Shirt-Kleid an, eine blaue Jeansjacke und weiße Turnschuhe ohne Schnürsenkel. Hier ist ein neueres Foto.« Er zog sein Handy heraus und scrollte zu einem Bild von ihr, auf dem sie leicht lächelte. Erneut runzelte er die Stirn. »O Gott. Wie viele Male war ich an Ihrer Stelle und habe versucht, eine vermisste Person zu finden. Und jetzt bin ich auf der anderen Seite.«

Natalie legte ihm eine Hand auf den Arm. »Howard, wir sind an der Sache dran. Das Team durchkämmt bereits die Straße, und Kollegen durchsuchen die Strecke, die sie mit Louise gegangen ist. Unsere Leute befragen Louise und ihre Familie und alle Freundinnen und Freunde von Sage. Es war richtig, dass Sie uns sofort kontaktiert haben. Wir haben noch nicht viel Zeit verloren. Versuchen Sie, sich nicht zu sehr aufzuregen. Ich weiß, das hört sich nach leeren Worten an, aber das sind sie nicht. Je konzentrierter Sie sind, desto größer ist unsere Chance, sie zu finden. Können wir bitte noch mal der Reihe nach durchgehen, was passiert ist?«

»Louise Harbourn wohnt in der Straße hinter dieser, in der Larkspur Close. Sie ist eine halbe Stunde, nachdem wir vom Schwimmen zurück waren, mit ihrem neuen Welpen Benji vorbeigekommen. Sie hat gefragt, ob Sage mit ihr nach Hause gehen darf, um dort mit dem Hund zu spielen. Ich habe es erlaubt und Sage gesagt, dass sie nicht zu lang bleiben soll, weil wir noch Kerry bei meiner Mutter abholen mussten. Ich habe sie weggehen sehen. Dann hat meine Mutter angerufen, also bin ich wieder reingegangen und habe mit ihr telefoniert. Kerry, meine Jüngste, wollte noch ein paar Stunden bei der Oma bleiben und einen Disneyfilm anschauen. Ich habe auf die Uhr geschaut. Es war Punkt halb drei. Ich habe ihr gesagt, dass es okay wäre und ich Kerry um fünf Uhr abhole, damit sie genug Zeit haben.«

Er fuhr sich mit den Fingern durchs Haar und rieb sich über den Kopf, dann sprach er weiter. »Ich habe die Spülmaschine angeworfen und bin hochgegangen, um die Zimmer der Mädchen aufzuräumen. Eigentlich sollen sie die selbst in Ordnung halten, machen es aber nur halbherzig. Ich war vielleicht zwanzig Minuten in Sages Zimmer und habe Kleidung und Spielzeug eingesammelt, und als ich wieder auf die Uhr geguckt habe, war ich überrascht zu sehen, dass es schon drei war.«

Er atmete tief ein. »Ich wurde ein bisschen nervös. Es passt nicht zu Sage, die Zeit aus den Augen zu verlieren. Sie wusste, dass wir noch Kerry abholen wollten, und hatte keine Ahnung, dass ihre Schwester länger als geplant bleiben würde, also hätte sie zurück sein müssen. Also bin ich rübergegangen, um sie abzuholen. Louise sagte mir, Sage wäre vor zwanzig Minuten gegangen. Es ist nur ein Weg von zwei Minuten. Das ist alles. Zwei Minuten. Links von unserem Haus führt ein Trampelpfad am Bach entlang zur Larkspur Close. Ich bin umgedreht, weil ich dachte, sie wollte vielleicht über den längeren Weg über die Straße kommen, aber da war sie nicht, und dann ... dann wusste ich, dass etwas Schreckliches passiert ist, und habe Sie angerufen.«

Natalie sah ihn aufmerksam an. Er stand kurz vor einem Nervenzusammenbruch, und sie brauchte ihn mit klarem Kopf.

Seine Erinnerungen waren entscheidend. »Haben Sie irgendwelche Fahrzeuge vorbeifahren hören, als Sie im Haus waren?«

»Nach dem Telefonat mit meiner Mutter habe ich das Radio eingeschaltet«, sagte er. »Und zwar ziemlich laut.«

»Durch das Fenster haben Sie kein Auto oder eine Person gesehen?«

»Nein.«

»Das klingt jetzt böse, aber könnte Sage eventuell absichtlich weggelaufen sein?«

Ein bemitleidenswerter Ton entrang sich seinen Lippen. »Nein. Wir haben eine gesunde Beziehung. Sie und ich sind richtige Kumpel. Seit ihre Mum gestorben ist, sind wir noch enger.«

»Und sie war in letzter Zeit nicht über irgendetwas wütend?«

»Nein. Sie haben sie ja im Schwimmbad gesehen. Sie ist momentan sehr gut drauf.«

»Sind Sie kürzlich oder früher schon einmal von irgendjemandem bedroht worden? Hat jemals jemand angedeutet, Ihnen oder Ihrer Familie etwas antun zu wollen?«

Er schüttelte den Kopf. Eine einzelne Träne rollte ihm die Wange hinunter.

»Wir tun alles, wirklich *alles*, um sie zu finden, okay?«

Sein Adamsapfel bewegte sich mehrmals auf und ab, bevor er wieder sprechen konnte. »Meinen Sie, es ist wegen Ava Sawyer? Ich war der zuständige Ermittler und konnte sie nicht finden. Audrey und Rainey, die auf der Geburtstagsfeier waren, sind tot, und jetzt ist Sage entführt worden.«

»Wir dürfen keine voreiligen Schlüsse ziehen, Howard. Das wissen Sie. Aber natürlich behalten wir das im Kopf. Wir suchen jeden Winkel ab und hören Ihr Telefon ab, falls jemand Sie anruft und Lösegeld fordert. Ich lasse unsere psychologische Betreuerin jetzt bei Ihnen und komme zurück, sobald ich kann.«

Es war schwer, sich von dem Mann abzuwenden, der offensichtlich in einem Zustand des Schocks und der Verzweiflung war.

»Ich will bei der Suche nach ihr helfen.«

»Das können Sie nicht. Sie müssen hierbleiben, falls es sich um eine Entführung handelt. Oder falls sie heimkommt.«

Ihre Worte hatten den erwünschten Effekt, und er setzte sich. »Okay.«

Die Straße vor der Tür war voller Polizisten und Fahrzeuge. Der Wagen der Hundestaffel war vor ihrem Auto auf dem Grasstreifen gegenüber dem Haus in eine Lücke manövriert worden und parkte dort. Howard hatte schon Kleidung von Sage gesucht, damit die Hunde die Spur aufnehmen konnten. Die Nachbarschaft vibrierte vor Aktivität. Lucy redete mit dem Bewohner des Hauses direkt nebenan. Danach kam sie von der Tür zurück und schüttelte den Kopf, als sie Natalie ansah. Natalie weigerte sich zu akzeptieren, dass die Person, die Sage entführt hatte, von niemandem gesehen worden war. Er war doch kein Unsichtbarer, und die Polizei war sehr schnell vor Ort gewesen. Ian kontrollierte bereits die Aufzeichnungen der automatischen Nummernschilderkennung der entsprechenden Stellen in der Gegend. Wenn das Auto des Entführers auf einer der Aufnahmen war, würden sie ihn finden.

Murray kam zu ihr. »Sieht nicht gut aus.«

»Es ist eine ruhige Straße. Es wäre sehr ungewöhnlich, wenn keiner der Anwohner irgendetwas gesehen hätte. Und wenn niemand etwas Ungewöhnliches gesehen hat, dann schätze ich, dass Sages Entführer nicht die Lavender Rise entlang gefahren und dann der Straße gefolgt ist«, sagte sie, drehte sich um und betrachtete den Weg. Die Hauptstraße bog nach rechts ab und war dann nicht mehr einzusehen. Sie blickte in die andere Richtung. »Er kann aus der Richtung von Garrington gekommen sein, gewendet haben und dann wieder zurückgefahren sein.«

»Er soll auf der Straße in drei Zügen gewendet haben?«

Natalie kaute auf einem Daumennagel. »Nein, Sie haben recht. Das ist ziemlich riskant und könnte Aufmerksamkeit auf den Wagen ziehen. Es ist wahrscheinlicher, dass er in die Larkspur Close gefahren ist, die parallel zu dieser Straße verläuft, dort geparkt hat, dann die Abkürzung beim Bach genommen und an Howards Haus gewartet hat. Eine spontane Tat ist eher unwahrscheinlich. Der Täter ist nicht zufällig vorbeigekommen, hat Sage gesehen und beschlossen, sie mitzunehmen. Das war geplant. Entweder hat er in der Larkspur Close geparkt oder das Auto woanders versteckt. Vielleicht in einer leeren Einfahrt?«

»Was ist mit der Abkürzung? Könnte er sich dort irgendwo versteckt haben?«

Natalie und Murray gingen zum Trampelpfad, der gerade breit genug für eine Person war und an einem kleinen Bach entlangführte. Natalie ging voraus. Links von ihr entdeckte sie große, dunkelgrün gestrichene Zaunelemente, die Howards Garten umschlossen und verhinderten, dass jemand hineinschauen konnte. Rechts vom Pfad, unterhalb einer kleinen Böschung, plätscherte das kristallklare Wasser über kleine Kieselsteine. Sie gingen weiter an Howards Garten vorbei. Dort, wo seine grünen Zaunelemente endeten, begannen braune. Das Haus hinter seinem war ebenfalls blickgeschützt. Nach einigen weiteren Schritten bog der Pfad in den Wendehammer einer Sackgasse ein, auf deren beiden Seiten Häuser standen. Natalie beobachtete die beiden Polizisten, die die Häuser abarbeiteten und die Bewohner befragten.

»Hier kann man parken«, sagte sie. »Schauen Sie nur, wie viele Autos hier stehen. Ich wette, der Entführer konnte seinen Wagen irgendwo in dieser Straße abstellen und unbemerkt wieder wegfahren. Ich verstehe allerdings nicht, woher er wusste, dass Sage noch rausgegangen ist.«

»Vielleicht hat er hier herumgelungert«, sagte Murray.

»Nein, zu riskant. Und wenn er auf dem Pfad zwischen der Lavender Rise und dieser Straße herumgelungert hätte, hätte er riskiert, entdeckt zu werden.«

Sie drehte sich um und schlug den Weg zu Howards Haus ein, wobei sie abwechselnd nach rechts und links blickte. Hier konnte man sich nirgendwo verstecken. Als sie wieder an der Hauptstraße waren, sah sie Murray an und fragte mit zur Seite geneigtem Kopf: »Woher wusste der Täter, dass Sage allein draußen war? Hat er das Haus beobachtet?« Natalie drehte sich langsam um die eigene Achse. »Was ist mit der Telefonzelle?«

»Was ist damit? Es ist eine der alten. Ich bin überrascht, dass es überhaupt noch welche gibt«, sagte Murray.

»Sie sind vor einigen Jahren stillgelegt und die Telefone ausgebaut worden.« Sie tippte sich nachdenklich ans Kinn. »Wenn man sich daran gewöhnt hat, etwas jeden Tag zu sehen, fällt es einem irgendwann nicht mehr auf. Was, wenn tatsächlich jemand in der Zelle gestanden und Howards Haus ausspioniert hat? Howard könnte ihn übersehen haben, vor allem, wenn er sich in der Zelle nicht bewegt hat. Der Entführer kann sogar früher schon hier auf eine solche Gelegenheit gewartet haben. Er könnte Sage in die Zelle gezogen haben, bis er mit ihr verschwinden konnte, vielleicht, als Howard auf der Suche nach ihr weggelaufen ist. Wo ist Mike?«

»Nicht da.«

»Sonst jemand von der Forensik?«

»Auf dem Weg hierher.«

»Wenn sie kommen, sagen Sie ihnen, dass sie die Telefonzelle untersuchen und alle Nachbarn in dieser Straße und in der Larkspur Close überprüfen. Irgendjemand hat gewusst, dass Sage mit Louise gegangen ist, und derjenige konnte das nur wissen, wenn er gesehen hat, wie sie weggegangen ist.«

Sie ging zum Haus zurück und rief: »Howard! Benutzt noch irgendjemand die alte Telefonzelle da draußen?«

Er erschien sofort. »Nein. Die ist leer. Die Behörden

wollten sie aber stehen lassen, aus nostalgischen Gründen. Es läuft eine Kampagne, dass ein Defibrillator darin installiert werden soll, damit sie wenigstens Nutzen hat. Ich weiß, was Sie denken. Ich habe die Tür aufgemacht und hineingeschaut, nur falls Sage sich darin versteckt oder Schlimmeres. Nichts.«

»Die Person, die Ihre Tochter entführt hat, könnte Sie ausspioniert haben. Ich lasse die Telefonzelle kriminaltechnisch untersuchen.«

»Danke. Der Gedanke ist mir gar nicht gekommen. Ich war nur mit Sage beschäftigt. Wer sollte mich denn ausspionieren?«

»Ich weiß es nicht, aber wir können diese Möglichkeit nicht einfach ignorieren.«

Die Hundeführer näherten sich dem Haus, und sie machte ihnen Platz.

»Wir sprechen später weiter«, sagte sie noch, dann eilte sie davon. Die Zeit drängte.

DREIUNDDREISSIG

SAMSTAG, 29. APRIL, NACHMITTAG

Superintendent April Melody stand mit verschränkten Armen an der Rückwand ihres Büros, den Hinterkopf an die Wand gelehnt. Natalie stand ihr gegenüber. Nachdem sie von der Sache mit Sage gehört hatte, war Aileen zur Arbeit gekommen und wollte ein sofortiges Update. Natalie hatte ihr Team zurückgelassen, das zwei Stockwerke unter ihnen wie besessen Informationen zusammentrug, und brachte Aileen auf den neuesten Stand.

»Das muss mit dem Verschwinden von Ava Sawyer zusammenhängen. Was ist mit ihrer Familie? Haben Sie mit all ihren Verwandten gesprochen?«

Natalie hatte kaum etwas anderes getan, seit sie ins Büro zurückgekommen war. Sie und Ian hatten jeden kontaktiert, der in irgendeiner Beziehung zu dem Mädchen stand, während Murray jeden Bewohner der Straßen Larkspur Close und Lavender Rise überprüft hatte.

»Beatrice ist seit Donnerstag bei ihrer Mutter in Sheffield. Sie hat das Haus nicht verlassen, außer einmal, als sie mit ihrer Mutter zusammen in die Stadt gegangen ist. Beatrices Vater hat vor ein paar Jahren wieder geheiratet und lebt auf der Isle of

Wight. In den letzten zwölf Monaten war er gar nicht auf dem Festland. Carl Sawyer hat ein Alibi für die Tage, an denen die Mädchen getötet wurden, und für heute auch. Er war bis vor einer Stunde mit einem Freund bei einem Fußballspiel. Er hatte keine engen Familienbande. Sein älterer Bruder Pete arbeitet auf einer Ölbohrinsel in den Hebriden und hat Carl seit Monaten nicht mehr besucht. Carls Eltern sind beide verstorben, und er hat kein enges Verhältnis zu seinen anderen lebenden Verwandten – zwei Onkel, die im Süden des Landes leben. Damit bleiben uns nicht viele Verwandte, die auf Rache aus sein könnten.«

Aileen warf ihr einen missbilligenden Blick zu, der im Widerspruch zu ihrem sanften irischen Akzent stand. »Natürlich sind Sie für die Ermittlungen zuständig, aber ich kann mir nicht vorstellen, wer sonst dahinterstecken sollte. Der Mörder hat zwei Mädchen entführt, die auf Harriets Geburtstagsfeier waren, und jetzt Howards Tochter. Das ist doch kein Zufall. Howard war für die Ermittlungen verantwortlich. Ich nehme an, der Täter hatte es auf Sage abgesehen, weil er keines der anderen Mädchen, die 2015 auf der Feier waren, in die Finger bekommen hat. Egal von welcher Seite wir uns nähern, deutet alles auf diese Feier 2015 hin.«

»Ich weiß, dass es so aussieht, aber ich werde das Gefühl nicht los, dass es da noch etwas gibt, das wir übersehen haben oder worauf wir noch nicht gekommen sind. Ich verfolge jede Spur und jedes Fitzelchen Information. Sie müssen mir da vertrauen.«

Aileen stieß sich seufzend von der Wand ab. »Ich muss Sie nicht daran erinnern, dass das hier ein aufsehenerregender Fall ist, und wenn Sie nicht schon bald Ergebnisse liefern können, muss ich jemand anderes finden, der sich darum kümmert. Machen Sie vorerst auf Ihre Weise weiter, aber wir brauchen Ergebnisse und wir müssen Sage Franks finden – und zwar lebend.«

»Ich weiß, und ich will das mehr als alles andere. Wir haben Suchtrupps, Hunde und einen Helikopter im Einsatz. Das Team für Vermisstenfälle kümmert sich um diesen Teil. Wir tun, was wir können, um den Täter zu identifizieren und aufzuspüren.«

Aileen presste ihre eleganten Finger gegen die Stirn. »Und Sie haben noch keine klare Vorstellung, wer es sein könnte? Keine Verdächtigen? Nichts?«

»Es ist nicht einfach.« Natalie verbiss sich die Bemerkung, die ihr eigentlich auf der Zunge lag. Nämlich, dass sie diese sinnlose Unterhaltung beenden und zurück nach unten an ihre Arbeit wollte. Aileen wusste, dass man Zeugen und Verdächtige nicht aus der Luft greifen konnte, und dass es Zeit kostete, Alibis zu überprüfen. Wenn sie an ihrem freien Tag extra hergekommen war, musste sie wohl unter Druck ihrer Vorgesetzten stehen, den Fall zu lösen. Nichts erregte in der Öffentlichkeit mehr Angst als ein Kindermörder auf freiem Fuß. Aileen hatte Natalies Ton wohl richtig gedeutet und entließ sie mit einem Seufzer.

»Ach, ich halte Sie nur von Ihren Ermittlungen ab. Sie gehen besser zurück zum Team.«

Natalie eilte in ihr Büro. Ian telefonierte und Murray tippte auf seinem Laptop herum. Lucy winkte sie zu sich heran.

»Die Etsy-Geschenkkarte. Darauf war ein sechzehnstelliger Zahlencode gedruckt. Die Kriminaltechniker haben einen Namen ermittelt: Grace Coots. Sie wohnt in Moreton, etwa fünfzehn Kilometer von Uptown entfernt.«

»Haben Sie sie erreicht?«

»Ihr Mann hat den Anruf angenommen. Grace war beim Friseur. Sie soll in der nächsten halben Stunde zurück sein.«

»Was wissen wir über sie?«

»Sie arbeitet als Tagesmutter in der Humpty-Dumpty-Kita für Babys und Kleinkinder.«

»Okay. Fahren wir hin.«

Grace Coots hob gerade mehrere Einkaufstaschen aus dem Kofferraum eines alten Mercedes-Kombis, als Lucy und Natalie an ihrem Haus anhielten. Ein begeisterter roter Setter sprang schwanzwedelnd zu ihnen, begrüßte sie und rannte dann ins Haus.

Die Frau sah zu ihnen auf. »Sind Sie von der Polizei? Mein Mann sagte, dass Sie angerufen haben, als ich weg war.«

Sie zeigten ihre Dienstausweise und fragten, ob sie die Befragung im Haus durchführen könnten.

»Klar. Worum geht es denn?«, fragte Grace und marschierte zum Haus. Der Hund tauchte wieder auf und wuselte herum, wobei er ihr zwischen die Füße geriet. »Aus dem Weg, Rufus! Tony! Holst du mal den Hund? Die Polizei ist da.«

Eine tiefe Stimme rief nach dem Tier, und Grace winkte die Besucher in die Küche, wo sie ihre Taschen abstellte und dann die Tür schloss.

»Wie kann ich helfen?«

»Es geht um eine Etsy-Geschenkkarte, die Sie benutzt haben.«

Sie verzog verwirrt das Gesicht. »Eine Etsy-Karte?«

»Wir haben ermittelt, dass Sie etwas online gekauft und mit einer Geschenkkarte bezahlt haben.«

Sie neigte den Kopf zuerst in die eine, dann in die andere Richtung und zog die Brauen hoch. »Ich habe mal eine Geschenkkarte bekommen, aber das ist schon Jahre her. Kurz danach habe ich sie verloren.«

Lucy lächelte knapp. »Ich fürchte, wir brauchen dazu etwas mehr Informationen. Eine Geschenkkarte, die Ihnen gehörte, wurde dazu benutzt, Kleidung aus Amerika zu bestellen.«

»Versteh ich nicht. Ich weiß echt nicht, worauf Sie hinauswollen. Ich habe die Karte einmal benutzt, um Schreibwaren zu bestellen, kurz nachdem ich sie bekommen hatte. Ich habe sie mit meiner Kreditkarte in die Börse gesteckt, und als ich sie wieder verwenden wollte, war sie weg. Wahrscheinlich ist sie mir irgendwann beim Einkaufen runtergefallen. Ich kann sie leicht mit der Kreditkarte rausgezogen haben, nehme ich an, und dann ist sie wohl von jemandem aufgehoben worden, der sie dann auch benutzt hat. Wo liegt das Problem?« Ihre Stimme verklang, als sie den ernsthaften Ausdruck in Lucys Gesicht sah. Sie öffnete die Tür und rief: »Tony! Komm mal kurz.«

Sie blieb an der Tür stehen, bis ihr Mann kam. Er war groß und trug ein Rugby-Shirt zu Jeans, deren Bund unter seinem mächtigen Bauch festgezurrt war.

»Erinnerst du dich noch an diese Geschenkkarte, die ich an Weihnachten vor ein paar Jahren bekommen habe?«

»Welche Geschenkkarte?«

»Die mir mein Stiefvater geschenkt hat. Du musst dich doch daran erinnern. Du hast damals gesagt, dass es ein komisches Geschenk wäre. Ich musste dir erklären, was Etsy ist.«

»Ach ja, ich erinnere mich. Du hast sie kurz danach verloren. Wir haben das Haus auf den Kopf gestellt, um sie zu suchen.«

»Danke.« Sie wandte sich wieder Lucy zu, einen triumphierenden Ausdruck im Gesicht. »Sehen Sie, ich habe sie verloren.«

»So gern wir Ihnen beiden glauben möchten, ist die Karte wichtig in einer Mordermittlung.«

»Ach du meine Güte!« Grace riss die Augen auf. »Ich weiß nicht, was damit passiert ist. Wirklich nicht!«

»Mr Coots, haben Sie eine Ahnung?«

Ihm stand der Mund offen, was ihm ein dämliches Aussehen verlieh. »Keine Ahnung.«

»Wegen des ernsten Hintergrunds unserer Ermittlungen müssen wir Sie beide noch formal auf dem Revier befragen.«

»Ich habe die blöde Karte nicht mehr. Sie ist mir aus dem

Geldbeutel gerutscht!« Graces Stimme schraubte sich mehrere Oktaven höher. »Sag es ihnen, Tony.«

»Beruhigen Sie sich, Mrs Coots. Ich bin sicher, wir können herausfinden, was genau passiert ist. Sie sagten, Sie haben die Karte als Weihnachtsgeschenk bekommen?«

»Von meinem Stiefvater. Er wusste nicht, was er mir kaufen sollte, und erinnerte sich daran, dass ich ihm und meiner Mutter von meinem Plan erzählt hatte, selbst einen Shop bei Etsy zu eröffnen. Deshalb hat er mir einen Geschenkgutschein besorgt, damit ich mir Bastelsachen kaufen konnte. Der Gutschein belief sich auf zweihundert Pfund, und ich habe nur zehn Pfund davon verbraucht. Ich war echt stinkig, weil ich die Karte damals verloren habe. Zweihundert Pfund sind ein Haufen Geld. Ich habe überall im Haus danach gesucht und bin sogar in mehrere Geschäfte und den großen Supermarkt hier in Uptown gegangen, in dem ich gewesen war. Wegen der unwahrscheinlichen Möglichkeit, dass jemand sie abgegeben hätte. Aber das war natürlich nicht der Fall.«

»Können Sie uns bitte die Personalien Ihres Stiefvaters geben?«

»Warum? Ich sehe ihn nie. Er hat mir die Karte am ersten Weihnachten nach dem Tod meiner Mutter geschenkt, und seitdem haben wir nichts mehr miteinander zu tun. Ich wette, er weiß nicht einmal mehr, dass er sie mir geschenkt hat. Er ist schon sehr alt.«

»Geben Sie uns bitte einfach die Daten«, wiederholte Lucy mit dem Stift in der Hand.

»Ned Coleman.«

Natalie legte den Kopf schräg. »Ned Coleman ist Ihr Stiefvater?«

»Er war zehn Jahre mit meiner Mutter verheiratet. Sie ist Anfang 2015 gestorben.«

»Haben Sie noch Geschwister?«

»Ja. Roselyn. Sie wohnt in Uptown.«

»Welcher Nachname?«

»Momford. Sie hat den Namen behalten, obwohl sie geschieden ist.«

»Und Sie haben einen Neffen?«, fragte Natalie.

»Freddie. Das ist Roselyns Sohn. Warum?«

»Nur um sicherzugehen, dass wir die korrekten Daten haben«, erklärte Lucy und machte sich Notizen.

»Würde es Ihnen etwas ausmachen, wenn wir Ihr Smartphone und Ihren Computer untersuchen, falls Sie einen haben?«

»Ja, würde es. Wollen Sie mir etwa unterstellen, dass ich lüge?« Grace stieg Farbe in die Wangen.

»Nein. Wir wollen lediglich Ihre Unschuld beweisen und sicherstellen, dass Sie nicht in ein Kapitalverbrechen verwickelt sind.«

»So gesehen ist es besser, sie schauen zu lassen, Liebes«, sagte Mr Coots. »Wir haben ja nichts zu verbergen, oder?«

Grace blickte Natalie einen Moment finster an, dann fielen ihre Schultern nach vorne. »Nein, ich glaube nicht. Na gut. Tony, holst du ihn?«

Ihr Mann verschwand, den Hund im Gefolge.

»Haben Sie in letzter Zeit irgendwelche Etsy-Seiten besucht?«

»Vor ein paar Monaten. Ich habe Papier und Deko für Geburtstagskarten und ein paar Muster für Osterhasen gekauft.«

»Haben Sie je etwa anderes gekauft?«

»Nur Bastelzeug.«

»Keine Kleidung?«

»Nein. Kleidung kaufe ich nur in der Hauptstraße. Online verlasse ich mich nicht auf die Größen. Ich habe mal einen Pullover bestellt, der mir viel zu eng war. Ich musste ihn zurückschicken, und es war nervig, mich an der Post anzustellen und dann warten zu müssen, bis ich den Betrag erstattet bekommen habe.«

»Haben Sie schon mal ein solches Kleid gesehen?«

Natalie zeigte ihr ein Foto der gelben Kleider.

»Kann ich nicht sagen, aber wir haben selbst keine Kinder, weshalb ich nach so was nicht suchen würde.«

Tony kam mit einem iPad und einem Smartphone zurück. »Das ist alles, was wir haben. Ich habe noch ein Handy mit Guthabenkarte, aber es ist recht alt. Ohne Internet.« Er hielt es hoch, um es Natalie zu zeigen.

»Sehr schön, danke. Wir geben Ihnen die Sachen so schnell wie möglich zurück.«

———

Natalie schaute zum Autofenster hinaus. Es war einer der schönsten Tage in diesem Jahr bisher, aber sie konnte ihn nicht genießen. Es gab immer noch keine Spur von Sage. Ihr Magen hatte sich in einen festen Knoten verwandelt.

»Ich weiß nicht, was ich mit diesem Fall anfangen soll«, sagte sie. »Wir haben Spuren, die jedoch einfach keinen Sinn ergeben.«

»Zählen Sie sie mir noch mal auf. Vielleicht hilft das.«

Natalie drehte sich zu Lucy. »Okay. Ned hat einem seiner Stiefkinder, Grace, zu Weihnachten 2015 eine Etsy-Guthabenkarte geschenkt. Grace hat die Karte verloren, und ein Mörder hat sie gefunden. Freddie ist Neds Enkel, und Freddie war auf Harriets Geburtstag, als Ava verschwunden ist.« Sie hielt inne und dachte über ihre Worte nach.

»Weiter. Das hört sich an, als würde es irgendwohin führen.«

»Ava hat ein gelbes Kleid getragen. Der Mörder hat mit der Etsy-Karte fünf identische gelbe Kleider gekauft. Bis dahin komme ich, aber nicht weiter. Es ist, als hätte ich die Teile eines

Puzzles, aber keines davon passt genau dorthin, wo es passen sollte.«

»Und wenn Grace und Tony gelogen haben? Was, wenn Grace die Karte gar nicht verloren, sondern die Kleider gekauft hat?«, schlug Lucy vor.

»Aber warum? Das ergibt auch keinen Sinn.«

»Das stimmt. Sie hatte keinen Grund, Audrey oder Rainey zu ermorden. Ich verstehe, was Sie meinen. Es ist ein einziges Durcheinander, und in der Zwischenzeit sind wir unserem Mörder keinen Schritt näher gekommen. Ich denke immer, wir machen Fortschritte, aber dann verlieren wir wieder die Spur. Und die ganze Zeit muss ich an Howard und Sage denken.«

»Ich weiß, wie Sie sich fühlen. Ich mache mir um Sage jetzt wirklich Sorgen.«

»Was, wenn der Mörder sie hat?«, fragte Lucy.

An diese Möglichkeit musste Natalie auch die ganze Zeit denken. Aber wenn dieselbe Person, die Audrey und Rainey ermordet hatte, auch Sage entführt hatte, dann hatte sie ihre Vorgehensweise geändert. Natalie dachte gut nach, bevor sie sprach: »Audrey und Rainey sind entführt worden. Sie wurden überrumpelt, umgebracht und ihre Leichen wurden an unterschiedlichen Stellen abgelegt. In der Nähe von Sages Haus, wo sie möglicherweise entführt wurde, haben wir ihre Leiche nicht gefunden. Die Suchtrupps konnten überhaupt keine Spur von ihr entdecken. Wenn der Mörder also seine Vorgehensweise nicht geändert hat, haben wir es womöglich mit zwei verschiedenen Personen zu tun.«

»Ich höre, was Sie sagen, aber glauben Sie das tatsächlich? Glauben Sie wirklich, wir haben es mit zwei verschiedenen Tätern zu tun?«

»Nein. Mein Bauchgefühl sagt mir, dass wir nach einer Person suchen, und dass diese Person etwas mit Sage vorhat. Wir müssen sie finden, bevor der Plan umgesetzt werden kann. Wir sprechen mit Ned, dann lassen wir das iPad ins Labor bringen. Je eher wir es untersuchen, desto eher können wir Grace und Tony von den Ermittlungen ausschließen.«

»Aber was dann?«

Natalie drehte den Kopf und sah ihrer jungen Kollegin in die Augen. »Ganz ehrlich? Ich habe keinen Schimmer. Wir schlagen weiter bei allen Leuten, die wir verdächtigen, auf den Busch. Wir dürfen uns auf nichts verlassen, das sie uns sagen. Jedes Alibi muss wasserdicht sein.«

»Wenn es mit Ava zu tun hat, nach wem könnten wir denn da noch suchen? Wir haben es doch mit jedem versucht, der sie gekannt hat!«

»Wir suchen weiter. Mehr können wir nicht machen.«

»Darf ich ehrlich sein?«, fragte Lucy.

»Klar.«

»Ich war noch nie bei einem Fall dabei, der mir solche Angst gemacht hat. Ich habe Angst, dass dieser Dreckskerl weiter Kinder unter unserer Nase wegschnappt und damit davonkommt. Ich habe Angst um all die kleinen Mädchen, die auf der Geburtstagsfeier waren, und noch mehr Angst habe ich, dass es gar nichts mit dem Geburtstag zu tun und der Mörder gerade erst angefangen hat.«

Natalie hatte sich schon die gleichen Gedanken gemacht. Sie hatten sich in ihrem Kopf eingegraben und riefen in ihr die gleichen Ängste hervor. »Wir sind nicht mehr weit entfernt, Lucy. Wir sind methodisch vorgegangen. Er wird nicht damit davonkommen.«

»Ich wünschte, ich wäre mir da so sicher wie Sie«, sagte Lucy. »Ich habe Angst, dass wir versagen.«

»Wir werden nicht versagen«, sagte Natalie. »Das können wir uns gar nicht leisten.« Sie hob das Kinn und hoffte mit jeder Faser ihres Körpers, dass sie recht behalten würde.

VIERUNDDREISSIG

SAMSTAG, 29. APRIL, ABEND

»Oh, hallo noch mal«, sagte Ned und machte die Tür ein Stück weiter auf. »Wir haben im Schwimmbad miteinander geredet. DI Ward, richtig?«

»Richtig, Sir. Und das ist Sergeant Lucy Carmichael.«

»Kommen Sie herein, die Damen.«

Seine karierten Hausschuhe machten ein schleifendes Geräusch auf dem Teppich, als er vorausschlurfte und die Tür zum Wohnzimmer öffnete. »Herein«, wiederholte er.

Es war ein kleines, aber gemütliches Zimmer, in dem zwei Sessel vor einem Fernseher standen. Beide waren mit einer Automatik ausgestattet, sodass der Sitzende sich bei Bedarf zurücklegen konnte. Ein alter, schwarzer Hund lag zusammengerollt in einem Korb zu Füßen des einen Sessels. Er öffnete die Augen beim Eintreten der Eindringlinge, rührte sich aber nicht. Ned zog einen Esszimmerstuhl unter einem runden Tisch mit einem geblümten Tischtuch hervor und setzte sich.

»Es geht um einen Gutschein, den Sie Ihrer Stieftochter Grace geschenkt haben.«

»Ich habe Grace seit ungefähr achtzehn Monaten nicht

mehr gesehen. Schon seit ihre Mutter verstorben ist kaum noch.«

»Sie waren an Weihnachten 2015 bei ihr.«

Sein Blick wanderte in die Ferne. »Das war mein erstes Weihnachten ohne Lorna. Es war hart. Ich habe sie schrecklich vermisst. Ich vermisse sie immer noch.«

»Sie haben Weihnachten mit Grace verbracht.«

»Ja?« Er runzelte die Stirn. »Nein. Nur das Weihnachtsessen. Sie hatte mich, Roselyn und den Jungen eingeladen. Wir haben unter ihrem Baum Geschenke ausgepackt. Ich hatte keinen Baum für mich. Das schien mir nicht richtig. Lorna hat Weihnachten geliebt. Ich war immer der Weihnachtsmuffel, wissen Sie? Sie hat das ganze Haus geschmückt und alle an Heiligabend zu uns eingeladen, auf Eierpunsch und zum Weihnachtsliedersingen. Ich bin nicht so der Weihnachtstyp. Entschuldigung, wo war ich? Ich war zum Essen dort und bin am Nachmittag wieder heimgefahren.«

»Sie haben Grace eine Etsy-Geschenkkarte geschenkt.«

Er zog die Brauen tiefer. »Stimmt. Ich wusste nicht, was ich ihr kaufen sollte. Um solche Dinge hat sich sonst Lorna gekümmert. Sie hatte ein genaues Gespür dafür, was den Leuten gefallen könnte. Ich weiß noch, dass ich mich gefragt habe, was ich jedem bloß schenken sollte, und dann fiel mir ein Gespräch ein, bei dem Grace uns an einem Nachmittag mal von einer tollen Website erzählt hatte, auf der man alle möglichen selbst gemachten Sachen kaufen kann. Ich habe Roselyn danach gefragt. Ich bin bei den modernen Technologien ein hoffnungsloser Fall, also hat sie mir geholfen, die Geschenkkarte zu kaufen. Für Graces Mann Tony habe ich einen Amazon-Geschenkgutschein gekauft. Das schien am einfachsten zu sein. Wobei ihnen die Geschenke wohl doch nicht gefallen haben, denn danach haben sie mich nie wieder zum Weihnachtsessen eingeladen.« Die Enttäuschung in seinem Gesicht berührte

Natalie. Er war ein einsamer alter Mann. Das Zimmer war voller Erinnerungen an vergangene Zeiten. Alles stand voll mit Büchern und Souvenirs, die sich zweifellos in seiner Zeit mit Lorna angesammelt hatten: Glasfigürchen und Porzellanvasen, Bilder in unterschiedlichsten Rahmen, die meisten von Freddie, angefangen im Babyalter bis aus jüngerer Zeit, und mehrere größere Fotos von Ned und einer umwerfenden Rothaarigen in den Fünfzigern.

»Haben Sie von der Etsy-Karte noch mal etwas gehört, nachdem Sie sie Grace geschenkt hatten?«

»Sie hat sich natürlich bedankt, aber ich habe keinen Schimmer, was sie damit gekauft hat. Wie ich schon sagte, seit dem Weihnachten habe ich sie nicht mehr oft gesehen. Ich verstehe das. Sie und Roselyn haben mich nicht wirklich gut gekannt. In Graces Augen war ich so eine Art Eindringling, der ihren leiblichen Vater in der Zuneigung ihrer Mutter ersetzt hat, und darüber war sie nicht sehr erfreut. Das hat sie auch ein paar Mal durchaus deutlich geäußert. Ich hatte gehofft, sie würde mich mit der Zeit akzeptieren, aber dem war nie wirklich so. Sie war schon erwachsen und verheiratet, als Lorna und ich ein Paar wurden. Es ist nicht so, als wäre sie als Kind mit mir als Stiefvater aufgewachsen. Jedenfalls war es keine Überraschung, dass sie mich nicht in ihr Leben einschließen wollte. Roselyn war da aufgeschlossener. Sie war schon geschieden und wusste, was es heißt, allein zu leben. Sie lässt mir den Umgang mit Freddie, obwohl er nicht mein Fleisch und Blut ist. Sie versteht, dass er für mich ein Enkel ist. Ich habe sonst keine Familie. Lorna war meine einzige große Liebe.«

»Haben Sie für Roselyn auch eine Etsy-Karte gekauft?«

»Nein. Sie kauft genauso ungern online ein wie ich. Ich habe ihr eine große Flasche Parfum gekauft. Sie trägt das gleiche Parfüm, das Lorna immer getragen hat – Chanel No. 5. Hilft Ihnen das weiter?« Er schüttelte sichtlich die Erinnerungen ab und sah Natalie an.

»Sie waren eine große Hilfe.« Natalie lächelte ihn an. Er stand auf und stellte den Stuhl wieder an den Tisch, der wahrscheinlich nicht mehr als Esstisch benutzt wurde. Sein Hund drehte sich im Korb um und döste weiter.

»Wenn Sie mir noch Fragen stellen möchten, kommen Sie einfach vorbei«, sagte er. »Ich habe nicht oft Besuch.«

»Er hat mir leidgetan«, sagte Lucy. »Er hat so ... verloren ausgesehen.«

»Den Eindruck hatte ich auch.«

»Wir können Roselyn wohl auch noch nach der Karte fragen, aber ich habe das Gefühl, dass wir auf der falschen Fährte sind. Ned hat sie Grace geschenkt, und sie hat sie verloren. Das heißt einfach, dass jemand, der in Uptown oder Umgebung wohnt, sie gefunden und benutzt haben kann.«

»Möglich. Aber warum hat er bis jetzt gewartet, bis er sie benutzt hat? Die Karte ist irgendwann Ende 2015, Anfang 2016 verloren gegangen, und der Finder hat sie bis vor wenigen Monaten gehabt. Wann sind die Kleider bestellt worden?«

»Diesen Januar.«

»Er hatte die Karte also schon ein Jahr, bevor er sie benutzt hat. Kommt Ihnen das nicht komisch vor?«

»Schon.«

»Dann bringen wir jetzt das iPad in die Technik und überprüfen die Familie. Vielleicht haben sie ein paar Leichen im Keller. Ich will auch sehen, ob es Neuigkeiten über Sage gibt. Es ist fast sechs Stunden her, seit sie mit ihrer Freundin Louise weggegangen ist.«

Natalie riss die Bürotür weit auf und ging hindurch.

»Bitte sagen Sie mir, dass Sie irgendwas Hilfreiches herausgefunden haben. Wir haben nichts zu dieser blöden Etsy-Karte, außer dass sie verloren wurde und dass sie wahrscheinlich jemand in Uptown gefunden hat.«

Ian hob den Zeigefinger, um anzudeuten, dass er an etwas dran war. Das Handy zwischen Kinn und Schulter geklemmt tippte er beim Sprechen.

»Zwei Dinge«, sagte Murray. »Mit der Nummernschilderkennung konnte die Kriminaltechnik Guys Aufenthalt am Tag von Raineys Verschwinden herausfinden. Sein Alibi ist bestätigt; er war nicht in der Nähe vom Monks Walk. Zweitens: Mike ist aufgekreuzt, als Sie weg waren. Eine pinkfarbene Strickjacke, auf die die Beschreibung von Audreys Jacke passt, ist in einem Mülleimer ein paar Straßen vom Park entfernt gefunden worden. Sie ist im Labor zur Bestimmung von DNA-Spuren. Mike untersucht die Telefonzelle nach Fingerabdrücken. Da waren eine ganze Menge von den Menschen, die im Laufe der Jahre dort gewesen sind, aber Mike glaubt, dass kürzlich erst jemand drin war. Es gibt Anzeichen von verwischtem Staub, besonders an der Rückwand der Zelle, und Hinweise darauf, dass jemand sich an das Glas gelehnt hat. Er versucht, Abdrücke von den Scheiben zu nehmen. Außerdem sucht er nach Schuhabdrücken.«

»Also kann der Entführer Howards Haus beobachtet haben, wie wir vermutet haben.«

»Mike und ich haben diese Theorie überprüft. Mike hat in der Zelle gewartet, und ich habe mich in Howards Einfahrt gestellt. Mit dunkler Kleidung und ohne sich viel zu bewegen, hätte er leicht unbemerkt in der Zelle gestanden haben können.«

»Und die Hundestaffel? Hat sie eine Spur aufgenommen?«

»Ja, und wie erwartet sind sie ihr über den Trampelpfad bis zu Louises Haus gefolgt, aber dann haben sie sie verloren. Das deutet darauf hin, dass sie in diesem Bereich verschwunden sein muss.«

Ian beendete sein Telefonat. »Ein Nachbar glaubt gesehen

zu haben, dass ein dunkelblauer Toyota Yaris vor Larkspur Close Nummer zwölf geparkt hat. Er hat sich nichts dabei gedacht und angenommen, es handle sich um einen Besucher. Er hat das Auto nämlich schon öfter dort parken sehen. Aber wie sich herausstellte, sind die Bewohner von Nummer zwölf übers Wochenende weggefahren.«

»Hat der Nachbar sich das Kennzeichen gemerkt?«

»Nein. Aber immerhin hat er die Marke und das Modell erkannt. Das ist schon mal ein Anfang. Interessant ist aber die Tatsache, dass Nummer zwölf das erste Haus rechts ist, wenn man vom Pfad kommt, der zur Lavender Rise führt.« Er tippte mit dem Stift gegen seinen Vorderzahn und bewegte sich auf dem Stuhl. »Denken Sie das Gleiche wie ich?«

»Der Täter war im Auto, hat gesehen, wie Sage zu Louise gegangen ist, und ist ihr dann über den Pfad gefolgt, als sie von Louise nach Hause gelaufen ist?«, fragte Murray.

»Oder er hat das Auto geparkt, ist über den Trampelpfad gegangen und hat Howards Haus von der Telefonzelle aus beobachtet. Er hat Sage mit Louise rauskommen sehen, und als die Mädchen den Pfad zu Louises Haus genommen haben, ist er ihnen gefolgt und hat dann im Auto gewartet, bis Sage herausgekommen ist«, sagte Natalie. Dann schüttelte sie den Kopf. »Zu umständlich. Er hätte riskiert, entdeckt zu werden. Und wenn er, statt im Auto zu warten, wo er von einem Nachbarn hätte gesehen werden können, auf dem Pfad geblieben ist, um auf Sage zu warten? Er musste ja wissen, dass sie auf diesem Weg wieder zurückgehen würde, und vielleicht hat er sogar gehört, wie Howard zu ihr gesagt hat, dass sie noch Kerry abholen müssten, also wusste der Täter, dass er nicht lange warten musste. Ja, das ist plausibel«, sagte sie und rieb sich gedankenverloren die Hände. »Suchen Sie alle Überwachungsvideos aus der Gegend nach einem dunkelblauen Yaris ab. Hat jemand unserer bisherigen Verdächtigen einen?«

Ian drehte sich auf seinem Stuhl wieder herum und begann

zu tippen. Murray ging zum Desktop-Computer, um die Videos zu sichten. Lucy kam mit finsterer Miene zurück. »Sie liegen zu mit Arbeit. Ich musste sie anflehen, das iPad für uns zu checken.«

»Mit Erfolg?«

»Ja. Im Anflehen bin ich gut«, sagte sie mit unbeweglicher Miene. »Was gibt es hier Neues?«

»Ein dunkelblauer Yaris hat vor Hausnummer zwölf in der Larkspur Close geparkt«, berichtete Ian, ohne vom Bildschirm aufzuschauen. »Vielleicht gehört er dem Entführer von Sage.«

»Gut. Endlich eine Spur.« Lucy ließ sich auf den Stuhl fallen und begann, eine Akte zu lesen. Natalie sah zu ihr. Es würde eine lange Nacht werden. Sie musste David anrufen.

»Will jemand etwas Bestimmtes zu essen?«, fragte sie. »Ich gebe beim chinesischen Schnellrestaurant in der Salt Street eine Bestellung auf und ordere einfach ein bisschen von allem, wenn das für Sie okay ist.« Sie erntete zustimmendes Murmeln und Kopfnicken und verschwand vor die Tür, um das Essen zu bestellen und David anzurufen, doch ihr erster Anruf galt weder dem einen noch dem anderen.

»Hi. Alles okay?«

»Das ist vielleicht ein heilloses Chaos«, stöhnte Mike. »Das Team ist momentan überall und nirgends unterwegs. Aber immerhin sind wir uns ziemlich sicher, dass der Täter in der Telefonzelle in der Nähe von Howards Haus war. Wir haben einige Schuhabdrücke gefunden, die darauf hinweisen, dass er sogar mehrere Male dort war. Deine Theorie scheint es auf den Punkt zu treffen. Er hat Howard und seine Töchter ausgespäht.«

»Okay. Das ist immerhin etwas«, sagte sie langsam. »Er muss also aus der Telefonzelle gekommen sein, hat auf dem Pfad auf Sage gewartet und sie dann ins Auto gezerrt. Mist, er kann mit ihr überallhin gefahren sein.«

»Es kann jemand sein, der in Uptown wohnt.«

»Ich drehe mich hier hoffnungslos im Kreis. Ich fühle, dass er in der Nähe ist, habe aber keinen Schimmer, wo er sich versteckt!« Sie stapfte über den Parkplatz, während sie sprach.

Mike griff ihren Ton auf. »Bist du okay?«

»Es ist alles so schwierig. Ein kleines Mädchen ist entführt worden, und mein Bauchgefühl sagt mir, dass der Mörder sie hat. Ich habe Angst. Ich habe Angst um sie, und ich habe Panik, dass wir sie nicht rechtzeitig finden. Ich glaube nicht, dass ich es ertragen könnte, wenn wir zu spät dran sind.«

Es dauerte eine Weile, bis Mike antwortete. »Natalie, du musst loslassen. Wenn du dich zu sehr einvernehmen lässt, triffst du voreilige Entscheidungen. Du weißt, was im Fall Olivia Chester falschgelaufen ist. In diesem Fall bist du der Boss. Du hast die besten Leute, die du für diese Ermittlungen haben kannst, und was auch immer passiert – du wirst die richtigen Entscheidungen getroffen haben. Mehr kannst du nicht machen. Wie ich musst du mit dem arbeiten, was dir zur Verfügung steht. Konzentrier dich nicht auf Eventualitäten. Die sind noch nicht eingetreten.«

Seine Worte hatten den erwünschten Erfolg. Wieder einmal hatte er gewusst, wie er sie behandeln und was er sagen musste. Das Brennen in ihrem Bauch ließ für den Moment nach.

»Danke, Mike. Das habe ich gebraucht.«

»Jederzeit. Dafür sind Freunde da.«

Sie widerstand dem Drang, noch etwas zu sagen, und legte auf. Sie musste David mitteilen, dass sie nicht nach Hause kommen würde. Um einen Streit zu umgehen, schreib sie ihm lieber, und bestellte dann das Essen. Sie würden alle besser arbeiten, wenn sie etwas im Magen hatten. Sie hatten mehrere Spuren. Sie wussten von dem Auto und dass der Entführer Howards Haus ausspioniert hatte. Es sah außerdem immer deutlicher danach aus, als hätte der Fall etwas mit dem Verschwinden von Ava Sawyer zu tun, also würde sie wieder zurück zum Anfang gehen. Sie redete sich gut zu, dass sie Sage finden würden, und ging wieder ins Revier, noch fester als zuvor entschlossen, das Kind aufzuspüren.

SAMSTAG, 29. APRIL, NACHMITTAG

Sage Franks

Er hat dieses Haus schon viele Male beobachtet. Das kleine Mädchen, das hier lebt, gleicht Sherrys Freundin Gail Shore sehr. Schon als er sie zum ersten Mal gesehen hat, fühlte er sich an die spindeldürre Gail erinnert mit ihren großen, grauen Augen und den hellbraunen Locken. Sie hatte so grausam über seine Versuche, sich mit Sherry und ihr anzufreunden, gelacht. Sage ist nicht wie Gail. Sie ist freundlich, liebenswürdig und charmant. Er will nicht, dass sie sich je ändert. Sie ist perfekt.

Die Telefonzelle ist der ideale Ort, um das Haus und seine Bewohner zu beobachten. Howard zieht die Vorhänge immer erst spät am Tag zu, sodass er die Mädchen im vorderen Zimmer immer beim Spielen oder Fernsehen beobachten kann. Er schaut gern zu, wenn das Trio aus dem Haus geht. Dad hält dann beide Mädchen an der Hand, und Sage sieht immer mit Bewunderung im strahlenden Gesicht zu ihm auf. Howard ist momentan ihr Ein und Alles. Ihre Liebe zu ihm leuchtet wie ein Heiligenschein um einen Engel. Beim Anblick ihres Gesichts wird ihm immer ganz warm ums Herz, und dann kommt die vertraute

Schwere der Trauer. Solche Zuneigung hat er selbst nie erlebt. Howard hat Glück. Aber die Zeiten würden sich ändern, die Kinder heranwachsen und eigene Familien haben. Howard würde diese bedingungslose Liebe und tiefe Zuneigung verlieren. Er wird Howard einen großen Gefallen tun. So wird er sich immer an Sage erinnern, wie sie jetzt ist. Es wird keinen Streit, keine Auseinandersetzungen und kein Leid geben. Howard wird sein perfektes kleines Mädchen für immer behalten.

Er kennt Howards Tagesablauf. Samstags bringt er die jüngere Tochter Kerry zum Haus seiner Mutter und geht mit Sage schwimmen. Sie fahren in die Stadt, trinken etwas und essen eine Kleinigkeit – ein Stück Kuchen oder ein Sandwich. Dann erledigen sie den Wocheneinkauf. Gegen zwei Uhr kommen sie heim und fahren gleich wieder los, um Kerry abzuholen. Wenn nur Sage und ihr Vater da sind, das sind die besten Momente. Es ist magisch, sie zu beobachten.

Er steht in der Telefonzelle und verlagert leicht das Gewicht. Mit seiner schwarzen Kleidung ist er in seinem Versteck unsichtbar. Er kann stundenlang stillstehen, wenn er muss. Die Übung macht's. Und er hat haufenweise Übung, weil er im Klassenraum so oft hat in der Ecke stehen müssen.

Ein anderes Mädchen kommt über die Abkürzung. Es hat einen herumtollenden Welpen dabei, der fröhlich über den Autoreifen stolpert. Er hat sie schon mal gesehen. Sie wohnt in der Nähe des Hauses, wo er das Auto geparkt hat. Er parkt jeden Samstag dort. Die meisten Leute sind bei der Arbeit, und es parken viele Autos hier. Eines mehr oder weniger fällt nicht auf. Nach seiner Erfahrung sind Menschen nicht besonders aufmerksam, und dieses Wissen nutzt er zu seinem Vorteil.

Das Mädchen klingelt an der Tür und zieht an der Hundeleine. Der Welpe versucht, eine Blume zu fressen. Sie hebt ihn hoch. Sage kommt mit ihrem Vater an die Tür. Ihr Gesicht strahlt, als sie den Hund sieht. Sie sprechen kurz. Howard nickt. Er hört, dass Howard Sage sagt, sie kann nicht lange bleiben. Howard geht mit den Mädchen ein Stück auf dem Pfad. Ihm schlägt das Herz in der Brust. Wenn Howard noch weiter mitgeht und hochschaut, hat er die Telefonzelle direkt im Blick. Dann entdecken sie ihn mit Sicherheit. Er weiß nicht, was er in dem Fall sagen sollte. Er hält den Atem an und wartet. Die Mädchen hüpfen voran, aber Howard dreht sich wieder um, kramt in seiner Hosentasche nach seinem Handy und hält es sich ans Ohr. Genau diese Ablenkung hat er gebraucht. Howard schlendert zum Haus zurück und verschwindet.

Von seiner Position aus sieht er, wie die Mädchen zu dem Durchgang laufen und vor Spaß quietschen, weil der Welpe nebenher läuft.

Das ist seine Chance. Er folgt ihnen, bleibt beim Auto stehen und holt den großen Einkaufstrolley aus dem Kofferraum. Das ist er. Der Moment, auf den er gehofft hat. Er ist perfekt. Er eilt zum Pfad zurück und bleibt nach einem Drittel des Wegs stehen. Hier ist er von nirgendwo zu sehen. Kein einziges Fenster sieht auf diesen Bereich hinaus. Er hört nichts außer dem Plätschern des Wassers neben sich. Er nimmt sich einen Augenblick, um die Einsamkeit zu genießen und sich vorzubereiten. Diesmal ist er bereit. Er hat es schon einmal falsch gemacht. Er hat versucht, sich mit den Mädchen anzufreunden, dabei war es besser, sie zu überraschen.

Er spürt das Stück Stoff in seiner Tasche. Er hat es mit Chloroform getränkt. Der Einkaufstrolley ist offen. Sage ist klein für ihr Alter und so zierlich, dass sie leicht in die Tasche passen wird. Er summt ein Lied; eine ferne Erinnerung aus seiner einsamen Kindheit.

Es dauert nicht lange, da sieht er sie. Er nimmt die richtige Position ein und reckt den Hals. Als sie kommt, schaut er überrascht hoch.

»Hi«, sagt sie.

»Pst! Sieh nur, Entenbabys. Fünf Stück. Sie sind so süß.«

Sie kommt neben ihn und schaut zu der Stelle, auf die er zeigt. Verzieht ihr Gesicht. »Wo ...«

Er handelt blitzschnell, legt ihr die Hand mit dem Stoff über das Gesicht und hält ihren Körper fest, sodass sie ihm nicht entwischen kann. Sie kämpft, ist aber zu schwach. Innerhalb von Sekunden wird sie schlaff. Er verfrachtet sie in den Einkaufstrolley und zieht ihn zu seinem Auto. Dort angekommen, öffnet er den Kofferraum und hebt den Trolley hinein. Er wiegt nicht viel. Aus der Tasche kommt kein Laut. Er hat es geschafft. Jetzt muss er weg, bevor Howard sie suchen kommt.

Langsam fährt er mit dem Auto davon, um keine Aufmerksamkeit auf sich zu ziehen. Darin ist er Meister. Für gewöhnlich bemerkt ihn niemand. Er sollte Mitleid mit Howard haben, der ängstlich und außer sich sein wird, hat er aber nicht. Er hat Howard das größte Geschenk gemacht, das man sich vorstellen kann – ewige Liebe.

SECHSUNDDREISSIG
SAMSTAG, 29. APRIL, NACHT

»Verdammter Mist«, sagte Ian, hob die Hand von der Maus und ließ sich gegen die Rückenlehne seines Stuhls sinken. »Keine Spur von einem dunkelblauen Yaris auf den Videos.« Er rieb sich über die Augen und gähnte.

»Dann muss er eine Route genommen haben, auf der es keine Sicherheitskameras, keine automatische Nummernschilderkennung und keine öffentliche Videoüberwachung gibt«, sagte Natalie. Ihr Haar stand ab, weil sie immer wieder mit den Händen hindurchgefahren war, und ihr Mascara war verschmiert, aber es war ihr egal. Sie projizierte die Karte der Umgebung mit dem Overheadprojektor an die Wand. Lavender Rise und Larkspur Close waren rot eingekringelt, die Stellen mit den Überwachungskameras grün markiert. »Um alle Kameras zu umgehen, müsste der Täter diese Straßen genommen haben«, sagte sie und zog mehrere Straßen mit Rot nach. »Wir müssen herausarbeiten, welche Wege er genommen haben kann, und schauen, ob sie uns zu einem bestimmten Ort in Uptown führen.«

Die leeren Schachteln, in denen das chinesische Essen gewesen war, standen in einem ordentlichen Stapel im Flur. Ian erhob sich und streckte den Rücken und die Schultern durch. »Ich gehe mal an die Luft eine rauchen«, verkündete er.

»Wollen Sie nach Hause?«, fragte Natalie.

Er schüttelte den Kopf. »Keine Chance.«

Sie wusste, wie er sich fühlte. Im Büro hing eine Aura der Dringlichkeit und Entschlossenheit. Mike hatte recht gehabt, als er sagte, sie hätte das richtige Team für diese Aufgabe. Ihr wurde bewusst, dass sie mit diesem Team eine Art Zusammenhalt verspürte, den sie auf ihrer letzten Dienststelle nicht gehabt hatte. Sie mochten ihre Hochs und Tiefs haben, aber sie arbeiteten so gut zusammen. Ihre Gedanken wurden von Lucy unterbrochen, die mit dem iPad und dem Smartphone hereinkam, die sie von Grace und Tony Coots mitgenommen hatte. »Beide sauber. Nichts, was eine Verbindung zum Kauf dieser Kleider herstellen würde.«

Ihr Gesicht sagte mehr als ihre Worte. Es machte sie offensichtlich wütend, dass sie mit der Etsy-Karte keine Fortschritte machte. Sie setzte sich wieder an ihren Laptop und vertiefte sich in die Informationen auf ihrem Bildschirm, ohne die Anwesenden weiter zu beachten.

Natalie versuchte, die Route zu ermitteln, die der dunkelblaue Yaris genommen haben konnte. Es war die einzige Spur, die sie hatten und die sie zu Sage führen könnte. Howard hatte sie nicht angerufen. Da sie keine neuen Informationen für ihn hatten, war es nicht sinnvoll, sein Leid noch zu vergrößern. Er war mit Tanya und einer anderen Betreuungspolizistin zu Hause. Sie würden das Team informieren, wenn eine Forderung einginge oder wenn Sage wie durch ein Wunder wieder aufkreuzen würde.

Naomi hatte leise an die offene Tür geklopft und kam herein. Sie brachte den Duft nach Maiglöckchen mit sich. Ihre Augen waren klar, und sie zeigte keine Anzeichen von Ermüdung, als sie zu Natalies Schreibtisch kam, ihr eine Mappe hinlegte und auf ihre Reaktion wartete.

Natalie öffnete die Mappe und las den Inhalt. Naomi hatte Fasern identifiziert, die auf Audreys Strickjacke gefunden worden waren. Sie stimmten mit denen überein, die unter Raineys Fingernägeln sichergestellt worden waren.

»Es ist nicht einfach normales Leder«, sagte Naomi. »Es ist als Fettleder bekannt, was sich auf die Art bezieht, wie es gegerbt wird. Dieses Leder ist strapazierfähiger, weil sowohl die Fleisch- als auch die Narbenseite mit Bienenwachs, Fetten und Talg behandelt wird. Das ist alles arbeitsaufwendig und teuer. Ich vermute, dass euer Mörder dasselbe oder ein ähnliches Lederteil benutzt hat, um beide Mädchen zu strangulieren.«

»Der Mörder hat sie also mit einem hochwertigen Gürtel erwürgt«, sagte Natalie.

»Mit einem Gürtel, einem Gurt, einem Zaumriemen oder einer Hundeleine«, ergänzte Naomi.

»Das gibt uns jedenfalls einiges zum Nachdenken«, sagte Natalie. »Danke, dass Sie so schnell daran gearbeitet haben.«

»Ich wollte nicht nach Hause gehen, ehe ich diese Fasern identifiziert habe. Ich hoffe nur, es hilft, das entführte Mädchen zu finden.«

»Ich auch, Naomi. Ich auch.«

Naomi verschwand wieder und überließ Natalie ihren Gedanken. Sie fragte sich, wie leicht man Zaumzeug bekommen könnte, und begann eine schnelle Online-Suche danach.

»Natalie, wir glauben, dass wir eine Vorstellung davon haben, wo der Entführer entlanggefahren ist«, sagte Murray. Inzwischen war die Karte ein Wirrwarr aus Farben, weil er und Ian Routen ausprobiert hatten. »Wir haben alle Straßen mit Kameras ausgeschlossen. Danach sind nur zwei mögliche Richtungen übrig geblieben, die er genommen haben kann, ohne in einen überwachten Bereich zu geraten. Das beruht auf der Annahme, dass er nach Uptown hineingefahren ist, nicht angehalten und nirgendwo entlang der Route geparkt hat.«

Er zog eine neue Folie hervor, auf der die Straßen mit Kameras entfernt worden waren. Die beiden möglichen Routen, die der Entführer genommen haben konnte, waren klar zu erkennen. Um die Überwachungskameras zu meiden, konnte der Entführer nur zur Grundschule von Uptown und weiter zur St Chad's Road gefahren sein, oder zum Queen's Park. Natalie blinzelte bei dieser neuen Information, ihre Augen fühlten sich vor Müdigkeit an, als wäre Sand darin.

»Hat er sie zum Park gebracht?« Ihr Hirn arbeitete nur langsam.

»Wir könnten hinfahren«, sagte Murray.

»Ich werde das Gefühl nicht los, dass unser Mörder Sage in seiner Gewalt hat. Wir dürfen nicht vergessen, dass Howard am Ava-Sawyer-Fall beteiligt war und die anderen Opfer auf der Geburtstagsfeier waren, als sie verschwunden ist. Ich weiß, es ist nur eine Annahme von mir, aber ich finde, wir sollten es als realistische Möglichkeit betrachten.«

»Okay, wir gehen davon aus. Es ergibt Sinn, und wir haben sonst nichts, worauf wir aufbauen könnten.«

Natalie sprach auch ihre nächsten Gedanken laut aus. »Wenn ich auf der richtigen Spur bin und er sie bei sich hat, warum geht er dann wieder zum selben Tatort zurück? Will er eine Botschaft senden? Ich glaube nicht, dass er seine Schritte zurückverfolgt. Er hat an zwei verschiedenen Orten gemordet und drei Mädchen an drei verschiedenen Orten entführt. Ich kann mich auch komplett irren.« Sie verzog das Gesicht. Dann traf sie eine Entscheidung. »Los, Murray. Nehmen Sie sich ein Team und gehen Sie zum Park. Ich bin mir nicht sicher, dass er sie dorthin gebracht hat, aber wir dürfen diese Möglichkeit nicht außer Acht lassen.«

Ian drehte sich um und sah sie an. »Ich glaube, ich habe noch etwas Wichtiges. Ich habe die Liste der Pächter der Schrebergärten durchgearbeitet, um zu fragen, ob jemand am Donnerstagnachmittag Rainey vorbeigehen sehen hat, und ich habe eine E-Mail von der Gesellschaft der Schrebergärtner mit neuen Infos bekommen. Zwei Parzellen, die früher einem Herrn auf meiner Liste gehört haben, wurden diesen Monat neuen Besitzern zugeteilt. Eine davon gehört Ned Coleman. Wenn er auf seinem Grundstück war, könnte er Rainey an ihrem Todestag gesehen haben.«

»Er hätte es uns gesagt, wenn er Rainey gesehen hätte. Er weiß, dass wir die Vermisstenfälle untersuchen«, sagte Natalie.

Murray zuckte leicht mit den Schultern. »Wir können ihn trotzdem fragen, für alle Fälle.«

Sie sah auf ihre Armbanduhr. Es war fast zwölf. Wahrscheinlich würde er bereits schlafen. Der Gedanke an Sage in den Fängen eines Mörders bewegte sie, den Anruf dennoch zu tätigen. Ned ging beim zehnten Klingeln ran.

»Mr Coleman, hier ist DI Ward. Es tut mir leid, dass ich Sie zu so später Stunde störe, aber wir brauchen Ihre Hilfe.«

»Dann los. Ich habe noch nicht geschlafen, sondern gelesen. Ich schlafe in letzter Zeit nicht mehr viel.«

»Sie haben eine Parzelle der Schrebergärten übernommen, stimmt das?«

»Ja, das stimmt. Den Antrag habe ich schon vor einer ganzen Weile gestellt, aber es gab keine freien Einheiten. Vor Kurzem sind zwei freigeworden, und ich habe eine davon bekommen.«

»Waren Sie am Donnerstagnachmittag dort?«

»Ich bin gleich nach dem Mittagessen hingefahren, um ein paar Beetabdeckungen anzubringen, und war etwa eine Stunde dort. Warum?«

»Haben Sie zufällig Rainey Kilburn vorbeigehen sehen, während Sie dort waren?«

»Leider nicht. Ich habe etwas in meinem Schrebergarten gearbeitet und bin dann wieder gegangen und mit dem Bus nach Hause gefahren. Zum Nachmittagstee und den Quizsendungen bin ich am liebsten zu Hause. Die mag ich.«

»Fahren Sie nicht mehr Auto?«

»Ich habe mein Auto kurz nach Lornas Tod verkauft. Ich komme sowieso kaum noch aus Upton raus, insofern schien es nicht mehr sinnvoll, das Auto zu behalten. Die laufenden Kosten sind einfach zu hoch, mit Wartung, TÜV, Steuern, Versicherung und natürlich Benzin. Da ist einfacher, wenn ich den Bus nehme.«

»Und wenn Sie Ihre Gartenutensilien, Pflanzen und so weiter transportieren müssen?«

»Ich lasse mir gewöhnlich alles, was ich brauche, liefern. Auf dem Grundstück steht eine Hütte, in der ich ein paar Sachen lagere, und ansonsten ist immer jemand da, der einem Gärtnerkollegen aushilft.«

»War am Donnerstagnachmittag noch jemand in der Schrebergartenanlage?«

»Ein paar Männer sind gerade zum Mittagessen gegangen, als ich gekommen bin, aber während ich gearbeitet habe, ist sonst niemand aufgetaucht.«

»Danke sehr. Und nochmals Entschuldigung, dass ich Sie so spät noch gestört habe.«

»Kein Problem. Ich helfe immer gern.«

Natalie knabberte an einem Hautfetzen neben dem Fingernagel. Ned besaß kein Auto. Er war nicht in seinem Schrebergarten gewesen, als Rainey verschwand. Es tat ihr fast leid, dass sie den alten Herrn so spät nachts noch gestört hatte.

»Natalie?« Lucys Stimme klang plötzlich voller Eifer. »Neds Stieftochter Roselyn besitzt einen blauen Yaris.«

»Sie machen Witze.«

»Sie hat ihn 2011 gekauft. Er ist auf sie zugelassen.«

»Holen Sie Ihre Jacke. Wir statten ihr einen Besuch ab.«

Nach mehreren vergeblichen Versuchen, Roselyn zu finden, beschloss Natalie, zum Revier zurückzufahren. Sie rief Ned wieder an, um ihn zu fragen, ob er eine Idee hatte, wo seine Stieftochter sein könnte. Dieses Mal hörte er sich müder an, antwortete aber höflich.

»Ich glaube, Freddie ist heute Nacht bei seinem Vater, also nehme ich an, dass sie mit Freundinnen ausgegangen ist. Vielleicht hat sie bei einer von ihnen übernachtet oder ist noch unterwegs. Wahrscheinlich Ersteres. Allerdings kann ich Ihnen leider nicht damit weiterhelfen, wer die Freundinnen sind oder wo sie wohnen. Ich bin mit ihrem Privatleben nicht vertraut.«

Natalie entschuldigte sich für die erneute Störung. Viel mehr konnten sie jetzt nicht mehr tun, und sie brauchten etwas Ruhe. Das entsprechende Team war auf der Suche nach Sage, und vor Tageslicht konnte ihr eigenes Team nichts mehr ausrichten.

Es war schon nach ein Uhr nachts, als sie und Lucy zurück zum Büro kamen. Natalie schickte alle nach Hause mit der Anweisung, um acht Uhr am nächsten Morgen wieder da zu sein.

Bevor sie das Licht löschte, warf sie einen letzten Blick auf das Foto von Sage, das sie an die Wand zu den Mordopfern gehängt hatten. Sie musste sie lebend finden, aber im Moment war sie machtlos. Gleich morgen würde sie als Erstes mit Roselyn sprechen. Bis dahin musste sie darauf hoffen, dass Mike und der Suchtrupp mehr Glück hatten als sie selbst.

»Bleib am Leben, Sage. Wir finden dich.«

SIEBENUNDDREISSIG

SONNTAG, 30. APRIL, MORGEN

Natalie hämmerte mit der Faust gegen die Haustür. Endlich kam eine Gestalt, die durch die Glastür zu erkennen war, die Treppe herunter, den Morgenmantel fest um sich gewickelt.

Roselyn öffnete die Tür nur einen kleinen Spalt, und man konnte ein Auge, die Nase und einen Streifen des Gesichts erkennen, das so weiß wie ein Gespenst war.

»Roselyn Momford?«, fragte Natalie und präsentierte ihren Ausweis. »Können wir kurz reinkommen, um ein paar Fragen zu stellen?«

»Wissen Sie eigentlich, wie viel Uhr es ist?«, zischte die Frau. »Kann das nicht warten?«

»Ich fürchte nein. Sie besitzen einen dunkelblauen Yaris, stimmt das?«

»Ja.« Die Antwort kam zögernd.

»Wo waren Sie gestern Nachmittag?«

»Bei einer Freundin. Sie wohnt in der Nähe des großen Supermarkts in Uptown.«

»Den ganzen Nachmittag?«

»Den größten Teil. Zuerst war ich noch hier, mit meinem Sohn. Mein Ex-Mann ist gegen halb drei aufgetaucht, reingekommen und hat noch eine Tasse Tee mit uns getrunken, bevor er Freddie mit zu sich genommen hat. Er hat ihn jeden zweiten Samstag. Gegen vier Uhr sind sie gefahren. Ich habe ein Bad genommen, mich ungezogen und bin dann zu meiner Freundin. Wir sind was trinken gegangen, haben uns mit Freunden getroffen und waren zuletzt im Hot-Pink-Nachtclub in Samford. So gegen drei Uhr war ich wieder hier.«

»Haben Sie Ihren Wagen vor dem Haus Ihrer Freundin geparkt?«

»Ich bin nicht mit dem Auto gefahren.« Roselyns Finger schlossen sich so fest um den Türrahmen, dass die Knöchel sich weiß vom dunklen Holz abhoben. »Warten Sie kurz, ich muss die Sicherheitskette lösen.«

Die Tür wurde mit einem leisen Klackern geschlossen. Darauf folgte das Rasseln einer Kette, die in der Führung zurückgeschoben wurde, bevor sich die Tür wieder öffnete. Natalie und Lucy gingen über die Schwelle. Roselyn zog den Morgenmantel, der ihr mehrere Nummern zu klein war, noch fester zu.

»Von hier bis zu ihrem Haus sind es nur fünfzehn Minuten zu Fuß. Ich bin nicht gefahren. Wollte ich erst, aber Ned hat gefragt, ob er sich das Auto leihen kann, um Sachen zum Schrebergarten zu fahren. Und da er Freddie jeden Samstag, wenn ich bei der Arbeit bin, zum Schwimmen bringt, konnte ich ihm das nicht abschlagen. Er hat selbst kein Auto.«

»Hat Ned sich auch früher schon mal Ihr Auto ausgeliehen?«

»Erst seit er Kompost und Pflanzen für seinen neuen Garten kauft. Er kann die schweren Säcke und Gartengeräte ja schlecht im Bus transportieren. Zum Gartencenter fährt auch kein Bus. Es liegt außerhalb von Kingstone, fünfzehn Kilometer von hier. Ich habe ihm angeboten, ihn zu kutschieren, aber er meinte, er würde immer Ewigkeiten brauchen, bis er entschieden hat, was er kaufen soll, und ich würde mich bei der

Warterei nur langweilen. Er braucht wirklich ewig, auch wenn er nur Saatgut kaufen will. Ich war früher schon mal mit. Er liebt Gartencenter.«

»Können Sie sich erinnern, an welchen Tagen er sich den Wagen geborgt hat?«

»Ich glaube, das könnte ich rekonstruieren. Es war immer, wenn ich zu Hause war. Ich brauche das Auto für die Arbeit und um Freddie irgendwohin zu bringen.«

»Und er hat Ihnen gestern Nachmittag gesagt, dass er zum Gartencenter wollte?«

»Ja. Was ist denn passiert?«

»Wir versuchen, den Fahrer eines Autos zu identifizieren, das gestern Nachmittag an einem Tatort gesehen wurde, und wir vermuten, es handelt sich um Ihr Fahrzeug.«

»Wo?«

»Larkspur Close.«

»Ich weiß nicht, wo das ist.«

»Die Straße führt zur Lavender Rise, die wiederum nach Garrington führt.«

»Ach, ich weiß, wo Sie meinen. Ich bezweifle, dass er dort war. Er kennt nicht viele Leute, und ich bin ziemlich sicher, dass er nie jemanden erwähnt hat, der in der Ecke wohnt. Er lebt etwas zurückgezogen. Er liebt die Gartenarbeit und hat einen alten Hund zur Gesellschaft.«

»Er ist Ihr Stiefvater, richtig?«

»Er hat Mum nach dem Tod meines Vaters kennengelernt. Ich war ziemlich überrascht über ihre Heirat. Er ist eher ruhig und schüchtern, während meine Mutter extrovertiert und voller Leben war. Aber er liebt Freddie sehr. Unvorstellbar, dass Ned in irgendein Verbrechen verwickelt sein könnte«, spöttelte sie. »Er ist ein freundlicher alter Mann. Ganz bestimmt hat er niemanden ausgeraubt.«

»Es geht nicht um Raub.«

Roselyn blieb der Mund offen stehen, und sie legte den

Kopf schief. »Na, er ist ganz sicher nicht in irgendwas Kriminelles verwickelt. Es kann nicht mein Auto gewesen sein, das dort gesehen wurde.«

»Hat das Auto ein Navigationssystem?«

»Ja.«

»Ich würde gern unsere Techniker bitten, es zu überprüfen, um herauszufinden, wo das Auto in den letzten vierundachtzig Stunden gefahren ist.«

»Sie meinen das ernst, oder?«

»Ich weiß, Sie halten es für unwahrscheinlich, dass Ned in etwas verwickelt ist, aber wir müssen völlig sicher sein, dass er es tatsächlich nicht war. Wir ermitteln in einem Kapitalverbrechen und brauchen belastbare Beweise dafür, dass Ihr Auto nicht in der Nähe des Tatorts war.«

Sie hob beide Hände mit den Handflächen nach oben und legte den Kopf in den Nacken. »Was auch immer. Ihre Ermittlungen werden nur ergeben, dass mein Auto nicht dort war, wo Sie vermuten, also machen Sie nur. Das Auto ist allerdings nicht hier. Es steht noch bei Ned. Er wollte ein paar Sachen transportieren, die er in der Hütte im Schrebergarten deponieren will, und ich brauche den Wagen erst am Montag, also habe ich ihm gesagt, er soll ihn einfach bis heute behalten.«

»Dann schicke ich jemanden zu seinem Haus, um den Wagen zu checken.«

»Soll ich ihn anrufen?«

»Das wird nicht nötig sein. Das mache ich schon. Wissen Sie noch, dass Sie Ned dabei geholfen haben, für Ihre Schwester eine Etsy-Karte zu kaufen?«

»Ja, das weiß ich noch. Es war am ersten Weihnachten nach Mums Tod. Er hat viel zu viel für Grace ausgegeben. Ich habe ihm gesagt, dass er keine Karte im Wert von zweihundert Pfund kaufen soll. Aber er war fest entschlossen. Ich glaube, er hat gehofft, dass sie ihn in ihr Leben lassen, wenn er für sie und Tony haufenweise Geld ausgibt. Die dumme Nuss hat die

Karte verloren. Ich war vielleicht sauer auf sie. Es hat ewig gedauert, das für Ned zu managen. Das Internet ist nicht so sein Ding.«

»Hat er Ihnen auch eine Etsy-Karte gekauft?«

Sie schnaubte verächtlich. »Nein.«

»Haben Sie seither noch mal eine Geschenkkarte gekauft?«

»Nein, warum sollte ich? Ich verschwende mein Geld nicht für Grace. Sie ist eine geizige Blutsaugerin.«

»Sie kommen nicht miteinander aus?«

»Nein, wir waren schon immer wie Hund und Katz. Nicht jeder kommt mit allen Familienmitgliedern klar. Ich bin froh, dass Freddie Einzelkind ist. Wenigstens kann er sich nicht mit irgendwelchen Geschwistern verkrachen.«

Natalie dachte an ihre eigene Schwester Frances. Roselyn hatte recht. Nicht alle Schwestern standen sich nahe.

»Haben Sie noch Fragen?«

»Das wäre vorerst alles«, antwortete Natalie und öffnete die Haustür. »Vielen Dank, dass Sie uns in den Ermittlungen unterstützen.«

Auf dem Weg zum Auto versuchte Natalie, Ned anzurufen. Sie hörte das Läuten.

»Er geht nicht ran.«

»Vielleicht ist er unterwegs.«

»Es ist acht Uhr. Die Läden öffnen erst um zehn. Wohin könnte er denn gegangen sein?«

»Vielleicht mit dem Hund Gassi.«

Natalie wippte mit dem Knie auf und ab. »Ich fürchte, Ned könnte in den Fall verwickelt sein.«

»Wirklich?« Lucy zog die Brauen hoch.

»Er hat gestern Abend, als ich mit ihm gesprochen habe, nicht erwähnt, dass er sich Roselyns Auto geborgt hat. Er sagte, dass er sich Werkzeug und Gartenzubehör zum Schrebergarten liefern lässt, wollte aber das Auto haben, um damit zu einem Gartencenter zu fahren.«

»Er könnte trotzdem die Wahrheit sagen. Wahrscheinlich kauft er manche Dinge im Center, andere bestellt er. Er kann ja nicht ständig Roselyn darum bitten, ihm den Wagen auszuleihen. Unverschämt würde er sicher nicht sein wollen.«

»Ich werde das Gefühl nicht los«, sagte Natalie. »Sie waren doch schon bei ihm zu Hause.«

»Und?«

»Er hat einen Garten. Warum sollte er sich zu seinem großen Garten noch einen Schrebergarten zulegen? Ich weiß nicht, warum ich ihn nicht danach gefragt habe.«

Lucy stieß einen Seufzer aus. »Ich will Ihnen nicht in die Suppe spucken, aber viele Leute haben sowohl einen Garten beim Haus als auch einen Schrebergarten. In seinem Hausgarten könnte der Boden sich für bestimmte Gemüsesorten nicht eignen: zu sauer oder zu lehmhaltig zum Beispiel. Außerdem besitzt er einen Hund. Ich könnte mir vorstellen, dass der alles, was er anpflanzt, wieder ausgräbt. Hunde können ganz schön zerstörerisch sein.«

Natalie saß schweigend da. Die Straßen waren ruhig, nur wenige Fahrzeuge waren unterwegs. Sie überholten eine kleine Gruppe Jogger mit Wasserflaschen. Es war Sonntagmorgen, und sie hatten noch immer keine Ahnung, wo Sage sein konnte. In ihrem Kopf drehten sich die Gedanken. Dann sagte sie: »Ned ist momentan unser einziger Verdächtiger. Er hat einen Schrebergarten in der Nähe der Strecke, die Rainey gegangen ist. Er wohnt gegenüber dem Park, in dem Audrey umgekommen ist. In beiden Fällen hat er nichts gesehen. Das würde ich ja noch glauben, aber es gibt andere Zufälle, die sich häufen: Er war im Gartencenter, als Ava verschwunden ist, er kennt Howard und weiß wahrscheinlich auch, wo er wohnt, und dann ist in der Larkspur Close ein Auto gesehen worden, das in Marke, Modell und Farbe mit dem Auto seiner Stieftochter übereinstimmt.« Sie zählte jeden dieser Punkte an den Fingern ab und hörte beim kleinen Finger auf. »Und er hat seiner anderen Stieftochter eine Etsy-Karte geschenkt. Eine Karte, die auf geheimnisvolle Weise verschwunden ist«, fügte sie hinzu.

»Schon, aber er hat kein Motiv für den Mord an den Mädchen, und in seiner Akte deutet nichts auf psychische Probleme oder eine Vorgeschichte hin, die den Verdacht nahelegt, er könnte Kindern etwas antun. Außerdem hat er viel Zeit damit verbracht, Howard bei der Suche nach Ava zu helfen. Er hat sich verantwortlich gefühlt. Er liebt Freddie, der genau genommen nicht sein Enkel ist. Er mag Kinder. Ich wüsste einfach nicht, warum er ihnen etwas antun wollen sollte.«

Natalie hörte, was Lucy sagte, aber in ihren Ohren hatte ein Summen eingesetzt, das Geräusch des schnellen Blutstroms. Olivia Chester hätte gerettet werden können, wenn das Team allen Möglichkeiten nachgegangen wäre, anstatt Scheuklappen zu tragen.

»Das klingt jetzt vielleicht verrückt, aber ich würde gern zum Schrebergarten fahren und mich dort umschauen. Wenn Ned Sage tatsächlich entführt haben sollte, könnte er sie dort oder irgendwo in der Nähe versteckt halten. An solchen Orten gibt es Unmengen Schuppen und Gartenhäuschen. Er könnte sie in einem davon versteckt haben.« Als sie den Zweifel in Lucys Gesicht bemerkte, fuhr sie fort: »Ich weiß, das passt nicht zu unserem Wissen über die Vorgehensweise des Mörders, denn Ava, Audrey und Rainey wurden an denselben Stellen liegen gelassen, an denen sie umgebracht wurden. Theoretisch hätte der Mörder also, wenn es derselbe ist, Sage auf diesem Durchgang zu ihrem Haus abpassen und sie dort oder in nächster Nähe töten müssen, anstatt sie woandershin zu bringen. Ihr Verschwinden hängt vielleicht gar nicht mit dem Fall zusammen, aber ich kann die Tatsache nicht ignorieren, dass Ned unser Täter oder irgendwie in den Fall verwickelt sein *könnte*. Mörder ändern auch mal ihre Routinen, und ich finde, wir sollten alle Möglichkeiten in Betracht ziehen. Wir fahren zu der Schrebergartenanlage. Inzwischen schicke ich einen der anderen zu seinem Haus, um nachzusehen, ob der Yaris dort steht.«

Zur Schrebergartenanlage gelangte man über einen schmalen Weg, der von der Hauptstraße abging, aber das Tor zu den Gärten war mit einem Vorhängeschloss versperrt. Natalie stieß mit dem Kopf gegen das Gatter und fluchte.

»Wir könnten über den anderen Weg hineingehen. Über die Route, die Rainey von der Schule aus genommen hat, neben den Feldern. Wir müssten querfeldein zu dem Pfad gehen, der neben den Gartenparzellen vorbeiführt – und dicht an Neds Parzelle«, schlug Lucy vor.

Noch während sie miteinander sprachen, ratterte ein alter Volvo den Weg entlang und hielt neben ihnen an. Eine Frau mit stahlgrauem Haar in einer grünen Barbourjacke und Jeans stieg aus.

»Haben Sie etwas mit den Schrebergärten zu tun?«, fragte Natalie, zog ihren Polizeiausweis heraus und hielt ihn hoch, sodass die Frau ihn sehen konnte.

Sie setzte eine Brille auf, die an einer Kette von ihrem Hals herunterbaumelte. »Barbara Whitmore. Ich bin Vorsitzende des Schrebergartenkomitees. Worum geht es?«

»Könnten Sie uns bitte hineinlassen?«

»Warum?«

»Wir untersuchen das Verschwinden eines Kindes.«

»Und Sie meinen, es könnte auf unser Gelände gegangen sein? Das ist sehr unwahrscheinlich. Wir schließen immer ab.«

»Ich nehme an, Sie kennen alle Mitglieder?«, fragte Natalie, die sich für eine freundlichere Vorgehensweise entschied.

»Ich kenne die meisten.«

»Auch Ned Coleman?«

»Ned kenne ich. Ausgesprochen netter Typ. Er kommt schon seit Jahren her. Schon solange ich mich erinnern kann.«

»Soweit ich weiß, hat er erst kürzlich eine Parzelle bekommen.«

»Das ist richtig. Er hat Albert Grimshaws Garten übernommen. Albert war zu alt, um ihn noch bewirtschaften zu können. Davor ist Ned regelmäßig vorbeigekommen, um jedem, der Hilfe brauchte, zur Hand zu gehen. Umgraben, säen, alles. Hat nie was für seine Arbeit genommen. Er hat einen grünen Daumen und außerdem enormes Wissen. Er hätte Profigärtner werden sollen. Ned gehört schon sehr lange zur Anlage. Warum fragen Sie nach ihm?«

»Das ist Teil unserer Ermittlungen. Können Sie uns bitte seine Parzelle zeigen?«

Sie verzog das Gesicht. »Haben Sie das mit ihm besprochen?«

»Er geht nicht ans Telefon, aber wir müssen das überprüfen.«

»Ich sehe nicht ein, weshalb.«

»Bitte zeigen Sie uns seinen Garten.« Natalie verlieh ihrer Stimme einen schärferen Ton, der den erwünschten Effekt hatte.

Barbara zog einen großen Schlüsselbund aus ihrer Jackentasche und pfriemelte einen Schlüssel in das mächtige Vorhängeschloss. Es öffnete sich mit einem Klicken. Lucy stieß das Tor auf.

»Achten Sie bitte darauf, wo Sie hintreten.« Barbara übernahm die Führung und umrundete mehrere mit Unkraut überwucherte und mit grüner und blauer Folie bedeckte Bereiche. Sie führte sie über schmale Trampelpfade zum anderen Ende des Geländes. »Hier«, sagte sie.

Die Parzelle war gepflegt und die Erde kürzlich umgegraben worden. Das Gartenstück war mit dünnen grünen Schnüren in sechs gleich große Sektoren unterteilt. In der Erde des ersten Sektors steckte ein Schiefertäfelchen. Lucy bückte sich, um die Aufschrift zu lesen: »Maiglöckchen.«

Barbara runzelte die Stirn. »Da ist keine Spur von Maiglöckchen. Das Schild muss schon seit letztem Jahr da stehen, obwohl ich mich nicht erinnern kann, dass Albert hier Maiglöckchen gepflanzt hätte.«

Ein weiteres Auto war angekommen, und zwei Männer schlenderten auf das Gelände.

»Noch zwei aus unserer lustigen Truppe«, sagte sie. »Möchten Sie sie nach Ned fragen? Sie werden feststellen, dass ganz schön viele Leute hier Zeit für Ned Coleman finden.«

»Ich würde gern zuerst einen Blick in seinen Schuppen werfen.« Natalie ging darauf zu.

Barbara kräuselte die Nase. »Ich glaube, das wäre nicht angemessen. Sie sollten ihn zuerst um Erlaubnis bitten.«

Natalie klopfte an die Wände der Hütte. Von innen kam kein Geräusch. Es gab kein Vorhängeschloss, sondern die Tür war mit einem Schlüssel abgesperrt.

»Sie sollten das wirklich zuerst mit Ned klären, bevor Sie in seine Privatsphäre eindringen.« Die Worte klangen nun weniger aggressiv.

»Wir ermitteln im Fall der Entführung und Ermordung mehrerer Kinder. Da Mr Coleman nicht für uns erreichbar ist und wir ihn somit nicht fragen können, halte ich es für vollkommen akzeptabel, dass wir einen Blick in seinen Schuppen werfen.«

»Der Schlüssel von meinem Schuppen passt auch bei seinem.« Einer der Männer war hinter ihnen aufgetaucht. »Es kommt schon mal vor, dass man seinen Schlüssel zu Hause vergisst, und die meisten von uns haben die gleiche Art Hütte. Ich habe sie schon ein paar Mal für Albert aufgesperrt. Er hat immer seinen Schlüssel vergessen. Ich glaube nicht, dass Ned etwas dagegen hätte. Er hat nichts zu verbergen. Netter Kerl. Er hat mir geholfen, als ich Probleme mit dem Rücken hatte.«

Barbara warf dem Mann einen finsteren Blick zu, doch er ignorierte sie und stieß stattdessen die Tür auf. Dann trat er zur Seite, damit Natalie hineingehen konnte.

»Na, wenn sonst nichts ist, lasse ich Sie dann mal«, sagte Barbara grantig. Sie ging weg, wobei ihre Gummistiefel entlang den Rändern von Neds Parzelle Abdrücke hinterließen.

»Herrische alte Kuh«, sagte der Mann. »Wonach suchen Sie denn?«

»Wir überprüfen hier nur etwas«, antwortete Lucy und verstellte dem Mann, der den Hals reckte, den Blick. »Würden Sie bitte einen Moment hier warten?«

»Okay«, antwortete er.

Lucy ging hinein. Das Sonnenlicht fiel durch ein paar verzogene Bretter und warf blasse, goldene Strahlen auf ordentlich angeordnete Werkzeuge, die an der Wand hingen, und auf Regale mit einem Holzkorb, einer Gartenschere und Gartenhandschuhen. Drei riesige Säcke mit Komposterde waren neben einer Schere und einem Korb auf dem Boden übereinandergesetzt. An der linken Wand zogen sich Regalreihen mit offenen Holzboxen entlang. Jede enthielt Tütchen mit Saatgut, die so angeordnet worden waren, dass man die Vorderseite sehen konnte. Natalie las laut vor: »Gurken, dicke Bohnen, Paprika edelsüß, Sellerie, Erbsen ...«

»Ich dachte, Erbsen zieht man im Topf vor«, meinte Lucy. »Die Gartenarbeit ist wohl wirklich seine große Leidenschaft. Hier ist nichts. Keine Hinweise auf irgendwas, kein Seil, keine Anzeichen für einen Kampf. Nichts.«

Natalie musste ihr recht geben. Nichts wies darauf hin, dass Sage in die Hütte gebracht worden wäre. Sie hatte sich geirrt. Ein letztes Mal betrachtete sie die Saatguttütchen. Der Mann war so ordentlich. Die Gemüsesamen waren alphabetisch sortiert und die Blumensamen nach Farbe angeordnet. Als sie die lateinischen Namen durchlas, von denen sie keinen kannte, fiel ihr auf, dass es fast nur gelbe Blumen waren: Sonnenblume, Narzisse, Kokardenblume und Mädchenauge.

»Lucy, er hat zahlreiche Tütchen mit Saatgut für gelbe Blumen.«

»Gelbe?«

Natalie ging mit den Fingern die Tütchen durch und studierte die Fotos der Blumen auf der Vorderseite. Sie waren alle gelb. Sie hörte ihren Namen und drehte sich um.

»Natalie, sehen Sie mal.« Lucys Stimme klang alarmiert. Sie hielt die Gartenhandschuhe in einer Hand. Natalie erkannte sofort den Gegenstand, der darunter verborgen gewesen war. Es war Sages silbernes Medaillon. War das Mädchen hier gewesen? Im Kopf sah sie wieder die sechs Felder auf Neds Grundstück. Jedes war breit und lang genug, damit die Leiche eines Kindes hineinpasste. Ihr Puls beschleunigte sich, als sie die Möglichkeit in Betracht zog, dass Sages Leiche in einem davon liegen könnte. »Wir brauchen einen Durchsuchungsbeschluss «, sagte sie. Der Mann wartete noch immer. »Danke, Mr ...?«

»Mount. Sind Sie fertig? Soll ich abschließen?«

»Lassen Sie bitte offen. Sie haben nicht zufällig eine Ahnung, wo Ned sein könnte?«

»Gewöhnlich taucht er so um diese Zeit auf. Wir haben eine Art Sonntagmorgenklub hier. Ein paar von uns, die keine Familie haben, treffen sich zu Tee und Kuchen. Ich bin überrascht, dass er noch nicht da ist. Er nimmt sonst den Acht-Uhr-Bus.«

»Ich hätte gern, dass Sie heute von der Anlage fernbleiben.«

»Warum?«

»Wir dürfen nicht über laufende Ermittlungen sprechen, aber ich würde es sehr schätzen, wenn Sie Ihre Freunde anrufen und ihnen sagen könnten, dass die Anlage gesperrt ist. Wenn Sie jetzt zusammenpacken könnten? Wir müssen das

Areal räumen.« Sie ging zu Barbara Whitmore, die gerade Pflanzen goss.

»Ich muss Sie bitten, das Tor zur Anlage abzuschließen, mir den Schlüssel zu übergeben und das Gelände zu verlassen.«

»Aber Sonntag ist einer der betriebsamsten Tage der Woche!«

»Es tut mir leid, dieser Sonntag nicht.«

Die Frau stellte ihre Gießkanne ab. »Da muss ich protestieren.«

»Wenn Sie eine offizielle Beschwerde einreichen möchten, tun Sie das bitte, aber ich muss Sie dennoch um Ihre Mitarbeit ersuchen. Könnten Sie bitte das Gelände sofort räumen und den Schlüssel meiner Kollegin geben?«

Natalie ignorierte das verärgerte Murren der Frau und eilte zum Wagen. Sie rief im Büro an. Murray ging ran. »Natalie, gut, dass Sie anrufen. Ned ist nicht zu Hause, und vom Yaris fehlt jede Spur. Ian hält die Stellung, falls er zurückkommt.«

»Geben Sie eine Fahndung nach dem Auto raus.«

»Schon veranlasst. Die Techniker suchen auch auf Überwachungskameras danach.«

»Gut. Ich brauche einen Durchsuchungsbeschluss für sein Haus und einen für die Schrebergärten. Das gefällt mir nicht, Murray. Er hat haufenweise Tütchen mit Saatgut für gelbe Blumen – nur gelbe –, und wir haben Sages Medaillon in seinem Schuppen gefunden. Sein Schrebergarten ist kürzlich erst umgegraben worden. Darauf sind sechs Bereiche von gleicher Größe abgesteckt. Eines hat ein Schild mit der Aufschrift ›Maiglöckchen‹, aber es ist keine Spur von Blumen oder Pflanzen darauf zu sehen. Ich will dort graben.«

»Sie glauben doch nicht, dass er Sage dort vergraben hat?«

»Ich hoffe inständig, dass das nicht der Fall ist.«

»Ich kümmere mich darum. Wollen Sie zu Neds Haus oder dortbleiben?«

»Ich lasse Lucy hier. Kommen Sie her und bringen ein

Durchsuchungsteam für die Parzelle mit? Ich fahre zum Haus, zu Ian. Geben Sie mir Bescheid, sobald Sie die Beschlüsse haben.«

»Natalie, ich habe ›Maiglöckchen‹ in die Suchmaschine getippt. Auf dieser Website steht, dass die Blumen die Reinheit und Lieblichkeit des Herzens symbolisieren.« Lucy hob ihr Handy hoch, um zu zeigen, was sie gefunden hatte. »Ich glaube, er könnte sie tatsächlich hier vergraben haben.«

Ein nagender Schmerz, als ob sich Hunderte winziger Zähne durch ihren Magen bissen, setzte wieder ein. Sie kämpfte dagegen an. Das musste aufhören. Wenn sie Sage in dieser Schrebergartenparzelle finden würden, würde sie es sich niemals verzeihen.

Sie verließ die Schrebergärten und betete, dass sie sich irrte.

Ian saß mit zurückgestellter Rückenlehne in seinem Auto und aß einen Schokoriegel. Da klopfte Natalie an sein Fenster.

»Morgen, Boss«, sagte er. Seine Augen waren vom Schlafmangel blutunterlaufen. »Wollen Sie Frühstück?«

Er hielt zwei Schokoriegel hoch.

»Klar. Kann ich mich zu Ihnen setzen?« Sie ging zur Beifahrerseite, stieg ein, nahm einen Riegel entgegen und riss ihn auf. Vielleicht würde die Schokolade gegen das Nagen in ihrem Bauch helfen.

»Meinen Sie, er ist es?«, fragte Ian mit Blick auf das Ende der Straße. Es waren keine Autos unterwegs.

Natalie blickte zum Eingang des Parks. Es war erst drei Tage her, dass sie hier gewesen und auf das süße Gesicht von Audrey Briggs geschaut hatte, und seitdem war noch ein Kind gestorben und ein weiteres wurde vermisst. »Ja.«

»Wer hätte das gedacht? Ich hätte auf Avas Vater oder Mutter und eine verquere Art der Rache gesetzt. Wieder mal ein Beweis, dass man niemandem trauen kann. Sie machen einem Sorgen.«

»Wer?«

»Kinder heutzutage. Meine Freundin erwartet unser erstes Kind. In sechs Monaten soll es zur Welt kommen.«

»Das wusste ich nicht. Herzlichen Glückwunsch!«

»Ich geb mir Mühe, das Private von der Arbeit zu trennen. Danke. Ich muss allerdings sagen, dass ich ein bisschen beunruhigt bin. Dieser Job ist da nicht gerade hilfreich. Ich sehe so viele schlimme Dinge und weiß, dass mein Kleines durch eine dunkle Welt gehen wird.«

»Die Welt war immer schon dunkel, Ian. Wir haben nur die Abgründe umschifft, wie Millionen andere auch. Die Kinder davor warnen, versuchen, nicht zu viel Druck auszuüben, und ihnen zuhören, wenn sie es brauchen. Das ist alles, was wir als Eltern tun können. Und darauf hoffen, dass sie nicht zu viele Fehler machen.«

»Läuft es bei Ihnen gut mit den Kindern?«

»Könnte besser sein.« Sie aß den Riegel auf, zerknüllte die Folie und schob sie in die Tasche, um sie später wegzuwerfen. Ihr Handy klingelte. Murray informierte sie knapp.

»Ich hab die Beschlüsse. Ein Kollege ist mit Ihrem unterwegs. Ich bin auf dem Weg zu den Schrebergärten.«

Sie warteten noch zehn Minuten. Natalie kaute jedes Detail der Ermittlungen wieder und wieder durch und versuchte, nicht an die verstreichende Zeit zu denken. Oder an die Möglichkeit, dass Howards Tochter in der Schrebergartenanlage verscharrt sein könnte. Ian überließ sie ihren Gedanken. Endlich kam ein Polizeiauto in Sicht.

»Los geht's.« Sie öffnete die Autotür, nahm den Beschluss in Empfang und marschierte zu Neds Haus. Sie klopfte laut an und klingelte, dann ging sie um das Haus herum zur Hintertür. »Mr Coleman, machen Sie auf!«

Nichts. Sie kündigte an, dass sie mit Gewalt eindringen werde, und nickte dann Ian zu. Er brach die Hintertür mithilfe des Rammbocks auf, der gegen den Pfosten krachte und die Holzpaneele zersplittern ließ.

Natalie rief erneut: »Mr Coleman, wenn Sie zu Hause sind, melden Sie sich bitte.« Stille schlug ihr entgegen. Sie zog Plastikhandschuhe an und sagte zu Ian: »Gehen Sie runter. Ich checke oben. Wir suchen nach irgendetwas, was mit den Mädchen zu tun hat.«

Das Haus war sauber und ordentlich, und das Bad roch nach Pinienduft. Sie bemerkte einen altmodischen Rasierpinsel, der neben einem kürzlich benutzten Stück schaumbedeckter Seife in seiner Aufhängung hing.

Im oberen Stockwerk gab es zwei Zimmer. Sie ging in das, das wie sein Schlafzimmer aussah. Ein Teekocher stand auf einem Nachtkästchen neben dem Bett. Im Schrank hingen nur wenige Kleidungsstücke, und in einem Fach lagen ordentlich zusammengelegte Westen und Pullover. Zwei Paar Schuhe – glänzende Halbschuhe und ein anderes, schlichteres Paar – waren in einem Schuhfach abgestellt. Eine schwarze Krawatte hing an der Innenseite der Tür. Die Schubladen waren ordentlich sortiert: die Socken zusammengelegt und nach Farben sortiert, die Unterwäsche ebenfalls.

Ein Frisiertisch stand noch da, wohl als Hommage an seine verstorbene Frau. Vor dem Spiegel befanden sich ein Ketten- und Ringhalter aus Porzellan mit ein paar Perlenketten sowie ein Bürsten- und Spiegelset. Natalie sah ihr abgehärmtes Gesicht im Spiegel und wandte sich rasch ab.

Das zweite Zimmer ließ sie frösteln. Darin stand nur wenig Mobiliar – nur ein Bett und ein Schrank –, aber auf dem Bett saß eine Sammlung Puppen, die alle der Tür zugewandt waren. Sie waren von unterschiedlicher Art und Größe, manche pummeliger und mit fröhlichem Lächeln, andere mit langem Haar und kleinem Erwachsenengesicht, wieder andere mit ernstem, ausdruckslosem Gesicht. Sie alle hatten eines gemeinsam: Sie trugen gelbe Kleidung. Natalie wendete den Blick ab, öffnete den Kleiderschrank und blieb einen Moment regungslos stehen, um das Ausmaß dessen zu begreifen, was sie vor sich sah: Vor ihr hingen zwei gelbe Kleider, beide in Schutzhüllen aus Plastik. Sie waren identisch mit denjenigen, die sie gefunden hatten.

»Ian! Ich habe die Kleider gefunden.«

Ian polterte die Treppe mit dem dünnen Teppich herauf. »Ich habe vielleicht auch etwas«, verkündete er und hob einen Gegenstand hoch, den er in der Hand hielt. »Neben der Tür hingen zwei Hundeleinen. Eine ist dünn und sieht an den Stellen, an denen der Hund gezogen hat, etwas zerkaut aus, die andere ist die hier.« Die Leine, die er hochhielt, war glänzend, neu und blassgelb.

»Packen Sie sie ein. Wir haben ihn. Jetzt müssen wir ihn noch finden.«

Sie lief die Treppe hinunter und rief Aileen an. »Wir sind uns sicher, dass es sich bei Ned Coleman um den Mörder handelt. In seinem Haus hängen zwei Kleider, und wir haben vielleicht die Mordwaffe. Ich schicke Ian damit sofort zum Labor. Ich brauche Unterstützung für die Durchsuchung des restlichen Hauses.«

»Ich kümmere mich darum. Haben Sie eine Idee, wo Ned sein könnte?«

»Die Technik sucht nach dem Yaris. Es läuft auch eine Fahndung danach. Ned wird nicht weit kommen. Ich fahre jetzt wieder zu den Schrebergärten.«

Sie beendete das Gespräch und gab Ian Anweisungen, auf die Polizisten zu warten und dann die Hundeleine und die Kleider ins Labor zu bringen. Sie hastete zu ihrem Auto und sprang hinein. Bis zur Gartenanlage war es nicht weit. Sie musste es wissen. Es waren fünf Kleider gewesen. Zwei waren an den Leichen von Audrey Briggs und Rainey Kilburn gefunden worden. Eins fehlte. Inzwischen hatte Sage Franks es bestimmt an.

· · ·

Lucy und Murray standen mit tief in die Taschen geschobenen Händen nebeneinander. Ein kühler Wind war aufgekommen, und graue Wolken waren herangeweht, die eine passend düstere Atmosphäre schufen. Ein kleines Team war angekommen und lud am anderen Ende der Parzelle seine Ausrüstung aus.

»Ich kann gar nicht hinschauen«, sagte Lucy. »Ich weiß einfach, dass sie da unten liegt. Und ich habe keine Ahnung, wie wir das Howard beibringen sollen.«

»Du schaffst das«, sagte Murray und rückte näher zu ihr. Die Wärme seines Körpers strahlte zu ihr rüber.

Ihr Gespräch versandete. Das Team war nun bei ihnen.

»Wo sollen wir anfangen?«, fragte ein Polizist mit dunklen Augen.

»In diesem Streifen«, sagte Murray. »Der mit dem Pflanzenschild.«

Die Männer gruben vorsichtig, hoben die Erde Spaten um Spaten aus. Sie begannen am Ende des Streifens, bei dem Schild. Der Wind wehte in Böen, und Lucy schob die Hände noch tiefer in die Taschen und zog die Schultern hoch. Murray blieb an ihrer Seite.

Schaufel um Schaufel glänzender, brauner Erde wurde ausgehoben und auf einer Plastikplane neben der Stelle abgeladen. Mit jeder Schaufel stieß Lucy einen Seufzer aus und spannte sich dann erneut an, wenn der Spaten sich wieder in den Grund schob.

Die Zeit schien sich zu verlangsamen, während sie den beiden Männern bei der Arbeit zusah, und dann war der Moment gekommen, den sie gefürchtet hatte. Einer der Spaten klapperte gegen etwas. »Huch!«, rief sie aus. »Da ist was.« Sie hörten auf zu graben und knieten sich hin, um die Entdeckung zu untersuchen.

»Es ist eine Holzkiste«, verkündete der Polizist mit den dunklen Augen.

Lucy schaute zu Murray auf. Keiner von beiden sagte etwas. Die Stille wurde durch ein Motorengeräusch unterbrochen, und ein dunkelgrauer Audi hielt neben dem Eingangstor an. Natalie stieg aus und lief zum Gatter.

»Natalie! Hierher!« Murrays Ruf erfüllte die Luft.

Sie warteten, bis sie bei ihnen war.

»Eine Holzkiste«, informierte Murray sie.

»Okay. Graben Sie sie vorsichtig aus«, sagte Natalie. Ein plötzlicher Schmerz ließ sie sich vornüberbeugen. Eine innere Stimme flüsterte ›Olivia‹. Sie hatte panische Angst davor, was die Männer ausgraben könnten. Sie würde es nicht aushalten, wenn noch ein Kind verloren wäre.

»Alles gut?« Lucy kam rasch neben sie.

»Alles gut. Seitenstiche. Ich bin zu schnell gelaufen.« Natalie drückte gegen die schmerzende Stelle und richtete sich leise stöhnend auf.

Die Männer hatten die Schaufeln nun abgelegt und wischten mit Tüchern die Erde von der Box. Nach und nach wurde ein Deckel sichtbar. Es handelte sich um eine hölzerne Kiste.

»O Gott«, murmelte Lucy atemlos. Sie wandte sich halb ab.

Die Männer arbeiteten weiter.

»Die Kiste ist klein«, sagte einer.

Natalie drückte die Hände in ihren Bauch, um die Schmerzen zu lindern. Das Warten war unerträglich. Die Männer wischten die Erde nun schneller mit behandschuhten Händen zur Seite und enthüllten schließlich die Holzkiste.

»Sieht zu klein für eine Kinderleiche aus«, sagte Murray.

»Machen Sie sie auf«, befahl Natalie.

Die Arbeiter lösten die Schrauben und hoben den Deckel hoch. Die Innenseite des Sargs war mit Seidenstoff ausgekleidet, und darin lag, in einem gelben Kleid, mit weißen Söckchen und schwarzen Schuhen, die Augen geschlossen, eine Puppe mit blonden Haaren.

Natalies Kinnlade klappte herunter, und ihre Schultern entspannten sich. »Sonst ist da nichts, oder?«, fragte sie die Männer.

»Ich glaube nicht.« Sie schoben noch mehr Erde zur Seite, um sicherzugehen, während Natalie mit den Füßen aufstampfte, um wieder Gefühl hineinzubekommen. Murray hob die Puppe hoch. Die Augen öffneten sich.

»Was soll der Mist?«, fragte Lucy.

»Ich weiß es nicht, aber ich lasse mich nicht gern an der Nase herumführen«, sagte Natalie. »Ich kann nicht hier rumhängen und seine blöden Spiele mitspielen. Kommen Sie. Wir finden heraus, wo er ist und wohin er Sage gebracht hat. Bringen Sie die besser mit«, sagte sie und deutete auf die Puppe. »Die Kiste auch.«

Keuchend stampfte sie an den Schrebergartenparzellen vorbei. Der Schmerz ließ wieder nach. Wenn sie ehrlich war, war es ihr viel lieber, sich über eine Plastikpuppe zu ärgern, als Sage in dem Sarg zu finden. Sie hatte nur Angst, dass Sage woanders versteckt war. Ein kleines Mädchen, das irgendwo in einem gelben Kleid begraben lag.

Natalie war schlecht drauf. Sie wusste einfach nicht, ob Ned sie bewusst reinzulegen versuchte, indem er die Puppe in einem hölzernen Sarg begraben hatte, oder ob er wirklich geistesgestört war. So oder so wollte sie ihn finden, aber Ian und die anderen Kollegen von der Technik, die zu Hilfe geholt worden waren, hatten noch keinen dunkelblauen Yaris auf den Überwachungskameras von Uptown gesichtet.

Natalie benutzte wieder den Overheadprojektor, um die Karte von Uptown an die Wand zu werfen. Neds Haus war eingekringelt.

»Wir müssen mit altmodischer Logik an die Sache rangehen«, sagte sie und tippte mit dem Zeigefinger auf das Bild. »Wir wissen nicht, um wie viel Uhr er das Haus verlassen hat, was das Ganze noch mehr erschwert. Ich gründe meine Einschätzungen jetzt auf die Annahme, dass Ned schlau und uns weit voraus ist. Er hat uns reingelegt und glauben gemacht, er wäre ein alter Mann, der keiner Fliege was zuleide tun würde, aber wir haben herausgefunden, dass er hinterhältig ist und weiß, wie man sich unter dem Radar bewegt. Wir dürfen ihn nicht unterschätzen. Also gehen wir davon aus, dass er eine

Route genommen hat, die alle Kameras umgeht. Welche Richtung könnte er von seinem Haus aus eingeschlagen haben?«

»Aus seinem Haus heraus, vorbei an dem rund um die Uhr geöffneten Laden, zu dem Audrey wollte, und dann diese Straße entlang. So käme er zur Kirche, und von dort aus gibt es Straßen, die zu zwei Dörfern ohne Überwachungskameras führen«, führte Ian aus.

»Kingstone und Honiton«, sagte Natalie und zeigte darauf.

»In Honiton gibt es einen ehemaligen Steinbruch«, sagte Ian.

»Da könnte er sie hingebracht haben. Murray, Sie fahren dorthin.«

Lucy erhob das Wort. »In Kingstone gibt es nicht viel, nur das Gartencenter am Ortsrand.«

Natalie trat einen Schritt zurück. Ein plötzlicher Gedanke nahm in ihrem Kopf Gestalt an. *Konnte es sein, dass er ...?* »Roselyn hat mir erzählt, dass er in Kingstone Pflanzen gekauft hat. Ich lehne mich mal aus dem Fenster. Lucy, Sie kommen mit mir. Wir versuchen es im Gartencenter. Jeder, der hierbleibt, checkt weiter die Überwachungskameras für den Fall, dass wir unrecht haben. Wir bleiben die ganze Zeit in Kontakt und kommunizieren über Funk. Sobald es hier irgendetwas Neues gibt, sagen Sie mir Bescheid, Ian.«

Stühle wurden gleichzeitig nach hinten geschoben, und im Raum hörte man die Geräusche von Jacken, die übergezogen, und Funkgeräten, nach denen gegriffen wurde. Dann polterten sie nacheinander die Treppe hinunter und verteilten sich auf zwei Wagen. Lucy setzte sich neben Natalie auf den Beifahrersitz.

Sie fuhren schnell vom Parkplatz und schlugen die Richtung nach Uptown ein, wo sie an einer Weggabelung unterschiedliche Richtungen nahmen. Als der Wagen über die Straße mit den Schlaglöchern holperte, erklang knisternd Ians Stimme im Funkgerät.

»Die Forensiker haben an der Hundeleine, die wir in seinem Haus gefunden haben, Spuren von Raineys DNA nachgewiesen.«

Natalie biss die Zähne zusammen und fuhr noch entschlossener weiter. Hecken flogen vorbei, als die ersten schweren Regentropfen aus einem bleiernen Himmel fielen und auf der Windschutzscheibe zerplatzten. Das Nagen in ihrer Magengrube war zurück. *Was, wenn wir zu spät dran sind?* Lucy musste den gleichen Gedanken gehabt haben, denn sie fragte: »Was, wenn er sie gestern schon umgebracht hat? Er könnte abgehauen sein.«

»Ich glaube nicht, dass er weg ist. Wahrscheinlich weiß er noch nicht, dass wir ihm auf der Spur sind. Zwei der gelben Kleider hängen noch in seinem Schrank, also hat er seine Mission noch nicht beendet.«

»Er kann sie trotzdem schon umgebracht haben.«

Natalie schüttelte den Kopf. »Er hat Sage von dort, wo er sie aufgegriffen hat, weggebracht. Das hat er vorher nie gemacht. Außerdem war Sage 2015 nicht auf der Geburtstagsfeier. Er geht also nicht auf die gleiche Weise vor, deshalb hoffe ich, dass er ihr noch nichts getan hat. Ich klammere mich an einen Strohhalm, aber ich habe so ein Bauchgefühl, dass er Sage zum Gartencenter gebracht hat. Ava war hinter einem ähnlichen Center begraben. Ich vermute, Ned macht das jetzt entweder so wegen dem, was Ava zugestoßen ist, oder weil alles in einem Gartencenter angefangen hat und *er* Ava getötet hat.«

Es knisterte erneut, und Murrays Stimme erklang. »Ich bin im Steinbruch. Weit und breit weder ein Yaris noch eine Menschenseele. Ich sehe mich mal um.«

Auf der rechten Seite kam das Schild des Gartencenters in Sicht.

»Wir kommen gerade am Gartencenter an«, sagte Natalie und bog auf einen geschotterten Parkplatz ab. Sie schaute auf dem Autodisplay nach der Uhr. Es war kurz vor halb zwölf, auch wenn es sich schon viel später anfühlte. Lucy keuchte.

»Das Auto. Da steht es.«

Der Yaris stand in der Nähe eines Einkaufswagenstands auf dem Parkplatz, ein gutes Stück vom Eingang entfernt. Sie liefen quer über den Parkplatz zum Auto und wurden von plötzlich einsetzendem Gebell empfangen. Ein kleiner Hund mit grauem Gesicht rannte im Wagen wie wild von einem Sitz zum anderen und bellte wütend.

»Sch!«

Lucy erntete einen erneuten Schwall Gebell, das immer lauter wurde.

»Oh, halt doch die Klappe!«

Natalie klopfte versuchsweise auf den Kofferraumdeckel, konnte aber von innen keinen Laut ausmachen.

»Wir versuchen es im Center. Er könnte sie mit reingenommen haben.« Als sie zum Eingang hasteten, rief sie in das Funkgerät: »Ned ist hier. Der Yaris ist hier. Wiederhole: Ned ist hier.«

»Wo sollen wir anfangen?« Lucy drehte den Kopf nach links und dann nach rechts. Ein Paar stand vor einer Sammlung Hängekörbe. Weiter weg schob ein anderes Paar einen großen Wagen, der mit unterschiedlichen Pflanzen gefüllt war. Tische mit Pflanzen standen auf beiden Seiten des Gangs, der sich gabelte und zu einem Außenareal führte. Hinweisschilder führten die Kunden zu mehrjährigen Pflanzen, Sträuchern, Bäumen und immergrünen Hecken. Die Anlage war riesig. Natalie hatte keinen Schimmer, in welche Richtung sie gehen sollten.

»Wir teilen uns auf. Sie gehen nach links und ich nach rechts. Rufen Sie, wenn Sie ihn sehen, und passen Sie auf, dass Sie ihn nicht erschrecken, vor allem, wenn er Sage bei sich hat. Murray, sind Sie auf dem Weg hierher?« Den letzten Satz sprach sie ins Funkgerät. Knisternd erwachte es zum Leben.

»Roger«, lautete die Antwort.

Natalie lief rasch die Tische mit Frühlingsblumen und Töpfen ab und dann in einen Bereich mit offenem Dach. Sie ging an unzähligen Keramiktöpfen in Lila-, Creme- und Rosatönen vorbei, die unter Tischen mit Blumen und Pflanzen ähnlicher Farben gestapelt waren. Dann kam ihr in den Sinn, wo er sein konnte. Die Tische waren nach Farben sortiert bestückt. Sie ging von dem Tisch mit den rosafarbenen Blumen weg. Dahinter stand ein anderer, der mit leuchtend roten und orangefarbenen Pflanzen vollstand. Sie umrundete ihn auf der Suche nach einem Tisch mit gelben Pflanzen und entdeckte ihn drei Tische weiter. Flüsternd teilte sie Lucy mit, wo sie war. Die Antwort kam ebenso leise. »Hier keine Spur. Ich bin bei den Obstbäumen.«

»Kommen Sie hierher.«

Natalie ging schlendernd wie eine Kundin weiter. Es war überraschend ruhig, und sie verlor schon die Hoffnung, überhaupt jemandem zu begegnen, als sie doch einen Menschen sah. Er trug dunkle Kleidung und hatte sich vorgebeugt, um die Pflanzen bei ein paar Holzschuppen zu betrachten. Sie sah Lucy, die herbeikam. Lucy sah sie ebenfalls und gab mit Zeichen zu verstehen, dass sie sich dem Menschen nähern wollte. Sie bewegten sich zangenförmig, jede näherte sich leise und zügig der Zielperson. Natalie umrundete den Tisch, und Lucy näherte sich von der Rückseite. Der Mann richtete sich hastig auf, von den Bewegungen um ihn herum überrascht, und lächelte. »Guten Morgen«, sagte er.

Es war nicht Ned. Natalie murmelte eine Antwort, und sie gingen weiter.

»Wohin jetzt?«

Natalie ging stetig im Kreis und hielt Ausschau nach Ausgängen oder Bereichen, zu denen Ned Sage gebracht haben könnte. Da wurde ihre Aufmerksamkeit von einer Bewegung geweckt. Sie erkannte die Räder und das Gitter eines niedrigen

Einkaufswagens, der halb verdeckt hinter Spalieren mit noch nicht blühender Klematis rollte. Sie eilte dorthin. Lucy holte auf. Der Mann, der den Einkaufswagen schob, kam in Sicht, mit dem Rücken zu ihnen beiden.

Natalie lief zu ihm. Mit jedem Schritt war sich sicherer, dass sie Ned gefunden hatten. Er hatte die richtige Größe und Gestalt. Sie legte ihm die Hand auf die Schulter, und er drehte sich zu ihr um. In der Hand hielt er einen Topf mit kahlen Rosenstängeln. Sein Gesicht war ausdruckslos.

»Ned Coleman, ich verhafte Sie im Zusammenhang mit den Morden an Audrey Briggs und Rainey Kilburn und dem Verschwinden von Sage Franks. Sie haben das Recht zu schweigen, aber es kann Ihrer Verteidigung schaden, wenn Sie bei der Vernehmung etwas verschweigen, worauf Sie sich später vor Gericht beziehen wollen. Alles, was Sie sagen, kann gegen Sie verwendet werden.«

Er schüttelte den Kopf. »Sie verstehen das nicht. Ich habe sie nicht umgebracht. Es war ein Unfall.«

Lucy näherte sich ihm. »Stellen Sie den Topf ab, Sir.« Sie zog ihre Handschellen heraus. Er gehorchte und stellte behutsam den Topf zurück zu den anderen. Dann streckte der die Arme aus.

Natalie starrte ihn an. Er schien entspannt und ruhig, als Lucy ihm die Handschellen anlegte. Seine milde Reaktion irritierte sie zusätzlich. »Wo ist Sage?«

Er antwortete nicht.

»Ich habe Ihnen eine Frage gestellt. Wo ist Sage?«

Er blinzelte mehrmals. »Ich habe eine besondere Rose für sie ausgesucht. Diese hier: Rosa Hakuun. Sie wird so hübsch aussehen, wenn sie blüht. Dieses Mal wollte ich es richtigmachen. Ich wollte es nicht wieder falschmachen. Die anderen kleinen Mädchen hätten sich nicht wehren sollen. Ich war nur freundlich zu ihnen.«

»Mr Coleman, ich frage Sie jetzt zum letzten Mal. Wo ist

sie?« Natalie schob das Gesicht dicht vor Ned, und ihr Blick aus dunklen Augen bohrte sich in seine, aber er reagierte immer noch nicht. Das Funkgerät erwachte wieder zum Leben. Murray sprach mit atemloser, drängender Stimme.

»Draußen«, sagte er. »Ich habe sie gefunden.«

———

Auf dem Parkplatz herrschte Aufruhr. Neds Hund bellte immer noch wütend und sprang immer wieder mit gefletschten Zähnen zum Beifahrerfenster. Murray stand hinter dem Wagen und redete laut. Er sah Natalie und Lucy, die Ned Coleman zwischen sich führten.

»Da ist jemand im Kofferraum. Ich glaube, ich höre leise Klopfgeräusche, sobald der bekloppte Hund mal die Schnauze hält.«

»Wo ist der Autoschlüssel?« Sie richtete ihre Worte an Ned.

»In der Tasche.« Er blickte auf seine rechte Hosentasche hinunter.

Natalie zog den Schlüssel heraus und drückte auf den Knopf für die Tür, sodass sich alle Schlösser mit einem simultanen ›Klick‹ öffneten. Der Hund, der sein Herrchen entdeckt hatte, wedelte mit dem Schwanz und stellte sein Gekläff ein. Anstatt des Bellens erklang ein Pochen. Murray und Natalie bückten sich zum Kofferraumschloss und hoben den Deckel hoch. Ein zierliches Mädchen mit hellbraunem Haar, das ein gelbes Kleid trug, sah hoch. Ihre Augen waren vor Angst geweitet.

»Es ist alles gut, Sage, Liebes, wir haben dich gefunden. Wir sind von der Polizei und bringen dich heim zu deinem Daddy.« Natalies Stimme war voller Emotionen.

Murray hob das Mädchen heraus. Sie war an den Händen gefesselt, und ein Klebestreifen war ihr über den Mund geklebt.

Lucy führte Ned zu Murrays Einsatzwagen ab. Der Lärm von mehreren Sirenen näherte sich, deren Heulen lauter wurde, als sie näher zum Gartencenter kamen. Murray ließ Natalie bei Sage und begann damit, die kleineren Menschengruppen vom Parkplatz außer Sichtweite ins Gartencenter zu scheuchen. Natalie stellte sich schützend neben das Kind, löste die Fesseln und zog mit beschwichtigendem Murmeln den Klebestreifen weg. »Du bist jetzt in Sicherheit, Sage. Dein Daddy ist auf dem Weg.«

Das kleine Mädchen zitterte vor Schock. Natalie kniete sich hin und legte ihre warmen Arme um sie. Ihre eigenen Tränen der Erleichterung fielen auf das Haar des Mädchens. Dieses Mal hatte sie nicht versagt.

VIERZIG

Audrey Briggs

»Mum, wir haben keine Cola mehr!«

Audrey schließt die Kühlschranktür enttäuscht wieder. Ihre kleine Schwester, Baby Libby, weint mit rotem Gesicht und geballten Fäustchen. Ihre Zähne kommen durch, was ihr offensichtlich sehr wehtut, so wie sie schreit. Mum hat es schon mit Beißringen versucht, aber Libby hat den ganzen Heimweg von der Tanzschule geschrien. Audrey fasst an ihre Schneidezähne. Der vorderste beginnt zu wackeln. Sie sind spät dran, aber das macht ihr nichts aus. Sie hofft, dass die neuen Zähne ihr nicht so wehtun werden wie die von Libby.

»Darf ich zum Laden, eine kaufen?«

»Kannst du nicht einfach Wasser oder Saft trinken?«, fragt ihre Mum und hebt Libby hoch. Sie schnuppert an dem Baby und verzieht das Gesicht. »Ich muss ihr die Windeln wechseln.«

»Mu-um!«, drängt Audrey. »Ich nehme das Fahrrad. Ich brauche nicht lang.«

Ihre Mutter hebt den Kopf des Porzellanfroschs auf der Fensterbank ab und schüttelt den Inhalt auf den Tisch – zwei Ein-Pfund-Münzen. »Na gut. Dann los.«

Audrey steckt das Geld in die Tasche ihrer Strickjacke, läuft hinaus, holt ihr Rad und geht durch das Seitengatter auf die Auffahrt und von dort aus zum Bürgersteig. Es ist noch nicht allzu viel Verkehr unterwegs. Sie klettert auf ihr Rad, um loszufahren, doch da hört sie einen Ruf. Sie dreht sich um und sieht Mr Coleman die Straße heruntereilen. Er trägt eine Plastiktüte in der einen und eine gelbe Hundeleine in der anderen Hand.

»Audrey, kannst du mir helfen, Rex zu suchen? Er ist weggelaufen, in den Park. Du hast doch ein Fahrrad. Damit kannst du ihn sicherlich einholen.«

Sie schaut ängstlich. Sie darf nicht allein über die Straße laufen, aber es ist kein Verkehr.

»Schnell, bitte. Ich will nicht, dass ihm etwas passiert.«

Sie denkt an Muffin, ihren eigenen süßen Welpen. Er war erst elf Monate alt, als er weggelaufen und von einem Auto überfahren worden ist. Bevor sie es richtig bemerkt, dreht sie den Lenker herum und fährt über die Straße. Mr Coleman ist neben ihr.

Sie fährt den Pfad entlang, und an der Gabelung weiß sie nicht, ob sie nach rechts oder nach links soll. Mr Coleman ruft hinter ihr: »Dort, nach rechts. Ich sehe ihn.«

Sie tritt fest in die Pedale und dreht suchend den Kopf, kann das Tier aber nicht sehen. Wieder hört sie ihren Namen. Mr Coleman brüllt: »Audrey, er ist im Gebüsch.«

Sie bremst heftig, springt vom Rad, das ins Gras fällt, und rennt zu den Büschen. Dabei ruft sie den Namen des Hundes. Dann geht sie auf alle viere und sucht im Unterholz nach dem Hund, sieht aber keine Spur von ihm. Sie krabbelt wieder hinaus und stößt fast in Mr Coleman zusammen. Er sieht sie eigenartig an.

»Alles gut«, flüstert er.

Sie weiß nicht, was er damit meint. »Rex ist nicht hier«, sagt sie.

»Nein, er ist wieder nach Hause gelaufen.«

Er bewegt sich nicht, und sie bemerkt plötzlich, dass sie beide allein hinter dem Gebüsch stehen. Er geht in die Hocke. Sein Gesicht ist ganz ernst. »Das hier will ich dir schenken.«

Er gibt ihr die Plastiktüte. Sie nimmt sie und schaut hinein. Es ist ein Kleid. Ein gelbes Kleid.

»Warum?«

»Weil du meine Freundin bist.« Er lächelt sie an.

Sie weiß nicht, wie sie darauf reagieren soll. Sie hat schon ein paar Mal mit ihm gesprochen, wenn sie ihm draußen begegnet ist, und auch mal Rex gestreichelt, aber sie ist nicht seine Freundin. »Ich will es nicht«, sagt sie und gibt ihm die Tüte zurück. Damit hat sie genau das Falsche gesagt. Sein Gesichtsausdruck ändert sich, und das Lächeln verschwindet schlagartig.

»Nimm es. Zieh es an. Zieh es sofort an.«

»Ich will nicht.«

»Zieh ... es ... an!«

Jetzt hat sie Angst vor ihm. Sie hechtet vor, um vor ihm wegzulaufen, aber im selben Moment greift er nach ihrem Oberarm, und sie fragt sich, warum er an einem so warmen Tag Handschuhe trägt. »Nein. Zieh es zuerst an.«

Vielleicht sollte sie ihm doch lieber gehorchen. Was soll schon passieren? Sie zieht das Kleid einfach an, dann ist er zufrieden und lässt sie gehen. Also nimmt sie das Kleid aus der Tüte. Es ist ein Festkleidchen mit einer großen Schleife vorne. Audrey mag die Farbe nicht. Sie hätte lieber Rosa gehabt. Sie zieht ihre Strickjacke aus und lässt sie auf den Boden fallen. Dann zieht sie sich das Kleid über den Kopf. Es ist ein bisschen eng, aber sie zieht es über ihr Trikot und zupft daran, bis es sitzt. Er sieht plötzlich viel zufriedener aus.

»Hübsch«, sagt er.

Sein Gesicht ist ganz verzerrt, und die Art, wie er sie jetzt anschaut, macht ihr Angst. Er ist nicht mehr der alte Mr Coleman, der nette Mann, der in derselben Straße wohnt. Er ist angsteinflößend. Er sieht sie an, als wollte er sie fressen.

»Dreh dich um. Ich schaue nach, ob der Reißverschluss richtig zu ist«, sagt er.

Sie gehorcht, aber bevor er nach ihr greifen kann, rennt sie los. Sie kommt nicht weit. Nach nur wenigen Schritten wird sie mit der Leine, die er getragen hat, wie mit einem Lasso um den Hals eingefangen und zurückgerissen.

»Du darfst nicht weglaufen.«

Audrey taumelt und zieht an der Leine, die sich um ihren Hals zuzieht. Sie tritt ihm schwach gegen das Schienbein. Sie bekommt keine Luft mehr.

»Nein, Sherry. Das war nicht nett. Ich will doch nur dein Freund sein.«

Es hatte ausreichend Indizien gegeben, um Ned anzuklagen. Sie hatten alles gefunden, worauf sie gehofft hatten, einschließlich des Lippenstifts, den er für die Mädchen benutzt hatte. Er hatte ihn in seiner Hosentasche, um ihn auch bei Sage zu benutzen. Er war fügsam und freundlich gewesen, aber Natalie war von seinem Geständnis entsetzt. Ned hatte sich benommen, als wäre es völlig normal, ein Kind zu entführen und zu töten.

Natalie kam nicht darüber hinweg, wie unschuldig er gewirkt hatte, als er ihr gegenüber saß: ein freundlicher, alter Mann, der neben seinem Rechtsanwalt saß, kein bösartiger Mörder. Sie und Murray befragten ihn, während der Rest des Teams hinter dem Einwegspiegel zusah.

»Sie wissen, weshalb wir Sie verhaftet haben. Möchten Sie etwas sagen?«, fragte Natalie.

Zwischen Neds grauen Augenbrauen bildete sich eine Falte, als wäre das alles zu verwirrend. »Ich hatte nie vor, ihnen etwas anzutun. Sie haben versucht, wegzurennen. Das hätten sie nicht tun dürfen. Ich vergesse immer, wie stark ich bin. Ich wollte sie nur zurückhalten.« Er schüttelte traurig den Kopf.

»Wollen Sie sagen, dass Sie nie vorhatten, die Mädchen zu verletzen? Was waren denn Ihre Absichten?« Natalie sah ihn unverwandt kühl an. Er erwidere verwirrt ihren Blick, als müsste sie die Antwort auf ihre Frage doch kennen.

»Sie einpflanzen natürlich.« Er lächelte heiter. »Hübsche Mädchen in Reihen. Sie kennen den Abzählreim doch?«

Natalie schüttelte den Kopf. »Ich weiß nicht, was Sie meinen.«

Er ratterte einen Abzählreim herunter: »Mary, Mary, sag schon, Mary, wie wird dein Garten gedeihen? Mit Silberglöckchen und Muschelklang und hübschen Mädchen in Reihen.« Er sah sie an, sie schüttelte den Kopf, und er fuhr fort, immer noch in leicht rhythmischem Tonfall: »Alle in einer Reihe, für immer perfekt, und sie wären nicht allein. Dafür würde ich sorgen. Es wären noch mehr hübsche Mädchen bei ihnen.«

»Sie wollten sie alle in Ihrem Schrebergarten begraben?«

»Ja.« Er lächelte sie erneut freundlich an. »Wo ist Rex? Geht es ihm gut?«

»Ihm geht's bestens. Jemand kümmert sich um ihn. Wie hatten Sie denn geplant, die Mädchen zu töten? Oder wollten Sie sie lebendig begraben?«

»Ich hätte sie betäubt. Ich kann, seit Lorna gestorben ist, nicht mehr gut schlafen. Der Doktor hat mir Schlaftabletten verschrieben, und die wollte ich den kleinen Mädchen geben. Sie hätten keine Schmerzen, müssten nicht leiden. Sie würden nur schlafen. Einen schönen, langen Schlaf. Sie hätten nicht versuchen dürfen, vor mir wegzulaufen. Damit haben sie den ganzen Plan kaputtgemacht. Sie hätten einfach mit mir mitkommen sollen. Ich wollte wieder zurückgehen, um sie zu holen, aber das war zu riskant. Und dann wurden sie schon gefunden, und ich konnte sie nicht mehr nehmen, sie nicht mehr einpflanzen. Was für eine Schande, sie so liegen zu lassen. Sie hätten an dem besonderen Ort sein sollen, den ich für sie vorbereitet hatte.« Er legte seine großen Hände im Schoß ab und wartete auf die nächste Frage. Sein Anwalt verlagerte das Gewicht auf dem Stuhl, hielt den Kopf aber gesenkt.

»Sie meinen die Schrebergartenparzelle?«

»Ja. Es war alles für sie vorbereitet«, antwortete er.

»Warum wollten Sie sie denn töten?«, fragte Natalie.

»Weil sie alle so hübsch und süß sind, und ich liebe hübsche Mädchen.«

»Gestehen Sie, Audrey Briggs und Rainey Kilburn getötet zu haben?«

Neds Anwalt hustete kurz und sprach leise mit seinem Mandanten, der verärgert den Kopf schüttelte. »Ich *will* es aber erklären«, sagte er entschlossen und wartete, bis der Anwalt sich wieder zurückgelehnt hatte. Dann fuhr er fort: »Es war ein Unfall. Ich habe es schlecht geplant. Ich hatte für sie alle so hübsche Festkleidchen. Ich habe immer eines in einer Plastiktüte bei mir gehabt, immer bereit, es einem hübschen Mädchen zu geben. Ich dachte, sie würden sich über die Kleider wirklich freuen, wir würden Freunde werden, und dann würde ich sie einschlafen lassen. Aber sie wollten nicht meine Freundinnen sein, sondern haben versucht, wegzulaufen, und dann ... Ich weiß nicht, wie das passiert ist, aber sie sind einfach kaputtgegangen ... wie die Puppe.«

»Die Puppe? Die Puppe, die wir in Ihrem Schrebergarten in einem Sarg gefunden haben?«

Aufregung erfasste Ned. Er verzerrte das Gesicht und beugte sich näher zu Natalie, die Hände flach auf dem Tisch. »Sie haben sie ausgegraben? Sie haben Sherry ausgegraben? Nein. Sie muss dortbleiben. Legen Sie sie wieder zurück!«

Sein Anwalt legte ihm warnend die Hand auf den Arm.

Natalie dachte gar nicht daran, aufzuhören. Sie feuerte eine weitere Frage ab. »Sherry? Warum haben Sie sie Sherry genannt?«

Ned lehnte sich zurück. Seine Stimme wurde zu einem tiefen Grummeln. »Darüber möchte ich nicht mit Ihnen reden.

Sie müssen sie wieder in ihr Grab legen. Ich habe die perfekte Rose für sie. Sie wird für immer dort wachsen.«

»Ned, haben Sie Ava Sawyer getötet?«

Ein Schluchzer brach aus Ned hervor, und Tränen liefen ihm übers Gesicht. »Sie versprechen mir, dass Sie Sherry wieder an ihre Ruhestätte zurücklegen, und ich verrate es Ihnen. Aber nur, wenn Sie es versprechen.«

Ned verlor immer mehr die Fassung. Er verwandelte sich in einen verwirrten alten Mann, zog zuerst an den Ärmeln seines Hemdes, dann rieb er sich über das Kinn.

»Ich verspreche es«, sagte Natalie und wartete, während er sie intensiv musterte.

»Sie scheinen ehrlich zu sein.«

»Erzählen Sie mir von Ava. Was ist passiert?«

»Ich habe auf das Ende der Feier gewartet, um Freddie abzuholen. Kurz zuvor hatte ich Lorna verloren, und Roselyn dachte, es wäre gut für mich, mal rauszukommen. Also hat sie mich gebeten, ihn abzuholen. Sie wusste ja, dass ich Gartencenter mag. Damals hatte ich noch ein eigenes Auto. Ich war früh dran und beschloss, mich noch ein bisschen umzuschauen. Ich habe mir gerade ein paar Rosen angesehen und dachte an Lorna, da ist Ava plötzlich an mir vorbeigelaufen, wie ein kleiner Engel. Sie hat so süß ausgesehen, genau wie Sherry vor all den Jahren, in ihrem Geburtstagskleidchen. Ich bin ihr in einen Stall gefolgt. Sie hat sich hinter ein paar Decken versteckt. Ich dachte, sie wollte Verstecken spielen, und habe sie gefunden. Dann ist ein Unfall passiert. Sie wollte wegrennen, und ich habe nur die Hand ausgestreckt, um sie zurückzuhalten.« Er sah in die Ferne. »Ich wusste ja nicht, dass sie so leicht zerbricht. Zuerst habe ich gar nicht gewusst, dass sie tot war. Ich habe im Schuppen eine Schubkarre gefunden, sie hineingelegt und unter einer Plane versteckt. So habe ich sie zu meinem Auto transportiert. Niemand hat mich bemerkt. Ich bin also wieder zurück, habe Freddie abgeholt und ihn nach

Hause gebracht. Die ganze Zeit war Ava in meinem Kofferraum. Bis dahin wusste natürlich jeder, dass sie verschwunden war. Ich musste sie verstecken. Also habe ich sie zu Hause in meine Tiefkühltruhe gelegt. Ich dachte, ich könnte sie in meinen Garten pflanzen, aber Rex hätte ja versucht, sie auszugraben. Als der ganze Aufruhr um ihr Verschwinden sich endlich gelegt hat, habe ich sie zum Gartencenter zurückgebracht. Natürlich konnte ich sie nicht dorthin zurücklegen, wo ich sie gefunden hatte, ohne entdeckt zu werden, also bin ich irgendwann am späten Abend zum hinteren Bereich der Anlage gegangen und habe sie unter den wilden Blumen im Gras beerdigt. Das schien das Richtige zu sein.« Seine Hände lagen nun wieder auf seinem Schoß, und er beruhigte sich. »Jetzt müssen Sie Sherry wieder zurückbringen. Ich habe alles über Ava erzählt.«

»Können Sie mir etwas zu den gelben Kleidern sagen?«

»Sie sind schön, nicht wahr?«

»Warum haben Sie fünf Stück gekauft?«

»Ava war fünf Jahre alt. Es schien passend, fünf zu kaufen, um ihren Abschied von dieser Welt zu feiern. Sie wird in alle Ewigkeit ein hübsches Mädchen sein.«

Natalie zuckte nicht mit der Wimper, obwohl seine Worte sie frösteln ließen. »Sie haben sie auf einer Etsy-Seite gekauft und dabei eine Geschenkkarte benutzt, die Sie Ihrer Stieftochter gekauft hatten. Wie sind Sie in den Besitz der Karte gelangt?«

Er zuckte mit den Achseln. »Es musste so kommen. Ich habe die Karte als Geschenk für Grace gekauft. Ungefähr drei Wochen nach Weihnachten habe ich sie besucht, aber sie war nicht da, und die Karte lag neben der Hintertür auf dem Boden. Ich war sauer. Ich wusste, dass Grace mich nicht besonders mochte, aber so wenig auf etwas achtzugeben, das einen so hohen Wert hatte, war eine Beleidigung. Also habe ich sie eingesteckt. Damals hatte ich noch keine Pläne damit, aber bestimmt nicht vor, sie ihr zurückzugeben. Die Idee, die Kleider online zu bestellen, ist mir erst letztes Jahr gekommen. Ich habe mich für einen Computerkurs bei unserer Bücherei eingetragen und den Computer dort benutzt, um die perfekten Kleider zu finden. Bis dahin hatte ich drüber nachgedacht, sie in einem Laden vor Ort zu kaufen, aber die Etsy-Karte zu finden war wie ein Zeichen, und so habe ich beschlossen, die Kleider am besten im Internet zu kaufen. So blieb ich anonym.«

Natalie konnte seiner Logik nicht widersprechen. Es wäre ihm fast gelungen.

»Was ist Ihnen zugestoßen, das Sie dazu gebracht hat, diese Verbrechen zu begehen?« Natalie verstand nicht, wieso Ned keinerlei Schuldbewusstsein zeigte.

Ned sah verwirrt drein. »Nichts ist mir zugestoßen. Ich wollte nur, dass sie für immer und ewig schön bleiben. Und jetzt will ich nichts mehr sagen. Ich will gehen. Ich will Rex sehen.«

»Sie können nicht gehen, Ned. Sie sind wegen Mordes festgenommen. Ihr Anwalt hat Ihnen alles erklärt. Sie müssen hierbleiben.«

Der Anwalt sprach erneut leise mit ihm. Ned betrachtete seine geraden Fingernägel und schwieg. Der Anwalt schüttelte den Kopf. Ned würde nichts mehr sagen. Natalie drehte sich zum Spiegel, um zu signalisieren, dass sie die Vernehmung beendet hatte.

»Ich begreife nicht, warum er es getan hat«, sagte Ian, der auf der Schreibtischkante saß.

Natalie versuchte es zu erklären. »Laut Bericht des Psychiaters hat er in seiner Kindheit ein Trauma erlitten. Er war von einem Mädchen in seiner Klasse besessen, Sherry Hunt. Leider war er für sein Alter sehr groß, und seine Annäherungsversuche waren ungeschickt. Er hat dem Mädchen Angst gemacht und wurde danach von seinen Klassenkameraden ausgeschlossen. Er wurde zum völligen Einzelgänger, ist aber immer noch dem Mädchen nachgestiegen. Sherry kam kurz nach ihrem Geburtstag mit ihrer Familie auf tragische Weise bei einem Autounfall ums Leben. Ned hat erzählt, dass er ihr ein Geschenk bringen wollte, das alles ändern würde, dass er aber von der Geburtstagsfeier weggeschickt wurde. Mehr Informationen hat der Psychiater noch nicht aus ihm herausbekommen. Eines ist aber sicher: Seine Handlungen hängen mit diesen Erinnerungen zusammen. Sherrys Tod hat ihn wohl tief getroffen. Er hat mehrfach wiederholt, dass er gern mit dem Mädchen befreundet sein wollte. Er hat zugegeben, dass er kleine Mädchen mag und sich mit ihnen anfreunden wollte. Meistens hat er ein gelbes Kleid in einer Plastiktüte bei sich gehabt, immer in der Hoffnung, es einem ahnungslosen Mädchen schenken und das Kind anschließend töten zu können. Die Opfer waren alle zur falschen Zeit am falschen Ort.«

»Aber warum hat er sie gerade jetzt getötet? Wieso ist das nicht passiert, als er noch jünger war?«

»Der Psychiater meint, dass der Tod seiner Frau wie eine Art Katalysator gewirkt hat. 2015 hat er nach ihrem Tod den Bezug zur Realität verloren. Ned ist sich nicht bewusst, dass er etwas Falsches getan hat. Das macht mir am meisten Angst.«

»Immerhin kann er jetzt keinem Kind mehr etwas antun.«

»Was ist mit Sages Medaillon?«, fragte Ian. »Wieso lag es in der Hütte?«

»Es ist runtergefallen, als er Sage ins Auto verfrachtet hat, und er hat es in die Tasche gesteckt, um es später loszuwerden. Nachdem er sie entführt hatte, ist er zum Schrebergarten gegangen, um nachzusehen, ob alles bereit war, und hat den Anhänger aus der Hosentasche geholt, damit er ihn nicht verliert. Er hatte vor, ihr die Kette später wieder umzulegen. Dann hat er andere Schrebergärtner eintrudeln sehen, in seiner

Eile wegzukommen die Gartenhandschuhe darauf gelegt und nicht mehr daran gedacht.«

Es klopfte an der Tür, und Howard Franks kam herein. Er brachte einen Präsentkorb mit verschiedenen Schokoladensorten.

»Ich weiß nicht, wie ich Ihnen angemessen danken kann, aber vielleicht kommt das der Sache nahe. Es sollte für jeden etwas dabei sein. Also, sofern Sie Schokolade mögen.«

»Das war doch nicht nötig. Wir haben nur unseren Job gemacht«, sagte Natalie. »Und nur zu Info: Ich liebe Schokolade.«

Ian holte den Korb und sah hinein. »Ich auch. Nice. Danke.«

Natalie schenkte Howard ein strahlendes Lächeln. »Kommen Sie mit uns in den Pub was trinken? Wir sind hier fast fertig. Ich gebe allen einen Tag frei, um sich zu erholen.«

»Ja. Gerne.«

»Gut. Okay. Gibt es noch irgendwelche Fragen, oder sollen wir die Nachbesprechung beenden?« Sie ließ den Blick durch den Raum wandern und erntete kollektives Kopfschütteln. »Dann bleibt mir nur noch, Ihnen allen für Ihre gründliche Arbeit zu danken, die den Einsatz zum Erfolg geführt hat. Das war wirklich gute Arbeit. Die erste Runde geht auf mich.«

»Das ist doch mal eine Ansage«, sagte Ian. »Ich übernehme die zweite.« Er grinste.

Als sie ihre Jacken griffen und das Büro verließen, suchte Murray Lucys Blick. »Hast du immer noch Zweifel, ob du Mutter werden willst? Wir können mit der Sache auch noch warten.«

Lucy lächelte leicht. »Nein. Wir halten an dem Plan fest. Als ich den Blick in Howards Augen gesehen habe, habe ich begriffen, dass ein Kind zu haben ein wertvolles Geschenk ist. Es wird Hochs und Tiefs geben, aber unser Kind wird für uns besonders sein, weil es unseres sein wird – meines und Bethanys. Ist es für dich immer noch okay, dabei im Hintergrund zu bleiben?«

»Yolande und ich wollen Kinder, wenn wir so weit sind. Alles cool, soweit es mich betrifft.«

Sie klopfte ihm auf den Arm. »Ja, deshalb haben wir uns für dich entschieden. Weil du cool bist.«

Natalie stieg in ihren Audi. Sie hatte es im Pub bei einem Glas belassen. Es war Zeit, ihr Leben wieder in geordnete Bahnen zu bringen und ihren Kindern die Mutter zu sein, die sie brauchten. Auf ihrem Handy poppte eine Nachricht auf.

Wenn du Lust hast, anzustoßen und zu quatschen, ich habe Zeit.

Mike hatte ihr und dem Team als Erster dazu gratuliert, Ned ausfindig gemacht und Sage gerettet zu haben. Er hatte sie fest umarmt, als sie durch die Tür des Labors getreten war. Seine Augen hatten vor Stolz geleuchtet. Sie hatten nichts gesagt. Er verstand vollkommen, was es für sie bedeutete, das Leben eines Kindes gerettet zu haben. Sie las die Nachricht noch einmal, dann tippte sie ihre Antwort ein.

Ein andermal. Ich will nach Hause.

Sie zögerte, bevor sie es abschickte. Es war verführerisch, Mike zu treffen und mit ihm alles durchzusprechen, was passiert war. Die Ängste und die Erleichterung, als sie Sage lebend gefunden hatten, mit ihm zu teilen. Sie konnte die Dämonen, die noch immer am Olivia-Chester-Fall hingen, für eine Weile schlafen schicken. Niemand verstand besser als Mike, was das für sie bedeutete. Trotzdem – sie hatte ein Versprechen abgelegt. Mehr sich selbst gegenüber als irgendjemand anderem. Sie hatte das Glück, zwei gesunde Kinder zu haben. Sie wollte bei ihnen sein und zuschauen, wie sie zu Erwachsenen heranwuchsen, anstatt sie durch Ehezwist, der ihre Einheit zerbrechen würde, aus dem Gleichgewicht zu bringen. Sie brauchte diese Momente, in denen sie nicht mit Arbeit überlastet war, um bei ihnen zu sein. Sie und David würden schon klarkommen. Sie hatten eine gemeinsame Geschichte, die ihnen helfen würde, schwere Zeiten zu überstehen. Solange er nicht zuließ, dass seine Selbstzweifel die Überhand bekamen, wäre alles gut. Sie startete den Motor und fuhr los. Es war Zeit, wieder Mutter zu sein.

EIN BRIEF VON CAROL

Hallo, liebe Leser:innen,

zunächst vielen Dank, dass ihr *Der Geburtstag* gekauft und gelesen habt. Ich hoffe, es hat euch gefallen, DI Natalie Ward und ihr Team kennenzulernen.

Wenn ihr über meine Neuerscheinungen informiert werden möchtet, könnt ihr euch über den unten stehenden Link für meinen Newsletter anmelden. Eure E-Mail-Adresse wird nicht weitergegeben, und ihr könnt euch jederzeit wieder abmelden.

www.bookouture.com/bookouture-deutschland-sign-up

Ich bin auf das Thema der Kindesentführung nicht nur deshalb gekommen, weil solche schrecklichen Dinge manchmal in den Nachrichten kommen, sondern durch ein Erlebnis, das ich vor vielen Jahren selbst hatte. Damals verlor ich meinen dreijährigen Sohn in einem Laden, der sowohl einen Haupt- als auch einen Hintereingang hatte. Diese panikerfüllten Minuten, in denen ich ihn nicht fand, haben in mir eine Menge Emotionen und Ängsten ausgelöst, bei deren Erinnerung es mich auch jetzt kalt überläuft. Glücklicherweise wurde er in einer Ecke des Ladens gefunden. Er kniete neben einer Kiste mit Plastikdinos, selbstvergessen und nichts von meiner Angst ahnend.

Wenn euch *Der Geburtstag* gefallen hat, könntet ihr euch

bitte ein paar Minuten Zeit nehmen, um eine Rezension zu schreiben, und sei sie noch so kurz? Dafür wäre ich wirklich sehr dankbar. Leserempfehlungen sind überaus wichtig.

Ich hoffe, ihr seid auch beim nächsten Fall aus der Reihe um DI Natalie Ward *Das letzte Wiegenlied* wieder dabei!

Herzlichen Dank,

Carol

www.carolwyer.co.uk

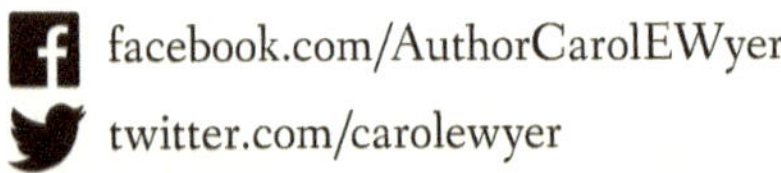

facebook.com/AuthorCarolEWyer

twitter.com/carolewyer

DANKSAGUNG

Als Schriftstellerin bin ich auf viele Menschen angewiesen, und ich bin sehr dankbar dafür, dass mich ein so großes Team unterstützt.

Es versteht sich von selbst, dass Sie, meine Leser:innen, außerordentlich wichtig sind und mich motivieren, mit Eifer weiterzuschreiben.

Der Geburtstag ist mein achtes Buch, das bei Bookouture erschienen ist, und ich bin sehr glücklich über die Unterstützung und Führung dieses Verlags. Ein besonderes Dankeschön geht an Lydia Vassar-Smith, meine Lektorin, sowie an Leodora Dartington und DeAndra Lupu, die mich auf dem richtigen Pfad gehalten und mir ihr hilfreiches Feedback gegeben haben. Auch allen anderen Mitarbeiter:innen von Bookouture, die einen Anteil an *Der Geburtstag* hatten, gilt mein aufrichtiger Dank.

Besonders nennen möchte ich Kim Nash und Noelle Holton, die nicht nur beim Organisieren von Lesereisen und all den Social-Media-Aktivitäten hervorragende Arbeit leisten, sondern die sich auch immer erkundigen, ob es uns allen gut geht.

Aufrichtigen Dank auch an die Blogger:innen, die Blogtouren veranstalten und bereitwillig ihre Zeit dafür einsetzen, uns Schreibenden zu unterstützen.

Mein ganz besonderer Dank geht an meine Bookouture-Autorenkolleg:innen: ein einzigartiger Haufen hilfsbereiter und talentierter Menschen, die auch bei diesem Buch für meine geistige Gesundheit gesorgt haben.

Und nochmals ein ehrliches Dankeschön an Sie, meine Leser:innen, dass ihr meine Bücher lest und auf den sozialen Medien mit mir in Kontakt bleibt. Ihr seid der Grund dafür, weshalb ich das Schreiben so sehr liebe.